Etrange faux-semblant

Un voisin si énigmatique

PAULA GRAVES

Etrange faux-semblant

BLACK ROSE

HARLEQUIN

Collection : BLACK ROSE

Titre original : DECEPTION LAKE

Traduction française de GAELLE BRAZON

HARLEQUIN®
est une marque déposée par le Groupe Harlequin

BLACK ROSE®
est une marque déposée par Harlequin

HARLEQUIN
83-85, boulevard Vincent-Auriol, 75646 PARIS CEDEX 13.
Service Lectrices — Tél. : 01 45 82 47 47
www.harlequin.fr
ISBN 978-2-2803-3074-9 — ISSN 1950-2753

1

Il faisait chaud pour un mois de mars dans les Smoky Mountains. C'était ce que la serveuse avait répondu lorsque Jack Drummond s'était étonné de la douceur du temps en s'asseyant au comptoir du *diner*. Il l'observa un instant, avant d'étudier le menu affiché derrière elle. Brune et large d'épaules, elle devait avoir entre trente-cinq et quarante ans. Elle avait un visage ordinaire mais plaisant, dépourvu de maquillage, et des mains usées par le travail. A en croire le badge sur sa poitrine, elle s'appelait Darlene.

— Ça ne va pas durer, affirma-t-elle d'une voix traînante tout en sortant son carnet de la poche de son tablier. Il va y avoir un gros coup de gel, et toutes les jonquilles qui auront pointé le bout de leur nez vont y passer.

Elle haussa les épaules.

— Typique d'un printemps dans le Tennessee.

Jack aurait pu raconter à Darlene des histoires bien plus étonnantes à propos des printemps dans le Wyoming : des histoires de tempêtes de neige tardives déversant des dizaines de centimètres de poudreuse ; ou de vents puissants et glaciaux, à vous arracher la peau du visage. Mais il se contenta de commander un sandwich et un thé glacé. Son regard glissa sur la liste des bières sans s'y attarder.

Il s'améliorait.

Dans son dos, le carillon au-dessus de la porte retentit lorsqu'un autre client entra dans le restaurant. Une voix de femme s'éleva, rauque et teintée d'un léger accent texan.

— Darlene, est-ce que les commandes à emporter pour The Gates sont prêtes ?

Jack sentit sa nuque le picoter et tourna lentement la tête vers la nouvelle venue. De toute évidence son imagination lui jouait des tours, et cette voix qui lui semblait familière appartenait à une inconnue. Une femme qui serait sûrement trop vieille ou trop jeune, trop grande ou trop petite, trop rousse ou pas assez, avec des yeux différents, un visage différent, un corps différent.

Pourtant, cette fois, il ne se trompait pas. Dans la petite ville de Purgatory, en plein Tennessee, lors d'une partie de pêche impromptue avec son beau-frère et sa famille, il venait enfin de retrouver Mara Jennings.

Cela faisait quatre ans qu'il la cherchait pour tenter de réparer ses torts.

Et maintenant qu'elle était devant lui, si proche qu'il n'avait qu'à se pencher en avant pour lui toucher le bras, il avait la bouche sèche et les oreilles bourdonnantes.

Mara dut sentir son regard peser sur elle car elle l'observa brièvement, une expression détachée dans ses yeux bleus, avant de reporter son attention sur la serveuse debout derrière le comptoir.

Elle ne l'avait pas reconnu.

Comment était-ce possible ? Certes, il n'avait pas pris la peine de se faire couper les cheveux depuis ses adieux au circuit des rodéos. Et il avait pris cinq kilos depuis qu'il ne montait plus des taureaux sauvages d'une demi-tonne pendant huit secondes de pure folie. Mais ce n'était pas son visage qui s'était fait écraser par le corps massif de Coronado. Son apparence physique n'avait pas changé au point qu'elle ne le reconnaisse pas.

Et brusquement Mara tourna la tête vers lui et le regarda à nouveau. Elle fronça légèrement les sourcils, et Jack retrouva l'usage de la parole.

— Salut, Mara.

Elle se figea sur place pendant une seconde, tandis que son visage se vidait de toute expression. Elle finit par hocher sèchement la tête.

— Salut.

— Alors c'est ici que tu vis, lâcha-t-il avant de passer sa langue sur ses lèvres. Je me demandais où tu étais passée. J'ai appris, pour ta sœur. Toutes mes condoléances.

Un éclair de chagrin traversa le visage de Mara, tellement fugace que Jack crut l'avoir imaginé. Mais quand elle répondit, son timbre de voix était un peu cassé.

— Merci.

— Et je suis désolé à propos de tout le reste. Je m'excuse en particulier pour la manière dont les choses se sont terminées.

Elle plissa légèrement les yeux.

— Oublie tout ça, Jack. Moi, j'y suis arrivée.

Son ton dur n'avait rien de surprenant, étant donné le comportement lamentable de Jack la dernière fois qu'ils s'étaient vus. Et l'indifférence qu'elle affichait aurait dû le rassurer. Apparemment, elle n'avait pas été anéantie par son égoïsme et sa bêtise.

Mais il ne pouvait s'empêcher de penser que quelque chose ne tournait pas rond chez Mara Jennings.

— Je sais que l'eau a coulé sous les ponts, reprit-il, mais j'aimerais vraiment te parler plus longuement et essayer de m'expliquer. Pourrais-tu me consacrer un peu de ton temps ?

Elle secoua la tête.

— Je suis passée à autre chose, Jack.

— Il y a toujours la question de l'argent.

Elle fronça de nouveau les sourcils et lui jeta un bref coup d'œil, avant de détourner le regard.

— Tout ça, c'est à propos d'argent ? Vraiment ?

Son expression déconcertée confirma les doutes de Jack.

— Sept mille dollars, Mara. Plus quatre ans d'intérêts…

Elle pinça les lèvres avant de répondre :

— Est-ce que ça a été mis par écrit ?

Jack la regarda fixement, le ventre noué par l'anxiété.

— Non, bien sûr que non. Tu le sais bien.

Incapable de se retenir plus longtemps, il fit un pas vers elle.

— Est-ce que tu vas bien ?

Il vit une lueur d'inquiétude poindre dans ses yeux avant qu'elle ne se tourne vers le comptoir. Darlene venait d'y poser un carton rempli de sacs en papier marron. Sans répondre à la question, Mara sortit sa carte de crédit et la tendit à la serveuse.

Tandis que Darlene s'occupait de la transaction, Mara, le menton levé, continuait d'ignorer Jack et affichait un air vaguement hautain. C'était une expression qu'il ne lui avait jamais vue au cours de l'année où il l'avait côtoyée.

Il n'avait peut-être pas beaucoup changé en quatre ans, mais à l'évidence, ce n'était pas son cas à elle.

Elle récupéra sa carte de crédit et signa le reçu. Puis elle prit le carton et se dirigea vers la porte sans un regard vers Jack.

Ainsi, se dit-il, elle allait partir comme ça, sans rien ajouter. D'un côté, il était presque prêt à la laisser s'en aller. Si elle ne voulait pas faire face au passé, il ne devait pas l'y contraindre.

Mais restait la question de l'argent.

Incapable de se retenir, il s'élança vers la porte. Coupée dans son élan, Mara s'arrêta si brusquement qu'elle faillit lâcher le carton. Jack le rattrapa, effleurant ses doigts au passage.

Elle riva son regard au sien et recula d'un pas.

— Qu'est-ce que tu veux ?

— Je comprends que tu ne veuilles pas revenir sur le passé. Je ne te demande pas de me pardonner. Mais sept mille dollars, c'est une sacrée somme…

— Et tu as dit qu'il n'y avait pas de preuve écrite, répliqua-t-elle, une note de dédain dans sa voix rauque. Alors tu ne peux pas prouver que je te dois quoi que ce soit. A présent, excuse-moi.

Elle le dépassa rapidement et sortit du restaurant. Alors qu'elle franchissait la porte, elle croisa le beau-frère de Jack, Riley Patterson, ainsi que sa femme et son fils. Un large sourire fendit le visage anguleux de Riley lorsqu'il aperçut Jack figé à l'entrée de la salle.

— Tu t'es fait rembarrer par cette rouquine ? demanda-t-il d'un ton ironique.

Hannah, la femme de Riley, posa Cody sur le sol. Le petit garçon, âgé de trois ans, s'élança vers Jack, qui le prit dans ses bras. Une fois l'enfant bien calé contre lui, il tourna les yeux vers son beau-frère.

— Tu te souviens quand je t'ai dit que je devais réparer mes torts auprès d'une femme avec qui je m'étais mal comporté à Amarillo ?

Le sourire de Riley s'évanouit.

— C'était elle ?

— C'est ce que je croyais, répondit Jack.

Il repensa à l'air froid et hautain de la femme qui venait de sortir du *diner*.

— Il me semble que oui, en tout cas.

Il fit un geste de la main en direction d'un box vide pour inviter Riley et Hannah à s'asseoir. Puis il s'installa en face du couple et déposa Cody à côté de lui.

— Mais il se passe quelque chose de très bizarre.

— Comment ça ? demanda Hannah sans laisser à Riley le temps d'intervenir.

— J'ai abordé le sujet des sept mille dollars, mais elle a réagi comme si elle n'en avait aucun souvenir. Ce qui était déjà plutôt étrange. Et quand j'ai insisté…

Il secoua la tête, éprouvant la même sensation de malaise qu'en face de Mara.

— Elle m'a demandé si nous avions mis ça par écrit. Quand j'ai répondu que non, elle a dit que je ne pouvais pas prouver qu'elle me devait quoi que ce soit.

Hannah et Riley échangèrent un regard étonné.

— Tu es sûr de ne pas avoir compris de travers ? demanda Riley.

— Crois-moi, j'en suis certain, répondit Jack, avant de secouer la tête. Quatre ans après les faits, elle ne se rappelle pas que je lui ai volé sept mille dollars. Comment expliquez-vous ça ?

Ne panique pas. Il n'y a aucune raison de paniquer.

D'un pas déterminé, elle entra dans la grande maison victorienne située dans Magnolia Street. A chaque enjambée, elle inspirait profondément par le nez, avant d'expirer par la bouche. Une dizaine de pas la séparaient de la salle de conférences, et elle régla son souffle sur sa démarche : une respiration, trois pas. Lorsqu'elle frappa à la porte et entendit une voix l'autoriser à entrer, elle avait réussi à retrouver un semblant de calme.

Mais sous la surface, elle était au bord de la crise de nerfs.

De toutes les personnes qu'elle pouvait croiser à Purgatory, il avait fallu qu'elle tombe sur lui… Jack Drummond, le cow-boy au cœur de pierre.

Elle haïssait ce nom depuis quatre ans. Elle détestait la simple pensée de ce qu'il avait fait et des dégâts qu'il avait laissés dans son sillage. Plus d'une fois, elle lui avait souhaité une mort violente. Elle avait rêvé qu'il se fasse écraser par un taureau ou un cheval sauvage. Mais elle n'avait jamais imaginé découvrir un jour ce qu'il était devenu après son départ d'Amarillo.

Et voilà qu'à présent elle le savait : il était vivant, en bonne santé, et beaucoup trop séduisant à son goût.

Mais que diable faisait-il dans le Tennessee ?

Elle entra dans la salle de conférences et posa le carton sur la longue console qui occupait la majeure partie du mur. Quelqu'un avait déjà lancé la machine à café. Elle ressortit de la pièce pour aller chercher des glaçons pour les deux douzaines de bouteilles d'eau, de jus de fruit et de soda alignées sur le meuble.

A mi-chemin dans le couloir, elle entendit des pas derrière elle et jeta un coup d'œil par-dessus son épaule. Alexander Quinn, le directeur de The Gates, approchait d'elle, le visage aussi impassible qu'à l'accoutumée.

Elle se tourna vers lui.

— Est-ce que j'ai oublié quelque chose ?

— Que s'est-il passé pendant que tu étais à l'extérieur ?

Elle hésita, prête à mentir, mais Quinn avait fait partie de la CIA pendant une vingtaine d'années. Et il était plus que doué pour démêler le vrai du faux.

— J'ai croisé un fantôme du passé, répondit-elle. Quelqu'un du Texas.

Quinn plissa les yeux.

— Je vois.

— Il voulait me soutirer plus de sept mille dollars. Comme j'ignorais de quoi il parlait, j'ai fait semblant de rien, mais...

— Tu n'es pas sûre qu'il t'ait crue ?

— Non.

Quinn garda le silence un instant. Il la fixa attentivement de ses yeux noisette sans pour autant la mettre mal à l'aise. Pour un homme qui avait vécu une existence faite de mensonges et de poussées d'adrénaline, il avait un étrange effet apaisant sur la plupart des gens, et elle n'était pas immunisée.

— Comment s'appelle-t-il ? reprit-il.

— Jack Drummond.

— Décris-le-moi.

— Cheveux noirs, avec une coupe un peu longue. Yeux marron. Teint mat. Je crois qu'il est en partie Shoshone. A l'origine, il vient du Wyoming. Il mesure un peu moins d'un mètre quatre-vingt-cinq. Epaules larges, taille et hanches étroites. Un cow-boy.

Quinn haussa un sourcil interrogateur.

— Un vrai cow-boy, précisa-t-elle. Il faisait partie du circuit professionnel des rodéos au Texas et dans le Sud-Ouest.

— Que fait-il dans le Tennessee ?

— Je n'ai pas demandé, et il n'a rien dit.

Quinn continua à la regarder pendant quelques secondes avec cette expression calme et songeuse donnant l'impression qu'il essayait de l'hypnotiser. Puis il lui adressa un bref hochement de tête.

— Va chercher les glaçons. Ne te préoccupe pas de Jack Drummond. Il ne posera aucun problème.

Quinn avait les moyens de la protéger de son passé, elle le savait. Et comme il avait besoin des talents qu'elle avait à offrir quand elle ne jouait pas les employées de bureau modèles, il se montrerait efficace.

Mais Quinn ne parviendrait pas à effacer de sa mémoire

le souvenir des yeux sombres ou de la voix sexy de Jack Drummond, songea-t-elle en remplissant un seau à glace propre.

Elle haïssait Jack Drummond et n'avait aucune envie de le revoir. Mais maintenant qu'il s'était de nouveau immiscé dans son monde, elle doutait de pouvoir oublier ses inquiétudes. Leur rencontre ici, à Purgatory, n'était-elle qu'une étrange coïncidence ?

Ou se pouvait-il que des forces plus sombres soient déjà à l'œuvre ?

— The Gates ? répéta Hannah.

Tout en essuyant les mains que Cody avait salies en déjeunant, elle releva les yeux pour réfléchir à la question de Jack.

— Je me demande si elle parlait de l'agence de détectives privés d'Alexander Quinn. Elle se trouve ici, à Purgatory.

Riley revint à la table et tendit à sa femme les serviettes qu'il était allé prendre au comptoir.

— Vous parlez d'Alexander Quinn ?

— L'agence qu'il dirige… Elle ne s'appelle pas The Gates ? demanda Hannah.

— Si. Sutton Calhoun y travaille.

— C'est bien ça.

Hannah s'efforça de nouveau de nettoyer le beurre de cacahuète et la confiture que son fils avait étalés partout.

— Avant, il travaillait pour Cooper Security, mais je crois qu'il vient du coin, à l'origine.

Maîtrisant son impatience, Jack demanda d'un ton égal :

— Donc The Gates est une agence de détectives privés ?

— Oui, répondit Riley. Enfin, ils s'occupent d'enquêtes et de sécurité. Ton amie Mara travaille peut-être là-bas. Si tu demandes à la serveuse, elle pourra probablement t'indiquer où ça se trouve.

Son regard se fit plus acéré.

— Si c'est vraiment ce que tu veux faire…

— J'ai besoin de lui rendre cet argent, insista Jack. C'est une torture pour moi de le garder à la banque.

Les lèvres d'Hannah frémirent. A vrai dire, Jack ne pouvait lui reprocher d'être amusée par le côté mélodramatique de la situation. Quand sa belle-sœur l'avait rencontré, peu de temps après son départ d'Amarillo, cela faisait seulement quelques mois qu'il ne buvait plus, et l'appel du rodéo bouillonnait encore dans son sang. A l'époque, elle était en vacances dans le Wyoming. Elle s'était retrouvée mêlée à une enquête sur un tueur en série et avait failli y laisser la vie.

Mais Riley l'avait protégée.

Et il était tombé amoureux d'elle, après trois longues années solitaires à porter le deuil de sa femme.

Emily, la sœur de Jack, avait été le premier amour de Riley. Son assassinat avait failli détruire les deux beaux-frères, mais de façons différentes.

Riley s'était refermé sur lui-même, fuyant tout le monde, à part quelques amis proches… et Jack. Mais l'obsession de Riley de résoudre le meurtre d'Emily avait rongé Jack de l'intérieur. Ce n'était pas cela qui allait ramener sa sœur. Et Emily était tout ce qui restait de la famille à problèmes de Jack.

C'est pourquoi il avait déplacé sa base d'opérations au Texas, dans une petite ville à l'ouest d'Amarillo. Il s'était plongé à corps perdu dans un monde de bottes, d'éperons et de groupies, dont la seule ambition était de chevaucher un cow-boy bien plus longtemps que les huit secondes réglementaires d'un rodéo.

Puis il avait fait la connaissance de Mara Jennings, qui n'avait absolument rien d'une groupie. Elle avait représenté un défi irrésistible pour l'idiot qu'il était. Il aurait mieux fait de prendre ses jambes à son cou pour fuir une femme comme elle.

Les groupies savaient à quoi s'en tenir. Elles n'étaient pas intéressées par une histoire d'amour éternel avec un cow-boy. Elles voulaient seulement quelques jours d'excitation pendant que le rodéo s'arrêtait en ville.

Mais Mara Jennings avait une promesse d'avenir inscrite dans ses jolis yeux bleus et dans son sourire attachant. Il aurait dû se douter qu'il allait lui briser le cœur.

Et peut-être le savait-il, après tout.

Mais à cette période de sa vie, il s'en moquait.

— J'ai déjà eu affaire à Quinn, déclara Hannah d'un air songeur en tendant Cody à Riley. Je peux toujours faire un saut à l'agence pour dire bonjour. Et si tu es avec moi à ce moment-là et que ton amie est présente…

— Si tu comptes jouer les entremetteuses, Hannah, n'y pense même pas, s'exclama Jack. Mara Jennings est loin d'être la femme de mes rêves. Elle ne l'a jamais été.

C'était d'ailleurs ce qui avait posé problème.

— Alors tu peux peut-être parler à Quinn de l'argent que tu dois à Mara, suggéra Hannah.

— Je vais surtout essayer de ne pas faire de vagues. Mais interroger la serveuse est une bonne idée.

Jack se leva et marcha jusqu'au comptoir que Darlene était en train d'essuyer avec un chiffon propre. Lorsqu'il s'arrêta devant elle, elle releva les yeux avec un sourire las.

— Je peux vous servir autre chose ?

— En fait, j'aurais besoin d'un renseignement. Un de mes vieux amis travaille dans un endroit qui s'appelle The Gates. Ça vous dit quelque chose ?

— Bien sûr, comme à tout le monde ici. Votre ami est l'un des enquêteurs ?

— C'est ça.

Jack fouilla dans sa mémoire pour retrouver le nom que Riley avait mentionné.

— Il s'appelle Sutton Calhoun.

— Oh ! Je le connais. Il est très gentil. Et beau garçon, qui plus est.

Les joues de Darlene rosirent, et elle sourit d'un air gêné.

— Sa femme fait partie de la police de Bitterwood. Ils viennent manger ici de temps en temps.

— Il ne sait pas que je suis de passage en ville, et j'avais

envie de passer à son travail pour lui faire une surprise.
Pourriez-vous m'indiquer comment m'y rendre ?

— Vous êtes déjà dans la bonne rue. Prenez à droite en
sortant, marchez dans cette direction pendant environ deux
cents mètres. Vous verrez une grande maison victorienne
blanche au coin de Magnolia Street et de Laurel Avenue. Il
y a un portail en fer à deux battants. Vous ne pourrez pas
le manquer.

Riley et Hannah rejoignirent Jack à l'entrée.

— Qu'est-ce que tu comptes faire ? demanda Riley.

— Je ne sais pas, admit Jack. On ne peut pas dire que
l'approche directe ait été très efficace.

— Je regrette d'avoir à dire ça, intervint Hannah calmement, mais tu ne vas pas tarder à avoir l'air de la harceler.

Jack lui jeta un regard de biais.

— Je ne suis pas obsédé par Mara.

— Mais tu t'apprêtes à la retrouver à son travail alors
qu'elle t'a déjà envoyé bouler, dit Riley en soulevant son fils
et en l'installant sur sa hanche. Elle ne semble même pas se
rappeler que tu lui as piqué sept mille dollars. Tu devrais
peut-être laisser tomber, toi aussi.

— Et ça ne te paraît pas bizarre qu'elle ne se souvienne
pas d'avoir perdu autant d'argent ? Mara n'était pas riche.
Sept mille dollars, c'était une sacrée somme pour elle.

— Elle estime peut-être que ce n'était pas cher payé pour
se débarrasser de toi.

Riley parlait avec gentillesse, mais sa phrase contenait
une vérité implacable qui fit grimacer Jack.

— Et si tu venais plutôt pêcher avec nous cet après-midi ?
suggéra Hannah.

Elle semblait avoir oublié ses velléités d'entremetteuse.

— Je pense que je vais rester en ville, histoire de visiter
un peu, répondit-il.

Son beau-frère haussa les sourcils d'un air dubitatif et
balaya du regard la rue tranquille autour d'eux.

— Visiter quoi ?

— Allez pêcher, répliqua Jack d'un ton ferme en marchant vers son pick-up. Je vous retrouverai au motel tout à l'heure.

Sans attendre de réponse, il s'installa au volant et démarra. La radio était réglée sur une station rock de Knoxville. En entendant le riff de guitare et la batterie du *Kashmir* de Led Zeppelin, Jack monta le son. Il s'engagea ensuite dans la circulation fluide de Magnolia Street.

Jetant un coup d'œil dans le rétroviseur, il aperçut Hannah et Riley, avec Cody sur sa hanche, à côté de leur pick-up. Il s'en voulait de les avoir laissés en plan, mais pour tout dire il ne voulait plus être détourné de son objectif : aborder une nouvelle fois Mara Jennings.

Il lui devait bien plus que les sept mille dollars avec intérêt qu'il lui avait volés.

Mais l'argent était la seule chose qu'il avait à offrir.

Elle travaillait en général jusqu'à 17 heures, mais vers 15 heures Quinn lui ordonna de prendre le reste de sa journée. Il avait dû remarquer qu'elle était trop agitée pour être d'une quelconque utilité à l'agence. Elle pourrait profiter de ces quelques heures chez elle pour travailler sur le projet que Quinn lui avait confié.

Après tout, c'était bien pour cela qu'elle avait été engagée en premier lieu.

La chaleur de l'après-midi s'était dissipée et des nuages noirs s'accumulaient à l'ouest. Un vent frais souffla dans son dos lorsqu'elle traversa la route pour rejoindre sa petite Mazda bleue. Au moins, il faisait encore chaud à l'intérieur de l'habitable. Elle démarra et prit la direction de l'est, vers les montagnes et le chalet qu'elle louait au bord de Deception Lake.

Elle avait cru qu'un logement isolé était ce qu'il lui fallait. Elle évitait ainsi les voisins curieux et la musique bruyante provenant d'autres appartements. Le réseau électrique semblait stable et la connexion Internet était bonne. C'était l'endroit idéal pour mettre son projet sur pied et, jusqu'à ce qu'elle croise Jack Drummond, elle s'y était sentie relativement en sécurité.

Etrange comme une rencontre inattendue avec un fantôme du passé pouvait tout remettre en cause…

Le chalet était situé sur la rive orientale du lac, accolé à Fowler Mountain. Des habitations plus imposantes étaient construites à flanc de montagne : des maisons de vacances et des locations qui devaient rapporter gros à leurs propriétaires. Comme elle louait son chalet à Alexander Quinn, il en avait baissé le loyer en échange des heures de secrétariat qu'elle faisait à l'agence.

C'était sa couverture, bien sûr. Quinn n'aimait pas toujours partager les informations en sa possession, même avec les personnes qu'il avait lui-même engagées.

Après s'être garée dans l'allée de gravier qui menait au chalet, elle coupa le moteur. Puis elle resta assise sans bouger, l'oreille tendue, à l'affût du moindre bruit. Cet été, il y aurait des familles en train de pique-niquer au bord de l'eau et les autres chalets seraient occupés. Le silence serait rompu par des cris de joie et des rires. Mais il était trop tôt dans l'année pour cela. En mars, il faisait trop froid pour se baigner. Et comme les meilleurs coins pour la pêche de printemps se trouvaient de l'autre côté du lac, les bateaux venaient rarement par ici.

Personne ne savait qu'elle habitait ce chalet. Elle était autant en sécurité qu'auparavant.

Pourtant, quand elle sortit de la voiture et commença à marcher vers le porche, elle eut la sensation d'être observée.

Ne sois pas stupide, pensa-t-elle en relevant le menton. *Tu es Mara Caroline Jennings, et tu n'es pas du genre à attirer les cinglés comme c'était le cas pour ta sœur Mallory.*

Une fois sur le porche, elle tendit la main pour enfoncer la clé dans la serrure.

La porte s'ouvrit alors brutalement devant elle.

Un homme en tenue de camouflage sortit sur le perron et lui enfonça une taie d'oreiller sur la tête. Il referma les bras sur elle, la serrant tellement fort qu'elle eut l'impression d'étouffer.

Tandis qu'elle essayait de reprendre son souffle, luttant faiblement pour se dégager, une vague de peur la submergea : elle aurait beau fuir le plus loin possible, jamais elle n'échapperait à Mallory Jennings.

2

Tandis qu'il suivait Mara hors de la ville, Jack veilla à laisser une distance respectable entre leurs deux véhicules. Mara roulait en direction de l'est et des montagnes, sur une route rurale en lacets. A Purgatory, ils se trouvaient encore dans les contreforts des Smoky Mountains. Les sommets arrondis de la région faisaient figure de collines en comparaison du massif de Grand Teton, au pied duquel Jack avait grandi. Pourtant il devait reconnaître que le paysage vallonné, d'un vert luxuriant, était magnifique. On était seulement en mars, mais déjà les premiers signes du printemps se faisaient sentir un peu partout.

Dans les hauteurs, les épicéas, les pins et les sapins gardaient leur splendeur verdoyante tout au long de l'hiver. Tous ces conifères donnaient aux montagnes une teinte bleu-vert adoucie par la brume perpétuelle. A plus basse altitude, les feuillus commençaient à bourgeonner. Dans quelques semaines, toute la nature serait de nouveau vibrante de vie.

Mais la végétation était encore trop clairsemée pour masquer Jack aux yeux de la conductrice qui le précédait d'une centaine de mètres. Il garda ses distances le plus longtemps possible, jusqu'à ce que la Mazda tourne à angle droit dans les bois.

Jack ralentit en approchant de l'embranchement. Il aperçut une route étroite qui s'enfonçait au milieu des arbres vers une destination inconnue. Elle menait probablement au lac, devina-t-il en voyant un éclat de soleil faire miroiter la surface de l'eau, juste avant que la végétation ne se densifie et ne lui bloque la vue.

Alors qu'il tournait à son tour, il ne put s'empêcher de repenser aux inquiétudes d'Hannah et de Riley. Qu'espérait-il en suivant Mara ? Serait-elle plus disposée à accepter son argent si elle pensait qu'il était à moitié fou ?

Résolu à retourner sur la quatre-voies, il commença à chercher un endroit où faire demi-tour. Mais en approchant d'une allée de gravier, il aperçut la Mazda bleue garée devant un petit chalet. La bâtisse était nichée dans une clairière au milieu des bois. Les arbres se clairsemaient jusqu'à la berge sableuse du lac, une cinquantaine de mètres plus loin.

Jack se gara au bord de l'allée et passa au point mort, le temps de réfléchir aux options qui s'offraient à lui. Du coin de l'œil, il aperçut un mouvement sur le perron du chalet.

Il lui fallut une seconde pour comprendre ce qu'il voyait. Puis une seconde de plus pour que son esprit sorte de son apathie et succombe à la montée d'adrénaline qui l'envahit soudain.

Son instinct de cow-boy se réveilla, et Jack jaillit du pick-up. Il se mit à sprinter vers le combat qui était en train de se dérouler sous le porche.

Il n'avait pas son Colt sur lui, l'ayant rangé dans le casier sous le plateau du pick-up. Mais l'homme qui s'en prenait à Mara ne semblait pas armé, lui non plus.

Et si jamais il l'était, Jack ne comptait pas lui donner le temps de dégainer.

Le crissement de ses pas sur le gravier n'eut aucun effet sur l'empoignade entre Mara et son adversaire, mais quand Jack avança sur la première marche, l'inconnu se figea un instant.

Mara en profita pour passer à l'attaque. Elle commença par asséner un coup de coude dans le sternum de l'inconnu, puis lui écrasa violemment le pied et le frappa à l'entrejambe.

Lorsque l'homme relâcha sa prise, Mara en profita pour se jeter sur le côté. Jack se rua sur lui, le percuta à pleine vitesse et le repoussa contre le mur du chalet.

Mais une seconde plus tard, l'inconnu en tenue de camou-flage répliqua d'un coup de poing brutal en pleine poitrine. Jack tomba en arrière et chuta durement sur les marches du perron. Sa tête heurta le sol, et le peu d'air qui restait dans ses poumons s'échappa de sa poitrine.

Pendant un instant, il ne vit rien d'autre qu'un amas d'étoiles sur un fond noir. Puis, peu à peu, l'obscurité se dissipa, remplacée par la lumière déclinante du jour qui filtrait à travers les branchages des arbres.

Au centre de sa vision, il trouva le canon menaçant d'un Smith & Wesson.

La bouffée d'air qu'il avait réussi à inspirer sembla se glacer dans ses poumons. Il laissa ses yeux remonter le long du canon jusqu'à la petite main serrée autour de la crosse, puis plus haut encore, jusqu'à ce qu'il croise un regard bleu rempli de fureur.

— Tu es avec lui ? demanda Mara d'une voix qui tremblait, contrairement à sa main.

— Quoi ? marmonna-t-il, le souffle court.

— Est-ce que tu es avec lui ?

Sans cesser de le viser, elle fit un signe du menton en direction des bois. Elle avait les cheveux en bataille à cause de la taie d'oreiller que l'homme lui avait passée sur la tête, et ses yeux injectés de sang brillaient d'une lueur sauvage. Immobile, Jack songea qu'il n'avait pas intérêt à ciller au mauvais moment s'il ne voulait pas qu'elle lui tire dessus sans prévenir.

— Non. Tu n'as pas vu que j'essayais de l'arrêter ?

Elle pinça les lèvres avant de répondre :

— Tu essaies peut-être de me piéger.

— Je n'essaie pas de te piéger, Mara.

Son affirmation n'eut pas l'air de la rassurer.

— Debout, ordonna-t-elle.

Quand Jack se redressa en position assise, la douleur dans sa tête le fit grimacer. Il sentit un liquide chaud couler dans sa nuque.

— Je crois que je saigne.

Mara n'eut pas l'air d'entendre son constat.

— Pourquoi es-tu venu ici ? Est-ce que tu me traques ?

— Non.

En voyant son regard sceptique, il ajouta :

— Pas exprès, en tout cas.

— Pourquoi m'as-tu abordée au restaurant ?

Lorsqu'elle se pencha vers lui, Jack grimaça en voyant le canon du pistolet se rapprocher encore plus de son visage.

— Pourrais-tu s'il te plaît baisser ce truc avant de me tirer dessus ?

— Pas question, répondit-elle d'une voix monocorde. Allez, debout.

Il se leva lentement, les muscles de son dos et de son abdomen noués par la tension.

— Je ne suis pas avec ce type. Et je ne te harcèle pas, même si les apparences sont contre moi.

Les commissures des lèvres de Mara frémirent imperceptiblement. Mais Jack attribua cela à un tic nerveux plutôt qu'à une réaction d'amusement. Le regard bleu rivé sur lui était dénué de la moindre trace d'humour.

— Tu m'as suivie ici, lança-t-elle.

A en juger par son intonation, ce n'était pas une question.

— En effet.

— Pourquoi ?

— Pour voir où tu allais.

Il fallait bien l'admettre, c'était une piètre explication, même si la réponse de Jack avait le mérite d'être sincère.

— Mission accomplie, répliqua Mara du même ton égal. A présent, va-t'en.

Jack perçut une note étrange dans sa voix rauque, comme une pointe de vulnérabilité qui fissurait son masque de calme dédain.

— Tu sais qui était ce type ? demanda-t-il.

Elle garda le silence, ce qui pouvait faire office de réponse.

— Dans quoi t'es-tu fourrée, Mara ?

Il s'attendait à ce qu'elle lui adresse un regard furieux, mais elle resta impassible.

— Tu dois partir. Et tout de suite.

En dépit de son ton inflexible, elle finit par baisser son arme.

— Tu as des ennuis ? insista Jack. Est-ce que quelqu'un attend que je parte pour t'attaquer de nouveau ?

Sans un mot, elle se tourna vers l'entrée du chalet. Malgré la douleur lancinante dans son crâne, Jack s'élança sur les marches. Il parvint à la porte juste avant qu'elle ne se referme derrière Mara et glissa son pied dans l'entrebâillement. Elle lui jeta un regard noir, mais garda son pistolet le long de son corps.

— Je t'ai dit de partir.

— Je t'ai entendue.

— Et pourtant, tu es toujours là.

En voyant son expression dure et froide, Jack sentit la culpabilité l'envahir. Mara Jennings n'avait jamais été dure ou froide, même quand elle aurait dû l'être.

Sa nature douce et indulgente avait fait d'elle une cible facile pour un minable comme lui. Il en était venu à dépendre d'elle, de sa présence dès qu'il avait besoin d'elle et de sa capacité à fermer les yeux sur ses nombreux défauts.

C'était sûrement une bonne chose qu'elle ait enfin tracé une ligne infranchissable entre eux, pensa Jack. Il regrettait simplement du fond du cœur que cette femme tendre et généreuse ait changé par sa faute.

— Il reste la question des sept mille dollars, lui rappela-t-il.

Mara recula d'un pas et lâcha la porte. Il repoussa le battant du pied, puis entra dans le petit salon. Lorsqu'il jeta un coup d'œil autour de lui, ce qu'il vit faillit lui couper le souffle.

L'endroit avait été complètement saccagé.

L'expression troublée sur le visage de Jack Drummond fut le seul avertissement qu'elle eut. En suivant la direction de son regard sombre, elle vit ce qu'elle avait été trop agitée pour remarquer en entrant.

Quel que soit ce que cherchait l'intrus, il avait semé le chaos dans son chalet. Les coussins éventrés du canapé étaient éparpillés aux quatre coins de la pièce et des morceaux de rembourrage gisaient sur le sol. Des livres arrachés à la bibliothèque avaient été jetés à terre. Un lampadaire reposait sur le côté, son abat-jour de verre brisé.

Toute son énergie sembla quitter son corps d'un coup, la laissant sans forces et sans espoir.

— Qui a fait ça ? demanda Jack d'une voix grave.

Elle se tourna vers lui et croisa son regard soucieux.

— Aucune idée.

C'était un mensonge, bien sûr. En fait, elle avait deux idées assez précises sur la question. Elle ignorait seulement laquelle était la bonne.

— Faut-il appeler la police ? demanda-t-il.

Elle sentit sa nervosité revenir au galop.

— Non, surtout pas.

— Ton patron ?

Mara réfléchit un instant à la suggestion. Quinn saurait quoi faire. Mais pouvait-elle lui faire vraiment confiance ? L'aide qu'il lui apportait n'avait rien de désintéressé. Il était son chef, il avait peut-être même été son sauveur à une période particulièrement dangereuse de sa vie, mais il n'était pas son ami.

Elle n'avait pas d'amis. Plus depuis longtemps.

— Tu dois t'en aller, déclara-t-elle en guise de réponse.

— Et si ce type revient ?

— Il ne reviendra pas.

Mais quelqu'un finirait par revenir, elle le savait. La seule chose de valeur dans le chalet était son système informatique, et il était très bien protégé. Même si l'intrus avait volé les ordinateurs, il aurait bien du mal à déjouer ses barrières de sécurité numérique.

Elle avait peut-être l'air d'une femme ordinaire, ces temps-ci, mais ce n'était pas le cas.

Elle n'avait absolument rien d'ordinaire.

— Très bien. Si c'est ce que tu veux, je vais m'en aller.

La voix de Jack était calme en apparence, mais une note de désaccord vibrait sous la surface.

— Avant de partir, j'aimerais que tu répondes à une question, une seule.

Elle soupira.

— Laquelle ?

— Pourquoi diable crois-tu me devoir sept mille dollars, alors que tu sais aussi bien que moi que je t'ai volé cet argent ?

Mara sentit son ventre se nouer sous l'effet de l'anxiété.

— Qu'est-ce qui t'est arrivé ? demanda Jack. Tu ne m'as pas tout de suite reconnu au restaurant. Tu ne te souviens de rien concernant l'argent. Et maintenant, tu me regardes comme si tu ne m'avais jamais vu auparavant.

Il fit un pas vers elle, lentement, prudemment, comme s'il s'attendait à ce qu'elle détale comme un lapin apeuré.

Il n'avait pas tout à fait tort. Elle sentait déjà les muscles de ses jambes se contracter, comme si son corps se préparait d'instinct à prendre la fuite.

— Il s'est passé beaucoup de choses, répondit-elle en veillant à contrôler sa voix. J'ai perdu ma sœur. J'ai tout abandonné pour prendre un nouveau départ. Et je ne m'attendais pas à tomber sur toi en plein Tennessee.

— Ce n'est pas une réponse.

— C'est la seule que tu auras.

— D'accord.

Lorsque Jack enfonça la main à l'intérieur de son blouson, elle braqua aussitôt son arme sur lui.

— Stop, ordonna-t-elle.

Il la dévisagea, ses yeux sombres écarquillés par la surprise.

— Bon sang, Mara… Mais qu'est-ce qui t'est arrivé ?

— Sors la main de ton blouson.

Consternée, elle entendit sa voix trembler. Heureusement, sa main ne faiblit pas.

— J'ai un chèque de banque de sept mille dollars plus intérêt, annonça-t-il. C'est ça que je veux récupérer dans ma poche.

— Je n'ai pas besoin de cet argent. Je n'en veux pas.

— J'ai besoin de te le donner, répliqua-t-il avec insistance. Je te dois bien ça, Mara, et si je ne le fais pas…

— Donne-le à une association caritative.

Jack plissa les yeux d'un air soupçonneux.

— Ton appartement vient d'être mis à sac, et tu me dis que tu ne peux pas te servir de ces sept mille dollars pour réparer les dégâts et te racheter un canapé ?

Elle en avait besoin, bien sûr, mais elle ne pouvait pas l'accepter. Pas venant de lui. Pas de cette façon.

— Donne-le à une œuvre de bienfaisance. Une association de vétérans, ou un groupe d'aide aux enfants malades… A toi de voir. Si tu veux soulager ta conscience, voilà la solution. Le pardon, ce n'est pas mon truc.

Une étincelle de colère s'alluma dans les yeux de Jack, mais disparut presque aussi vite.

— Très bien.

Il ôta la main de son blouson pour la porter à l'arrière de son crâne, qu'il palpa en grimaçant. Quand il ramena la main devant lui, ses doigts étaient tachés de sang.

Pendant une seconde, elle se rappela cette nuit, quatre ans plus tôt, où elle s'était retrouvée dans une maison en flammes, face au cadavre de sa sœur gisant sur le sol du salon. Pendant les quelques secondes qu'elle avait eues pour prendre sa décision, elle avait su qu'elle ne pouvait plus rien faire pour sa jumelle. La flaque de sang autour de la tête résumait de façon macabre ce qui s'était passé pendant qu'elle était partie chercher leur dîner.

Sa sœur avait été assassinée, et le feu avait été allumé pour dissimuler les preuves.

Pour le meilleur ou pour le pire, elle avait laissé la maison brûler.

— Tu n'aurais pas une trousse de premiers secours, dans tout ce bazar ? demanda Jack doucement, les yeux rivés sur ses doigts ensanglantés.

Mara hésita. La tentation de le jeter dehors était presque irrésistible. Mais sa blessure était peut-être plus grave qu'elle ne le pensait, et la dernière chose dont elle avait besoin était d'un autre mort sur la conscience.

— Trouve un endroit où t'asseoir, lança-t-elle avec un soupir exaspéré. Je vais voir si ma trousse de secours est toujours en un seul morceau.

Le reste du chalet avait été retourné avec la même frénésie que le salon mais, quel que soit ce que cherchait son agresseur, il semblait être reparti les mains vides. Elle trouva le kit de premiers secours sur le sol de la salle de bains, son contenu éparpillé sur le carrelage gris. Heureusement, la plupart du matériel étaient sous emballage stérile. Elle rangea le tout dans la trousse en toile, se lava les mains, puis revint dans le salon.

Jack avait redressé une chaise dans le coin de la salle à manger et s'était assis à la table. Il s'essuyait les doigts sur une feuille de papier absorbant, récupérée sur un rouleau qui avait été arraché à son support mural. Il releva les yeux lorsqu'elle revint dans la pièce.

— Je crois qu'il y a des taches de sang sur ton tapis, déclara-t-il.

Tout en pressant l'essuie-tout à l'arrière de sa tête, il désigna la zone près de la porte d'entrée.

— Pas de vertige ? demanda-t-elle.

Elle essaya de se remémorer les symptômes d'une commotion cérébrale. Il n'avait pas perdu connaissance et ne semblait pas sonné ou chancelant. C'étaient de bons signes.

— Ça va, répondit-il. Je n'ai pas de traumatisme crânien, si c'est ce qui t'inquiète.

— Tu ne peux pas le savoir.

Elle posa la trousse de secours sur la table et l'ouvrit.

— J'ai chevauché des taureaux pendant dix ans, répliquat-il d'un ton ironique. Je connais parfaitement les symptômes d'un traumatisme crânien.

Elle ressentit une pointe d'irritation en l'entendant évoquer son métier.

— Tu parles au passé ?

— J'ai pris ma retraite.

Elle lui jeta un regard en coin, observant les angles marqués de son beau visage.

— C'est ta décision ou celle du taureau ?

Jack esquissa un sourire qui creusa de profondes fossettes dans ses joues.

— Celle du taureau, clairement. En me tombant dessus, il m'a fracturé le bassin à plusieurs endroits. Les médecins ont réussi à me remettre d'aplomb, mais il y a des blessures que même un cow-boy cinglé comme moi ne peut pas ignorer.

Son ton était neutre, mais elle pouvait de nouveau déceler une émotion plus sombre sous la surface.

— Mince alors, murmura-t-elle.

Elle n'avait pas eu l'intention de paraître aussi désinvolte, mais il releva brusquement les yeux vers elle.

— Ouais…

— Je ne voulais pas dire…

— Peu importe, l'interrompit-il en détournant le regard.

— Laisse-moi examiner ta tête.

Elle éprouvait une légère culpabilité, qui alimentait un début de colère : elle s'en voulait d'être assez bête pour se soucier de cet homme et se sentir coupable.

Jack tourna la tête pour qu'elle puisse regarder sa blessure. Elle retint une exclamation de surprise.

Il avait la peau fendue sur cinq centimètres, et les bords irréguliers de la plaie étaient à vif. Ses cheveux épais avaient absorbé la plus grande partie du sang, mais il en coulait encore assez pour l'inquiéter.

— Jack, tu as besoin de points de suture. Et peut-être même d'un scanner.

Et elle avait besoin, plus que n'importe quoi, de faire sortir cet homme de chez elle avant qu'il ne découvre la vérité.

3

— Tu veux que je prévienne quelqu'un ?

En entendant la voix rauque de Mara, Jack releva les yeux des formulaires médicaux qu'il était en train de remplir. De l'autre main, il pressait toujours la feuille d'essuie-tout à l'arrière de sa tête, où la plaie continuait de saigner.

La clinique était bondée. Une infirmière était déjà venue examiner sa blessure et vérifier ses pupilles, avant de décider qu'il n'y avait pas d'urgence. La réceptionniste avait ensuite pris sa carte d'assurance maladie, lui tendant en échange un porte-bloc avec trois pages de questionnaires à remplir.

Il n'avait pas encore entamé la troisième page, mais à en juger par les deux premières, il allait devoir détailler tout son passé sexuel, répertorier toutes les taches de rousseur, grains de beauté et cicatrices qu'il avait sur le corps, et indiquer sa généalogie sur trois générations.

Soulagé de pouvoir interrompre sa prose, il réfléchit à la question de Mara.

— Mon beau-frère et sa femme sont en ville, mais je ne veux pas les inquiéter...

— C'est que... J'ai des choses à faire.

Il lui jeta un coup d'œil en coin.

— Tu as l'intention de partir d'ici toute seule ?

— Oui, répondit-elle, les sourcils froncés.

— Quelqu'un a essayé de te kidnapper, Mara. Franchement, plutôt que de venir ici, nous aurions dû aller voir la police.

— Parle moins fort, ordonna-t-elle d'un ton réprobateur.

Jack regarda autour d'eux. Dans la salle d'attente surpeuplée, personne ne leur prêtait attention.

— Tu ne comptes pas ignorer ce qui s'est passé, quand même ?

Elle détourna les yeux sans répondre.

— Tu as perdu la tête ou quoi ? s'exclama-t-il.

— Non.

Sa voix était toujours douce et posée.

— Tu ne sais rien de ma vie ou de mes choix, dit-elle. Ne prétends pas le contraire.

— Qu'est-ce qui te fait penser que ton agresseur n'est pas en train de t'attendre au chalet en ce moment même ?

— Ne t'inquiète pas pour moi.

Elle avait raison. Il ne devait pas s'en faire pour elle, pourtant il ne pouvait s'en empêcher. A l'idée qu'elle quitte la clinique toute seule, l'angoisse lui serrait la poitrine.

— Si tu n'appelles pas la police, je le ferai.

L'expression de Mara se fit glaciale.

— Je leur dirai que c'était toi, l'intrus.

— Quoi ?

Il la dévisagea, persuadé d'avoir mal compris.

— Si tu appelles la police, poursuivit-elle calmement, je leur dirai que tu es l'intrus qui a saccagé ma maison. Que tu es un ex-petit ami qui m'a suivie jusqu'ici depuis le Texas et qui refuse d'accepter la rupture.

Une bouffée de colère, brûlante et douloureuse, envahit Jack.

— Tu mentirais à la police à propos de moi ?

Elle releva brusquement les yeux sur lui.

— Seulement si tu m'y obliges.

— Mais qu'est-ce qui t'est arrivé, bon sang ? demanda-t-il en baissant la voix. Je veux bien que tu me détestes pour m'être mal comporté avec toi, mais tu n'as jamais été une menteuse.

— Comment peux-tu le savoir ?

Elle regarda ses mains jointes sur ses genoux.

— Tu ne m'as jamais vraiment connue, n'est-ce pas ? demanda-t-elle. Tu n'as jamais vu que ce que tu voulais bien voir.

— Je sais que tu étais gentille, murmura-t-il.

Il observa ses doigts, qu'elle nouait et dénouait, ses ongles courts, sans vernis. Depuis quand n'allait-elle plus chez la manucure ? C'était l'un des rares plaisirs qu'elle s'autorisait. Elle avait un goût immodéré pour le vernis à ongles, impatiente de tester les couleurs et les styles à la mode.

Intrigué, il ajouta :

— Tu étais douce et honnête.

— Etre gentil, doux et honnête est le meilleur moyen de se faire avoir, murmura-t-elle.

— Par des crétins de cow-boys portés sur l'alcool, tu veux dire ?

Elle lui jeta un rapide coup d'œil, mais ne répondit pas.

— Je suppose que je le mérite, admit-il.

Elle baissa les yeux sur le papier qu'il avait posé sur ses cuisses.

— Si tu ne finis pas de remplir tout ça, le médecin ne va jamais s'occuper de toi.

Avec un soupir, il reporta son attention sur les formulaires et répondit au reste des questions. Il s'attendait à moitié à ce qu'elle s'enfuie à la seconde où il porterait les documents à la réception mais à son retour elle était toujours assise dans un coin de la salle d'attente.

— Tu as parlé de ton beau-frère et de sa femme, déclara-t-elle. Ce n'est pas ta sœur ?

— Non. Tu sais bien que non.

Il la regarda avec surprise. Comment pouvait-elle avoir oublié ce qu'il lui avait confié sur Emily ? Elle lui avait tenu la main jusque tard dans la nuit lorsqu'il lui avait raconté l'histoire du meurtre de sa sœur, et son impact sur le reste de sa famille.

Comment pouvait-elle demander une chose pareille ?

— Monsieur Drummond ?

Une jolie infirmière blonde passa la tête dans l'embrasure de la porte qui menait à la salle d'examen.

Jack se tourna vers Mara.

— S'il te plaît, reste ici jusqu'à ce que j'ai vu le médecin.

Je voudrais te raccompagner chez toi et m'assurer qu'il n'y a plus aucun danger au chalet.

Elle fit un signe du menton en direction de l'infirmière.

— Ne laisse pas passer ton tour.

Avec un dernier coup d'œil en arrière pour s'assurer que Mara n'était pas déjà en train de s'enfuir, il suivit la jeune femme dans la salle d'examen.

Jack pensait qu'elle allait lui fausser compagnie. Le regard méfiant qu'il lui avait lancé avant d'emboîter le pas à l'infirmière était transparent.

Il avait vu juste. C'était bien son intention.

Elle attendit encore une minute pour s'assurer qu'il n'allait pas faire demi-tour. Une fois rassurée, elle saisit son sac à main et se dirigea vers la sortie de la clinique. Le cœur battant la chamade, elle regarda à gauche et à droite en se demandant où aller.

Des nuages chargés de pluie s'amassaient à l'ouest, masquant le soleil couchant. Lorsqu'elle s'installa au volant de sa voiture, quelques gouttes de pluie s'abattirent sur le pare-brise. Elle resta immobile une seconde pour laisser à ses nerfs à vif le temps de se calmer.

Elle n'avait même pas eu le temps de penser à l'inconnu du chalet, ni à ce qu'il voulait. Jack Drummond et sa blessure à la tête étaient vraiment mal tombés.

Comment Jack avait-il trouvé son chalet ? L'avait-il suivie depuis l'agence ?

Pourquoi ne l'avait-elle pas remarqué ?

Décidément, elle se laissait aller. Le professionnalisme calme d'Alexander Quinn et ses promesses de protection lui avaient donné une sensation de sécurité aussi fausse que tout ce qui concernait le reste de sa vie. La femme qu'elle avait été ne se serait jamais fiée à un ancien espion qui avait ses propres priorités.

Elle n'aurait fait confiance à personne.

Elle devait retourner au chalet. Elle devait s'assurer que

l'intrus n'avait pas profité de son absence pour pénétrer dans la pièce sécurisée où elle cachait ses ordinateurs. Ensuite, si rien n'avait bougé, elle essayerait de mettre le maximum de choses à l'abri jusqu'à ce qu'elle quitte Purgatory et trouve un autre refuge.

Elle se gara tout près de l'allée menant à son chalet, puis fit le reste du trajet à pied. Autant éviter d'annoncer son arrivée, si jamais l'inconnu était revenu. Tout en marchant, elle tenait fermement son Smith & Wesson, l'index juste au-dessus de la détente, comme Quinn le lui avait appris. Elle pouvait au moins le remercier pour son aide en la matière, songea-t-elle. Depuis leur rencontre, six ans plus tôt, dans un trou à rats colombien, il l'avait bien préparée pour affronter les ennuis qu'elle trouvait constamment sur sa route.

Le portable qu'elle avait rangé dans la poche avant de son jean se mit à vibrer. Elle ignora le léger bourdonnement, qui finit par cesser. C'était sûrement Quinn qui voulait avoir de ses nouvelles. Elle le rappellerait plus tard.

Mais pas avant d'avoir fait ses bagages et d'être prête à déguerpir du Tennessee.

Le chalet était à une trentaine de mètres devant elle, à peine visible à travers les arbres. Elle s'immobilisa, tous les sens en éveil. La tempête se rapprochait, portée par des rafales de vent soufflant du nord-est. Les branches encore dénudées des feuillus cliquetaient comme des os, tandis que les aiguilles des conifères bruissaient doucement.

Aucun son ne provenait du chalet. Elle attendit encore un instant, suivant les mesures de prudence qui lui avaient permis de rester en vie jusqu'à présent. Mais elle ne sentait aucune menace poindre de la bâtisse où elle vivait depuis cinq mois.

Elle reprit son chemin, balayant du regard les bois autour d'elle, à la recherche de la moindre menace. Elle n'était plus qu'à une quinzaine de mètres du chalet lorsqu'un rayon de soleil se réfléchissant sur une surface chromée attira son attention. Contrariée, elle contempla le gros pick-up Ford noir garé le long de la route près de sa maison.

Le pick-up de Jack Drummond. Bien sûr… Dans sa hâte de rentrer faire ses valises, elle avait oublié le véhicule de Jack.

Elle détourna résolument le regard. Ce n'était pas son problème. Il n'aurait qu'à demander à son beau-frère de le ramener ici quand il quitterait la clinique. D'ici là, elle serait sûrement loin. Et ce que pouvait penser Jack Drummond n'aurait plus aucune importance.

Elle avait fermé la porte à clé avant d'emmener Jack à la clinique. L'entrée était toujours verrouillée, et une visite rapide lui confirma que, cette fois, elle était bien seule.

Tout en enfonçant le pistolet dans le holster compact fixé à la ceinture de son jean, elle s'arrêta au milieu du salon pour contempler les dégâts. A cause de la blessure de Jack, elle n'avait même pas eu le temps de ramasser les coussins déchirés ou de relever la lampe cassée.

Pendant un instant, elle se demanda comment il allait. Puis le fait d'accorder ne serait-ce qu'une seconde de ses pensées à cet homme l'agaça encore plus. Reléguant au fond de son esprit tout ce qui le concernait, elle traversa la pièce vers le coin salle à manger. Elle marcha jusqu'à l'armoire en acajou qui occupait presque tout le mur du fond, puis ouvrit la porte.

A l'intérieur, là où la plupart des visiteurs auraient imaginé voir de la vaisselle et du linge de maison, se trouvait une seconde porte, équipée d'un clavier électronique. Louer un chalet à un ancien espion avait quelques avantages, pensa-t-elle en souriant. Elle tapa le code, et le verrou se débloqua.

La porte en acier renforcé s'ouvrit sur une petite pièce de la taille d'un cellier, ce qui avait apparemment été sa fonction autrefois. D'après Quinn, les murs étaient bordés d'étagères lorsqu'il avait acheté le chalet, mais il les avait enlevées pour qu'elle ait la place d'installer son équipement informatique.

Un équipement qu'elle allait devoir détruire, dès qu'elle aurait fini de télécharger ses dossiers sur les clés USB sécurisées qu'elle avait achetées.

Plus vite elle se mettrait au travail, plus vite elle pourrait quitter Purgatory.

* *
*

— Elle t'a largué aux urgences sans même attendre de savoir si tu avais un trauma crânien ?

Tandis qu'ils sortaient de la clinique, Riley regarda Jack en haussant les sourcils.

— Nom d'un chien, mais qu'est-ce que tu lui as fait, à cette bonne femme ?

— A part lui avoir volé sept mille dollars, les avoir perdus au jeu et l'avoir humiliée dans un bar d'Amarillo ?

Jack monta sur le siège passager en grimaçant. La blessure à l'arrière de sa tête avait nécessité six points de suture et continuait de le faire souffrir, malgré l'anesthésiant local. A moins que ce ne soit seulement sa conscience…

— Et maintenant, tu dois aller récupérer ton pick-up dans son jardin, poursuivit Riley.

— En fait, il est garé sur la route.

— Tu crois qu'elle est du genre à rayer ta peinture et à lacérer tes pneus ?

Avant de revoir Mara, Jack aurait répondu non. Mais elle avait changé au cours des quatre dernières années. Radicalement.

— J'espère qu'elle se sera assez vengée en m'abandonnant à mon sort à la clinique.

Son beau-frère lui jeta un coup d'œil ironique.

— Pauvre petit…

— Ecoute, Riley, un type baraqué en tenue de camouflage l'a attaquée devant son chalet, et elle n'a pas voulu prévenir la police.

Incrédule, Jack secoua la tête. Il le regretta aussitôt lorsque le mouvement brusque tira sur ses points de suture, déclenchant une douleur aiguë à l'arrière de son crâne.

— Je ne comprends rien à ce qui se passe.

— Tu devrais peut-être appeler la police, suggéra Riley. Cet homme t'a agressé.

— A vrai dire, c'est moi qui me suis jeté sur lui en premier.

— Parce qu'il s'en prenait à ton amie.

— Une amie qui me déteste et qui ne veut pas mêler la police à tout ça. Et si jamais elle prétend que c'est moi qui l'ai agressée ?

— Tu te méfies vraiment d'elle, dis donc.

— J'ai abusé de sa confiance. Elle ne me doit rien.

— Alors tu devrais peut-être aller chercher ton pick-up, me suivre en ville et venir pêcher avec nous.

A en croire son ton, Riley était aussi peu emballé par sa suggestion que lui, mais il avait raison. Mara Jennings ne voulait pas de Jack dans sa vie, et il ne pouvait pas réparer ce qu'il avait cassé.

Pourtant, l'idée de la laisser se débrouiller toute seule allait à l'encontre de tous ses principes.

Jack s'attendait à moitié à ce que son pick-up ait été embarqué par la fourrière, mais le Ford F-150 était toujours garé le long de la route étroite, à une trentaine de mètres de l'allée du chalet. En revanche, la petite Mazda bleue n'était visible nulle part. Mara était peut-être retournée travailler, supposa-t-il en ouvrant la portière du Bronco.

— Est-ce qu'on t'attend pour dîner ? demanda Riley.

Jack se tourna vers lui.

— Je ne crois pas.

Son beau-frère serra les lèvres, mais n'eut pas l'air surpris.

— Sois prudent, d'accord ?

Jack hocha la tête. Il referma la portière et marcha lentement jusqu'à son pick-up. Après s'être installé au volant, il enfonça la clé dans le contact.

Mais au lieu de démarrer, il décida de patienter.

Pendant qu'elle installait les logiciels d'effacement de données sur les ordinateurs qu'elle allait devoir laisser sur place, le portable de Mara sonna. Quinn s'inquiétait…

Ignorant l'appel, elle rangea dans son sac à dos le seul ordinateur qu'elle comptait garder. Elle voulait voyager léger. Elle n'avait rien d'une accro à la mode, et moins elle aurait d'affaires à porter, plus il lui serait facile de s'évanouir dans la nature.

Tout compte fait, ce serait peut-être un soulagement de retourner dans la clandestinité. Elle n'aurait plus à prétendre être quelqu'un qu'elle n'était pas.

Quelqu'un qu'elle n'avait jamais été.

Le téléphone sonna de nouveau. C'était encore Quinn. Avec une grimace, elle décrocha.

— Quoi de neuf, patron ?

— Qu'est-il arrivé à Jack Drummond ?

— Ce qui lui est arrivé ?

Elle aurait dû se douter qu'il serait déjà au courant de leur passage aux urgences. Purgatory était une petite ville, et rien de ce qui s'y passait n'échappait à l'attention de Quinn.

— Il est tombé dans l'escalier du perron et s'est ouvert le crâne sur le gravier. Il va bien.

Mais elle ne pouvait pas en être sûre, après tout. Elle l'avait abandonné à la clinique sans un regard en arrière.

— Il est tombé dans l'escalier ? répéta Quinn.

Un frisson d'angoisse la traversa à la pensée qu'il savait peut-être quelque chose qu'elle ignorait.

— Oui. Pourquoi ? Comment as-tu appris ce qui s'est passé ?

— Quelqu'un t'a vue avec Drummond à la clinique.

Fichues petites villes, se dit-elle en retenant un soupir.

— Je ne voulais pas qu'il me fasse un procès. Ou, plus exactement, qu'il t'en fasse un à toi, étant donné que c'est toi le propriétaire.

— Et il est tombé comme ça, tout seul ?

— Tu crois que je l'ai poussé ?

— C'est le cas ?

— Non.

C'était une armoire à glace en tenue de camouflage qui s'en était chargée, ajouta-t-elle pour elle-même.

— Et j'ai bien fait comprendre à Drummond que je ne voulais plus le revoir.

— Je me suis renseigné sur lui et sur son passé, déclara Quinn.

Il avait fait vite, pensa-t-elle en jetant un coup d'œil à sa montre. Il était presque 19 heures. Il n'y avait pas de fenêtre dans la pièce secrète, mais le jour avait déjà commencé à décliner avant qu'elle ne boucle son sac. La nuit serait tombée lorsqu'elle prendrait enfin la route.

C'était peut-être mieux ainsi. Il lui serait plus facile de disparaître dans l'obscurité.

— Tu n'es pas curieuse ? poursuivit Quinn, rompant le silence.

— Pas particulièrement.

C'était un mensonge, bien sûr. Sa curiosité était l'un de ses traits de caractère majeurs et lui avait souvent attiré de gros ennuis.

Or une chose était sûre : Jack Drummond était un être fascinant, et pour de bien mauvaises raisons.

— Il ne fait plus de rodéo depuis deux ans, reprit Quinn. Il a pris sa retraite après s'être fait briser le bassin par un taureau. Il a de la chance de pouvoir encore marcher.

Mara n'avait pas remarqué le moindre signe d'infirmité chez Jack Drummond. Mais le contraire aurait été étonnant : elle avait évité le plus possible de le regarder.

— Pourquoi me racontes-tu tout ça ?

— Il avait une réputation de cow-boy porté sur la boisson, coureur de jupons et casse-cou dans l'arène.

Jack avait mérité cette réputation. Elle le savait mieux que la plupart des gens.

— Il *avait* ?

— Il a arrêté de boire il y a quatre ans. Je ne sais pas s'il a arrêté de coucher à droite et à gauche, mais les récits sur ses exploits sexuels ont cessé à la même époque. Il a seulement continué le rodéo. D'après ce que j'ai appris, il s'est mis à prendre de plus en plus de risques, jusqu'à l'accident qui a mis fin à sa carrière.

Quatre ans plus tôt, Mara était entrée dans un bar d'Amarillo pour y passer la soirée avec Jack. Elle l'avait trouvé collé à une jolie cavalière de *barrel racing* blonde, qu'il avait rencontrée en l'attendant. Il était déjà complètement ivre. En la voyant arriver, il lui avait adressé un sourire aviné et avait haussé les épaules.

Comme pour dire : « Je suis un cow-boy, je n'y peux rien. »

Comme elle l'avait détesté pour ça, songea-t-elle.

Elle n'avait jamais cru une seconde qu'il pourrait changer un jour. Les hommes comme Jack Drummond traçaient leur route dans le monde avec insouciance, détruisant tout sur leur passage, sans jamais en subir les conséquences.

— Il est peut-être plus discret, maintenant.

— Peut-être, admit Quinn. Ou alors il est arrivé quelque chose qui a modifié son comportement.

Elle savait ce qu'il suggérait. Elle n'avait jamais dit à personne ce qui s'était passé à Amarillo, mais Quinn était assez intelligent pour le deviner.

— Je m'en moque, répondit-elle d'un ton monocorde en baissant les yeux sur son sac.

Elle ne comptait pas rester une heure de plus à Purgatory, alors ce qu'avait fait ou pas Jack Drummond quatre ans plus tôt la laissait indifférente.

Complètement indifférente.

— Pourquoi ai-je l'impression que tu me caches quelque chose ? demanda Quinn.

— Parce que tu es un vieil espion suspicieux, rétorqua-t-elle. Va embêter quelqu'un d'autre.

Elle mit fin à l'appel d'une main tremblante. Elle devait se calmer, résolut-elle en inspirant plusieurs fois à fond. Elle s'efforça de vider son esprit de toutes les complications provoquées par l'irruption de Jack Drummond dans sa vie.

Les logiciels d'effacement de données qu'elle avait lancés sur les autres ordinateurs avaient presque achevé leur mission. Tous ceux, Quinn y compris, qui essaieraient de découvrir sur quoi elle travaillait s'y casseraient les dents.

Les informations dont elle avait besoin pour poursuivre sa tâche étaient enregistrées sur trois clés USB. Elles étaient à l'abri pour l'instant, cousues dans le matelassage de son sac. Lorsqu'elle arriverait dans son prochain refuge, elle trouverait un endroit plus sûr où les cacher.

Il était temps de laisser Mara Jennings derrière elle, pour de bon.

4

L'obscurité envahissait peu à peu les bois autour du chalet de Mara Jennings, que les nuages bas nimbaient d'un voile de brume. Il ne pleuvait pas encore, mais lorsque Jack sortit du pick-up pour se dégourdir les jambes, il inspira une bouffée d'air froid et humide annonciateur d'averse.

Il n'y avait eu aucun mouvement autour du chalet depuis deux heures. Aucune voiture n'était passée à proximité. Une fois rassis au volant, il jeta un coup d'œil sur sa montre. Il n'était pas encore 20 heures.

Où diable était Mara ? se demanda-t-il, avant de se redresser brusquement en voyant une lumière trembloter à l'intérieur du chalet.

Une silhouette sombre passa devant la seule fenêtre que Jack pouvait voir depuis l'endroit où il se trouvait. Il n'était pas en mesure de distinguer la taille de cette personne, mais il estima qu'il s'agissait peut-être d'une femme.

Mara était-elle là depuis le début ? Ou s'agissait-il d'un intrus qui était entré sans que Jack s'en aperçoive ?

Pendant sa longue attente, il avait sorti son colt du casier et l'avait chargé. Il vérifia qu'une cartouche était engagée dans la chambre, puis tendit la main vers la poignée de la portière.

La lumière dans le chalet s'éteignit.

Jack se figea.

Une seconde plus tard, la porte s'ouvrit, et une silhouette vêtue de noir se glissa à l'extérieur. Elle traversa le perron et commença à descendre les marches, émergeant peu à peu de l'ombre du porche.

La vue de Jack s'était assez habituée à la faible luminosité pour reconnaître le joli visage de Mara lorsqu'elle le tourna dans sa direction.

Elle s'immobilisa dès qu'elle aperçut son pick-up.

Elle ne l'avait sûrement pas vu, assis dans la cabine en train de la surveiller. Elle allait peut-être penser que son beau-frère l'avait reconduit à l'hôtel pour la nuit et qu'ils viendraient récupérer le pick-up le lendemain.

Au bout de quelques secondes, Mara reprit sa marche vers l'orée du bois, sur sa gauche. Si elle s'enfonçait dans l'épaisse végétation composée d'arbres et de taillis, il risquait de la perdre complètement de vue.

Serait-ce si grave que cela ?

— Oui, murmura-t-il dans un souffle.

Mara avait des ennuis, c'était évident. Elle s'était fait attaquer dans l'après-midi. Et maintenant, elle sortait en douce de chez elle, munie de deux sacs, et s'apprêtait à disparaître dans les bois à la nuit tombée.

Pourquoi agissait-elle ainsi ?

Un coup de feu rompit le silence, tout près du pick-up. Jack se baissa d'instinct, avant de regarder par la fenêtre côté passager. Son rythme cardiaque semblait avoir triplé en quelques secondes.

Etait-ce Mara qui lui tirait dessus ?

Un bruissement de feuilles attira son attention, juste avant que Mara ne surgisse sur la route devant son pick-up. Un second tir retentit, et elle s'arrêta net. Elle s'effondra en avant, disparaissant à sa vue.

Jack sentit son cœur manquer un battement. Il se jeta sur sa portière et actionna la poignée deux fois avant de réussir à l'ouvrir.

Courbé en deux, il marcha vers l'avant du véhicule et jeta un coup d'œil de l'autre côté du pare-chocs.

Mara était allongée à plat ventre sur le gravier, les yeux mi-clos, le souffle haletant.

Pendant une seconde, Jack hésita sur la conduite à suivre. Il se considérait peut-être comme un homme d'action, mais dans son cas il s'agissait surtout de tenir à cru sur le dos d'un taureau enragé pendant huit secondes. Il se débrouillait plutôt bien avec son colt quand il était au stand, mais on ne lui avait encore jamais tiré dessus.

— Mara ? murmura-t-il.

Inquiet, il essaya de voir si elle saignait. Mais lorsqu'il entendit un nouveau craquement dans les bois à sa droite, il passa aussitôt à l'action. Il se rua vers Mara, l'attrapa par les bras et la traîna à l'abri. Elle se débattit faiblement, mais il parvint à l'installer entre lui et la portière.

— Où as-tu été touchée ? chuchota-t-il, risquant un coup d'œil par-dessus le plateau du pick-up.

— Tu es avec lui ? marmonna-t-elle.

— Quoi ?

— L'homme armé... Tu es avec lui ?

Dans les bois, les craquements reprirent de plus belle. Beaucoup plus près, cette fois. Sans prendre le temps de répondre, il poussa Mara sur le côté et ouvrit la portière.

— Tu peux monter ?

Elle croisa son regard, les yeux brillant à la faible lueur du plafonnier. Jack la sentit s'agiter contre lui, et le mouvement de son corps contre le sien déclencha une vague de chaleur dans son bas-ventre, à la fois inattendue et inopportune. Quand elle se retourna pour grimper à l'intérieur du pick-up, la courbe de ses fesses l'effleura, l'embrasant encore plus.

— Allez, sors-nous de là, ordonna-t-elle.

Il s'installa au volant et démarra.

— Y a-t-il un moyen plus rapide de partir d'ici qu'en reculant ?

— Non.

— Tiens bon, alors.

Il enclencha la marche arrière et appuya sur l'accélérateur. Le pick-up recula brutalement, puis Jack freina tout en braquant le volant. Tandis que les roues dérapaient dans une gerbe de gravier, il changea de vitesse et accéléra de nouveau.

A côté de lui, Mara crispa les mains sur le tableau de bord pour essayer de rester en place sur son siège.

— Fonce ! lança-t-elle d'une voix rauque.

Un autre coup de feu retentit, et Jack entendit un son métallique. Apparemment, le dernier tir avait touché la carrosserie. Ravalant un juron, il mit le pied au plancher.

— A gauche ou à droite ? demanda-t-il quelques secondes plus tard.

Il freina à l'approche de l'intersection avec la route tortueuse qu'il avait suivie depuis la quatre-voies.

— A gauche, répondit-elle après une brève hésitation.

Tourner à droite les ramènerait à la grande route, songea Jack en obéissant. Où Mara avait-elle décidé de les emmener ?

Tout en fonçant sur l'étroit ruban de bitume qui semblait suivre les contours du lac, il regarda dans le rétroviseur. Riley et Hannah l'avaient emmené pêcher dans le coin, plus tôt dans la matinée. Mais ils avaient dû aller à un autre endroit du lac, parce que rien de cette route ou de ces bois ne lui était familier.

Il jeta un bref coup d'œil vers Mara.

— Où es-tu blessée ?

— Seulement dans ma fierté, répondit-elle d'un ton dur.

— On t'a tiré dessus.

— C'est mon sac qui a arrêté la balle. L'impact m'a fait tomber et m'a coupé le souffle, mais je ne suis pas blessée.

Jack n'était pas sûr de la croire. En réalité, il commençait à se demander s'il pouvait croire un traître mot de ce qu'elle lui avait dit depuis leurs retrouvailles, quelques heures plus tôt.

— Qui nous a tiré dessus ?

— « Nous » ? répéta-t-elle, les yeux écarquillés sous la frange emmêlée de ses cheveux cuivrés.

— Je suis à peu près sûr qu'il y a un impact de balle sur mon pick-up, alors oui, « nous ».

— Je ne sais pas.

Elle mentait. Ou, en tout cas, elle ne disait pas toute la vérité. Elle ne savait peut-être pas exactement qui l'avait attaquée au chalet ou qui avait commencé à les canarder depuis les bois.

Mais elle avait une théorie, qu'elle ne semblait pas disposée à partager. Jack percevait la dissimulation dans sa voix.

Il pouvait contenir sa curiosité encore un peu, le temps de mettre le plus de distance possible entre eux et le mystérieux tireur. Mais dès qu'ils trouveraient un endroit sûr où s'arrêter, il n'hésiterait pas à l'assaillir de questions.

Et elle avait intérêt à y répondre.

Lorsqu'ils atteignirent l'intersection où la route du lac rejoignait une autre nationale, la pluie qui avait menacé tout l'après-midi se mit à tomber à verse. Elle s'abattit avec force sur le véhicule, limitant la visibilité à quelques dizaines de mètres. De ce côté du lac, la grande route était l'axe principal entre Purgatory et Poe Creek, un bourg de montagne à environ vingt-cinq kilomètres au nord.

Tout comme Purgatory, Poe Creek n'était jamais devenu une destination touristique, au contraire de bien d'autres petites villes des Smoky Mountains. Mais en raison de sa proximité avec le massif et d'un accès routier au lac du barrage Douglas, quelques hôtels et motels s'y étaient implantés. Parmi eux se trouvaient plusieurs petits établissements où, contre quelques dollars, le réceptionniste fermait les yeux quand un client payait une chambre en liquide sans présenter de papiers d'identité.

Elle dit à Jack de prendre la direction du nord. Elle posa le sac marin sur ses genoux et le sac à dos à ses pieds, puis prit le temps d'attacher sa ceinture. Elle n'avait vraiment pas besoin que la police routière du Tennessee les arrête.

— Est-ce que tu peux t'attacher tout en conduisant ? demanda-t-elle.

Jack lui lança un regard incrédule.

— Là, j'essaie surtout de me concentrer pour réussir à voir à trois mètres devant moi.

— Passe-moi la ceinture, je vais le faire.

Bien sûr, avec tout ce qui se passait, les lois en matière de ceinture de sécurité étaient vraiment le cadet de ses soucis. Mais en cet instant précis, faire quelque chose — n'importe quoi — qui lui permettait de garder un semblant de contrôle était une bonne chose à ses yeux.

Jack fit passer la sangle sur sa taille et son épaule. Il lui tendit l'attache, qu'elle saisit et tira vers le bas. Ce faisant, elle effleura par mégarde la cuisse de Jack. Malgré le jean, elle sentit la chaleur de sa jambe musclée, et ses doigts se mirent à picoter.

Elle replia le bras et saisit son sac marin pour inspecter le trou qui perçait le tissu à une des extrémités.

— Tu es sûre de ne pas avoir été touchée ? demanda Jack en lui lançant un nouveau regard inquiet.

— Certaine.

Un peu troublée par son attention, elle s'obligea à détourner les yeux. Au cours de ces dernières années, elle s'était forgé une aura d'invisibilité. Elle avait tout fait pour se rendre aussi discrète que possible, opérant un revirement complet par rapport à ses vingt-trois premières années. Plus jeune, attirer l'attention avait été sa principale ambition, et elle avait multiplié les actes spectaculaires et extravagants pour parvenir à ses fins.

Elle avait appris à ses dépens qu'une telle attitude pouvait se révéler dangereuse.

— Où allons-nous ? demanda Jack.

Elle n'aimait pas sa façon d'utiliser le mot « nous », comme s'il pensait faire partie de ses projets. Certes, il était peut-être impliqué dans le pétrin dans lequel elle se trouvait. Mais comment pouvait-elle être sûre qu'il s'était retrouvé là par hasard, prêt à récupérer son pick-up, au moment même où elle croisait un autre inconnu en tenue de camouflage, cette fois armé d'un fusil ?

Rien ne disait que c'était le même homme qui l'avait accostée sur le perron de son chalet. Mais elle ne pouvait pas être sûre du contraire.

En bref, elle ignorait qui en avait après elle. Ou pourquoi.

A vrai dire, il n'y avait que deux réponses possibles à cette question : soit c'était le projet sur lequel elle travaillait pour Alexander Quinn qui l'avait mise en danger, soit c'était un aspect de son passé qui remontait à la surface. Dans tous les cas, elle devait s'éloigner au plus vite de Purgatory.

Et elle devait disparaître sans se faire remarquer. Autrement dit, elle n'avait pas besoin d'être ralentie par un cow-boy qui ignorait qui elle était et dans quelle situation tordue il mettait les pieds.

— Tu ne comptes pas me répondre ? lança-t-il d'un ton incrédule.

— Continue jusqu'à ce que je te dise d'arrêter.

Elle aurait dû se méfier en voyant l'expression dans ses yeux sombres, mais lorsqu'il tourna brusquement le volant pour se garer sur le bas-côté, elle se retrouva projetée en avant, comprimée par sa ceinture.

— Je suis bien conscient que je te dois de l'argent et des excuses pour ce que je t'ai fait, mais il ne faut quand même pas exagérer, gronda Jack.

Son ton de voix rappela soudain à Mara une semaine qu'elle avait passée dans le Wyoming quand elle avait dix-huit ans. Pendant quelques jours, elle avait accompagné un groupe d'étudiants qui partaient en virée vers l'Ouest pour leurs vacances de printemps. Elle n'était même pas inscrite à l'université que fréquentaient ces garçons. Ils l'avaient trouvée dans le petit restaurant où elle avait été serveuse à mi-temps et l'avaient emmenée en escapade avec eux.

Par miracle, elle n'avait pas fini violée ou morte à Jackson. Les étudiants s'étaient vite lassés d'elle en voyant qu'elle ne comptait pas devenir leur jouet sexuel, mais ils ne l'avaient pas forcée à faire quoi que ce soit. Ils s'étaient contentés de l'abandonner à son sort, ce qui l'avait obligée à rentrer par ses propres moyens dans le Massachusetts. Avec l'aide d'un gentil éleveur de bétail et de sa femme, elle avait réussi à rassembler assez d'argent pour payer son trajet de retour en car.

L'éleveur avait le même accent traînant que Jack, le même ton triste et désapprobateur. Elle eut l'impression de se replier sur elle-même, comme un de ces tatous à la carapace dure qu'elle voyait dans son jardin lorsqu'elle était enfant.

— Je ne sais pas où nous allons, finit-elle par répondre.

— Et tu ne vas pas me dire qui nous fuyons.

— Je ne le sais pas non plus.

Elle ne mentait pas complètement. Elle ignorait où irait Jack une fois qu'elle l'aurait quitté. Et elle n'était pas sûre que l'homme qui l'avait attaquée dans l'après-midi était le même qui lui avait tiré dessus, ni quel était son mobile.

Il pouvait y avoir de multiples raisons à son geste.

— Nous devrions reprendre la route, lança-t-elle au bout d'un long silence. Nous risquons de nous faire tirer comme des lapins en restant ici.

— Ce qui me ramène à ma question : où allons-nous ?

— Poe Creek.

— C'est où, ça ?

— Sur cette route, plus au nord.

Tout en remontant sur la chaussée, Jack serra les lèvres d'un air sombre.

— J'aurais dû suivre ton conseil et donner les sept mille dollars à une association caritative.

— Il n'est pas trop tard, grommela-t-elle.

— Tu sais très bien que si, Mara.

Un silence pesant s'installa, rompu seulement par le bruit du moteur, le grincement des essuie-glaces et le martèlement des gouttes sur le toit du pick-up. Mara regarda droit devant elle, les yeux rivés sur les faisceaux des phares qui essayaient de fendre la pluie torrentielle. Toutes les vannes du ciel semblaient s'être ouvertes en même temps au-dessus de la quatre-voies.

D'après l'horloge du tableau de bord, il était 20 h 20. Elle avait quitté le chalet à 19 h 55. Elle avait du mal à croire qu'il ne s'était même pas écoulé une demi-heure depuis leur départ.

— Nous devrions retourner à Purgatory, déclara Jack au bout de quelques minutes. Mon beau-frère est shérif adjoint dans l'Alabama. Il peut nous aider.

— Non.

— Est-ce la police que tu fuis, Mara ?

Il avait posé la question avec une pointe d'humour dans la

voix, comme s'il pensait la connaître, comme s'il savait qu'elle était incapable de franchir la limite entre le bien et le mal.

Il ne la connaissait pas du tout.

— Je ne veux pas mêler quelqu'un d'autre à mes problèmes, répliqua-t-elle.

— Un peu tard pour ça, trésor.

Râpeux, grave et captivant, l'accent du Wyoming était de nouveau perceptible dans la voix de Jack, agrémenté d'une légère intonation texane.

Mara s'obligea à ne pas le regarder. Sa voix était déjà bien assez désarmante comme cela. Elle n'avait pas besoin de voir l'angle de sa mâchoire, ni les fossettes qui se dessinaient aux coins de sa bouche quand il souriait. Elle avait toujours eu une fâcheuse tendance à succomber à des hommes qui ne lui convenaient pas. Or Jack Drummond rentrait dans cette catégorie, et pas qu'un peu.

Jack se décala sur la voie de gauche et commença à ralentir. Inquiète, elle se redressa.

— Qu'est-ce que tu fais ?

— Je change de direction, répondit-il en faisant demi-tour et en repartant vers Purgatory.

— Non, Jack. Je t'en prie.

Quand elle posa la main sur son bras, il lui lança un regard.

— Qu'est-ce qui t'effraie à ce point, Mara ?

— S'il te plaît, allons à Poe Creek comme prévu.

— C'est ce que tu as prévu, toi. Je n'ai pas été consulté. Et tu refuses de me dire ce qui se passe vraiment. De toute façon, c'est mon pick-up, c'est moi qui décide.

— Alors laisse-moi descendre. Je vais marcher.

— Sous cette pluie battante, lança-t-il sur un ton sceptique. Pendant des kilomètres.

Avant qu'elle ne puisse répondre, elle vit la route devant eux prendre une étrange lueur rouge. Une minute plus tard, elle aperçut les gyrophares allumés de nombreux véhicules d'urgence.

Elle s'avança légèrement sur son siège pour regarder à

travers le pare-brise. Malgré la pluie, elle essaya de distinguer ce qui se passait un peu plus loin.

— C'est un accident ? murmura Jack.

Il était difficile de savoir où ils se trouvaient exactement, mais d'après elle ils ne devaient pas être loin de Salvation Bridge, le pont qui franchissait Black Creek, à environ deux kilomètres du centre-ville de Purgatory. Alors que Jack s'arrêtait derrière deux autres voitures, elle distingua l'arrière d'un semi-remorque couché sur le côté.

— Il y a un camion en travers de la route, répondit-elle sèchement. Il doit bloquer le pont.

L'un des véhicules devant eux fit demi-tour et repartit dans l'autre direction.

— Y a-t-il une autre façon de retourner en ville ? demanda Jack.

Lui et le conducteur devant eux avancèrent de quelques mètres. Un agent de la police routière du Tennessee agitait les bras dans un mouvement circulaire pour leur indiquer de faire eux aussi demi-tour. Comme elle ouvrait la bouche pour répondre, Jack la regarda durement et lança :

— Et me dirais-tu la vérité si c'était le cas ?

— Tu sais que tu peux reprendre la route du lac, répliqua-t-elle en essayant de ne pas montrer son anxiété. Si tu veux courir le risque de passer près d'un homme armé d'un fusil qui sait à quoi ressemble ton pick-up, libre à toi.

Jack serra les mâchoires, mais ne répondit pas. Quelques instants plus tard, ils dépassaient l'embranchement avec la route qui menait au lac, et elle s'autorisa à respirer normalement.

Après avoir parcouru deux ou trois kilomètres, Jack rompit le silence.

— C'est quoi, le plan, Mara ? Etant donné que tu obtiens toujours ce que tu veux, le moins que tu puisses faire, c'est me mettre au courant.

— Il y a des motels, là-bas. Le village est sur le chemin de plusieurs destinations touristiques qui sont toujours bondées. Ces quelques motels permettent de gérer les surréservations.

— Et en quoi ces motels vont-ils t'aider à résoudre ton problème avec ce dingue et son fusil ?

— J'ai besoin d'un endroit tranquille pour réfléchir.

— Pour réfléchir… Réfléchir à quoi ?

A comment me débarrasser de toi, songea Mara en veillant à ne rien laisser transparaître sur son visage.

— A qui pourrait s'en prendre à moi, répondit-elle.

Jack resta muet si longtemps qu'elle ne put s'empêcher de lui jeter un regard en coin. Les mâchoires contractées, les yeux plissés, il fixait un point, droit devant lui.

— Qu'y a-t-il ? demanda-t-elle lorsque le silence devint trop pesant.

Il ralentit et se rangea de nouveau sur le bas-côté, puis tourna la tête vers elle. A la faible lueur du tableau de bord, ses yeux semblaient noirs comme la nuit. Quand il parla, les mots jaillirent de sa bouche dans un grondement sourd.

— Bon sang, mais qui es-tu ?

5

Jack n'était pas sûr de ce qu'il sous-entendait en posant cette question, mais l'expression qui traversa le visage de Mara le mit très mal à l'aise.

C'était de la terreur, purement et simplement.

Presque aussitôt, une façade glaciale, aussi impénétrable que la nuit pluvieuse, remplaça la peur.

— Tu sais qui je suis.

Non, il l'ignorait, pensa Jack.

— Tu es très différente de ce dont je me souviens.

— Les gens changent, répondit-elle en haussant une épaule. Il s'est passé beaucoup de choses en quatre ans.

— Tu as perdu ta sœur.

— Oui.

Elle resta imperturbable, mais il aperçut dans ses yeux un soupçon d'émotion qui ressemblait à du chagrin.

— Je suis désolé de ne jamais avoir rencontré Mallory.

— Elle ne t'aurait pas apprécié, de toute façon.

Elle reporta son attention devant elle, comme si elle pouvait voir au-delà du pare-brise battu par la pluie. Il ne put retenir un léger rire.

— J'imagine que non.

— Nous ne devrions pas rester sur le bas-côté, reprit-elle au bout d'un moment. Il faut que nous trouvions un endroit où passer la nuit. Attendons demain matin pour discuter de tout ça.

Jack était prêt à parier que, s'il la quittait des yeux plus d'une minute, elle s'envolerait immédiatement.

Serait-ce si grave ? se demanda-t-il en remontant sur

la route. A l'évidence, Mara était sur le point de quitter la ville lorsqu'elle était tombée sur l'inconnu au fusil, et c'était bien compréhensible. Elle s'était déjà fait attaquer quelques heures auparavant. Et encore plus tôt dans la journée, elle avait croisé l'homme qui, non content de lui briser le cœur, avait vidé son compte en banque.

Jack avait beaucoup de chance qu'elle n'ait jamais porté plainte contre lui, même si en réalité elle avait accepté de lui prêter l'argent. Il avait simplement menti à propos de ce qu'il comptait en faire. Quand il avait tout perdu, y compris la confiance que Mara avait en lui, lors de cette affreuse soirée dans un bar d'Amarillo, il était parti en la laissant faire face seule à la situation.

Il détestait se rappeler cette période de sa vie. Et il regrettait ce qu'il avait fait. Il ne l'avait peut-être pas aimée avec la même intensité qu'elle, mais il savait qu'elle était une personne remarquable. Elle n'avait certainement pas mérité tous les soucis qu'il lui avait causés.

A présent, elle aurait mérité d'être heureuse, et elle ne l'était pas. Elle aurait dû être en sécurité, pourtant elle était pourchassée pour une mystérieuse raison. A quoi la gentille fille simple qu'il avait connue à Amarillo s'était-elle retrouvée mêlée ?

Il devait le savoir. Il voulait l'aider.

S'il y parvenait, il aurait enfin l'impression d'avoir payé sa dette envers elle.

Lorsqu'ils arrivèrent à Poe Creek quelques minutes plus tard, la petite ville sembla sortir de la tempête comme un navire abandonné émergeant des vagues d'une mer démontée. Au milieu de la place principale, l'hôtel de ville à la façade d'albâtre semblait immaculé dans la lueur des phares. La lumière réfléchie par le mur pâle donnait à la scène un éclat fantomatique qui fit frémir Jack de façon inattendue.

— Les premiers motels sont un peu plus loin sur la route, annonça Mara de sa voix rauque, rompant le silence tendu qui régnait entre eux. Les meilleurs seront sûrement déjà complets. Au printemps, il y a toujours un festival organisé dans le coin. Mais nous pourrons sûrement trouver deux chambres dans l'un des motels plus bas de gamme.

Elle avait en partie raison. Les trois premiers établissements où ils s'arrêtèrent étaient pleins. Le quatrième était une bâtisse carrée d'un étage avec une enseigne clignotante l'identifiant comme le « Mountain Hideaway Motor Lodge ». En entrant, Jack s'adressa à une réceptionniste qui semblait s'ennuyer ferme. Elle l'informa qu'il ne restait plus qu'une chambre, mais avec deux lits.

— C'est tout ce que je peux vous proposer, déclara-t-elle en étouffant un bâillement. Le Festival des arts et de la culture des Smoky Mountains a lieu ce week-end.

C'était mieux que rien. Après tout, lui et Mara n'étaient pas animés d'un désir irrépressible l'un pour l'autre, songea Jack. Ils pouvaient supporter de partager une chambre pour une nuit.

— Je la prends.

Il paya en liquide, sans montrer ses papiers, puisque la femme ne les réclamait pas. Cela leur permettrait de rester anonymes et à l'abri, au moins jusqu'au matin.

— Une seule chambre ? demanda Mara lorsqu'il lui annonça la nouvelle.

Elle le regarda comme s'il venait de nouveau de lui voler sept mille dollars.

— Tu avais vu juste, répliqua-t-il. Il y a un festival dans le coin. Quelque chose en rapport avec les arts et l'artisanat.

— Je déteste les festivals, grommela-t-elle.

— Depuis quand ? Tu adorais ça, avant.

Son regard bleu glacial croisa le sien.

— Beaucoup de choses ont changé.

— Apparemment.

Il tendit le bras vers les deux sacs de Mara, prêt à les porter jusqu'à leur chambre. Elle les serra contre elle en secouant la tête.

— C'est bon, je m'en charge.

Elle ouvrit sa portière et sauta avec légèreté sur le parking.

— Chambre 126, précisa Jack en la suivant au pas de course.

Ils s'engagèrent dans le couloir extérieur qui longeait le rez-de-chaussée, protégés des éléments par celui du premier étage. Tandis que Mara le précédait vers leur chambre, il en profita pour secouer la pluie de ses cheveux et de ses vêtements. Son blouson imperméable était sans doute un peu chaud pour un printemps du Tennessee, mais les gouttes roulaient sur lui sans le mouiller.

Il regrettait seulement d'avoir laissé son Stetson dans sa chambre d'hôtel.

Riley devait sûrement se demander ce qu'il faisait en ce moment, pensa-t-il. Mais son beau-frère n'imaginait sûrement pas qu'il se trouvait dans une situation aussi étrange. Avec un sourire amer, il tourna la clé que la réceptionniste lui avait donnée, ouvrit la porte, et ils entrèrent à l'intérieur.

Comme promis, la chambre avait deux lits. Mais c'était à peu près les seuls meubles que contenait la pièce.

— Sur une échelle de un à dix en termes de dangerosité, à combien évalues-tu ces draps ? demanda Mara.

Elle posa son sac à dos sur l'un des lits, puis lança un coup d'œil maussade dans la direction de Jack.

— C'était vraiment la seule chambre de libre en ville ?

— C'est ce qu'on m'a dit à l'accueil.

— Il voulait probablement te convaincre de rester.

— Elle. Et si elle le voulait à ce point, elle nous aurait donné deux chambres comme je lui ai demandé.

Elle lui jeta un regard en biais, plein de suspicion.

— Tu crois que j'ai fait exprès de demander une seule chambre ? demanda Jack en fronçant les sourcils.

Elle ne répondit pas, mais plissa le front à son tour, avant de baisser les yeux sur le sac marin qu'elle avait laissé tomber à terre.

— Enfin, Mara… Je sais qu'à tes yeux je suis un vrai enfoiré, mais tricher comme ça n'a jamais été mon genre. Tu le sais très bien.

Elle serra les lèvres, comme si elle luttait pour ne pas

riposter. Mara n'aimait pas la confrontation. Elle n'était pas du genre à rendre coup pour coup. Et elle n'avait sûrement jamais bouillonné de fureur comme elle le faisait en ce moment. Ses cheveux aux reflets roux, bouclés par la pluie, étincelaient sous l'éclairage brutal de la chambre, et ses yeux bleu cobalt flamboyaient. Tout en elle crépitait, comme si la colère envoyait des décharges électriques à travers son corps, provoquant des explosions partout sur leur passage.

Jack sentit une énergie semblable se lover dans son bas-ventre, une bouffée d'adrénaline sexuelle qui le prit complètement au dépourvu. Au cours de leur relation, il avait eu envie de Mara, comme il aurait eu envie de n'importe quelle femme séduisante et disponible. Mais il n'avait jamais ressenti un désir aussi intense. Une puissante vague d'excitation se propagea comme une traînée de feu jusqu'au centre de son torse.

Il réagissait peut-être simplement à la fureur inattendue qu'elle manifestait. Mais les sensations qui dynamitaient son système nerveux semblaient faire rétrécir la pièce autour de lui.

Il sortit de la poche de son blouson deux paquets de crackers qu'il avait achetés au distributeur de l'accueil.

— Fromage ou beurre de cacahuète ?

Mara se laissa tomber sur le lit le plus proche de la porte. Elle leva la tête et le regarda à travers la mèche de cheveux qui lui barrait les yeux.

— Fromage.

Elle se pencha pour attraper le sac marin. Elle le posa à côté d'elle, puis examina le trou laissé par la balle.

— En fait, ça n'a pas traversé de part en part, murmura-t-elle en pâlissant.

Jack réprima l'envie de s'asseoir à côté d'elle et de la serrer dans ses bras pour la réconforter.

— Il y a des dégâts ?

Elle ouvrit le sac et fouilla à l'intérieur. Elle finit par lui montrer une paire de chaussettes pliées qui avaient été déchirées par la balle.

— Seulement ça, on dirait.

Elle replongea la main dans ses affaires et, quelques secondes plus tard, en ressortit une balle déformée.

— Et voilà la coupable.

Les chaussettes avaient dû ralentir la vitesse du projectile. La situation aurait pu tourner à la catastrophe si le tireur avait mieux visé, songea Jack en s'asseyant sur l'autre lit, en face d'elle.

— Tu es sûre que ça va ?

Elle releva les yeux vers lui, sans pour autant croiser les siens.

— J'en suis sûre.

— Et tu ne sais vraiment pas pourquoi quelqu'un s'en est pris à toi ?

Evitant toujours son regard, elle secoua la tête.

Jack ne la croyait pas, mais cela ne servait à rien d'insister, décida-t-il. Elle avait peut-être besoin de temps pour décompresser et se sentir un peu plus en sécurité.

En attendant, il n'avait aucune envie de manger les biscuits sans une boisson pour les faire passer. Le distributeur à l'accueil était hors-service, mais il y avait une glacière pleine de sodas à l'arrière de son pick-up, qu'il n'avait pas vidée après la matinée de pêche.

Il tendit à Mara le paquet de crackers au fromage et se dirigea vers la porte.

— Je reviens tout de suite.

Il sentit qu'elle le suivait des yeux, mais s'obligea à ne pas la regarder. Une fois dehors, il courut sous la pluie jusqu'au pick-up et récupéra la glacière. Il avait déjà repris le chemin de la chambre lorsqu'il repensa au sac de linge sale posé sur la banquette arrière. Il parviendrait peut-être à y trouver quelque chose d'assez propre à porter le lendemain, en attendant de trouver une laverie.

Il s'arrêta net, ignorant la pluie qui s'infiltrait dans le col de son blouson. Une laverie, vraiment ? Combien de temps pensait-il passer à fuir avec cette femme ?

Un éclair zébra le ciel, suivi quelques secondes plus tard d'un coup de tonnerre. Le fracas poussa Jack à s'éloigner du pick-up aussi vite que possible, malgré la lourde glacière et le sac-poubelle bourré de vêtements sales qui le ralentissaient.

Il aperçut le visage de Mara à la fenêtre, avant qu'il ne disparaisse à sa vue. La porte de la chambre s'ouvrit, et il se hâta d'entrer. Il posa la glacière par terre, jeta le sac à côté, puis ressortit pour secouer la pluie de son blouson.

— Qu'est-ce que c'est ? demanda Mara en désignant la glacière.

— De quoi boire.

Il souleva le couvercle. Malgré la journée inhabituellement chaude pour un mois de mars, la glace autour de la douzaine de cannettes de soda n'avait pas encore fondu.

Elle observa les boissons d'un air renfrogné.

— Tu n'aurais pas quelque chose de plus fort ? Après la journée que j'ai eue…

— Je ne bois plus, Mara.

Elle releva brusquement les yeux.

— Oh. Pardon. Je ne m'en étais pas rendu compte.

— Pas de souci. Je ne m'attends pas à ce que tu fasses de même. Mais, pour répondre à ta question, non, je n'ai rien de plus fort.

Elle serra les lèvres un instant, avant de se pencher pour prendre un Sprite.

— Merci. Ces crackers étaient sur le point de m'étouffer.

Jack choisit une cannette de soda au gingembre, puis attrapa son sac de linge sale. Il s'avança vers ce qui semblait être son lit pour la nuit, puisque Mara occupait celui qui était le plus proche de la porte.

— Qu'est-ce qu'il y a là-dedans ? demanda-t-elle, la bouche pleine de biscuit, tandis qu'il ouvrait le sac.

— Ne t'approche pas trop près, sinon tu vas en prendre plein les narines, prévint-il avec un léger sourire. Je me suis souvenu que j'avais des vêtements sales dans le pick-up. J'avais prévu de chercher une laverie en ville, mais j'ai été… distrait.

Les lèvres de Mara s'incurvèrent dans ce qui ressemblait presque à un sourire.

— Il doit bien y avoir une laverie à Poe Creek.

— J'imagine.

Il repoussa le sac et reporta toute son attention sur elle.

— Ce qui soulève une question : à ton avis, combien de temps allons-nous passer dans ce charmant patelin ?

Mara baissa les yeux sur le paquet à moitié vide qu'elle tenait.

— Tu peux t'en aller quand tu le souhaites.

— Et toi, qu'est-ce que tu vas faire ? Partir d'ici à pied ?

— Ça ne serait pas ton problème.

Il posa les crackers au beurre de cacahuète à côté de lui et se pencha vers elle.

— Si, c'est mon problème. Je ne compte pas te laisser ici te débrouiller toute seule.

Elle releva les yeux pour le contempler avec une expression à la fois curieuse et soupçonneuse.

— Je ne suis rien pour toi. Je ne l'ai jamais été.

Il n'y avait aucune émotion derrière ses mots, pas même du regret. C'était un simple état de fait.

Et jamais elle n'avait aussi peu ressemblé à la Mara Jennings qu'il avait connue.

Jack sentit les cheveux de sa nuque se hérisser, et des picotements descendirent le long de sa colonne vertébrale. Reprenant le paquet de crackers toujours fermé, il se mit à tripoter l'emballage en plastique.

— Te souviens-tu de la nuit où nous avons campé au bord du lac Meredith ? C'était en juin, non ?

Elle tourna la tête vers lui sans vraiment établir de contact visuel, puis haussa les épaules.

— Et alors ?

Il reposa les biscuits et se leva. Il franchit les quelques pas qui le séparaient de l'autre lit jusqu'à ce qu'il soit debout près d'elle, la dominant de toute sa taille. Il se pencha, assez pour qu'elle sente sa présence, mais veillant à ne pas la toucher.

— Est-ce que tu te souviens à quel point il pleuvait, cette nuit-là ? Exactement comme ce soir.

Elle l'observa, les yeux plissés. Relevant le menton d'un air buté, elle demanda :

— Où veux-tu en venir ?

Il se rapprocha encore plus, s'attendant à ce qu'elle recule ou le repousse.

Mais elle déjoua tous ses pronostics en tendant la main et en l'attrapant par sa chemise. Lorsqu'elle l'attira vers elle, il perdit l'équilibre et s'effondra de tout son long sur elle.

Quelle idiote, songea Mara lorsque le corps mince de Jack recouvrit le sien.

Alors même que le rythme de son pouls s'accélérait et qu'un désir brûlant enflammait ses veines, la conviction qu'elle commettait une terrible erreur l'envahit. Elle s'était promis de bannir le sexe de sa vie. Elle avait résolu de se tenir à l'écart des hommes, en particulier des hommes sexy. Ils lui faisaient perdre la tête, la rendant stupide et imprudente. Or elle avait déjà eu plus que son compte de ce genre de folie.

Pourtant, quand les hanches de Jack se collèrent aux siennes et qu'elle sentit sa réaction à ce contact, elle cessa de réfléchir. Elle resserra sa prise sur le tissu de sa chemise et leva le regard vers lui.

Son visage était si proche qu'elle ne pouvait se concentrer sur ses yeux. Au lieu de cela, elle examina sa bouche, la lèvre inférieure charnue et souple, la lèvre supérieure plus mince. Des lèvres qui s'écartèrent en tremblant lorsqu'elle posa l'autre main sur son torse et la laissa glisser jusqu'à la ceinture de son jean.

Jack marqua une pause au-dessus d'elle, son souffle chaud se mêlant au sien. Elle percevait son hésitation et sa confusion. De son côté, la partie de son cerveau qui n'était pas submergée par le désir l'encourageait à le repousser.

Mais il choisit cet instant pour passer à l'action. Au lieu de s'éloigner, il se rapprocha. Il plaça les mains sur ses cuisses, les écartant pour mieux se positionner sur elle.

Sans prévenir, il couvrit sa bouche de la sienne. Toute hésitation envolée, il l'embrassa avec une passion qui lui fit tourner la tête et lui fouetta le sang.

Dans les annales de sa longue histoire de mauvaises décisions, celle-ci remportait sûrement la palme. Mais en cet instant précis, Mara s'en souciait comme d'une guigne.

Elle entoura les hanches de Jack de ses jambes et enfouit les doigts dans ses cheveux. Elle ouvrit les lèvres, lui rendant baiser pour baiser. Il était dur partout où il fallait et doux de façon inattendue. Il explorait sa bouche avec une certaine délicatesse, goûtant et dégustant son désir du bout de la langue.

Quand il s'écarta et roula sur le lit à côté d'elle, la séparation de leurs corps provoqua en elle un choc violent. Pendant une seconde, le souffle coupé, elle fut incapable de bouger ou de penser. Elle éprouvait seulement une sensation de vide qu'elle ne pouvait expliquer, ni même définir.

Jack s'assit, faisant bouger le matelas. Le dos tourné, il courba les épaules en avant, posa ses coudes sur ses genoux et prit plusieurs longues inspirations.

Elle s'obligea à détacher les yeux de son large dos musclé, fixant le plafond des yeux avec ressentiment. Elle se détestait. Et elle le détestait de lui faire vouloir quelque chose qui ne pouvait tourner qu'au désastre.

Elle lui en voulait de s'être écarté d'elle sans lui laisser le temps de plonger tête baissée dans ce désastre.

Elle le sentit remuer. Il se tournait vers elle et laissait glisser sur elle un regard aussi doux qu'une caresse. Elle ferma les yeux, sentant toujours l'attention de Jack sur son corps.

Quand il parla, sa voix n'était qu'un murmure à peine audible par-dessus le martèlement de la pluie.

— Je savais que quelque chose n'était pas net. *Tu* n'étais pas nette.

Elle sentit son cœur manquer un battement.

— Regarde-moi, poursuivit-il d'une voix plus ferme.

Comme elle gardait les paupières baissées, il insista, adoptant un ton dur et implacable.

— Ouvre les yeux, bon sang, et regarde-moi.

Elle obéit. Il la dévisageait avec une expression inflexible et accusatrice.

— Tu ne te souvenais pas que je te devais sept mille

dollars. A vrai dire, tu m'as à peine reconnu quand tu m'as vu. Je sais que ça fait bientôt quatre ans, mais je n'ai pas changé tant que ça.

Il fourragea dans ses cheveux, les ébouriffant davantage. Pour résister à l'envie de recoiffer les mèches brunes, elle attrapa le dessus-de-lit rêche à pleines mains.

— J'avais la tête ailleurs.

Même à ses propres oreilles, sa réponse semblait peu convaincante.

— Un type en tenue de camouflage s'en prend à toi, reprit-il. Le temps que j'arrive, tu te libères et tu dégaines une arme.

Il secoua la tête d'un air incrédule.

— Pourtant tu détestes les armes. Tu hais la violence. Enfin, c'était le cas avant.

— Ma sœur a été assassinée.

— Je sais, répliqua-t-il, ses yeux marron virant au noir sous le coup de l'émotion. Je sais que ta sœur a été assassinée.

Elle commença à se lever, mais il l'attrapa par le bras, l'empêchant de bouger.

— Et tout à l'heure… Tu voulais de l'alcool. Alors que tu n'en bois jamais. Tu avais horreur que je boive, tu t'en souviens ?

Il la regarda en fronçant les sourcils.

— Je sais ce que tu vas me dire. Les choses changent. Les gens changent. En particulier après un événement traumatisant. C'est bien ça ?

— C'est vrai, répondit-elle faiblement.

— Sauf quand ce n'est pas le cas.

Il la lâcha, sans la quitter des yeux. Lorsqu'elle releva le menton, refusant de céder d'un pouce, elle vit du regret dans le regard de Jack.

— Je me suis dit la même chose, déclara-t-il. J'y ai réfléchi toute la journée. J'ai retourné la situation dans tous les sens, mais rien ne concordait. Jusqu'à ce que tu m'attires sur ce lit et agisses d'une façon dont je ne te croyais pas capable.

Il savait, songea-t-elle en l'observant sans rien dire, la tension faisant bourdonner ses oreilles.

Lorsque Jack se pencha vers elle, elle sentit la chaleur de son corps se communiquer au sien. Pourtant, un frisson glacé la traversa dès qu'il reprit la parole :

— Tu n'es pas Mara, n'est-ce pas ? C'est Mara qui est morte cette nuit-là à Amarillo. Ce qui veut dire que tu es…

— Mallory, termina-t-elle à sa place, à la fois soulagée et terrifiée. Oui. Mais tu te trompes sur une chose. Mallory Jennings est également morte cette nuit-là. Et elle ne peut pas revenir, jamais.

6

Les mots de Mallory restèrent un instant suspendus dans le silence. Jack lutta pour ne pas baisser le regard, pour ne pas se détourner de la peur et du chagrin qu'il lisait sans peine dans les grands yeux bleus.

— Que s'est-il passé ? demanda-t-il doucement, pas tout à fait sûr de vouloir le savoir.

— Ils ont cru que c'était moi. Alors ils lui ont tiré deux balles dans la tête et ont mis le feu à la maison.

Elle baissa les yeux sur ses doigts, qu'elle nouait et dénouait nerveusement.

— Qui a fait ça ? interrogea Jack.

Elle secoua la tête.

— C'est bien ça la question, pas vrai ?

— Tu l'ignores ? Tu n'as même pas une petite idée ?

Elle prit une profonde inspiration, puis expira lentement.

— J'ai pas mal d'idées, mais aucune preuve.

— Alors tu as pris l'identité de Mara pour sauver ta peau.

Elle blêmit et releva brusquement les yeux vers lui.

— Tu n'as pas le droit de dire ça, Jack. Tu es mal placé pour me juger après ce que tu as fait subir à Mara. Alors tu peux aller te faire voir.

Une bouffée de colère envahit Jack, qu'il réprima aussitôt. Elle avait raison. Etant donné les erreurs qu'il avait commises, il n'avait pas à porter de jugement sur qui que ce soit.

— Savais-tu qu'elle était en danger ?

Elle baissa de nouveau la tête.

— Je savais que c'était possible, mais je n'en étais pas sûre. Je pensais que je ne risquais pas grand-chose à retourner là-bas pour une courte visite. C'était Noël. J'avais déjà passé tellement de Noëls loin de la maison.

— Pourquoi quelqu'un aurait-il voulu te faire du mal ? Qu'est-ce que tu as fait ?

— Qui te dit que j'ai fait quoi que ce soit ?

— Tu n'es pas la seule personne à qui Mara confiait ses secrets.

Mallory rougit.

— Crois-moi, elle ne t'a sûrement pas dit le quart de la vérité. Elle était beaucoup trop gentille.

On pouvait en effet résumer ainsi la personnalité de Mara Jennings, songea Jack.

— Bon, alors… Qu'est-ce que tu as fait cette fois qui t'a transformée en cible ?

— Je n'ai pas à te dire quoi que ce soit. Tu n'es ni policier ni avocat.

— Je suis le type avec un pick-up qui peut t'emmener loin d'ici si les choses tournent mal. Alors tu pourrais te montrer un tout petit peu plus coopérative.

Mallory serra les mâchoires, avant de répliquer :

— Je n'ai pas besoin de toi.

Jack plaça un doigt sous son menton, l'obligeant à relever la tête et à croiser son regard.

— Si, tu as besoin de moi. Il y a quelqu'un qui veut se débarrasser de toi. Ces gens ont essayé de te tuer au moins deux fois, rien qu'aujourd'hui.

— C'est bien pour ça que j'essayais de quitter la ville ce soir.

— Pour aller où ?

— Je n'ai pas l'intention de te le dire. Ni à toi ni à qui que ce soit. Je n'ai confiance qu'en moi-même.

— C'est une façon bien triste de vivre sa vie.

— Tu es bien placé pour le savoir, n'est-ce pas ?

Bien envoyé, pensa Jack.

— Je n'ai pas d'idées derrière la tête, Mallory. Je pensais que tu étais la femme que j'avais blessée, alors je voulais me racheter. C'est tout. Et comme nous sommes dans le pétrin tous les deux…

Elle secoua la tête.

— *Moi*, je suis dans le pétrin. Toi, tu t'es greffé sur cette histoire, pour des raisons que je comprends en partie. Mais maintenant que tu sais que je ne suis pas la femme dont tu as détruit la vie, tu peux t'en aller.

— Mara t'aimait.

Les yeux bleus de Mallory se remplirent de larmes, mais elle prit visiblement sur elle pour ne pas les laisser couler. Elle cilla plusieurs fois et soutint le regard de Jack.

— Je le sais.

— Je n'ai pas pu lui dire à quel point j'étais désolé de tout ce que je lui avais fait subir. Et je ne pourrai plus jamais le faire. Mais je peux aider sa sœur, et ça me tient à cœur. Laisse-moi t'aider, je t'en prie.

— C'est la culpabilité qui te motive ? Je ne suis pas sûre que ça soit une bonne raison.

— Mallory…

— Mais peut-être espères-tu que ce petit tango horizontal qu'on vient de danser sur le lit était une simple mise en bouche ?

Elle se rapprocha de lui. Sa voix se fit plus douce et plus sexy, mais le bleu profond de ses yeux était devenu glacial. L'amertume dans sa voix traversa Jack comme un coup de poignard.

— Je parie que tu n'as jamais eu l'occasion de comparer des jumelles au lit, hein ?

— Mara et moi n'avons jamais couché ensemble.

Elle recula et l'examina avec attention, comme pour trouver des signes de duplicité sur son visage.

— Elle était différente des autres femmes, ajouta-t-il en détournant le regard, gêné par son expression méfiante. Ce n'est pas faute d'avoir essayé, crois-moi.

— Mais elle jouait selon les règles, murmura Mallory.

— J'aurais dû savoir que je lui ferais du mal. De toute ma vie, je n'ai jamais respecté les règles.

Il s'était peut-être racheté une conduite au cours des dernières années, mais au fond de lui il était toujours ce gamin rebelle du fin fond du Wyoming, qui haïssait son père trop sévère et adorait sa sœur. Il n'y avait qu'à voir la situation actuelle : il se trouvait dans un motel miteux, en compagnie d'une femme qu'il avait prise pour une autre et avec qui il avait failli avoir des rapports sexuels quelques minutes plus tôt.

— Elle ne t'a jamais détesté. Elle refusait même que je dise du mal de toi, lâcha Mallory avant de hausser les épaules. J'imagine que ce n'était pas dans sa nature.

— Mais c'est dans la tienne.

Elle lui jeta un regard en coin.

— Oui, en effet.

— Alors je suppose que c'est à toi que je dois présenter des excuses, dit-il en se tournant complètement vers elle. Je suis désolé de ne pas avoir été correct avec ta sœur. Je l'ai blessée et j'ai profité d'elle. Je pourrais te donner des tas de raisons expliquant pourquoi j'ai fait ça et quel genre de personne j'étais à l'époque, mais ça ne changerait rien au fait que je me suis très mal comporté avec elle. Je regretterai toute ma vie de ne pas avoir pu lui dire ces mots-là.

— Qu'est-ce que je suis censée faire ? demanda-t-elle après un long silence tendu. T'accorder l'absolution ou quelque chose comme ça ? Ce n'est vraiment pas mon style.

— Tu n'as pas à faire quoi que ce soit.

Ressentant le besoin de prendre un peu de distance avec Mallory, Jack se leva. Malheureusement, il ne pouvait pas s'éloigner aussi facilement de lui-même. Il était le seul responsable de la honte et du dégoût qui lui tordaient le ventre.

Il marcha jusqu'à la fenêtre et écarta l'épais rideau en toile. Dehors, la nuit était d'encre. La pluie et les nuages absorbaient le moindre rayon de lune. La lumière d'un réverbère brillait à l'autre bout du parking, près de la réception. Un autre lampadaire était plus proche de leur chambre, mais l'ampoule était éteinte.

Le parking était plein, constata-t-il. Apparemment, la

réceptionniste n'avait pas menti concernant les réservations du motel.

— Mara a dit que tu avais perdu ta sœur.

La voix de Mallory résonna tout près de Jack, et il sentit son léger souffle sur sa nuque.

— Elle aussi a été assassinée, n'est-ce pas ? demanda-t-elle.

Il se tourna pour la regarder. Elle était à moins d'un pas de lui, les bras serrés autour de son buste comme si elle avait froid, même s'il faisait bon dans la chambre. Réprimant l'envie de l'enlacer pour la réchauffer, il prit son blouson sur le dossier de la chaise et le lui offrit.

Elle sembla sur le point de refuser, mais après une seconde d'hésitation, tendit la main. Plutôt que de lui donner le vêtement, il passa derrière elle et l'aida à l'enfiler. A grand-peine, il se retint de lisser les manches le long de ses bras et d'ajuster le col autour de son cou.

— Joli blouson, murmura-t-elle. Il t'a coûté cher ?

— Pas mal. Tu ne serais pas un peu portée sur l'argent, par hasard ?

— J'aime les jolies choses. C'est un crime ?

— Ça dépend de ce que tu fais pour te les procurer.

Elle tourna la tête pour le dévisager.

— Qu'est-ce que Mara t'a raconté sur moi, exactement ?

Malgré sa tristesse, il ne put s'empêcher de sourire.

— Que du bien.

— Quel menteur tu fais.

— Elle a peut-être mentionné combien elle s'inquiétait pour toi. Elle disait que tu n'avais jamais l'air heureuse.

Mallory se passa la main sur le visage et détourna le regard.

— Je n'ai pas répondu à ta question de tout à l'heure, reprit-il, rompant le silence qui s'étirait entre eux. Oui, ma sœur a été assassinée.

— Et tu n'as jamais découvert qui l'a tuée.

— Si. Ça fait bientôt quatre ans.

A peu près à l'époque où Mara était morte, songea-t-il, avant d'ajouter :

— Emily a enfin obtenu justice.

— Mais ça ne l'a pas ramenée.

La tristesse dans la voix de Mallory lui serra le ventre.

— Non, en effet, répondit-il, conscient que pas un jour ne passait sans que sa sœur lui manque.

Elle marcha lentement jusqu'au lit et s'assit. Elle se tassa, s'emmitouflant davantage dans son blouson.

— Parfois, je prends mon téléphone et je commence à faire son numéro, rien que pour dire bonjour, tu vois ? Je compose le numéro en entier avant de me rappeler qu'elle ne peut pas répondre.

Jack fit quelques pas vers elle. Elle ne semblait pas d'humeur combative, mais elle risquait peut-être de s'enfuir s'il l'effrayait. Elle lui rappelait un mustang qu'il avait essayé de dompter par le passé. Une jolie pouliche méfiante et sauvage. Elle avait lutté contre lui du début à la fin, même s'il voyait dans ses grands yeux bruns le désir de créer un lien avec lui.

Il n'avait jamais réussi à la dresser, mais elle était restée sur le ranch où il travaillait, trop liée à lui pour retourner dans la nature avec le reste du troupeau. Elle était morte pendant une mise bas difficile, peu de temps après le décès d'Emily. Déjà accablé de chagrin, Jack avait pleuré pendant des jours, sur sa sœur, sur lui-même et sur la belle jument entêtée.

Il retrouvait un peu de cette pouliche sauvage en Mallory Jennings. Et le sentiment familier de connexion que cela faisait naître en lui le terrifiait.

— Il se fait tard, et ça a été une sacrée journée. Tu devrais essayer de dormir un peu, lui dit-il.

Il se rapprocha de nouveau de la fenêtre pour lui laisser un semblant d'intimité. Quelques secondes plus tard, il entendit un bruissement de tissu et le son d'une fermeture Eclair. Il ferma les yeux, gêné mais pas vraiment surpris de sentir son corps réagir à l'idée qu'elle se déshabillait pour la nuit.

Pendant de longues minutes, il contempla la nuit pluvieuse, attendant que la respiration de Mallory devienne lente et régulière. Mais la jeune femme ne cessait de se retourner, faisant grincer les ressorts du lit.

Jack finit par se détourner de la fenêtre et croisa le regard de Mallory, qui l'observait d'un air méfiant.

— Qu'est-ce qui cloche ?

— Qu'est-ce qui ne cloche pas ? répliqua-t-elle en haussant les épaules.

Elle portait toujours son T-shirt gris pâle, mais son jean était roulé en boule à ses pieds. Elle avait plié le blouson et l'avait posé sur l'autre matelas avant de se glisser sous les draps.

— Nous sommes au sec et au chaud, répondit-il. Et pour l'instant, nous sommes en sécurité.

Comme elle gardait le silence, il marcha jusqu'au lit et s'assit près de son blouson. Mallory s'était tournée sur le côté et le suivait des yeux. Il se pencha vers elle, les coudes posés sur ses genoux.

— Je comprends que tu ne m'apprécies pas et que tu ne me fasses pas confiance. Mais je t'assure que c'est plutôt pas mal de m'avoir dans les parages quand il y a du grabuge.

Il lui adressa un sourire en coin.

— Je suis assez dingue pour me prendre une balle à la place de quelqu'un. C'est déjà ça, non ?

Il vit ses lèvres frémir légèrement, puis un sourire réticent lui éclaira le visage comme un rayon de soleil. Jack sentit son ventre se contracter sous l'effet du désir.

— Alors tu n'es pas complètement inutile, je suppose, rétorqua-t-elle.

— Allez, essaie de dormir. Demain, nous déciderons de la marche à suivre.

Elle hocha lentement la tête et ferma les yeux. Cette fois, sa respiration ralentit et devint régulière au bout de quelques minutes.

Jack se déchaussa et posa ses boots au pied de son lit. Il sortit son portable de sa poche, puis vérifia la batterie : elle était à moitié vide. Il avait laissé son chargeur dans sa chambre d'hôtel à Purgatory, mais il pourrait utiliser celui du pick-up dans la matinée.

Riley lui avait envoyé trois SMS. Comme le téléphone

était en mode vibreur, Jack avait raté les messages lors de leur fuite effrénée. Les trois étaient une variation de la même question : avait-il complètement perdu la tête ?

Il répondit à Riley, assurant qu'il était en sécurité et qu'il lui donnerait des nouvelles plus tard. Alors qu'il envoyait le SMS, il en reçut un autre, de la part d'Hannah, cette fois. Il le lut une première fois, puis une seconde, son esprit fatigué peinant à intégrer les nouvelles informations. Puis il éteignit son portable pour économiser la batterie et s'allongea sur le lit. Il se tourna sur le côté pour pouvoir observer Mallory Jennings.

La lampe posée sur la table de nuit entre les deux lits la baignait d'une lumière jaune. La pluie et les efforts physiques avaient fait disparaître le peu de maquillage qu'elle avait mis ce matin-là. Elle semblait beaucoup plus jeune que lorsqu'il l'avait vue dans le restaurant à Purgatory, un peu plus tôt dans la journée. Si les allusions indirectes de Mara sur la vie de sa sœur étaient proches de la vérité, Mallory avait vécu une existence beaucoup moins rangée que sa jumelle. Pourtant, quelles que soient les épreuves qu'elle avait traversées, sa vitalité juvénile semblait intacte.

Quel genre de vie avait-elle mené pour en arriver là, menacée de mort et échouée dans ce petit motel perdu au milieu de nulle part, en compagnie d'un quasi-étranger ?

Et quelle sorte d'homme Jack était-il devenu, si le fait d'être là, sans savoir qui elle était vraiment, quels ennuis elle avait et quelle serait leur destination, lui procurait le sentiment le plus grisant qu'il ait ressenti depuis longtemps ?

L'odeur âcre du bois en train de brûler s'engouffra dans sa voiture bien avant qu'elle ne tourne au coin de Cottonwood Street, bien avant qu'elle ne voie les flammes dévorer la petite maison en bardeaux blancs.

Cette maison était ce qui se rapprochait le plus d'un foyer pour Mallory. Et lorsqu'elle était sortie un peu plus tôt, sa sœur était endormie à l'intérieur.

Une fois dans l'allée, elle freina brutalement. Le cœur battant, elle courut jusqu'à l'entrée. Comme d'habitude, la porte n'était pas fermée à clé. Elle avait prévenu sa sœur que le monde était trop dangereux pour ne pas verrouiller son domicile, mais Mara avait toujours fait la sourde oreille.

— Mara ! cria-t-elle en se ruant à l'intérieur.

Elle se retrouva aussitôt plongée dans une fumée épaisse et suffocante. Elle avança, évitant les flammes qui jaillissaient des rideaux et les meubles en train de se consumer dans le brasier.

Elle faillit trébucher sur le corps qui gisait sur le sol. Immobile, les bras et les jambes tordus dans une position anormale, sa sœur ressemblait à un pantin désarticulé.

Sa tête avait roulé sur le côté. Ses yeux bleus mi-clos fixaient le vide d'un regard aveugle. Du sang s'était accumulé sous ses cheveux. Bien avant d'avoir posé les doigts sur la carotide de Mara, Mallory avait compris qu'elle était morte.

Des balles en pleine tête. Deux coups de feu successifs. Elle avait déjà vu cela auparavant.

Elle avait prié le ciel pour ne plus jamais avoir à revivre cette expérience, mais cette prière-là non plus n'avait pas été exaucée.

Elle repartit vers la porte et prit le sac à main de Mara sur la console de l'entrée. Elle sortit sur le perron, en proie à une irrépressible quinte de toux.

Comme son visage semblait humide, elle leva la main pour toucher ses joues : elles étaient inondées de larmes. Ses genoux se mirent à trembler. Chancelante, elle trébucha vers l'escalier et agrippa la rampe pour ne pas tomber. Elle s'effondra sur la marche du haut, ouvrit le sac de Mara et se mit à chercher son téléphone portable.

Elle trouva d'abord son portefeuille.

En l'ouvrant, Mallory tomba sur le visage de sa sœur, en tout point identique au sien, collé sur un permis de conduire texan.

Lorsqu'elles étaient jeunes, personne n'était capable de les distinguer, se souvint-elle. Puis Mallory avait changé son look, sa façon d'être... toute sa vie, en réalité. Mara était restée la même.

Lors de son retour au Texas, Mallory avait modifié son apparence pour ressembler à sa sœur. Elle l'avait fait délibérément, par besoin de retrouver la connexion qu'elle avait partagée avec sa jumelle par le passé. Un lien intense que ni le temps, ni la distance, ni les choix idiots de Mallory n'avaient pu détruire complètement.

Et ce besoin de connexion, ce désir de redevenir la jumelle de sa sœur avaient provoqué la mort de Mara.

Il n'y avait aucun doute dans son esprit : ces balles lui étaient destinées.

Mallory se leva lentement en s'aidant de la rampe et puisa dans ses réserves de courage. Munie du sac de sa sœur et de son permis de conduire, elle descendit les marches et retourna à sa voiture.

L'incendie continua à faire rage, et Mallory attendit, tandis que le monde autour d'elle se couvrait de suie et se vidait d'air, jusqu'à ce que toute lumière disparaisse de son univers.

Mallory cilla lentement, désorientée par la soudaine obscurité qui régnait autour d'elle. Elle était allongée sur le dos, sur un matelas. Une légère odeur de désinfectant flottait dans l'air, mêlée à une trace de moisissure et à un parfum plus prononcé de cuir et d'épices. Ses joues étaient humides de larmes, et elle les essuya du bout des doigts.

Puis elle entendit une respiration profonde et régulière. Un homme. Tout près d'elle.

Jack Drummond.

Les dernières images de son rêve se dissipèrent, et son pouls s'accéléra lorsqu'elle se rappela où elle était et pourquoi.

Elle n'avait pas eu l'occasion d'aller sur Internet pour vérifier les résultats de sa dernière requête. Ce motel de seconde zone ne devait même pas avoir de réseau wifi gratuit... ou de réseau tout court. De toute façon, même s'il y avait une connexion sans fil, elle ne s'y serait pas fiée. Elle pouvait créer un point d'accès grâce au téléphone prépayé qu'elle avait acheté en cas de coup dur. Elle ne pouvait pas se permettre d'être localisée à cause du portable que Quinn lui avait donné pour son travail.

Mais elle allait devoir attendre d'être à l'abri quelque part pour songer à mettre son propre système en place.

Elle devait partir d'ici. Elle devait s'éloigner de Jack Drummond, de ses grands yeux bruns, de son corps mince et musclé, et de cette délicieuse odeur de cuir et d'épices qu'elle sentait encore sur son T-shirt, là où son corps avait pressé le sien contre le matelas.

Elle se leva en silence, attrapa son jean et l'enfila. Tournant le dos à Jack, elle se courba pour essayer d'atténuer le bruit de la fermeture Eclair. Ses tennis étaient encore humides, mais elle les mit quand même. Elle n'avait pas le temps de chercher des chaussures sèches dans son sac marin.

Munie de ses deux sacs, elle commença à marcher vers la porte, avant de marquer une pause. Elle n'aurait peut-être pas d'autres occasions d'aller aux toilettes avant un bon moment, songea-t-elle. Elle posa les sacs sur le lit et fit un détour par la salle de bains, sans prendre la peine d'allumer la lumière.

Lorsqu'elle revint dans la chambre obscure, elle dépassa le lit de Jack sans un bruit, sans s'autoriser un regard dans sa direction. Elle devait partir d'ici le plus vite possible et mettre le maximum de distance entre eux pendant qu'il dormait.

Le sol craqua lorsqu'elle arriva près de la porte. Elle se figea quelques secondes, le cœur tambourinant dans sa poitrine. Comme aucun bruit ne se faisait entendre derrière elle, elle tourna lentement la poignée.

Alors que le pêne se désengageait, une main se referma sur le poignet de Mallory, et la voix grave de Jack Drummond lui murmura à l'oreille :

— Tu vas où comme ça ?

7

Le parfum délicat qu'elle dégageait, à la fois fleuri et épicé, frappa Jack en pleine poitrine. Il dut se concentrer pour ne pas laisser sa colère se transformer en un torrent de désir.

— Lâche-moi, murmura-t-elle d'une voix grave, teintée de désespoir.

Il ôta la main de son bras, mais ne s'écarta pas, la coinçant entre lui et la porte.

— Où avais-tu l'intention d'aller ?

— Si je voulais que tu le saches, je te l'aurais dit.

Les yeux baissés, elle était complètement immobile, semblant à peine respirer.

— Je ne suis pas ton ennemi, affirma-t-il.

— Alors pourquoi me retiens-tu prisonnière ?

Elle releva brusquement la tête, et leurs regards se croisèrent. Dans la faible lumière que laissaient filtrer les rideaux, il vit briller dans ses yeux de la colère et une autre émotion.

De la peur.

Il fit un pas en arrière afin de lui laisser de l'espace pour respirer. Elle prit une profonde inspiration, puis soupira.

— J'ai besoin de partir d'ici.

— Loin de moi, tu veux dire.

Comme elle ne le contredisait pas, il ajouta :

— Si tu pars, je te suivrai.

— Pourquoi ? demanda-t-elle, les sourcils froncés.

— Parce que tu as des ennuis. Et parce que tu es la sœur de Mara, et je sais qu'elle t'aimait.

Il enfonça les mains dans les poches de son jean. Il se sentait étrangement vulnérable, ce qui était loin de lui plaire.

— Je le lui dois, conclut-il.

— Je n'ai pas besoin d'un garde du corps.

— Tu as besoin de quelqu'un qui surveille tes arrières pendant que tu mets ton plan secret à exécution. Je peux être cette personne.

Elle pencha la tête sur le côté et plissa les yeux.

— Mon plan secret ?

— Un jour, Mara m'a dit que tu étais un as de l'informatique. Un vrai génie. Ce qui m'amène à me demander pourquoi tu joues les livreuses de déjeuner dans une agence de détective privé. Tu pourrais diriger leur service informatique, n'est-ce pas ?

— Qu'est-ce qui te fait croire que ce n'est pas le cas ?

— Rien, je suppose.

Il jeta un coup d'œil sur les deux sacs accrochés à son épaule.

— Les champions en informatique ne voyagent jamais sans un ordinateur. Est-ce que le tien est là-dedans ?

Mallory resserra sa prise sur la bretelle de son sac à dos, mais ne répondit pas. Jack se rapprocha d'elle et reprit la parole d'une voix plus basse. L'air entre eux se chargea aussitôt d'électricité, comme aux prémices d'une tempête.

— Pendant que j'attendais devant ton chalet, ma belle-sœur a fouiné un peu de son côté. Elle connaît ton patron, le fameux Alexander Quinn. Apparemment, leurs chemins se sont croisés plusieurs fois. Il leur est redevable pour des coups de main qu'Hannah et sa famille lui ont donnés par le passé.

Mallory serra les lèvres, mais continua à garder le silence.

— Elle m'a envoyé un SMS, tout à l'heure.

Il ne put s'empêcher de se pencher vers elle, réduisant la distance qu'il avait créée un peu plus tôt.

— Quinn s'est arrêté au chalet après notre départ. Et ce qu'il y a trouvé l'a suffisamment inquiété pour mettre du monde sur ta piste. Et sur la mienne.

— Tu devrais peut-être les laisser te trouver, murmura-t-elle.

Elle baissa les yeux vers la bouche de Jack. Ses lèvres se

mirent à trembler et sa respiration s'accéléra. En remarquant sa réaction, il sentit une vague de chaleur le submerger.

— Je te l'ai dit : où tu iras, j'irai.

— Tu es fou.

Elle était tout près de lui, ses seins lui effleurant le torse. Il ignorait si elle s'était rapprochée ou si c'était lui qui s'était encore avancé vers elle.

A vrai dire, il s'en moquait.

— Je montais des taureaux pour gagner ma vie, répondit-il en passant une main dans son dos pour l'attirer contre lui. Alors la folie, ça me connaît, mon ange.

Elle glissa les mains sous sa chemise, lui caressa la peau de ses doigts frais. Elle traça les contours de ses muscles et de ses côtes avec une douceur exaspérante.

— Je n'ai pas besoin de toi.

— Je crois bien que si.

Jack pencha la tête et mordilla le menton de Mallory, qui gémit de plaisir. Le son résonna en lui, envoyant une décharge dans son bas-ventre.

— Uniquement pour ça, grommela-t-elle, avant de le pousser en arrière.

Il perdit l'équilibre et tomba sur le lit. Puis, il leva les yeux vers elle en gardant sa position allongée. Elle pouvait s'enfuir le temps qu'il se relève, comprit-il.

Alors qu'il se redressait, prêt à se lancer à sa poursuite, elle s'avança vers lui et le repoussa sur le matelas. Elle s'installa à califourchon sur lui, puis se pencha pour l'embrasser. Elle l'attaqua de ses dents, de sa langue et de ses mains avec une passion brûlante.

Elle remonta la chemise sur le torse de Jack, lui griffa le ventre de ses ongles courts. Les marques seraient encore visibles le lendemain matin, pensa-t-il en sentant sa peau frémir sous l'assaut. Et cette image exacerba son désir.

Il passa sa main derrière la nuque de Mallory et la fit basculer sous lui. Il se positionna entre ses cuisses, se pressant contre son corps doux et accueillant. Même dans la pénombre, il distinguait la lueur d'excitation dans ses yeux et l'éclat de son sourire carnassier. Le besoin de la posséder se faisait impérieux. Son esprit avait déjà plusieurs longueurs d'avance et il s'imaginait la pénétrant, bougeant en elle, prenant possession d'elle.

Il n'allait pas tarder à perdre le contrôle, or il ne pouvait pas se le permettre avec une femme comme Mallory Jennings.

Il roula sur le côté, repoussant les mains qui s'efforçaient de le retenir. Il se leva et tituba jusqu'à la porte. Une fois adossé au battant, il appuya sur l'interrupteur. Une vive lumière dorée inonda la petite chambre.

Il regretta un instant d'avoir allumé. Mallory était toujours étendue sur le lit, les cheveux ébouriffés, le souffle court et les yeux brillants de désir. Ce spectacle faillit anéantir les derniers vestiges de son sang-froid.

— Pourquoi est-ce que tu n'es pas partie ? demanda-t-il.

Elle fronça les sourcils, et une lueur calculatrice apparut dans son regard.

— Et rater l'occasion de chevaucher un vrai cow-boy ? demanda-t-elle en forçant légèrement les intonations de son accent texan. Tu plaisantes, j'espère ?

Son ton était ironique, mais Jack lut dans les iris cobalt une profonde détresse qui trouva un écho en lui. Elle voulait s'échapper. Mais pas de cet endroit.

Et ce n'était pas lui qu'elle voulait fuir.

— Laisse-moi t'aider, déclara-t-il, même si c'était la dernière chose qu'il avait eu l'intention de dire. Fais-moi confiance.

Mallory ferma les yeux.

— Je ne peux pas.

— Pourquoi pas ?

— Parce que tu n'es pas digne de confiance, répliqua-t-elle, avant de le dévisager à nouveau. Et même si tu l'étais, j'ai appris à me méfier de tout le monde.

— C'est pour ça que tu veux aussi éviter Alexander Quinn ?

Elle se redressa lentement, tout en rabaissant son T-shirt sur son ventre. Tandis que le tissu descendait jusqu'à la ceinture de son jean, la lumière révéla un détail que Jack n'avait pas remarqué dans l'obscurité : un petit anneau d'argent à son nombril.

Comment avait-il pu la prendre pour Mara ? se demanda-t-il, incrédule. La seule chose que les deux femmes avaient en commun était leur ADN.

— Je sais que l'homme que t'a décrit ta sœur n'était pas digne de confiance. Mais je ne suis plus cet homme-là.

— Tout ça parce que tu prétends ne plus boire ?

Elle se leva pour lui faire face. Avec ses jambes interminables et sa crinière folle, elle était la tentation personnifiée.

— Combien de temps depuis ton dernier verre, cow-boy ? Un mois ? Un an ?

— Quatre ans.

La première année avait été difficile. Mais au fil du temps, il avait eu de moins en moins de mal à se contrôler et n'avait pas repris ses mauvaises habitudes. La tentation avait parfois été forte, mais jusqu'ici il était parvenu à lui résister. Tant qu'il ne s'estimait pas totalement guéri, il avait une chance de rester sobre.

— Tant mieux pour toi, répliqua-t-elle.

Sous le ton désinvolte, Jack perçut une légère note de surprise. Il remarqua aussi l'admiration réticente dans son regard.

— Je n'ai jamais réussi à perdre une mauvaise habitude pendant plus de quelques jours, admit-elle, avant d'esquisser un sourire narquois. Ce qui explique pourquoi j'ai essayé de te culbuter.

— Il va vraiment falloir que tu arrêtes de dire ce genre de choses, marmonna Jack.

Elle lui adressa un large sourire.

— Tu ne t'es pas débarrassé de toutes tes dépendances, on dirait.

— Arrête d'essayer de changer de sujet, Mallory.

Il leva la main en la voyant faire un pas vers lui.

— Dans quoi trempes-tu ? Est-ce que c'est illégal ?

— Non.

A en juger par la pointe d'hésitation dans sa voix, elle ne disait sans doute pas toute la vérité.

— Immoral ? insista-t-il.

— Non.

Le sourire enjôleur de Mallory avait disparu, remplacé par un froncement de sourcils soucieux.

— Jack, si je te dis ce que je fais…

Elle s'interrompit, une expression peinée sur le visage.

— Il y a des vies en jeu. J'essaie de…

Elle se détourna sans terminer sa phrase.

— Tu essaies de quoi ? demanda-t-il en se rapprochant d'elle. De les sauver ? De les protéger ?

Elle lui jeta un coup d'œil en coin.

— Moi, faire quelque chose d'altruiste ? Tu n'as donc rien écouté de ce que Mara t'a raconté sur moi ?

— Elle t'aimait. Elle avait beaucoup plus foi en toi que toi en elle.

Sitôt la remarque faite, Jack se rendit compte qu'elle était dure et injuste, ce que confirma le haut-le-corps de Mallory.

— Je suis désolé. C'était un coup bas.

Mallory passa les doigts dans ses mèches cuivrées, comme pour les discipliner, mais sans vraiment y parvenir. Quand elle se tourna vers lui, elle affichait un masque d'indifférence.

— Je me fiche pas mal de ce que tu penses de moi.

— Moi, j'y attache de l'importance.

Et c'était vrai, comprit-il, un peu chagriné. Il se souciait vraiment de son opinion sur lui.

— Je veux que tu me laisses t'aider. J'en ai besoin.

— Comme un acte de pénitence ?

— Je suppose.

Elle se mit à le dévisager, les yeux plissés, la mine sévère. Jack essaya de ne pas s'agiter sous le poids de son regard insistant. Que voyait-elle lorsqu'elle le scrutait ainsi ? se demanda-t-il.

Un cow-boy sur le retour qui n'avait pas la moindre idée de ce qu'il allait faire de sa vie, maintenant que ses jours sur le circuit des rodéos étaient terminés ? Un ancien don

Juan, alcoolique repenti, qui avait brisé le cœur fragile de sa sœur ? Un casse-pieds têtu comme une mule qui se mettait en travers de ses plans ?

Il était les trois à la fois, bien sûr. Mais il ne pouvait pas changer le passé, et il refusait de la laisser affronter toute seule les dangers qui la menaçaient.

— Tu es sérieux, n'est-ce pas ? demanda-t-elle. Tu veux vraiment essayer de m'aider ?

Quelque chose avait changé dans son expression. Son regard était plus doux, avec une note de vulnérabilité qui ébranla Jack. Il resta complètement immobile, impatient de voir ce qu'elle allait faire.

— Je recherche quelqu'un, finit-elle par dire. Quelqu'un qui ne veut pas qu'on le retrouve. Et si je ne lui mets pas la main dessus bientôt, il va y avoir beaucoup de blessés. Ou pire.

— Elle a détruit les disques durs. Je ne sais pas si je vais réussir à récupérer quoi que ce soit.

A ces mots, Alexander Quinn réprima une bouffée de colère. Il croisa le regard préoccupé d'Anson Daughtry sans ciller.

— Elle doit estimer qu'elle est en danger.

— Alors pourquoi ne t'a-t-elle pas contacté ? demanda Daughtry.

Il s'affala dans le fauteuil de l'autre côté du bureau de Quinn et y déploya ses longs membres. Son air somnolent dissimulait un esprit vif et brillamment complexe.

— Tu aurais dû me laisser m'occuper de ce projet. Cette fille a toujours été beaucoup trop imprévisible.

— Toi, tu continues à maintenir mes systèmes informatiques en état de marche. Le personnel, c'est mon affaire.

Daughtry pinça les lèvres, mais ne répondit pas.

— Ce n'est pas dans sa nature de faire confiance aux gens, poursuivit Quinn. Et elle a de bonnes raisons pour ça.

Il se leva de son bureau et marcha jusqu'à la fenêtre qui faisait face à l'est. La nuit et la pluie masquaient la magnifique vue sur les Smoky Mountains qu'il aimait tant, mais l'image était gravée dans sa mémoire : des sommets arrondis couverts de conifères donnant l'impression que les montagnes étaient tapissées de velours bleu-vert.

Il avait quitté cette région depuis si longtemps qu'il se rappelait à peine son enfance passée à flâner en pleine nature, à imaginer des aventures à mille lieues des pics et des vallées du Tennessee.

Mais il n'avait jamais oublié ces montagnes, comme si elles faisaient partie intégrante de lui.

Daughtry poussa un soupir bruyant qui tira Quinn de ses pensées.

— Elle a laissé son téléphone au chalet. Mais elle a enlevé la carte mémoire, nous allons avoir du mal à retrouver le journal d'appels.

Quinn s'était attendu à ce genre de complication.

— Nick Darcy est déjà sur le coup.

— Tu crois qu'elle joue les francs-tireurs ? demanda Daughtry.

Quinn se tourna pour le regarder.

— Ça dépend de ce que tu entends par là.

— Ce n'est pas une réponse.

Sans doute, mais c'était la seule qu'il avait l'intention de donner, songea Quinn. Une vie de mensonges et de tromperies au sein de la CIA avait été riche en enseignements. La principale leçon était qu'il n'existait pas de collègue digne de confiance. Tous les êtres humains avaient un prix, même les personnes les plus honnêtes et les plus morales. L'argent, le sexe, la famille, l'amour du pays ou de soi-même, voire même une passion pour la bonne cause, pouvaient être utilisés comme arme contre n'importe qui, n'importe quand.

Le secret était de savoir choisir la bonne.

Mais la vie ne pouvait être vécue dans l'isolement. Il fallait de temps en temps accorder une confiance limitée à un nombre limité de personnes, dans des conditions limitées.

Quinn avait choisi de confier une partie du secret de Mallory Jennings à Anson Daughtry. Cela n'incluait pas le nom du hacker *grey hat* qu'elle aidait Quinn à localiser.

Mais à part Nick Darcy, Daughtry était le seul employé de The Gates qui savait que la jolie assistante n'avait rien d'une employée ordinaire.

Cette information partielle avait-elle suffi à mettre la vie de Mallory en danger ?

Ou essayait-elle plutôt d'échapper au passé trouble qui avait amené Quinn à croiser son chemin ?

Il ne connaissait pas la réponse à la question de Daughtry. Et s'il y avait une chose qu'Alexander Quinn détestait plus que tout au monde, c'était de ne pas avoir la réponse à une question qui l'intriguait.

Mallory Jennings s'était volatilisée dans la nature, et à en croire le récent coup de fil d'Hannah Patterson, elle se trouvait en compagnie d'un ancien cow-boy de rodéo fantasque et imprévisible.

Quinn retourna à son bureau, s'assit et fit un signe du menton en direction de la porte.

— Préviens-moi si tu as du nouveau.

Daughtry fronça les sourcils, visiblement mécontent d'être congédié de la sorte. Mais il extirpa son corps longiligne du fauteuil et sortit sans rien ajouter.

Quinn attendit que la porte soit refermée avant de pousser un long soupir frustré. Il savait qu'elle causerait des problèmes.

Elle l'avait toujours fait.

Mallory observa attentivement la réaction de Jack, à l'affût du moindre signe révélateur. Lorsqu'elle était jeune, elle avait appris à deviner les intentions de ceux qui l'entouraient. A vrai dire, c'était une question de survie, étant donné ses fréquentations de l'époque.

A dix-neuf ans, elle avait déjà terminé son cursus au prestigieux MIT, le Massachusetts Institute of Technology. Fraîchement diplômée, elle était prête à faire les quatre cents coups. Elle n'avait eu qu'un pas à franchir pour passer du monde des *nerds*, ces mordus de technologie avec qui elle avait étudié, à celui, brillant et clandestin, des hackers. La majorité d'entre eux étaient plutôt inoffensifs. Leurs incursions dans les réseaux informatiques de la planète tenaient plus du jeu du chat et de la souris que de la malveillance.

Mais il y en avait eu d'autres dont les motivations étaient loin d'être innocentes. Bien entendu, en bonne petite plouc du Texas, jeune, imprudente et têtue, nageant dans un océan trouble de requins cybernétiques, elle avait été attirée par les amateurs de sensations fortes et les hors-la-loi.

Pour autant qu'elle sache, Jack Drummond était peut-être l'un d'entre eux. Elle avait trahi des gens très dangereux lorsqu'elle s'était adressée à la CIA pour révéler ce qu'elle avait découvert : un plan en préparation pour une attaque cyberterroriste qui risquait de paralyser l'économie mondiale pendant des mois, voire des années.

Jack Drummond avait fait irruption dans la vie de sa sœur quelques mois après le premier contact entre Mallory et Alexander Quinn. S'agissait-il d'une coïncidence ?

— Tu veux dire qu'il risque d'y avoir des morts ? demanda Jack en la dévisageant, les sourcils arqués.

S'il savait de quoi elle parlait, il n'en montra rien.

— C'est un peu dramatique, comme affirmation, lâcha-t-il.

Il n'était pas un tueur à gages. Ni même un hacker, décida-t-elle en voyant son expression frustrée et un peu sceptique.

— J'imagine, oui. Mais c'est également vrai.

Jack attrapa l'une des deux chaises par son dossier et la rapprocha de là où Mallory se tenait. Il s'assit, puis releva les yeux vers elle. Son regard sombre lui donnait envie de croire qu'il était exactement celui qu'il prétendait être.

Son habitude de ne se fier qu'à elle-même l'avait gardée en vie jusqu'ici. Mais pour quoi ? Une vie passée à fuir ? A être constamment sur ses gardes ?

Elle avait essayé de faire confiance à quelqu'un, et sa sœur en avait payé le prix.

— Est-ce que tu es un hacker ? demanda Jack.

Mallory expira profondément.

— Ça dépend de ce que tu entends pas là.

— Tu forces les systèmes de sécurité informatique, je suppose. Pour Quinn ?

— Non.

— « Non », tu n'es pas un hacker, ou « non », tu ne le fais pas pour Quinn ?

— Non, je ne veux pas discuter pas de ça avec toi. Et tu sais que tous les hackers ne sont pas des criminels, n'est-ce pas ?

Il fourragea dans ses cheveux bruns d'un air agacé.

— Tu changes de sujet.

— Non, je définis les termes. Oui, je suis un hacker. Comme l'était Steve Jobs. Et Linus Torvalds.

— Qui ça ?

Elle faillit éclater de rire.

— Crétin.

Il haussa les épaules en esquissant un sourire.

— Mes centres d'intérêt sont un peu plus… charnels.

Elle sentit une vague de chaleur la parcourir. Il était vraiment trop sexy à son goût. Il lui faisait perdre la tête.

— Tous les hackers ne sont pas des hors-la-loi, expliqua-t-elle. En gros, il y a trois catégories. Pour faire simple, on a les *white hats*, qui sont des hackers éthiques, les *black hats*, qui agissent dans un but malveillant ou criminel, et les *grey hats*, qui sont un mélange des deux. Ces histoires de chapeaux blanc, noir et gris, ça devrait plaire à un cow-boy comme toi.

— Et toi, tu es un hacker *white hat* ?

— Dans le cas présent, oui.

— Mais pas toujours ?

— Pas toujours, concéda-t-elle en lui jetant un regard acéré. Mais on a tous des choses à se reprocher, non ?

— Absolument.

Le léger sourire sur les lèvres de Jack s'accentua.

— Alors ce hacking façon *white hat* que tu fais…

— Ce n'est pas vraiment du hacking. Pas ce que je fais en ce moment, en tout cas.

Elle hésita, pleine d'appréhension.

— Tu as dit que tu recherchais quelqu'un, la relança-t-il. Il se cache quelque part dans le cyberespace ?

Elle n'en revenait pas de lui en avoir autant dit. Elle ferma les yeux pour échapper à son regard magnétique.

— Jack, s'il te plaît.

— Ce ne sont pas tes secrets à toi ?

Elle secoua la tête.

— Et même si c'était le cas, je ne les révélerais quand même pas.

Il baissa la voix pour demander :

— De quoi as-tu peur, Mallory ? Peux-tu au moins me dire ça ?

— De toi, chuchota-t-elle.

Elle ouvrit les yeux, se blindant contre l'inquiétude qu'elle pouvait lire dans son regard.

— J'ai peur de toi.

8

Tout en regardant la pluie tomber par la fenêtre, Jack réfléchit. Ils avaient tous les deux besoin d'un repas chaud et d'une bonne nuit de repos, pas forcément dans cet ordre. Mais il n'avait aucune envie de se risquer dehors par ce temps pour essayer de trouver un fast-food ouvert aussi tard. Quant au sommeil, il les fuyait l'un comme l'autre.

Après avoir avoué qu'elle avait peur de lui, Mallory avait disparu dans la salle de bains une demi-heure plus tôt. La douche avait cessé de couler une quinzaine de minutes après. Depuis, plus aucun bruit ne troublait le silence.

La salle de bains n'avait pas de fenêtre, et la seule aération que Jack avait remarquée était trop petite pour qu'un être humain s'y faufile. Mallory n'avait donc pas pu quitter la pièce. C'était tout bonnement impossible… n'est-ce pas ?

Il marcha jusqu'à la salle de bains et plaqua son oreille contre la porte. Comme il n'entendait rien à travers le mince battant de bois, il frappa doucement.

— Mallory ?

— Je vais bien, répondit-elle d'une voix enrouée et étouffée.

— Est-ce que tu comptes rester là-dedans toute la nuit ?

En s'efforçant de garder un ton léger, il ajouta :

— Parce que j'ai bu beaucoup de café aujourd'hui…

Il entendit un mouvement, puis la poignée cliqueta. Il recula tandis que la porte s'ouvrait sur Mallory. Elle leva des yeux rougis vers lui et le fusilla du regard.

— Tu es content, maintenant ?

Il poussa un soupir.

— Pas toi, apparemment.

— J'ai dit que j'allais bien.

Elle le frôla en passant à côté de lui, laissant flotter derrière elle le parfum frais de son savon aux plantes. Elle s'était changée et avait enfilé un maillot trop grand des Packers de Green Bay, une équipe de football américain du Wisconsin. Un short de jogging en tissu soyeux dévoilait les jambes musclées que le jean avait cachées.

Faisant taire sa libido, Jack s'assit sur le lit en face d'elle et la regarda démêler de ses doigts ses cheveux humides.

— Tu as dit que tu avais peur de moi.

— Oublie tout ce que j'ai pu raconter.

— Impossible. Tu as aussi dit qu'il allait y avoir beaucoup de blessés.

— Qu'il *risquait* d'y avoir beaucoup de blessés.

— Et c'est censé me rassurer ? Tu crois que ça va me permettre de te laisser dans ce trou en toute bonne conscience pour retourner à mes vacances en famille ?

Une expression consternée apparut sur le visage de Mallory.

— Oui. Tu es superficiel et égocentrique. La vie est un jeu pour toi. Bon sang, tu gagnes ta vie en montant des taureaux !

— Je *gagnais*.

— Peu importe.

Elle plissa légèrement les yeux.

— Combien de temps t'a-t-il fallu pour te remettre ?

— Presque six mois.

— J'imagine que la facture a dû être salée, remarqua-t-elle en grimaçant.

— Etant donné que j'ai beaucoup de chance d'être en vie, je dirais que ça valait le coup.

Lorsque l'animal s'était effondré sur lui, Jack avait cru sa dernière heure venue. Les chirurgiens lui avaient affirmé qu'il s'en était tiré par miracle.

— Les médecins ont dit que si le poids du taureau avait atterri quelques centimètres plus haut, je serais mort.

Mallory soutint son regard sans broncher, mais un infime frémissement agitait le coin de ses yeux. Mara avait la même réaction lorsqu'elle essayait de masquer ce qu'elle pensait, se souvint Jack. C'était arrivé plus d'une fois lors des derniers jours agités de leur relation.

Mallory et sa jumelle n'étaient peut-être pas aussi différentes qu'elle semblait le penser, conclut-il, avant de reprendre la parole.

— J'avais mis de côté un peu d'argent gagné sur le circuit. J'avais aussi eu la bonne idée de me faire assurer par l'Association des cow-boys de rodéo professionnel. Alors j'ai réussi à m'en sortir sans trop de casse sur le plan financier. Depuis, je fais un peu de consulting en freelance.

— Quel genre de consulting ?

Mallory arborait une expression d'ennui détaché, mais il perçut une note de curiosité dans sa voix.

— Les éleveurs de taureaux et de chevaux aiment avoir l'avis d'un cow-boy professionnel sur les reproducteurs à acheter. J'ai donné des cours dans des écoles de rodéo…

— Des écoles de rodéo ? répéta-t-elle sur un ton sceptique.

— Je croyais que tu venais du Texas, répliqua-t-il, faussement désapprobateur.

— J'ai fichu le camp de là-bas aussi vite que possible.

Elle lui adressa un grand sourire, le premier vraiment sincère depuis leur rencontre. Jack en eut le souffle coupé. Mara avait toujours eu un joli sourire, mais celui de Mallory était éclatant, encadré de fossettes et contagieux. Incapable de résister, il sourit à son tour.

— J'aimais bien le Texas.

Il reprit vite son sérieux et ajouta :

— Dans l'ensemble.

— A ce qu'il paraît, une bonne partie de la frange féminine de la population texane te le rendait bien.

Elle haussa un de ses sourcils.

— Tu ne savais pas que Mara n'avait rien d'une groupie de rodéo ?

— Bien sûr que si. Mais elle était gentille et intelligente. Elle n'était même pas vraiment fan de rodéo, et pourtant elle m'aimait bien.

— Je pense qu'elle n'a pas été plus surprise que ça quand tu as saboté votre relation.

— Nous n'allions pas franchement bien ensemble.

— Non.

— Mais j'ai profité de son bon cœur et de son affection. Même en sachant que ça ne mènerait nulle part.

S'il devait être honnête avec lui-même, il n'était jamais sorti avec une femme en pensant que cela pouvait durer. Il s'était résigné à enchaîner les relations éphémères toute sa vie.

— Tu l'as humiliée, déclara Mallory.

— C'est vrai. Et j'en suis désolé. Ce que je regrette le plus, c'est de ne jamais avoir pu le lui dire.

— On dirait que tu ne te rappelles pas ce coup de fil que tu lui as passé plus tard ce soir-là.

— Quel coup de fil ? demanda Jack en fronçant les sourcils.

— Apparemment, tu étais ivre et plutôt larmoyant. Tu l'as suppliée de te pardonner, tu as promis d'arrêter de boire, tu lui as dit qu'elle était trop bien pour toi…

— Je n'ai pas fait ça.

— Elle a sauvegardé ton message. Elle me l'a fait écouter.

Suspicieux, il la jaugea du regard.

— Elle n'aurait jamais fait ça.

Mallory esquissa un sourire.

— Non, en effet. Mais elle m'a dit que tu avais appelé pour t'excuser. J'en conclus que tu ne l'as pas fait ?

— Pas à ma connaissance. Et je n'ai jamais été soûl au point d'oublier quelque chose dans ce genre.

Elle soupira.

— Du Mara tout craché. Toujours prête à protéger quelqu'un, même quand ce n'était pas mérité.

Elle ne parlait plus seulement de lui, comprit-il. Toute trace d'humour disparut du visage de Mallory.

— Je ne sais pas qui l'a tuée, Jack. Mais quelle que soit l'identité de son assassin, c'était moi qui étais visée, pas elle. Sais-tu à quel point c'est difficile de vivre avec cette idée en tête ?

— Non, admit-il. Mais je sais ce que c'est que de perdre

une des rares personnes au monde qui se préoccupe vraiment de votre sort. Je suis désolé que ce soit aussi ton cas.

A la surprise de Jack, Mallory tendit le bras vers lui et lui attrapa la main.

— Je te crois.

— Alors laisse-moi t'aider, Mallory, déclara-t-il en serrant sa main dans la sienne. Je n'ai aucune idée derrière la tête, je te le jure. Après ce que j'ai fait à Mara, je lui dois bien ça, et je sais qu'elle aurait voulu que je t'aide dans la mesure de mes moyens.

Tout en se mordillant la lèvre de ses dents blanches et bien alignées, elle l'observa attentivement. Elle finit par prendre une profonde inspiration et lâcha sa main.

— Je recherche un hacker. Quelqu'un que j'ai connu il y a quelques années. A l'époque, c'était un *white hat*, mais je ne suis pas sûre qu'il le soit resté.

— Comment s'appelle-t-il ?

— J'ignore son vrai nom. Quinn le connaît, mais il ne me l'a jamais dit. Je sais seulement quel pseudonyme il utilisait quand je l'ai connu : Endrex. D'après Quinn, il se sert aussi des pseudos « pwnst4r » et « Phreakwrld ».

Elle épela le mot pour qu'il comprenne.

— Et que fabrique ce type en ce moment ? demanda Jack.

Il était loin d'être ignorant en matière de technologie, mais le monde mystérieux des hackers que Mallory tentait de lui décrire semblait appartenir à une autre planète.

— C'est ce que j'essaie de découvrir.

— Tu as dit tout à l'heure qu'il risquait d'y avoir beaucoup de blessés.

Elle recula sur le lit, replia une jambe sous elle, puis se pencha en avant. Ses doigts fins se mirent à triturer le dessus-de-lit.

— Il y a des bavardages.

— « Des bavardages » ?

— Des conversations. Des rumeurs. Des allusions comme quoi il se trame quelque chose de grave. Les personnes avec qui j'ai travaillé à l'agence pensent qu'il y a peut-être une attaque terroriste intérieure de grande ampleur en préparation.

— Et tu es mêlée à tout ça ? demanda Jack, le ventre noué par l'angoisse.

Elle le fusilla du regard.

— Non, je ne suis pas mêlée à tout ça.

— Mais tu recherches un homme qui l'est peut-être.

— Soit il participe au projet, soit il essaie de le contrecarrer. Quinn semble penser que c'est la seconde option, mais…

— Pas toi ?

— Je ne sais pas. Le fait qu'il ait été un *white hat* à un moment ne veut pas dire qu'il le soit resté. Et Endrex a toujours eu ses propres priorités, même quand il œuvrait pour le gouvernement. Je dois dire que je n'ai jamais réussi à comprendre ce qu'elles étaient d'un jour à l'autre.

— Tu le connaissais bien, ce type ?

A l'instant où les mots franchirent ses lèvres, Jack s'aperçut de leur côté accusateur. En la voyant relever brusquement les yeux, il essaya de se rattraper.

— Je veux dire… L'as-tu déjà rencontré en personne ? Ou est-ce que tout s'est passé sur Internet ?

— Internet.

— Alors tu ne sais même pas si c'est un homme.

— C'est un homme. Je connaissais des gens qui l'avaient rencontré. Dans le « monde réel », précisa Mallory en mimant les guillemets avec ses doigts. C'est un homme, je t'assure. Il doit avoir environ trente-cinq ans, maintenant. Les cheveux plutôt longs. Crois-moi, j'ai interrogé tous ceux que je connais en ligne sur lui.

— Tu as peut-être posé la mauvaise question à la mauvaise personne. Y a-t-il un moyen de retrouver les gens à qui tu as parlé ? Ce serait bien de découvrir ce qui a poussé quelqu'un à lancer un homme de main armé à tes trousses.

— Peut-être, répondit-elle, avant de faire la moue. Mais pour l'instant, je suis un peu trop occupée à sauver ma peau et à tenter de me débarrasser d'un cow-boy buté atteint du syndrome du sauveur.

Jack ne put s'empêcher de sourire en entendant cette description.

— C'est sûrement plutôt un complexe de culpabilité qu'un syndrome du sauveur, mais à part ça…

Elle poussa un soupir exagéré.

— En tout cas, pendant que nous sommes assis ici à parler psychologie, moi, je perds un temps de travail précieux.

Elle saisit son sac à dos et en sortit un ordinateur portable au design sophistiqué. Après l'avoir posé sur le lit devant elle, elle récupéra un cordon d'alimentation et une rallonge parafoudre. Elle connecta le câble à l'appareil, puis envoya le reste à Jack.

— Trouve une prise murale, ordonna-t-elle, très professionnelle.

— Il est temps de bosser, si je comprends bien ?

Il s'accroupit à côté de la table de nuit, grimaçant lorsque sa vieille blessure envoya une onde de douleur d'une de ses hanches à l'autre. Il finit par localiser la prise de courant et y brancha la rallonge. Il enfonça ensuite l'extrémité de l'adaptateur de l'ordinateur dans l'un des trous de la multiprise.

— Je dois trouver Endrex, déclara Mallory. J'ai besoin de savoir s'il est du côté des bons ou des méchants. Il faut que je découvre pourquoi ces types armés s'intéressent à moi, et le plus tôt sera le mieux. Alors si tu n'as rien d'utile à ajouter, assieds-toi, tais-toi et laisse-moi travailler.

Jack obéit et se contenta de l'observer en silence. Elle raccorda un téléphone à un petit adaptateur, qu'elle brancha dans l'ordinateur. Il n'avait pas la moindre idée de ce qu'elle faisait, ni pourquoi elle le faisait. Visiblement, elle ne ressentait pas le besoin d'éclairer sa lanterne.

Il n'en revenait toujours pas d'avoir pu confondre, ne serait-ce qu'une seconde, Mallory avec sa jumelle, plus douce et plus gentille.

Le fait de sentir de nouveau un clavier sous ses doigts lui fit l'effet d'une gorgée de whisky. Une bouffée d'énergie la traversa, renforçant son moral chancelant et calmant ses nerfs à vif. Mallory ne prit pas la peine de sortir les clés USB qui contenaient la plupart de ses recherches. Elle s'était peut-être résignée à laisser Jack Drummond jouer les gardes du corps pour l'instant, mais elle n'était pas prête à lui confier tous ses secrets. Elle avait déjà révélé beaucoup plus d'informations que prévu à ce cow-boy bien trop sexy.

Se fiant à sa mémoire, elle se rendit à plusieurs endroits sur le Net où elle avait des chances de croiser Endrex ou une personne susceptible de le connaître. Elle surfa de site en site sans faire preuve d'aucune subtilité. Lorsque quelqu'un viendrait enfin à bout des multiples couches de protection qu'elle avait mises en place pour masquer son identité et sa localisation, elle serait déjà ailleurs, à se faire passer pour quelqu'un d'autre.

L'idée de Jack d'essayer de retracer les connexions effectuées ces derniers jours était loin d'être mauvaise, même si Mallory ne l'admettrait jamais à voix haute. Elle avait pris l'habitude d'enregistrer tous ses historiques d'activité avec un programme qu'elle avait développé elle-même. Ils se trouvaient actuellement sur l'une des clés USB cousues dans la doublure de sa veste.

Mais voulait-elle vraiment prendre le risque de lui montrer où elle cachait ses secrets ?

— Pourquoi t'es-tu arrêtée ? demanda Jack.

Elle leva les yeux vers lui. Apparemment, pendant qu'elle évaluait ses options, elle s'était figée sur place. Elle n'avait pas l'habitude qu'on la regarde lorsqu'elle était devant son ordinateur.

— Je réfléchis, c'est tout.

— A quoi ?

Pour quelqu'un censé se taire, il parlait beaucoup, pensa-t-elle en lui jetant un regard insistant.

— A comment commettre un meurtre en toute impunité.

Le grand sourire qu'il lui adressa déclencha plusieurs soubresauts inattendus dans son ventre.

— Tu veux que je disparaisse un moment ? demanda-t-il.

— Tu le ferais ?

— Je voudrais bien essayer de trouver un fast-food encore ouvert à cette heure. Je meurs de faim.

Il se leva du lit, puis se pencha vers elle.

— Qu'est-ce qui te ferait plaisir ?

Au son de sa voix profonde et intime, Mallory sentit une décharge électrique la traverser, mais elle s'efforça de ne rien en laisser paraître.

— Un burrito ou quelque chose comme ça. Et du Mountain Dew. En format XXL. Du soda bourré de caféine, c'est ce qu'il me faut.

Jack ne bougea pas tout de suite. Il était tellement près qu'elle n'aurait eu qu'à relever le visage vers le sien pour l'embrasser. Il finit par se redresser et recula d'un pas.

— Un burrito et un Mountain Dew. C'est noté. Et si le tex-mex n'est pas ouvert ?

— Un hamburger et un Coca. Je m'en fiche un peu, à vrai dire, déclara-t-elle en lui lançant un coup d'œil exaspéré. Tu en mets, du temps, à disparaître.

— Je ne suis pas convaincu que ce soit très sage de ma part de te laisser toute seule ici.

— Parfois, cow-boy, il faut avoir un peu confiance.

— Je trouverais peut-être ça un peu plus facile si tu n'avais pas déjà essayé de me fausser compagnie plus d'une fois.

Il attrapa son blouson et l'enfila tout en s'enfonçant dans la nuit pluvieuse. Une fois Jack parti, la pièce sembla plus grande, mais aussi plus froide, comme si sa présence l'avait remplie de vie et de chaleur. Songeuse, Mallory tourna les yeux vers la porte. Combien de temps serait-il absent ? Assez longtemps pour qu'elle puisse faire une nouvelle tentative de fuite ?

Il est comme une drogue. Tu connais les hommes dans son genre : ils ont beau être mauvais pour nous, on est incapables de leur résister.

Les mots de Mara lui revinrent en mémoire. Lors des derniers jours qu'elles avaient passés ensemble, sa sœur avait été remarquablement franche à propos de sa rupture avec Jack Drummond. Elle avait en grande partie dépassé le stade de l'humiliation et n'éprouvait plus que la tristesse résignée causée par la fin d'une idylle.

Mallory avait été surprise quand Jack lui avait révélé ne jamais avoir fait l'amour avec Mara. Pourtant, connaissant sa sœur, cela n'avait rien de surprenant. Comme Jack l'avait dit, Mara avait joué selon les règles. Sans compter qu'elle ne se serait pas laissé séduire facilement. Là où leur enfance difficile avait rendu Mallory turbulente et rebelle, elle avait poussé Mara à devenir prudente et réservée.

Bien qu'elles soient de vraies jumelles, les deux sœurs étaient aux antipodes l'une de l'autre.

Mais elles semblaient partager le même goût pour les cow-boys élancés et obstinés. Qui l'aurait cru ?

Si elle voulait décamper avant le retour de Jack, il était temps de le faire. Elle devait ranger le portable et ses accessoires dans le sac, marcher jusqu'à la réception et vider les distributeurs pour avoir de quoi tenir le coup jusqu'à sa prochaine destination.

Quelle qu'elle soit.

Mais le martèlement de la pluie sur le parking du motel avait un effet hypnotique sur elle. Elle avait du mal à garder les yeux ouverts, et ses membres étaient de plus en plus lourds. Elle s'adossa aux oreillers, puis posa l'ordinateur sur ses genoux. Tout en visitant des forums et des salons de chat qu'Endrex était susceptible de fréquenter, elle essaya de trouver la motivation nécessaire pour partir.

Jack n'allait pas tarder à revenir, et ses chances de s'échapper s'envoleraient.

Pourtant elle ne fit pas un geste.

Seul le bruit de la porte qui s'ouvrait la tira de sa léthargie. Une silhouette humaine se découpait dans l'embrasure, bloquant le son de la pluie et la faible lumière provenant des lampadaires du parking. Mallory ne parvenait pas à distinguer ses traits, masqués par une ombre nébuleuse qui semblait vibrer d'une mystérieuse énergie.

Elle essaya de parler, mais la voix lui manqua. Elle était

incapable de bouger, comme si son corps avait été cloué sur le lit. Son cœur se mit à battre à un rythme effréné.

La silhouette commença à s'étendre. Elle se répandit dans la pièce, comme la fumée impénétrable qui s'était propagée dans la maison où Mallory avait laissé le corps de sa sœur se consumer. Mais il n'y avait pas d'odeur âcre. L'air autour d'elle restait frais et sain. Un étrange bourdonnement emplit ses oreilles, et elle entendit un léger son, à peine audible, mais impossible à éviter.

— Je suis partout. Et nulle part.

Le murmure glissa sur elle comme une brise insistante, lui donnant la chair de poule.

— Et tant que tu ne m'auras pas trouvé, tu ne pourras pas m'arrêter.

Mallory se réveilla en sursaut. Dehors, le vent s'était levé. Un éclair zébra l'obscurité, suivi de coups de tonnerre assourdissants.

Ce n'était qu'un rêve, se rassura-t-elle en essayant de reprendre son souffle.

Mais ce n'était pas qu'un rêve, pas vraiment.

L'ordinateur était passé en mode veille. Mallory effleura du bout du doigt le pavé tactile, et le système redémarra. Surprise, elle découvrit une fenêtre de dialogue rectangulaire affichée au milieu de l'écran.

Une phrase courte était tapée à l'intérieur.

Tu m'as trouvé.

9

Il y avait cinquante pour cent de chances que Mallory Jennings ait disparu lorsqu'il entrerait dans leur chambre, estima Jack. Ou peut-être soixante, corrigea-t-il en tournant la clé dans la serrure. Voire soixante-dix. Il ouvrit la porte et s'arma de courage, prêt à trouver la chambre vide.

Au lieu de cela, il se retrouva face au canon du Smith & Wesson de la jeune femme.

Il leva les mains, resserrant sa prise sur le sac de nourriture et sur le porte-gobelets contenant leurs boissons.

— Ne tire pas. Je t'apporte à manger.

Elle poussa un long soupir et posa son arme sur la table de nuit. Elle avait l'air secouée, remarqua Jack en refermant la porte derrière lui d'un coup de hanche. Sur ses gardes, il s'approcha du lit.

— Un burrito et un Mountain Dew, comme convenu.

Tout en contournant le lit, il observa Mallory. Son teint pâle et les rides qui barraient son front n'auguraient rien de bon.

— Il est arrivé quelque chose ?

— Je ne sais pas.

Il posa la nourriture et les boissons à côté du Smith & Wesson.

— Est-ce que ça veut dire : « Je sais ce qui s'est passé, mais je ne compte pas en parler à ce crétin de cow-boy » ?

— Non. Ça veut dire que je l'ignore vraiment.

Elle était assise dans une posture défensive, les genoux repliés contre sa poitrine. Son ordinateur portable était fermé et posé sur le lit à côté d'elle.

— Et si tu me disais quelque chose dont tu es sûre ?

suggéra-t-il en sortant du sac trois burritos emballés dans du papier aluminium. Tu n'as pas précisé si tu voulais du poulet, du bœuf ou des haricots rouges, alors j'ai pris les trois. Choisis ce que tu veux, et je mangerai le reste.

— Haricots rouges, ça me va.

Elle releva les yeux vers Jack.

— C'était très attentionné de ta part.

— Je n'ai pas que des défauts.

Il lui tendit un immense gobelet de Mountain Dew.

— Plus grand que ça, il n'y avait pas.

— Parfait.

Elle enfonça la paille dans le couvercle et avala une gorgée avec un murmure de plaisir. Sentant son bas-ventre s'embraser, Jack mordit dans son burrito dans l'espoir de se changer les idées. De quoi étaient-ils en train de parler avant que les gémissements de Mallory ne commencent à le faire fantasmer ? Ah oui, se souvint-il. Ils discutaient de ce qu'elle ignorait.

— Qu'as-tu fait pendant que j'étais parti qui t'a perturbée au point que tu ne sais pas de quoi il s'agit ?

— C'est cette question qui me perturbe, marmonna-t-elle, la bouche pleine.

— Je t'ai demandé si quelque chose était arrivé. Tu m'as dit que tu ne savais pas.

Les sourcils froncés, elle poussa un soupir plein de frustration.

— Je suis restée ici au lieu de m'enfuir. Est-ce que ça ne te suffit pas pour aujourd'hui ?

— Parce qu'on compte les points, maintenant ?

Il reposa son burrito dans le sac et se pencha vers elle.

— Attention, trésor. La compétition, c'est mon domaine. Et j'adore gagner.

Elle plissa le nez.

— Moi aussi.

Il comptait bien dessus. L'anticipation faisait bouillonner son sang dans ses veines et électrifiait ses nerfs.

— Que s'est-il passé, Mallory ?

— Ne m'appelle pas comme ça, répliqua-t-elle à mi-voix. Pour le pire ou pour le meilleur, je suis Mara, désormais.

— Je ne peux pas t'appeler Mara, désolé.

Il s'appuya contre son dossier, son appétit envolé.

— Que penses-tu de « MJ » ?

Elle esquissa un sourire.

— Ma mère m'appelait comme ça. Mon deuxième prénom est Jean. Elle appelait Mara « MC », pour Mara Caroline.

— Je l'ignorais.

— Nous n'aimions pas beaucoup parler de notre mère.

Ils s'éloignaient beaucoup de la question qu'il avait posée au départ. Mais il avait beau vouloir savoir ce qui avait troublé Mallory en son absence, il ne comptait pas l'interrompre alors qu'elle semblait prête à partager un peu de son enfance avec lui. Même Mara, qui était plus accessible que sa jumelle, n'avait jamais raconté son passé en détail.

D'après ce qu'il savait, les deux sœurs avaient grandi à Lubbock, à quelques heures au sud d'Amarillo. Lorsqu'il avait rencontré Mara, elle avait déjà perdu ses parents, et elle en parlait comme s'ils avaient disparu depuis longtemps.

— Votre mère est morte quand vous étiez petites, c'est ça ?

— Nous avions dix ans, répondit Mallory, les yeux rivés sur le mur en face d'elle.

A en juger par son regard un peu voilé, elle était plus concentrée sur un épisode de son passé que sur le papier peint de la chambre du motel.

— Ma mère est morte quand j'étais bébé, déclara Jack.

Il n'avait pas eu l'intention de révéler cette information sur sa vie. Il n'avait jamais parlé à Mara de son enfance dans le Wyoming, et elle ne l'avait jamais interrogé. Il ne s'était jamais demandé pourquoi, ravi qu'elle ne soit pas une de ces femmes trop curieuses qui voulaient tout savoir de l'homme qu'elles fréquentaient. Il n'avait peut-être pas été le seul à vouloir dissimuler des secrets de jeunesse.

— Je ne me souviens pas d'elle, admit-il. J'ai seulement quelques photos.

— Je ne sais pas si ça fait de toi quelqu'un de chanceux ou de malchanceux.

Mallory parlait d'une voix dénuée d'émotion, mais le chagrin formait des petites rides au coin de ses yeux.

— Est-ce que c'est pire de ne jamais connaître sa mère ? Ou de la connaître et de la perdre ?

Jack s'était posé la même question presque toute sa vie. A la mort d'Emily, il avait trouvé sa réponse : il préférait ne jamais avoir connu sa mère, comme ça il n'avait pas su ce qu'il perdait.

Sa sœur lui manquait tous les jours.

— Comment ta mère est-elle morte ? demanda Mallory.

— Dans un accident de voiture. Et la tienne ?

Elle releva les yeux pour croiser les siens.

— Mon père l'a tuée.

Il sentit un frisson le parcourir.

— Oh. Ça alors, c'est…

— Horrible ? Tragique ? suggéra-t-elle avant de détourner le regard. Pitoyable ?

— Mara ne m'avait rien dit.

— Je le répète, nous ne parlions jamais d'elle.

— Et de ton père non plus.

Elle emballa son burrito à moitié entamé et le replaça dans le sac posé sur la table de nuit.

— Qu'est-ce qu'il y a à en dire ? Il avait l'alcool mauvais et la battait constamment. Un jour, il a oublié d'arrêter.

— Je suis désolé.

Elle haussa les épaules.

— Tu n'y es pour rien.

— Qui vous a recueillies, après ?

— Mon oncle et ma tante.

Elle n'entra pas dans les détails, et Jack jugea inutile d'insister.

Lui et Emily avaient sûrement eu de la chance d'avoir été élevés par leur père, même s'il n'avait pas été un modèle de tendresse. Il avait veillé à ce qu'ils soient bien vêtus et bien nourris, à ce qu'ils aillent à l'école et fassent leurs devoirs.

Il avait même essayé de leur trouver une nouvelle maman à deux reprises, mais ces relations n'avaient jamais vraiment fonctionné.

Jack avait toujours pensé que leur père était trop difficile à vivre mais sa sœur, qui avait le cœur plus tendre, avait une autre théorie. D'après elle, leur père avait perdu sa capacité à aimer lorsque sa femme avait disparu.

— Tu n'étais pas là, mais moi si, lui avait dit Emily plus d'une fois. Avec elle, il riait, chantait, plaisantait. Quand elle est morte, c'est comme si elle avait emporté une partie de lui avec elle.

Jack n'avait jamais compris ce que voulait dire sa sœur, jusqu'à ce qu'elle meure et emporte une partie de lui avec elle.

Il repoussa résolument les vieux souvenirs, croisa les mains sur ses genoux et regarda Mallory avec détermination.

— Pourquoi étais-tu aussi secouée quand je suis revenu, MJ ?

Elle cligna des yeux, visiblement déstabilisée par le changement de sujet.

— Je n'étais pas vraiment secouée.

Elle paraissait sur le point de protester davantage, lorsque ses épaules se courbèrent. Elle tendit le bras pour attraper son ordinateur, qu'elle posa sur ses genoux. Avec un soupir, elle se décala sur le côté du lit et ouvrit le portable. D'un signe de la tête, elle invita Jack à la rejoindre.

Ignorant le désir qui continuait de le tirailler, il s'assit à côté d'elle et regarda l'écran. Elle utilisait un système d'exploitation Windows, constata-t-il avec surprise. Une de ses connaissances, un clown de rodéo fan de technologie, lui avait assuré que les cracks en informatique choisissaient toujours Linux. Mais après tout, le bonhomme lui avait peut-être raconté n'importe quoi.

Plusieurs fenêtres du navigateur étaient ouvertes. Devant elles, un autre rectangle plus petit occupait le milieu de l'écran. Il ne contenait que quelques mots.

Tu m'as trouvé.

— Qu'est-ce que ça veut dire ? demanda-t-il.

— Je n'en suis pas sûre.

Elle croisa les bras et les frotta comme si elle avait froid. Pourtant le radiateur fonctionnait bien. A vrai dire, il faisait même un peu trop chaud pour Jack.

— Tu recherches quelqu'un et tu as reçu ce message, résuma-t-il en désignant la fenêtre de discussion. Que faisais-tu quand elle est apparue ?

— Je naviguais sur Internet. Je vérifiais des sites où j'ai croisé Endrex il y a quelques années.

Elle haussa les épaules.

— La moitié sont inactifs, ont changé d'adresses web ou ont été supprimés. Je ne faisais même pas beaucoup d'efforts pour le trouver. Je me contentais de réfléchir en laissant mes doigts courir sur le clavier.

— Tu n'as pas essayé de lui répondre ?

— Pas encore.

— Tu penses que c'est un traquenard ?

— C'est possible, admit-elle. Quelqu'un essaie peut-être de m'attirer dans un piège.

— A moins que ce ne soit l'homme que tu recherches qui essaie d'entrer en contact avec toi.

Jack pivota pour pouvoir examiner Mallory. Elle tourna la tête, et leurs regards se croisèrent. Elle semblait vraiment indécise. Jusqu'à présent, elle avait fait preuve d'une résolution à toute épreuve. C'était étrange de la voir aussi hésitante, songea-t-il, avant de reprendre la parole :

— Si tu as raison à propos de cet homme, s'il est la clé pour éviter un événement grave, je pense que c'est un risque que nous devons prendre.

— « Nous » ?

Elle haussa un sourcil, mais il discerna dans ses yeux bleus une lueur de soulagement. Elle n'était peut-être pas la dure à cuire solitaire qu'elle prétendait être, après tout.

— Je suis un cow-boy de rodéo qui ne peut plus monter de taureaux, répondit-il.

Il pencha la tête vers elle et baissa la voix.

— J'ai besoin d'un peu de piment dans ma vie. Prenons le risque.

— Quel genre de risque ? murmura-t-elle.

L'air se chargea aussitôt d'électricité, et le désir que Jack avait ressenti un peu plus tôt revint en force. Une partie de lui se doutait que Mallory avait changé le ton de leur conversation à dessein pour le distraire et qu'il renonce à l'aider à retrouver le mystérieux Endrex.

L'autre partie de lui se moquait complètement de ses motivations. Il voulait seulement voir jusqu'où elle était prête à mener son opération de diversion.

Jusque sous les draps ?

Jack obligea la partie la plus indocile de lui-même à se soumettre et recula de quelques centimètres.

— S'il est possible d'empêcher des gens de mourir en tapant une réponse dans cette fenêtre, alors je pense qu'il faut tenter le coup.

Les yeux de Mallory s'attardèrent sur sa bouche, puis vinrent croiser les siens.

— Il y a une chance que ça marche, reconnut-elle. Mais nous courons aussi le risque de nous faire tuer.

— C'est un risque acceptable, d'après moi.

Elle plissa le nez.

— Et voilà ton complexe du héros qui resurgit.

— Crois-moi, je n'ai rien d'un héros. Simplement, quand j'ai été assez sobre pour porter un regard critique sur ma vie, je me suis rendu compte que je n'avais rien fait qui vaille la peine d'être raconté à mes petits-enfants.

— Tu ne trouves pas qu'être un cow-boy de rodéo soit suffisamment intéressant ?

— Ça ne veut pas dire que ça ait le moindre intérêt.

— Et qu'est-ce qui te fait dire que tu auras des petits-enfants un jour ?

La question le fit sourire.

— Parce que je veux des petits-enfants.

— Et ce que tu veux, tu l'obtiens ?

— Je pourrais te retourner la question, tu sais.

Elle pencha la tête, baissant les yeux sur le portable comme si elle s'était lassée de la conversation. Elle fit un geste en direction de l'écran.

— Etant donné que nous sommes dans le même bateau, as-tu des suggestions sur ce que je devrais dire à cet homme ? demanda-t-elle.

Jack ravala une réponse sarcastique et observa le curseur clignotant sous le bref message.

— Il dit que tu l'as trouvé. Ecris-lui que ce n'est pas encore le cas, mais que tu aimerais bien.

Elle lui lança un regard sceptique, mais tapa une brève réponse.

Pas encore. Mais j'aimerais bien. On peut se rencontrer ?

Pendant plus de deux minutes, rien ne se passa. Puis, alors que la tension dans la chambre devenait palpable, un nouveau message apparut sous celui de Mallory.

Resurrection Point.

Jack regarda l'écran en fronçant les sourcils. Pourquoi ces quelques mots lui semblaient-ils familiers ?

Il jeta un coup d'œil vers Mallory, espérant qu'elle en savait plus long que lui, mais son expression figée était indéchiffrable.

Elle ferma brusquement la fenêtre de discussion et rabattit le capot du portable.

— Qu'est-ce que ça veut dire, « Resurrection Point » ? demanda-t-il doucement au bout de quelques instants.

— Aucune idée.

Elle mentait. Et plutôt bien, d'ailleurs. Son ton était juste assez ouvert et innocent pour en tromper plus d'un. Mais elle avait déjà trahi son agitation lorsqu'elle avait claqué l'écran de l'ordinateur, même si elle avait veillé à contrôler son expression aussitôt après.

— Alors pourquoi n'as-tu pas continué à discuter avec lui ? insista-t-il.

Elle se tourna pour le regarder, un sourire plein de sensualité aux lèvres, et se pencha un peu plus vers lui.

— Voyons, cow-boy, ne me dis pas que tu ne t'es jamais fait désirer ?

— Tu penses qu'il va te recontacter si tu ignores son message ?

— Ce n'est pas ce que tu ferais ?

Il ne pourrait sûrement pas s'en empêcher, songea Jack. Il semblait avoir un faible pour les rouquines au tempérament de feu, en particulier celle assise à côté de lui, qui s'amusait à le provoquer alors qu'ils se trouvaient sur un lit.

Lui aussi pouvait jouer à ce petit jeu-là. Il se rapprocha d'elle, la défiant de reculer.

— « Resurrection Point ». On dirait un nom de lieu.

— On dirait.

Elle ne recula pas.

Il lui effleura la colonne vertébrale du bout des doigts et réprima un sourire lorsqu'elle prit une brusque inspiration.

— Tu en as déjà entendu parler, je me trompe ?

Elle tourna la tête, et ses lèvres frôlèrent la mâchoire de Jack.

— Je t'ai dit que je ne savais pas ce que ça voulait dire.

Au moindre contact de cette bouche sur sa peau, Jack sentait des picotements de plaisir le traverser. Il avait perdu le contrôle de la situation dès que Mallory avait entrepris de le séduire, comprit-il. Il n'était pas sûr de s'en soucier. Perdre cette bataille-là ressemblerait probablement beaucoup à une victoire.

Elle tira sur les boutons de sa chemise, défit les deux premiers et déposa un baiser sur son torse.

— Tu sens bon, murmura-t-elle.

— Toi aussi.

Tandis qu'il enfouissait son visage dans la masse de cheveux auburn, elle déboutonna le reste de sa chemise. Elle écarta le tissu, embrassant le moindre centimètre de peau qu'elle découvrait, jusqu'à ce qu'elle atteigne la ceinture de son jean. Alors qu'elle commençait à jouer avec la fermeture,

Jack lui prit la tête entre ses mains et tira doucement. Il la fit remonter le long de son corps, jusqu'à ce qu'ils se retrouvent de nouveau face à face.

— Tu es prête à aller jusqu'où pour me cacher la vérité ?

Sa voix était rauque, comme si l'effort de contrôler son excitation avait laissé tout son être à vif.

C'était peut-être le cas. Il la désirait si fort qu'il en souffrait physiquement.

Mallory ferma les yeux, comme pour échapper à son regard. Il sentit un frisson infime la traverser avant qu'elle ne réponde :

— Je ne prends rien au sérieux, tu te rappelles ? Je suis sûre que Mara t'a dit ça à propos de moi.

— Je n'en crois rien.

Il la repoussa et se réfugia sur l'autre lit. Penché en avant, il prit plusieurs inspirations. Son corps était prêt à passer à l'acte, mais pour une fois son cerveau remporta la bataille.

Coucher avec Mallory Jennings maintenant gâcherait toutes ses chances de gagner sa confiance. Il passerait pour faible et impulsif à ses yeux. Cette tentative de séduction n'était rien d'autre qu'un jeu de pouvoir, et il serait stupide d'y succomber.

— Alors, cow-boy, on ne supporte pas la pression ? lança-t-elle.

Sa douce raillerie fit frissonner Jack, mais il ne faiblit pas. Sans bouger, il se mit à l'observer froidement. Il commençait à savoir déchiffrer son langage corporel. Elle le fixait droit dans les yeux sans ciller, mais sa lèvre inférieure tremblait très légèrement. Il avait remarqué la même chose lorsqu'elle était sortie de la salle de bains, les yeux rougis, essayant de ne montrer aucun signe de faiblesse.

— Je sais que tu as peur, Mallory. Moi aussi, j'ai peur.

Il ignora son regard méprisant et se concentra sur cette lèvre frémissante.

— Je sais que tu es venue avec moi uniquement parce que c'était le moyen le plus rapide de t'éloigner de Deception Lake, mais...

Un éclair de lucidité le traversa. Quelque chose concernant le lac, dont il devait impérativement se souvenir.

— « Mais » ? répéta-t-elle pour l'inciter à poursuivre.

— Deception Lake. Mon beau-frère et sa femme m'ont emmené pêcher là-bas ce matin.

Il avait du mal à croire qu'il s'agissait de la même journée. Il lui semblait qu'une vie entière s'était écoulée depuis cette matinée sur le lac nappé de brume. Tout en sortant des gros crapets de l'eau, lui et sa famille avaient regardé le soleil se lever au-dessus des montagnes.

— Et alors ? demanda-t-elle.

— Je ne sais pas si tu vas souvent pêcher le crapet.

— Je ne vais pas souvent pêcher tout court.

— Au printemps, on pêche le crapet dans les eaux calmes, peu profondes et protégées. A l'automne, on les trouve plutôt autour des promontoires. Alors, avant d'embarquer, nous avons acheté une carte du lac au magasin d'appâts, pour repérer les zones d'eaux calmes. Mais Hannah a également marqué tous les promontoires sur cette carte, parce qu'elle espérait revenir en automne.

— Et alors ? répliqua-t-elle d'un ton impatient.

— L'un des bons spots de pêche qu'elle a repérés se trouvait à un endroit appelé Resurrection Point.

Il vit le visage de Mallory se figer. Encore un signe que ce qu'il venait de lui dire avait touché une corde sensible.

— Nous ne sommes pas allés à Resurrection Point, bien sûr, ajouta-t-il lentement.

Il ne la quitta pas des yeux, à l'affût du moindre indice trahissant ce qu'elle pensait.

— Les eaux calmes étaient de l'autre côté du lac, sur la rive occidentale.

— Et si tu en venais à la conclusion de cette fascinante histoire de pêche ?

Son ton plein d'ennui était démenti par son regard perçant et vigilant. Elle avait peut-être l'air calme, mais elle était terrifiée à l'intérieur.

— Quand je t'ai suivie jusque chez toi cet après-midi, je

me souviens d'avoir pensé que tu allais à l'est de là où nous avions pêché dans la matinée. Et je viens de me rappeler que Resurrection Point était aussi situé à l'est des zones d'eaux calmes. Ce qui veut dire que cet endroit se trouve quelque part autour de ton joli petit chalet dans les bois.

Il se pencha vers elle.

— J'ai raison, non ?

— Mon joli petit chalet dans les bois se trouve *à* Resurrection Point, répondit-elle sèchement, la peur fissurant son masque d'impassibilité.

— Ce qui signifie…

— Que c'est peut-être Endrex qui a engagé le tireur pour me tuer.

10

Elle avait commis une erreur. Elle avait été négligente. Elle avait fait confiance à la mauvaise personne.

N'avait-elle donc rien appris au cours des sept dernières années ?

— Dis-moi tout ce que tu sais sur ce fameux Endrex.

La voix de Jack résonna doucement dans la chambre silencieuse, comme un écho au tonnerre qui grondait au loin.

— Je ne sais pas grand-chose, répondit-elle.

— Mais toujours plus que ce que tu veux bien me dire.

Il lui attrapa le menton entre ses doigts et l'obligea à le regarder. Elle ne voulait pas croiser ses yeux sombres, mais ils l'attiraient de façon presque irrésistible. Elle sentit un tiraillement au centre de sa poitrine, comme si Jack avait saisi son cœur et l'avait gentiment serré dans son poing.

— Je ne sais rien avec certitude.

— Tu as des soupçons, alors.

Il passa lentement le pouce sur son menton, dans une caresse légère et hypnotique.

— Je sais que tu n'accordes pas ta confiance facilement. C'est l'évidence même. Et tu ne me connais pas vraiment. Mais...

— Mais tu es tout ce que j'ai, termina-t-elle à sa place.

— J'aurais espéré un peu plus d'enthousiasme de ta part.

Il esquissa un sourire.

— Mais oui, c'est ça, ajouta-t-il.

Elle baissa la tête pour qu'il lui lâche le menton. Elle ne voulait pas l'admettre, mais elle avait besoin de son aide. En moins d'un jour, quelqu'un avait essayé de la kidnapper et de la tuer. Peut-être deux personnes différentes, si son bref aperçu du tireur était exact. Il ne semblait pas aussi grand ou costaud que l'homme qui l'avait attaquée au chalet.

Elle avait donc au moins deux inconnus malintentionnés à ses trousses. Qui étaient peut-être de mèche, ou pas, avec le mystérieux hacker nommé Endrex. Si son interlocuteur sur Internet était Endrex, il savait où elle habitait. Il avait peut-être même commandité les attaques.

Elle avait mal à la tête. Ses yeux la brûlaient et son estomac était douloureux, comme s'il était tiraillé entre la faim et la nausée. Elle avait besoin de dormir. Après un peu de repos, elle aurait peut-être récupéré assez de lucidité pour trouver quelques réponses.

Mais comment était-elle censée trouver le sommeil alors qu'elle se sentait comme une souris prise au piège ?

— Fais-moi confiance, MJ.

Jack prit sa main dans la sienne et la caressa de son pouce.

— Tu vis dans la peur depuis très longtemps, n'est-ce pas ? Tu sembles au bout du rouleau.

— Je veux te faire confiance, je t'assure, déclara-t-elle, dépitée d'entendre sa voix se fêler.

— Alors, n'hésite plus.

Il vint s'asseoir à côté de Mallory sur le lit et mêla ses doigts aux siens.

— Si tu ne veux pas encore me parler, ce n'est pas grave. Mais ne me laisse pas en plan. Je peux monter la garde cette nuit. Toi, essaie de dormir. Demain matin, la tempête sera passée, et nous pourrons reprendre la route. Nous irons où tu voudras.

« Nous », songea-t-elle, détestant le mot autant qu'elle s'y raccrochait. Cela faisait longtemps qu'elle n'avait rien connu d'autre que la solitude.

— Allonge-toi, poursuivit-il. Ferme les yeux. Laisse-moi m'occuper de toi. Juste pour cette nuit.

Sans résister plus longtemps, elle suivit ses instructions. Elle s'appuya contre les oreillers et s'enfonça davantage sous les draps.

Jack remonta la couverture sur elle, la bordant comme si elle était une petite fille. Quel genre de père ferait-il ? se demanda-t-elle, frappée par la douceur de son expression. Un père qui jouerait avec ses enfants, leur lirait des histoires et sécherait leurs larmes quand ils s'écorcheraient les genoux ou perdraient à un jeu, décida-t-elle, apaisée par cette pensée.

L'homme assis près d'elle ne correspondait pas du tout à l'image qu'elle s'était faite du soupirant infidèle de Mara.

Mais sa sœur n'était pas du genre à mentir. Les informations qu'elle avait tues étaient sûrement au détriment de Jack. Tout ce que Mara avait pu lui dire de négatif sur lui avait été confirmé par le principal intéressé.

Mais il avait aussi essayé de faire amende honorable. Il avait insisté pour rembourser l'argent qu'il avait volé. Il avait risqué sa vie aujourd'hui pour aider Mallory, simplement parce qu'il estimait le devoir à la mémoire de Mara. Le cow-boy coureur de jupons et porté sur la bouteille qui existait dans l'imagination de Mallory n'aurait jamais fait une chose pareille.

Alors lequel de ces Jack Drummond était le vrai ?

Alexander Quinn attendit avec impatience que la porte de la chambre d'hôtel à laquelle il venait de frapper s'ouvre. Il entendit un bruit à l'intérieur, puis le battant s'entrouvrit de quelques centimètres. Le visage buriné de Riley Patterson apparut. Ses yeux bleus étaient gonflés de sommeil.

— Oh. C'est vous.

— Puis-je entrer ?

Riley baissa les yeux sur sa montre.

— Il est minuit passé.

— C'est important.

— Ma femme et mon fils dorment.

— Pas ta femme, grommela une voix féminine depuis l'intérieur de la chambre.

Le joli visage d'Hannah Patterson apparut derrière l'épaule de son mari.

— Qu'est-ce que vous voulez, Quinn ?

— Je pense que vous le savez.

Elle fit une grimace.

— Est-ce que je vous ai déjà dit à quel point je détestais tout le charabia énigmatique qui sort de votre bouche ?

— Je recherche votre beau-frère.

— Tous nos vœux de succès, répliqua Riley en commençant à refermer la porte.

Quinn l'en empêcha en glissant son pied dans l'ouverture.

— Jack est en danger.

— A cause de vous ?

Quinn ravala une réponse cinglante, même si Riley Patterson commençait à l'irriter au plus haut point.

— Il y a quelque chose que vous devez savoir à propos de la femme que votre beau-frère essaie de protéger.

L'expression d'ennui que Patterson arborait changea subtilement, et une lueur d'intérêt s'alluma dans ses yeux.

— Qui ?

— Vous croyez qu'elle s'appelle Mara Jennings. Vous pensez qu'il s'agit de la femme que votre beau-frère a fréquentée à Amarillo, au Texas, il y a quatre ans.

Quinn baissa la voix.

— Mais vous faites erreur.

— C'est une intrigante ?

— En quelque sorte.

Il fit un signe de tête en direction de la porte.

— Si vous me laissez entrer, je me ferai un plaisir de vous expliquer de quoi il retourne. Je ne pense pas que ce soit judicieux d'avoir cette conversation au beau milieu du couloir.

— Pour l'amour du ciel, laisse-le entrer, grogna Hannah. Finissons-en, parce que je le connais, et il ne va pas s'en aller comme ça.

Quinn réprima un sourire en entendant le ton frustré de la jeune femme.

— Elle a raison.

Patterson recula et laissa Quinn entrer dans leur chambre. Hannah traversa la pièce pour jeter un œil sur leur fils endormi. Elle resserra la couverture autour de lui, puis se tourna vers Quinn et son mari.

— Pas trop de bruit, d'accord ? La journée a été animée, et le petit a mis un temps fou à s'endormir.

Pendant qu'elle allumait la lampe de chevet, Quinn s'assit sur l'une des deux chaises qui encadraient la petite table près de la fenêtre. Patterson et sa femme s'installèrent côte à côte sur le matelas. A en juger par leur tenue, il les avait tirés du lit. Patterson était torse nu et en caleçon, tandis que Hannah était enveloppée dans un peignoir en éponge. Ses jambes fuselées étaient nues à partir des genoux. Elle ne portait rien aux pieds et, à la vue du vernis à ongles vert électrique sur ses orteils, Quinn réprima un nouveau sourire.

— C'est quoi, ce gros secret concernant Mara Jennings ? demanda-t-elle impatiemment. Si ce n'est pas la femme que Jack connaissait, qui est-ce ?

— La sœur de Mara.

Patterson fronça les sourcils.

— Jack a dit que la sœur de Mara était morte il y a quatre ans.

— Sa sœur jumelle, intervint Hannah, une expression pensive dans ses yeux verts. Des vraies jumelles, n'est-ce pas ? Leurs profils ADN seraient probablement impossibles à différencier sans des analyses spécialisées...

— Mara est morte, et sa sœur a pris sa place ? demanda Patterson en se tournant vers Quinn pour en avoir la confirmation.

C'était vraiment agréable de parler avec des gens qui comprenaient les choses à demi-mot, pensa Quinn en acquiesçant. C'était tellement rare.

— Pourquoi ? demanda Patterson.

— Parce que la personne qui a tué Mara visait Mallory, répondit Hannah à la place de Quinn, son esprit aiguisé fonctionnant aussi vite que d'habitude.

— Et continue à la viser ? demanda son mari.

— Si vous avez le moyen de joindre votre beau-frère, faites-le. Contactez-le et prévenez-le de ce qui se passe. Parce que je vous assure que Mallory Jennings ne fait confiance à personne. Il est peu probable qu'elle lui dise la vérité.

— Autrement dit, il ne sait peut-être pas quel danger il court, résuma Hannah.

— Savez-vous comment le joindre ? demanda Quinn.

Il regarda ostensiblement le téléphone portable posé sur la table de chevet entre les deux lits.

— Merci pour cette information, monsieur Quinn, déclara Patterson en se levant et en lui adressant un signe de la tête. Bonne nuit.

Contrôlant une brusque bouffée d'agacement, Quinn le suivit jusqu'à la porte sans rien dire. De toute façon, il n'avait pas besoin d'être dans la chambre pour surveiller les communications téléphoniques entre le portable de Patterson et celui de son beau-frère.

Il n'avait pas été espion pendant des années pour rien.

Nick Darcy l'attendait, assis au volant d'une Mercedes-Benz noire. Quinn s'installa sur le siège passager, puis se tourna vers l'ancien agent du DSS, le Service de sécurité diplomatique. C'était le seul de ses employés, sans compter Anson Daughtry, qui connaissait la vérité sur Mallory Jennings.

— Ça donne quoi ? demanda Quinn.

— Ce sont des gens intelligents. Ils comprennent le risque que court Drummond.

Darcy jeta un coup d'œil sur le matériel d'enregistrement installé sur la banquette arrière de la berline. Il tapota l'oreillette enfoncée dans son oreille droite.

— Pour l'instant, ils se demandent si c'est une bonne idée d'essayer de contacter Jack.

Quinn s'autorisa enfin un sourire.

— Ils ne me font pas confiance.

— Ça te surprend ? demanda Darcy avec un regard narquois.

— C'est de bonne guerre.

Il brancha des écouteurs dans l'enregistreur, afin d'entendre ce que captait le dispositif qu'il avait caché sous la chaise.

Dans la chambre d'hôtel, Hannah et Riley restaient pour

l'instant silencieux. La lumière à leur fenêtre s'éteignit. Grâce au puissant signal du mouchard, Quinn entendit le grincement du matelas et un bruissement de tissu, puis la question endormie d'Hannah Patterson.

— Veux-tu tester un autre endroit du lac, demain ? Quelqu'un au magasin d'appâts a dit que les crapets mordent bien dans les zones d'eaux calmes au sud du lac.

— Ça roule.

Il y eut le son, reconnaissable entre tous, d'un baiser, puis le silence revint. Quelques secondes plus tard, Hannah Patterson murmura :

— Bonne nuit, Quinn.

Darcy se mit à rire.

Un bourdonnement sourd tira Jack du sommeil. Sentant une vibration contre sa poitrine, il sortit son téléphone de la poche de sa chemise. Il avait reçu un SMS d'un expéditeur inconnu. Le message était bref et allait droit au but.

R et moi en silence radio pour l'instant. Sois prudent. Elle n'est pas qui tu crois.

Hannah, comprit-il. Elle utilisait probablement un portable impossible à tracer. Elle avait des cousins dans le milieu de la sécurité, et sa famille proche avait déjà participé à des activités top secret, à en croire les récits de Riley.

Quelqu'un l'avait donc approchée pour l'avertir à propos de Mallory. C'était forcément le patron de l'agence, cet ancien espion en qui elle n'avait pas vraiment confiance.

A quel jeu jouait ce type ? Essayait-il de découvrir leur localisation en passant par Hannah et Riley ?

Il répondit à Hannah en utilisant le même numéro.

Je sais. Je suis sur le coup.

Puis il remit le portable dans sa poche et se rallongea, les yeux fixés sur le plafond obscur.

Dehors, la tempête s'était enfin calmée. L'averse avait

baissé d'intensité, jusqu'à ce qu'il n'entende plus qu'un léger son de pluie à travers les murs fins de la chambre.

Sur l'autre lit, Mallory était plongée dans un profond sommeil. Son souffle était lent et régulier. Si elle rêvait, elle n'en montrait aucun signe.

Comment devait-il s'y prendre avec elle ? se demanda-t-il.

Pour le moment, elle avait décidé de lui faire confiance. Elle avait besoin de dormir un peu, de récupérer pour pouvoir affronter ce qui les attendait. Mais il ne se faisait aucune illusion : ce n'était sûrement pas parce qu'elle le croyait de son côté.

A l'évidence, la confiance n'était pas son fort. Et elle ne se fiait pas plus à elle-même qu'au reste du monde.

Tout à coup, Mallory sursauta, puis se redressa brusquement. Elle resta figée plusieurs secondes, avant de courber les épaules. Elle finit par se tourner vers lui. Il faisait trop sombre pour qu'il puisse discerner son expression, mais quand elle parla, sa voix tendue trahissait son agitation.

— Quelle heure est-il ?

Il pressa le bouton de sa montre pour éclairer le cadran.

— Presque 5 heures du matin. Tu as dormi longtemps.

— Bien assez longtemps comme ça.

Elle alluma la lampe de chevet, et le centre de la chambre se retrouva inondé de lumière. Ebloui, Jack plissa les yeux.

— Tu peux dormir deux ou trois heures de plus, tu sais.

— Nous devons prendre la route avant qu'il n'y ait trop de circulation.

Elle repoussa les couvertures et attrapa son sac marin sur le sol.

— Je vais dans la salle de bains la première.

Il lui attrapa la main lorsqu'elle passa devant lui, et elle croisa son regard. Une lueur d'excitation brillait dans ses iris, et Jack sentit un feu similaire le brûler. Il se racla la gorge.

— Où allons-nous ?

Elle baissa les yeux.

— Je n'ai pas encore décidé.

Mais c'était faux, il le voyait bien. Et il avait le pressentiment que leur destination n'allait pas lui plaire.

Elle s'efforça de sourire.

— Dès que ce sera le cas, tu seras le premier à le savoir, c'est promis.

Il n'était pas sûr de pouvoir la croire.

— Nous retournons à Purgatory ?

Mallory garda les yeux rivés droit devant elle, même si elle sentait le regard interrogateur de Jack peser sur elle.

— Je sais bien que ça semble fou, étant donné ce que nous avons appris.

— Je m'attends toujours à quelque chose de fou, venant de toi.

Jack avait arrêté le pick-up à la sortie du parking du motel. La route qui s'étirait de chaque côté de l'intersection était déserte dans les deux sens. S'ils tournaient à droite, ils s'éloigneraient de Purgatory en direction du nord. S'ils prenaient à gauche, ils rouleraient vers Deception Lake.

— Si c'est bien à Endrex que j'ai parlé hier soir, il a sûrement évoqué Resurrection Point pour une bonne raison.

Elle s'efforça d'avoir l'air plus assurée qu'elle ne l'était en réalité.

— Il veut peut-être que je le retrouve là-bas.

— Il veut peut-être te tuer là-bas, répliqua Jack sèchement.

Elle tourna la tête vers lui et vit la fureur contenue dans ses yeux sombres. Il semblait réellement se soucier de savoir si elle allait vivre ou mourir, comprit-elle.

C'était un sentiment déroutant. Même avant la mort de Mara, elle avait vécu en marge de la société, avec seulement une poignée de connaissances et aucun véritable ami. L'idée de forger un lien réel avec quelqu'un, de laisser une autre personne voir ce qui se cachait sous les couches supérieures de sa coquille protectrice, était profondément terrifiante.

Et vraiment tentante.

Un silence tendu s'installa entre eux, seulement rompu

par le tambourinement des pouces de Jack sur le volant. Mallory était à sa merci, du moins pour l'instant, et ce qu'il allait décider pouvait tout changer.

Il ferma les yeux pendant quelques secondes. Puis les rouvrit et tourna à gauche.

— Tu ne sais pas où je pourrais trouver une laverie ?

La question, à la fois banale et inattendue, faillit la laisser sans voix.

— « Une laverie » ?

— Tout ce que j'ai avec moi, c'est un sac de linge sale, tu te souviens ? Crois-moi, tu as tout intérêt à ce que je trouve une laverie, et vite.

Malgré elle, elle eut envie de sourire. Pourtant, elle ne le voulait pas. Elle ne voulait pas être amusée par son humour caustique. Elle ne voulait pas éprouver quoi que ce soit pour lui, ni colère ni désir.

Elle ne voulait rien ressentir du tout.

— Il y a une laverie sur la gauche à environ quatre cents mètres d'ici. Mais tu es sûr que ça ne peut pas attendre que nous arrivions à destination ?

— Ça peut attendre, répondit-il avec une grimace. Mais pourquoi se précipiter ? Tu penses vraiment qu'Endrex va t'attendre sur le perron de ton chalet ?

— Bien sûr que non, répliqua-t-elle sèchement. Mais il y a peut-être laissé un mot.

— Ou tendu un piège.

— Qu'est-ce que tu voudrais que je fasse ? Que j'ignore son message ? J'ai besoin de trouver ce type. Tu sais pourquoi.

— En fait, non, je ne le sais pas.

Jack tourna brutalement le volant et s'arrêta sur l'accotement. Il alluma les feux de détresse, puis se tourna vers Mallory.

— Alors pourquoi ne m'expliques-tu pas ce qu'il en est une bonne fois pour toutes ? De quoi soupçonnes-tu Endrex, exactement ?

— Si nous restons garés sur le bas-côté de la route, tôt ou tard, un policier va s'arrêter et venir nous poser tout un tas de questions gênantes.

— Commence à parler, et je commencerai à rouler.

Quelle galère, pensa Mallory. Pourquoi était-elle si tentée de lui raconter tout ce qu'elle savait ? Jack était imprévisible, et ses exploits passés ne jouaient pas en sa faveur. Mais il y avait quelque chose chez lui qui ne cadrait pas avec la description que Mara avait faite. Il dégageait une sorte de ténacité sereine qui donnait envie de lui révéler ses secrets et de lui confier ses soucis. Enfin décidée à lui expliquer, elle se lança :

— Pendant quelque temps, Endrex a opéré sous couverture au sein d'une organisation criminelle dirigée par un certain Wayne Cortland.

Avec un regard insistant, elle désigna du menton le voyant des warning. Jack appuya de nouveau sur le bouton et remonta sur la route presque vide.

— Ce nom est-il censé me dire quelque chose ?

— Probablement pas, admit-elle. La mort de Cortland et la divulgation au grand jour de ses activités criminelles ont été surtout évoquées dans la presse locale. Principalement dans le Sud de la Virginie, à vrai dire. Cela dit, la sphère d'influence de Cortland s'étendait jusqu'à l'est du Tennessee et à l'ouest de la Caroline du Nord.

— Quel genre d'activités criminelles ?

— Trafic de drogue, blanchiment d'argent, corruption générale. Le tout bien caché derrière la façade d'une scierie et d'un magasin florissants, appartenant à un homme d'affaires respecté et apprécié de tous. Il y a deux ans, j'ai découvert par hasard le groupe de Cortland alors que je bidouillais en ligne. Je suis tombée sur des anarchistes qui passaient des informations codées via un forum de hackers que je fréquente de temps en temps.

Elle jeta un coup d'œil vers lui pour vérifier qu'il suivait. Les gens extérieurs à la communauté hacker avaient tendance à décrocher au bout de quelques secondes. Mais si Jack s'était lassé du sujet, il n'en montrait rien.

— Je ne peux pas dire que je les soupçonnais vraiment de tramer quelque chose, poursuivit-elle. Tu sais, la plupart des anarchistes ne le sont pas vraiment. Ce sont seulement des gamins fortunés un peu oisifs qui n'ont aucun respect pour le travail ou la société civile.

— C'est très bourgeois de ta part comme point de vue, dit Jack en lui coulant un regard en coin.

Elle réprima un sourire, puis reprit :

— Comme je le disais, je ne les soupçonnais pas vraiment de quoi que ce soit. J'aime craquer des codes pour le plaisir. J'ai une base de données regroupant les codes que j'ai cassés au fil des ans. Ça va de petites choses toutes simples à des codes incroyablement complexes que même le gouvernement avait du mal à décrypter. Bref, en m'attaquant à ce code-là, j'ai eu l'impression de l'avoir déjà vu. J'ai fouillé dans ma base de données et, en effet, il était là. C'était l'un des codes d'Endrex.

— Tu as donc déchiffré ce message, et… ?

— Et il s'agissait d'un complot pour une cyberattaque visant l'ORNL, le Laboratoire national d'Oak Ridge, dans le Tennessee. Ils prévoyaient de lancer une attaque par déni de service sur le système Scada du site nucléaire…

— « Scada » ?

— C'est un sigle qui signifie « système de contrôle et d'acquisition de données ». C'est le dispositif informatique qui surveille et contrôle les fonctions essentielles de sûreté du complexe.

— Comme les fuites radioactives, par exemple ? devina Jack en lui lançant un autre regard.

— Exactement.

Il marmonna un juron bien senti.

— Je n'ai jamais entendu parler de ce complot.

— Ce petit détail n'a jamais été révélé à la presse. Je suppose que la sécurité intérieure voulait éviter de déclencher une panique générale qui aurait pu paralyser la production d'énergie nucléaire. Il y avait trop de choses en jeu.

— Endrex faisait partie de ce complot ? demanda-t-il.

— C'est ce que je devais découvrir. Alors j'ai appelé

quelqu'un que je connaissais au gouvernement et je lui ai présenté une situation hypothétique.

— Quinn ?

Il avait l'esprit plus vif qu'elle ne s'y attendait, songea Mallory.

— Oui. Quinn a essayé de faire passer ça pour les soupçons paranoïaques d'une *geek* désœuvrée, mais...

— Mais tu n'es pas du genre à laisser un vieil espion comme Quinn te détourner de ton but ?

— Exactement, répondit-elle avec amusement.

— Et au bout du compte, tu avais raison ?

— Oui. Et Quinn m'a engagée pour prendre part aux recherches.

— Qu'avez-vous découvert ?

— C'est bien ça, le problème. Je n'ai pas vraiment été autorisée à connaître les derniers résultats de l'enquête.

Elle poussa un gros soupir de frustration.

— Apparemment, le fait qu'Endrex soit ou pas un hacker *black hat* n'entre pas dans la liste des choses que j'ai besoin de savoir.

— Et maintenant ? Quinn ne fait plus partie de la CIA, et pourtant, il te tient toujours dans l'ignorance ? Comment es-tu censée faire ton travail ?

— Mon travail, c'est de retrouver Endrex, pas de comprendre ses motivations.

Elle avait répondu avec plus d'amertume qu'elle n'en avait eu l'intention. Peut-être même plus que ce qu'elle ressentait au fond d'elle-même.

Jack garda le silence pendant plusieurs minutes, et elle en profita pour fermer les yeux. Elle était trop surexcitée pour s'endormir, mais la fatigue qu'elle avait accumulée au cours des derniers jours se faisait sentir. Elle avait dû travailler tard dans la nuit pour essayer de retrouver la trace d'Endrex. Comme le hacker avait toujours été un noctambule, elle avait adopté ses habitudes. Elle avait passé les forums au crible, à la recherche de son style particulier, mais sans succès.

Elle aurait peut-être dû suivre le conseil de Jack et dormir un peu plus longtemps ce matin.

— Nous approchons de l'embranchement pour le lac, n'est-ce pas ?

La tension dans la voix de Jack perturba Mallory. Elle ouvrit les yeux et regarda autour d'elle pour se repérer. Elle se redressa aussitôt en voyant ce qui avait alarmé Jack.

Un peu plus loin, au-dessus de la crête des arbres, une fine colonne de fumée noire s'élevait dans le ciel nuageux.

— On y est presque, répondit-elle en se penchant en avant.

Elle essaya de distinguer ce qui brûlait à travers les arbres. Elle espérait se tromper.

Mais ce n'était pas le cas.

Jack ralentit et se rangea sur le côté de la route lorsqu'un camion de pompiers apparut au détour d'un virage. La lumière du gyrophare éclairait les bois d'une lueur rouge. Le véhicule était garé sur l'allée de gravier qui menait à son chalet.

Ou, plus exactement, aux ruines fumantes de ce qui avait été son chalet.

11

— Tu es sûr de pouvoir leur faire confiance ? demanda Mallory en s'agitant sur le siège à côté de Jack.

Elle ne cessait de jeter des coups d'œil nerveux en arrière, en direction de la grande route qu'ils avaient quittée.

— Riley et Hannah sont pour moi ce qui se rapproche le plus d'une famille.

Jack ralentit en approchant d'un nouveau virage. Pour la première fois depuis longtemps, le Wyoming lui manquait. A dix-huit ans, il avait quitté son Etat natal et ses hivers interminables. Résolu à poursuivre son rêve de rodéo, il était parti au Texas et dans le Sud-Ouest, sans jamais vraiment se retourner. Mais les routes du Wyoming étaient la plupart du temps plates et rectilignes. La vue s'étendait à des kilomètres à la ronde, aussi loin que l'œil pouvait porter.

Ici, dans les Smoky Mountains, les routes sinueuses étaient aussi fréquentes que la brume sur les sommets arrondis. Tandis qu'ils roulaient vers Purgatory, les bas-côtés étroits et les à-pic qui leur tendaient les bras à chaque lacet lui mettaient les nerfs à vif.

— Ce n'est pas vraiment une réponse, marmonna-t-elle.

— Je leur fais confiance. Ce sont des gens bien. Et ils ont tous les deux un peu d'expérience en matière de situation critique.

Il sentit son regard se poser sur lui, mais il resta concentré sur la route et ses embûches. Pendant quelques minutes, Mallory garda le silence, mais il pouvait presque l'entendre réfléchir.

— Qu'y a-t-il ? finit-il par demander.

— Pourquoi étaient-ils dans une situation critique ?

Ils avaient enfin atteint une portion de route un peu plus droite, et Jack prit le temps de jeter un coup d'œil vers Mallory. Elle s'était déchaussée et avait posé les pieds sur le siège. Ses bras entouraient ses genoux ramenés contre sa poitrine. Elle lui rappelait un porc-épic qu'il avait croisé un jour lors d'une randonnée en montagne. L'animal s'était recroquevillé dans une position défensive, dos rond et piquants hérissés.

Jack était sorti indemne de cette rencontre surprise, mais il n'était pas sûr d'être aussi chanceux cette fois-ci.

— Quelle fois en particulier ?

Elle tourna la tête vers lui, et leurs regards se croisèrent brièvement avant qu'il ne reporte son attention sur la route.

— Parce que c'est arrivé souvent ? demanda-t-elle.

— Il y a eu la fois où le tueur en série qui a assassiné ma sœur s'en est pris à Hannah.

Il observa sa réaction du coin de l'œil. Elle haussa un sourcil, mais ne fit aucun commentaire.

— Ensuite, il y a eu la fois où un cartel sud-américain a visé sa famille à cause de quelque chose que l'un de ses frères avait fait lorsqu'il était dans les marines.

— Tu me fais marcher.

— Et puis, il y a eu la fois où un terroriste a pris en otage le frère d'Hannah et sa femme, pas loin d'ici, afin de débusquer le frère de l'épouse en question.

Mallory reposa les pieds par terre.

— Sinclair Solano. C'est bien ça ?

— Tu as entendu parler de lui ?

— Bien sûr. La confrontation finale a eu lieu à Poe Creek. Ça a fait la une des médias.

Elle eut un léger sourire.

— Qui plus est, Solano travaille pour The Gates. Il vient de se fiancer à un autre agent.

— Oh.

— D'après lui, il s'en est sorti grâce à la belle-famille de sa sœur. Quinn est du même avis.

Jack hocha la tête.

— Hannah fait partie de cette belle-famille. Elle et Riley étaient là-bas cet automne, en train de sauver la peau de ton copain Solano.

Ils approchaient de Purgatory. Les bois touffus laissèrent place aux pavillons, puis aux quelques commerces installés en banlieue. Leur prochaine destination se situait après le petit centre-ville : un parc où Hannah et Cody les attendaient avec les affaires de Jack.

Jack regarda de nouveau Mallory et remarqua sa mâchoire crispée et son expression dure.

— Alors, MJ… Qu'est-ce que tu choisis ? Arrêter ou continuer ?

Elle l'étudia à son tour.

— Tu veux sûrement dire : faire confiance ou ne pas faire confiance ?

Il acquiesça de la tête.

— Cinq minutes, déclara-t-elle après une seconde de silence. Si tu n'es pas revenu au pick-up dans cinq minutes, je m'en vais.

Il savait qu'elle ne bluffait pas.

Le parc était plus un point de vue sur le panorama qu'un espace vert traditionnel. Jack traversa la mince bande d'herbe qui séparait le petit parking de la limite des arbres. Au-delà, une falaise abrupte surplombait un ruban d'eau brillant, une dizaine de mètres en contrebas du promontoire rocheux.

— Little Black Creek.

La voix d'Hannah était toute proche. Jack fit volte-face et la vit à moins d'un mètre de lui, Cody endormi sur son épaule.

— Quoi ?

Elle fit un signe de tête en direction de l'eau.

— Cette rivière s'appelle Little Black Creek. Je l'ai lu sur une plaque près de l'entrée du parking.

Les sourcils froncés, elle le fixa d'un regard pénétrant. Pendant un instant, elle lui rappela Emily, même si elle ne ressemblait pas à sa sœur, du moins physiquement. Hannah avait les yeux verts et une coupe au carré auburn, tandis qu'Emily avait eu les iris marron et les cheveux d'un noir corbeau.

Mais les deux femmes avaient en commun le sens de la justice et l'esprit de famille. Jack aimait à croire qu'Emily aurait été heureuse de savoir que Riley avait retrouvé l'amour avec quelqu'un comme Hannah.

— Tu vas bien ? demanda-t-elle.

— Oui.

— Tu veux toujours t'y prendre de cette manière ?

— Je n'ai pas le choix.

— Ce n'est pas Mara.

— Je te l'ai dit : je suis au courant.

Il se rapprocha d'elle, prenant le prétexte d'ajuster le blouson de Cody sur ses petites épaules.

— Comment l'avez-vous découvert ? demanda-t-il.

— Alexander Quinn nous a rendu une petite visite.

Evidemment, songea Jack, avant de poursuivre :

— Vous a-t-il dit autre chose ?

— Seulement qu'elle n'était pas ce qu'elle semblait être, dit Hannah.

Ce qui était l'entière vérité, bien sûr.

— Où sont mes affaires ? reprit Jack.

— Cachées sous la table de pique-nique, à une vingtaine de mètres derrière moi.

Hannah posa brièvement la main sur le bras de Jack. Son geste était léger et impersonnel en apparence, mais ses yeux étaient assombris par l'inquiétude.

— Donne de tes nouvelles. Et sois prudent, compris ?

— Tu me connais. Je suis toujours prudent.

Elle leva les yeux au ciel, puis s'éloigna et disparut. Tandis qu'il se dirigeait vers la table, il éprouva pendant une seconde la peur affreuse de ne plus jamais les revoir, elle, Riley et leur petit garçon.

Le vieux sac en toile qu'il avait préparé pour la pêche était posé sous le banc le plus proche des arbres. Jack s'assit, sortit son téléphone et fit mine de vérifier ses messages. En réalité, il balayait les environs du regard, à l'affût du moindre curieux.

A cette heure de la matinée, un jour de semaine, le parc était quasiment désert. Un bruit sur le parking attira son attention : un monospace était en train de se garer à quelques mètres de son pick-up. Une femme aux traits tirés en sortit. Elle contourna le véhicule et fit coulisser la portière arrière. Jack attrapa la poignée de son sac, puis se leva sans se presser.

La conductrice réapparut avec trois enfants à sa suite, tous d'âge préscolaire et tous aussi blonds qu'elle. Il ne leur accorda qu'un bref regard avant de traverser la bande herbeuse entre la table de pique-nique et son pick-up.

Le soleil qui se réfléchissait sur le pare-brise l'empêchait de voir à l'intérieur de la cabine. Il baissa les yeux sur sa montre. Six minutes s'étaient écoulées depuis qu'il avait laissé Mallory seule dans le véhicule.

Avait-elle mis sa menace à exécution ?

Il crut que le pick-up était vide jusqu'à ce qu'il atteigne la portière et jette un œil à l'intérieur. Recroquevillée sur le plancher, Mallory releva la tête, juste assez pour croiser son regard.

Il poussa un soupir de soulagement, puis ouvrit la portière côté conducteur et jeta son sac à l'arrière de la cabine.

— Tu es restée. Même si j'ai une minute de retard.

— J'étais d'humeur clémente, murmura-t-elle tandis qu'il s'installait au volant et démarrait. Tu as eu des ennuis ?

— Pas du tout.

Il recula et s'engagea sur la route principale après avoir regardé des deux côtés de la route.

— Qu'est-ce qui te dit qu'il n'y a pas de mouchard dans ce sac ? demanda-t-elle quelques minutes plus tard en se rasseyant sur son siège.

Elle avait attendu qu'ils soient sortis de la ville pour se relever. Ils roulaient à présent en direction du sud, sur la route sinueuse et boisée qui menait à Bitterwood.

— Et qui aurait pu le mettre là ? répliqua-t-il.

Elle attacha sa ceinture de sécurité.

— Tu as bien dit que ton beau-frère était policier, non ?

— Un shérif adjoint d'un bled paumé d'Alabama. On est loin du FBI.

Alors qu'elle ouvrait la bouche pour protester, il enchaîna :

— Et si tu me dis de ne faire confiance à personne, je vais te demander de me remettre ton petit chapeau en papier d'alu repousseur d'ondes, comme toi et tes petits copains théoriciens du complot aimez à en porter. Même si je suis sûr qu'il te va à merveille, évidemment.

A la surprise de Jack, elle émit un léger gloussement.

— L'aluminium ne ferait qu'amplifier les rayons de contrôle cérébral, crétin.

Il ne put s'empêcher de rire à son tour.

— Mais ils n'ont pas eu ton sac avec eux tout le temps, n'est-ce pas ? ajouta-t-elle d'un ton plus grave. Il était resté dans ta chambre d'hôtel ?

— C'est ça. Mais qui aurait pu mettre un mouchard dedans ? Je ne suis personne, crois-moi. Je n'ai rien d'intéressant.

— Ton beau-frère a dit que Quinn les avait contactés.

— Tu le crois capable d'entrer par effraction dans ma chambre pour planquer un mouchard dans mes affaires ? Des affaires que j'ai abandonnées quand je me suis enfui avec toi, je te le signale.

— Quinn n'a pas survécu vingt ans à la CIA sans être prêt à parer à toute éventualité.

Mallory tendit le bras derrière elle pour attraper le sac en toile. Lorsqu'elle le ramena vers elle, le sac heurta Jack sur le côté de la tête.

— Aïe !

— Désolée.

Elle n'avait pas l'air de l'être le moins du monde.

— Sois franche. Tu veux seulement mettre la main sur mes sous-vêtements, plaisanta-t-il.

Il essaya de se rappeler si son sac contenait quelque chose de potentiellement embarrassant. A priori, non. Depuis son accident, il vivait plus comme un moine que comme un cow-boy trop sûr de lui.

— Ouais, parce que c'est sûr que ça, ça me fait démarrer au quart de tour, ironisa-t-elle.

Elle agita un caleçon à carreaux bleus avant de le remettre dans le sac.

— Pas de conclusion hâtive, agent Mulder, répliqua-t-il. Et si jamais un complot gouvernemental avait caché un dispositif d'écoute dans la couture ?

— C'est ça, cow-boy, moque-toi.

Elle referma le sac et le renfonça dans l'espace derrière leurs sièges.

— A l'agence, Quinn a du matériel de détection qui peut repérer les traceurs GPS, les fréquences radio… tous les moyens électroniques qui permettent de pister quelqu'un. Ça m'amène à penser que s'ils peuvent détecter ce genre de surveillance à distance, ils sont plus que capables de s'en servir eux-mêmes.

— Mais pourquoi Quinn voudrait-il te pister ? Tu travailles pour lui, non ?

Elle se laissa aller contre le dossier en soupirant.

— Il a ses raisons. Il n'est pas paranoïaque pour rien.

— Tu as tes propres priorités depuis le début, c'est ça ? A l'insu de Quinn ? demanda Jack, le ventre noué.

Elle releva brusquement les yeux vers lui.

— Pas du tout. Je l'ai informé d'absolument tout, jusqu'à ce qui s'est passé hier.

— Alors pourquoi te soupçonnerait-il de quoi que ce soit ?

Elle ramena les genoux contre elle, reprenant la position défensive du porc-épic. Jack décela une certaine vulnérabilité dans sa façon de tenir sa tête, la nuque raide mais légèrement penchée vers l'avant, comme si elle était prête à se rouler encore plus en boule.

— Je n'ai pas toujours été un *white hat*, finit-elle par répondre.

L'extrémité méridionale de Deception Lake n'était guère plus qu'une étroite langue d'eau étincelante, se jetant dans la Caugaloosa River au sud de Bitterwood. Cette partie du lac semblait serpenter sans but à travers les montagnes, plus comme une rivière que comme une nappe d'eau. Mais les maisonnettes construites sur cette rive s'appelaient quand même « Bungalows du lac », constata Mallory lorsque Jack se gara devant le bureau de location.

— Je reviens tout de suite, annonça-t-il en coupant le moteur. Cette conversation n'est pas terminée.

Elle se laissa glisser sur le siège, si bas qu'elle voyait à peine au-dessus du tableau de bord, et regarda Jack entrer dans la bâtisse.

Elle ferait bien de prendre ses sacs et de décamper avant qu'il ne revienne, songea-t-elle. Mais son corps las semblait incapable de bouger.

Où Jack trouvait-il l'argent pour louer un de ces bungalows plutôt coûteux ? Ses années de rodéo avaient-elles été si lucratives que cela ? Et même si c'était le cas, après toutes ses factures d'hôpital et sa retraite forcée, il avait dû voir ses économies fondre comme neige au soleil.

Une nouvelle pensée surgit dans son esprit, et Mallory se redressa. Tandis qu'elle s'efforçait de détacher sa ceinture, Jack ressortit du bureau de location. Il ouvrit la portière côté conducteur et lui adressa un bref sourire.

— Ça y est, c'est loué pour trois jours…

— Comment as-tu payé ? demanda-t-elle d'un ton pressant qui lui fit froncer les sourcils.

— Par carte.

Elle poussa un juron.

— Nous devons partir.

— Quoi ?

— Les cartes de crédit, Jack. C'est le meilleur moyen de retrouver la trace de quelqu'un, affirma-t-elle en rattachant sa ceinture. Emmène-nous loin d'ici, peu importe où, mais fonce.

— Arrête, Mallory.

Il referma la main sur la sienne et serra. De l'autre main, il lui attrapa le menton pour l'obliger à tourner la tête vers lui.

— Tu es peut-être surveillée de toute part, trésor, mais

pas moi. J'ai pu respecter ton besoin de discrétion au motel, mais cet endroit exige un peu plus de transparence.

— Alors trouvons-en un autre qui soit prêt à fermer les yeux.

— Ecoute, nous sommes déjà sur place. C'est l'occasion de nous poser, de dormir et, pour toi, de faire un peu de tes trucs de hacking. Arrête un peu ta parano.

Si elle n'avait pas été aussi stressée, elle aurait souri en entendant la maladresse avec laquelle Jack parlait de ses « trucs de hacking ». Ce qu'elle faisait dans la vie était aussi incompréhensible pour lui que le rodéo l'était pour elle. Ils formaient le tandem de conspirateurs le plus improbable qu'elle puisse imaginer.

Mais, étrangement, elle éprouvait l'envie presque irrésistible de prendre le visage de Jack entre ses mains et de l'embrasser à perdre haleine. Elle serra les poings pour ne pas y céder et se reconcentra sur la conversation.

— Au moins, dis-moi que tu n'utilises pas la même carte depuis le début de ce voyage.

— Non, répondit-il.

Mais son ton indiquait qu'il mentait.

— Bon sang, Jack !

— Ecoute, ce qui est fait est fait.

Après lui avoir lâché le menton, il boucla sa ceinture.

— Même si quelqu'un surveille ma carte de crédit, il lui faudra un peu de temps pour débarquer ici et nous faire… ce que tu imagines et dont personnellement j'ignore tout. Je me trompe ?

Mallory pressa les paumes de ses mains sur ses yeux brûlants. Elle était peut-être paranoïaque, en effet. Les méthodes de surveillance actuelles avaient beau être intrusives, tout le monde n'était pas forcément ciblé. Jack avait raison sur un point : il était peu probable qu'un cow-boy à la retraite soit surveillé par qui que ce soit. Seuls Quinn et deux autres agents de The Gates étaient au courant de son passé de hacker. Et pour autant qu'elle sache, Quinn était le seul à connaître son lien ténu avec Jack Drummond. Sans oublier qu'elle avait bien besoin de dormir un peu…

— Mallory, je ne laisserai personne te faire du mal, déclara Jack d'une voix douce. Tu le sais, n'est-ce pas ?

Elle avait envie de le croire. Elle rêvait de pouvoir baisser la garde ne serait-ce qu'une minute et de laisser quelqu'un d'autre veiller à sa place.

Jack couvre tes arrières, et ce, depuis le début.

Elle baissa les mains et se tourna vers lui. Il l'observait de ses yeux sombres et chaleureux, qui lui donnaient envie de remettre sa vie entre ses mains.

Elle pouvait peut-être lâcher prise pendant un temps, murmura une petite voix dans son esprit.

— D'accord, finit-elle par acquiescer.

Jack lui effleura la joue du dos de la main, d'un geste très doux.

— Encore quatre cents mètres jusqu'au chalet. Et nous pourrons nous reposer.

Si seulement elle pouvait croire que prendre un peu de repos n'avait rien de risqué…

Le bungalow d'un étage était petit, mais bien conçu. Il contenait un réfrigérateur, deux chambres confortables et un grand salon ouvert au rez-de-chaussée. La luxueuse salle de bains était dotée d'une immense baignoire à remous. Tandis qu'elle et Jack observaient l'élégance décadente de la pièce depuis le pas de la porte, Mallory sentit son imagination se débrider.

— Je risque d'être prête à tuer pour étrenner cette baignoire, prévint-elle.

— Je suis plus que prêt à la partager.

Elle lui jeta un regard oblique, incapable de décider si l'offre était sérieuse ou pas.

— Comme c'est généreux de ta part, répliqua-t-elle, préférant rester sur le terrain de l'humour.

— On peut dire ça comme ça.

Il lui adressa un sourire en coin, puis ressortit de la salle de bains. Il portait le sac de courses qu'ils avaient achetées — et payées en liquide bien sûr — à la supérette du coin.

— Je vais ranger les courses, dit-il. Sois gentille, ne prends pas toute l'eau chaude.

Elle avait plaisanté en parlant de prendre un bain, mais tout compte fait, la tentation était trop forte. Elle ferma la porte, puis tourna les robinets. Dans un petit panier en osier posé près du lavabo, elle trouva une bouteille de bain moussant parfumé à la pêche. Elle en versa un bouchon dans l'eau chaude, et l'agréable odeur de fruits mûris au soleil s'éleva autour d'elle.

Elle se déshabilla et se plongea dans l'eau chaude avec un soupir de plaisir. Peut-être que tout se passerait bien, pensa-t-elle en s'enfonçant davantage sous la mousse. Peut-être qu'ils étaient vraiment en sécurité pour l'instant.

Elle aurait dû se douter que cet espoir était illusoire.

Jack n'avait pas l'intention de s'endormir, mais dès que Mallory eut fini de manger son sandwich, elle se mit à travailler, le laissant livré à lui-même. Tandis qu'elle se concentrait sur son ordinateur posé sur la table, il s'allongea sur le canapé, face à l'écran plat.

Lorsqu'il se réveilla un peu plus tard dans le salon obscur, il ne gardait en mémoire que quelques minutes du match de basket qu'il avait commencé à regarder.

La télévision était toujours allumée, le son coupé. Une publicité aux couleurs vives était en train de passer. Jack se redressa et regarda sa montre : il était minuit passé de quelques minutes. Il avait dormi presque quatre heures.

La cuisine était vide et plongée dans l'ombre. Mallory avait dû aller se coucher, emportant son ordinateur avec elle.

Jack se leva lentement du canapé et grimaça en sentant un élancement de douleur traverser son bassin. Les médecins lui avaient promis que cette douleur finirait par disparaître, mais, d'après lui, c'était surtout une façon de lui donner un peu d'espoir au cours de son lent rétablissement. Il avait parlé à d'anciens cow-boys de rodéo qui avaient dû mettre un terme à leur carrière à cause de blessures similaires. Il savait que la souffrance et la sensation de faiblesse ne s'en iraient peut-être jamais. Mais il était toujours vivant et pouvait encore marcher. Les conséquences de son accident auraient pu être beaucoup plus graves.

Il appuya sur la télécommande pour éteindre la télévision. Après avoir attendu quelques secondes que sa vision s'adapte à l'obscurité, il se dirigea vers l'escalier menant au premier étage.

Il avait atteint la première marche lorsqu'il entendit un bruit métallique derrière lui. Il se figea, retenant son souffle et tendant l'oreille.

Là… Encore le même cliquetis…

Quelqu'un essayait d'ouvrir la porte du bungalow.

— Elle a des raisons d'être paranoïaque, on dirait.

La voix de baryton de Nick Darcy résonna à l'oreille d'Alexander Quinn. Les deux hommes se tenaient à une distance raisonnable des ruines fumantes du chalet de Resurrection Point. Ils observaient les enquêteurs qui s'efforçaient de découvrir la cause de l'incendie.

— Je n'ai jamais pensé le contraire, répliqua Quinn.

Ce n'était pas l'entière vérité. En réalité, il estimait que Mallory Jennings avait un instinct de combat ou de fuite surdéveloppé. D'après lui, elle devait ses réactions autant à son enfance difficile qu'aux activités dangereuses qu'elle avait menées plus tard sur Internet… et parfois dans la vraie vie. Chacune de ses connexions dans la partie du cyberespace qu'elle avait fréquentée pouvait être une menace potentielle. Les amitiés véritables n'existaient pas dans un univers aussi secret et compétitif. Au fil du temps, elle s'était même fait de dangereux ennemis.

— Des indices sur sa localisation ? demanda Darcy.

— Elle est avec le cow-boy. C'est tout ce que nous savons.

— Et vous n'avez pas de pistes sur ce cow-boy ?

Quinn faillit sourire en entendant le léger accent britannique de Darcy buter sur le dernier mot.

— Nous avons quelqu'un qui surveille sa carte de crédit, répondit-il.

— De façon illégale, je présume ? lança Darcy en haussant un sourcil.

Quinn ne comptait pas répondre à une question aussi incriminante.

— Ils n'ont pas dû aller bien loin. Jack Drummond est peut-être en manque d'aventure, mais il ne va pas suivre Mallory jusqu'au bout de la terre à cause d'une culpabilité mal placée concernant le chagrin d'amour de sa sœur.

— Peut-être pas. Mais la culpabilité n'est peut-être pas la seule motivation, déclara Darcy en tournant le dos au chalet en ruine pour faire face à Quinn. Mallory Jennings est très séduisante. Et d'après ce que j'ai appris sur Drummond depuis que tu m'as demandé d'enquêter sur son passé, il a du mal à résister aux belles femmes.

— Il n'est pas non plus du genre à s'engager auprès d'elles.

— Les gens changent.

— Je sais.

— C'est important pour toi de retrouver Mlle Jennings ?

— Très, répondit Quinn en croisant le regard curieux de Darcy.

— Alors pourquoi sommes-nous ici au lieu de surveiller la chambre d'hôtel des Patterson ?

Quinn sourit.

— Qui te dit que nous ne le faisons pas ?

Les pas dans l'escalier s'arrêtèrent après la deuxième marche. Mallory, qui était en train de fermer son ordinateur, suspendit son geste et écouta.

Elle entendit un léger cliquetis, si distant qu'elle crut l'avoir imaginé. Elle posa le portable sur le matelas, fit passer ses jambes par-dessus le bord du lit et posa ses pieds nus sur le plancher. Elle remit son jean, puis saisit le Smith & Wesson posé sur la table de nuit. Tout en se dirigeant vers la porte de la chambre, elle enfila ses tennis dénouées.

Un mouvement précipité dans l'escalier la prit par surprise. Elle se plaqua contre le mur, braquant son arme sans la direction d'où venait le bruit.

— Stop !

Elle entendit à peine le chuchotement de Jack par-dessus le bourdonnement dans ses oreilles. Dans la pâle lueur de la lune qui filtrait par la fenêtre du couloir, elle ne voyait qu'une silhouette sombre, immobile en haut des marches, les mains levées.

— Que se passe-t-il ? demanda-t-elle en baissant son arme.

— Quelqu'un essaie d'entrer.

Jack se rapprocha d'elle, et la chaleur de son corps se mêla à la sienne.

— C'est peut-être un touriste qui se trompe de bungalow, mais...

— Mais nous ne pouvons pas courir de risque, termina-t-elle à sa place. J'imagine que tu n'as pas d'arme ?

— Si, dans ma chambre.

Il entra dans la pièce et en ressortit quelques secondes plus tard, un pistolet à la main.

— Tu es prête ?

— Non, mais je ne crois pas que nous ayons le choix.

Jack la précéda dans l'escalier, faisant écran entre elle et la porte d'entrée. Le cliquetis de la poignée avait cessé.

Ils s'arrêtèrent en bas des marches, à l'affût du moindre bruit. Mais seules leurs respirations haletantes brisaient le silence.

— Ils sont peut-être partis, murmura-t-elle.

— Ne comptons pas trop là-dessus.

Il tendit le bras derrière lui et l'attrapa par la main. Tout en l'attirant à sa suite, il avança vers le salon.

— Va te cacher derrière le canapé et ne bouge pas, dit-il.

— Pendant que tu fais quoi ?

— Je vais jeter un œil sur le perron.

Elle secoua la tête.

— Pas question. Tu tiens vraiment à ce qu'on te tire dessus ?

— C'était sûrement un locataire qui se trompait de bungalow. Comme il s'est rendu compte que la clé ne marchait pas, il est reparti.

— Ou c'est quelqu'un armé d'un fusil qui est prêt à t'abattre comme un chien pour m'atteindre.

Il lui adressa un sourire tellement suffisant qu'elle eut envie de le frapper.

— Tu as une haute idée de toi-même.

— Jack, c'est grave.

Il reprit aussitôt son sérieux.

— Je le sais très bien, crois-moi. Et tu ne m'as pas expliqué ce que signifiait le fait que tu n'aies pas toujours été un *white hat*. Mais je suis bien obligé de penser que c'est lié à ce qui se passe. Tu ne vas pas me faire gober que tu as un tueur à gages aux trousses à cause d'un mystérieux hacker et d'un éventuel complot terroriste.

Il avait sans doute raison, songea Mallory. Les attaques les plus récentes semblaient trop personnelles pour être liées aux recherches qu'elle avait faites sur Internet ces derniers mois.

Quand elle était plus jeune, elle avait mené une vie stupide et imprudente. Ses agissements l'avaient obligée à aller se mettre sous la protection d'un homme comme Alexander Quinn, bien avant leur plus récente collaboration. Même Mara n'était pas au courant de ces choses-là.

Elle s'était mis à dos des gens qui n'accordaient aucune valeur à la vie humaine, qui n'hésitaient pas à tuer tous ceux qui se mettaient en travers de leur chemin. Et l'un de leurs objectifs, elle le savait, était de la faire payer pour les avoir doublés.

— Je t'en prie, n'y va pas, murmura-t-elle. Pas encore.

Jack se tourna vers elle. L'obscurité masquait son expression, mais dans sa voix elle entendit une gentillesse qui lui fit venir les larmes aux yeux.

— Dis-moi ce que tu veux que je fasse, et je le ferai.

— Nous devons partir. Maintenant. Avant qu'il ne soit trop tard.

Elle remonta les marches deux à deux. Jack la rattrapa en haut de l'escalier et referma les doigts sur son bras.

— Attends.

Elle pivota vers lui, submergée par la panique.

— On n'a pas le temps !

— Qui est derrière tout ça ?

Elle ne fit pas semblant de ne pas comprendre ce qu'il demandait.

— Je vais tout te raconter, c'est promis. Mais pour l'instant, nous devons y aller.

Il lui serra le bras une seconde de plus, puis laissa retomber sa main.

— Dis-moi ce que je dois faire.

— Fais ton sac. Aussi vite que possible. Je vais vérifier dehors que la voie est libre. Ensuite, je te retrouve au pick-up.

Elle s'éloigna au pas de course, son cœur battant frénétiquement dans sa poitrine.

La nuit était claire et froide. Un souffle de vent fit courir un frisson dans le dos de Jack tandis qu'il dévalait les marches du perron. Il traversa l'allée de gravier et rejoignit Mallory. Elle l'attendait près du pick-up, se balançant d'un pied sur l'autre. Elle ne cessait de tourner la tête pour observer les bois autour d'eux, comme si elle s'attendait à être attaquée d'une seconde à l'autre.

C'était peut-être le cas. Il devait peut-être se méfier, lui aussi, songea-t-il. Quand il pressa la télécommande du véhicule, le bip fit sursauter Mallory.

— Désolé, murmura-t-il.

Il ouvrit sa portière, tandis qu'elle montait du côté passager et rangeait ses sacs à l'arrière.

— Il faut rendre la clé à la réception, déclara-t-il.

— Ne t'arrête pas.

Voyant qu'elle était déjà en train d'attacher sa ceinture, Jack démarra.

— Pourquoi pas ?

— Ne t'arrête pas, c'est tout. Nous pourrons toujours leur renvoyer la clé par courrier, mais fais-moi confiance. Ne…

Quelque chose frappa l'aile du pick-up avec un bruit métallique tandis qu'un coup de feu résonnait depuis les bois.

— Fonce ! cria Mallory.

Elle se courba en avant pour se protéger. Jack passa la première et enfonça l'accélérateur. Le pick-up partit en trombe dans une gerbe de gravillons. Ils entendirent un second coup de feu claquer, mais il ne toucha pas le véhicule.

— Plus vite !

La voix de Mallory était empreinte de terreur, tellement éloignée de son calme habituel que Jack sentit la panique l'envahir à son tour. Malgré l'obscurité et les virages, il roula aussi vite qu'il l'osait, pressé de rejoindre la route principale.

— Tourne à droite au carrefour ! ordonna-t-elle.

Il obéit, puis sitôt monté sur la quatre-voies, ralentit pour respecter la limitation de vitesse. Mallory émit un grognement de protestation.

— Qu'est-ce que tu fais ?

— J'essaie de ne pas attirer l'attention de la police routière du Tennessee, répondit-il en lui jetant un coup d'œil.

A la lueur du tableau de bord, il vit la peur dans ses yeux, tandis qu'elle regardait nerveusement dans toutes les directions.

— Nous allons bientôt devoir faire une pause, dit-elle. Alors il est impératif de mettre le plus de distance possible entre nous et cet endroit.

— Tu ne viens pas de me dire de ne pas m'arrêter ?

Elle le regarda d'un air impatient.

— Il y avait quelqu'un à l'extérieur du chalet. Il a pu planquer un traceur sur ton pick-up. La prochaine aire de repos est à quinze kilomètres au sud. Il va falloir qu'on s'y arrête.

Elle s'enfonça dans son siège et fit un effort visible pour se détendre. Mais à en juger par le mouvement convulsif de son genou, elle risquait de bondir si jamais Jack la touchait.

— Qui était-ce, dans les bois ? demanda-t-il.

Il parvint à garder un ton égal, mais il était tellement stressé lui aussi qu'il devait se retenir pour ne pas crisper les mains sur le volant.

— Je n'en suis pas sûre, répondit-elle après une seconde de silence.

— Tu as dit que tu me raconterais tout.

— Et je le ferai.

Elle tourna la tête vers lui.

— Je vais le faire. Mais c'est une histoire longue et

compliquée. Franchement, j'ignore qui nous a tiré dessus. Ou qui m'a attaquée au chalet.

— Tu as bien une idée.

— J'en ai quelques-unes.

— « Quelques-unes » ?

— Je me suis fait des ennemis.

— Des ennemis qui ont assassiné ta sœur en pensant que c'était toi ?

Elle resta muette un long moment et finit par murmurer d'une voix fêlée :

— Oui.

— Et tu te sens coupable.

— Oui, répondit-elle sans la moindre hésitation.

Quelques minutes plus tard, ils aperçurent l'aire de repos sur leur droite.

— Tu es sûre que nous sommes assez loin pour prendre le risque de nous arrêter ?

— S'il y a un traceur GPS sur le pick-up, ils nous retrouveront de toute façon.

— Et s'il n'y en a pas ?

— Ça vaut le coup de vérifier.

Elle fit un signe du menton en direction de la bretelle qui menait à l'aire de repos.

— Allez, dépêchons-nous.

Jack se dirigea vers le fond du parking, là où le bâtiment les cacherait de la route. En voyant le hochement de tête approbateur de Mallory, il sentit une bouffée de fierté l'envahir.

Quelque peu gêné par sa réaction, il sortit du pick-up à son tour. Elle était déjà en train d'examiner le châssis et de passer la main sous la carrosserie.

— S'ils avaient ouvert une des portières, l'alarme se serait déclenchée, n'est-ce pas ? demanda-t-il.

— En effet. Mais ils auraient pu poser un mouchard sous le châssis. Cela dit, ils auraient eu du mal à se glisser sous le pick-up. Ça aurait laissé des traces dans le gravier. Or je n'ai rien remarqué en t'attendant tout à l'heure.

Elle se redressa et s'épousseta les mains.

— Pas de traceur.

— Tu as vérifié le gravier ? demanda-t-il, stupéfait.

Pourtant, rien de ce que cette femme faisait ou disait n'aurait dû encore le surprendre.

— J'ai pensé à un mouchard. Mais je n'ai pas eu le temps de vérifier avant que tu ne sortes, et ensuite la fusillade a commencé.

Elle ouvrit sa portière et remonta dans le pick-up. Jack l'imita, puis marqua une pause, la main posée sur la clé. Il repensa à tout ce qu'elle venait de dire, et à ce que cela révélait sur elle. Abaissant la main, il se tourna vers elle, la gorge serrée par l'anxiété.

Elle releva les yeux pour croiser son regard. Dans ses yeux bleus, il lut de l'appréhension.

— Depuis combien de temps es-tu en cavale, Mallory ?

Elle poussa un léger soupir, puis répondit :

— Je crois l'avoir toujours été.

Il s'était remis à pleuvoir à l'approche de Maryville. De grosses gouttes s'écrasaient sur le pare-brise et brouillaient leur vision limitée du paysage.

— Je t'ai parlé de la mort de ma mère, déclara Mallory, rompant le silence tendu qui régnait entre eux depuis sa dernière réponse.

Jack avait eu le mérite de ne pas l'assaillir de questions. Il lui avait laissé le temps de rassembler ses pensées et son courage.

— En effet, acquiesça-t-il.

— Nous sommes allées vivre avec mon oncle et ma tante à Amarillo.

La maison où Mara habitait avait d'abord appartenu à leur oncle, le frère aîné de leur mère. Lui et sa femme n'avaient pas eu d'enfants. Quand il était mort d'une crise cardiaque, un mois seulement après le décès de sa femme, emportée par un cancer, il avait laissé la maison aux deux sœurs.

Mara y avait passé le reste de sa vie. Quant à Mallory, elle avait déjà déménagé depuis longtemps.

— Ils étaient très gentils avec nous. Ils n'avaient pas d'enfants, alors ils nous ont traitées comme si nous étions les leurs.

Elle ramena les genoux contre sa poitrine et les entoura de ses bras.

— Mara s'est épanouie avec eux.

— Pas toi ?

— J'ai assisté à la mort de ma mère. Pas Mara.

Elle se frotta le menton sur son avant-bras, essayant de repousser le souvenir de cette nuit-là, de l'enfouir au plus profond de sa mémoire.

— Je crois que j'ai perdu toute trace d'enfance après ça. Je suis devenue insupportable. Mon oncle et ma tante ne savaient pas comment gérer mon comportement. J'avais peut-être un QI élevé, mais j'étais vraiment stupide.

— Tu n'as jamais suivi de thérapie ?

Elle esquissa un sourire qui ressemblait plutôt à une grimace.

— Je suis allée chez le psy plusieurs fois. Quand j'ai affirmé que j'étais guérie, mon oncle et ma tante devaient tellement avoir envie de le croire qu'ils n'ont pas insisté.

Jack émit un petit reniflement, mais ne fit aucun commentaire.

— J'ai fini le lycée à seize ans, poursuivit-elle. J'étais bonne élève de nature, je suppose. Je dévorais tout ce qu'on me mettait sous le nez et j'en redemandais. Je ne sais pas… Je devais me dire que si j'apprenais tous les secrets de l'univers, ma vie aurait enfin du sens.

— Mais ça n'a pas marché.

— Non, ça n'a pas marché. Ensuite, j'ai intégré le MIT.

Il poussa un long sifflement.

— Impressionnant.

Etait-il en train de se moquer d'elle ? songea Mallory en lui jetant un regard oblique. Pourtant il semblait sincère.

— J'ai fait un double cursus : informatique et philosophie.

— « Philosophie » ? demanda-t-il en souriant.

— Je trouvais ça cool et radical.

— Et ça l'était ?

— Pas vraiment, admit-elle. La plupart des garçons qui faisaient de la philo étaient là pour se taper des filles.

— C'est souvent pour ça que les garçons vont à la fac au départ, murmura-t-il d'un ton pince-sans-rire.

— J'ai obtenu mon diplôme à dix-neuf ans. Le monde m'appartenait, comme nous l'a dit l'astronaute invité à notre cérémonie de fin d'études.

Pour une femme qui n'avait pas encore trente ans, elle donnait d'elle une image très cynique, constata-t-elle en crispant les mains sur ses genoux.

— A ce moment-là, je traînais déjà avec un groupe de hackers que j'avais rencontrés pendant mes études. Certains étaient étudiants comme moi. D'autres avaient lâché la fac. D'autres encore étaient des gosses de riches avec trop d'argent et trop de temps libre.

— Des *black hats* ou des *white hats* ?

— Plutôt des *grey hats*.

A l'époque, ils contournaient les lois sur la cybersécurité en toute inconscience, trop jeunes et stupides pour croire qu'ils risquaient quoi que ce soit.

— Nous ne faisions rien qui puisse nous valoir un séjour prolongé en prison, reprit-elle.

— Mais un bref séjour, oui ? demanda Jack.

— Une nuit en cellule de temps en temps, répondit-elle en haussant les épaules. J'arrivais à flirter avec les limites. Je ne me suis jamais fait prendre… Pas par la police locale, en tout cas, conclut-elle.

Jack sembla percevoir la pointe d'hésitation dans sa voix.

— Jamais ? demanda-t-il.

— Pas ici. Aux Etats-Unis, je veux dire.

Il haussa un sourcil et lui jeta un nouveau coup d'œil.

— Où, alors ?

— A Medellin, en Colombie.

— Pour de la drogue ? demanda-t-il d'une voix grave.

La gorge serrée, elle secoua la tête.

— Des armes.

Il lui lança un regard dur.

— Tu faisais du trafic d'armes ?

— Pas moi. Enfin, je suppose que si, mais... Bref, le type avec qui je sortais à l'époque était un trafiquant d'armes.

Jack regarda à nouveau devant lui, mais à en juger par ses mâchoires crispées il était troublé par sa confession.

— Je n'étais pas au courant, s'empressa-t-elle d'ajouter.

Elle avait du mal à comprendre pourquoi elle voulait se justifier auprès de Jack Drummond. Elle n'avait encore jamais éprouvé le besoin d'expliquer ses choix à quiconque, hormis Mara.

Même Alexander Quinn ne l'avait jamais entendue prononcer un seul mot d'excuse. De toute façon, il ne lui en avait pas demandé. Il n'avait d'intérêt que pour les informations qu'elle pouvait lui fournir sur Carlos Herrera et sa joyeuse bande.

— Comment t'es-tu retrouvée en prison ? demanda Jack.

— Carlos s'était servi de moi pour transporter des armes. Je ne savais pas ce qu'il faisait, Jack, je te le jure.

Il la regarda en fronçant les sourcils, comme s'il était surpris autant qu'elle-même par sa déclaration.

— Je te crois.

Mallory sentit une bouffée de soulagement l'envahir, aussitôt suivie d'une étincelle de culpabilité. Elle ne lui avait pas encore tout avoué.

— Je n'étais pas complètement innocente, cela dit.

— Est-ce que tu pensais transporter de la drogue ?

— Non, bien sûr que non, répliqua-t-elle, frémissant à cette idée. Je croyais qu'ils faisaient de la contrebande de logiciels piratés. Des programmes qui auraient dû être libres et gratuits de toute façon. Du moins, c'était mon opinion en ce temps-là.

— Plus maintenant ?

— Tout ne doit pas forcément être gratuit. Les gens consacrent beaucoup de temps et d'efforts à leur travail. J'estime qu'ils ont droit à une compensation.

— Bien sûr.

— Mais les choses peuvent sembler très différentes

quand on a vingt-deux ans, qu'on est stupide et qu'on vit à cent à l'heure.

Elle appuya sa joue contre son avant-bras, ignorant la pointe de douleur dans son dos due à sa position recroquevillée. C'était un autre rappel qu'elle n'était plus la jeune femme naïve de vingt-deux ans depuis bien longtemps.

— Combien de temps es-tu restée en prison à Medellin ?

— Quatre jours.

Il grimaça.

— C'était comment ?

— Ça aurait pu être bien pire, reconnut-elle.

Le personnel de l'ambassade à Bogota lui avait raconté plusieurs histoires horrifiques à propos d'Américains détenus dans des geôles colombiennes.

— L'un de mes amis ayant échappé à la descente de police a appelé l'ambassade américaine à Bogota. Quinn était sur place.

— Et il a vu une occasion de démanteler un réseau de trafic d'armes ? devina Jack.

— On peut dire ça.

— Pourquoi ai-je la sensation que ce n'est pas la dernière chose que tu aies faite pour Alexander Quinn ?

— Parce que ça ne l'était pas.

— C'est à ce moment-là que tu as échangé ton chapeau gris contre un chapeau blanc ?

Elle sourit en entendant la note amusée dans sa voix. Elle s'était doutée qu'il aimerait cette histoire de chapeaux.

— Plus ou moins. Quinn m'a sauvée de ce qui aurait pu être des années de prison. Et nous avons éliminé au moins un petit groupe fournissant en armes les Farc, les Forces armées révolutionnaires de Colombie. Une organisation de guérilla d'extrême gauche, très violente.

— Charmant.

— Je ne le savais pas.

— Peut-être que tu ne voulais pas le savoir.

— Peut-être, concéda-t-elle. J'aurais dû poser plus de questions.

— Tu n'aurais pas dû non plus être en Colombie à faire du trafic de logiciels piratés.

— Et tu n'aurais pas dû traiter Mara comme tu l'as fait, rétorqua-t-elle.

Il la fusilla du regard, puis finit par desserrer la mâchoire et hocher la tête.

— C'est juste.

— Non, marmonna-t-elle, la poitrine serrée par la culpabilité. Tu ne lui as pas vraiment brisé le cœur, Jack. Elle ne t'a jamais laissé y avoir accès complètement.

Pendant qu'elle lui racontait sa jeunesse tourmentée, ils avaient atteint la banlieue de Maryville. Devant eux, le premier feu tricolore qu'ils trouvaient depuis des kilomètres brillait en rouge dans la nuit pluvieuse. Jack freina et se tourna vers elle.

— Qu'est-ce que tu veux dire par là ?

Mallory s'obligea à croiser son regard curieux, même si ce qu'elle s'apprêtait à dire la mettait mal à l'aise.

— Mara avait ses propres démons, Jack. Elle était douce et gentille, c'est vrai. Mais elle m'a dit après ton départ qu'elle ne s'était jamais laissée aller à t'aimer. Elle savait que tu partirais, alors elle n'en voyait pas l'intérêt. Au début, je ne l'ai pas crue. A vrai dire, je t'ai haï à sa place, parce que tu n'aurais pas dû jouer avec ses sentiments. Toi, tu t'en moquais bien de savoir dans quel état tu l'avais abandonnée.

Jack cligna lentement des paupières.

— Si, je m'en suis soucié. Mais trop tard.

— Eh bien, tu peux arrêter de te sentir coupable. D'accord ? Mara ne t'a jamais aimé.

Elle agita la main devant lui.

— Je t'absous officiellement.

— Je croyais que l'absolution, ce n'était pas ton truc.

— Ça ne l'est pas, admit-elle en détournant les yeux.

Elle désigna le feu qui était passé au vert. Avec un léger soupir, Jack accéléra et entra dans Maryville. Mallory n'avait pas eu grand espoir de trouver un restaurant ouvert toute la nuit, mais un peu plus loin elle aperçut une gargote encore éclairée malgré l'heure tardive. Elle toucha le bras de Jack et montra la devanture du doigt.

— Tu as faim ? demanda-t-il.

— Je peux installer un *hot spot*. Retourner sur Internet.

— Pour chercher quoi ? lança-t-il en plissant les yeux.

— Pas « quoi ». Qui.

Elle attrapa le sac à dos qui contenait son ordinateur.

— Il est temps de voir si Endrex veut revenir jouer avec moi.

13

Regarder Mallory travailler sur son ordinateur était comme de voir un cow-boy expérimenté à l'œuvre, songea Jack. Au cours de ses années sur le circuit des rodéos, il avait vu des chevauchées qui défiaient les lois de la physique. Observer les manipulations virtuoses de Mallory était presque aussi exaltant, mais de façon plus cérébrale. En quelques frappes rapides sur le clavier, elle naviguait sur Internet avec une habileté et une intuition qui le dépassaient complètement.

Ils s'étaient installés dans un coin de la petite salle. Deux camionneurs assis sur des tabourets au comptoir échangeaient des histoires d'autoroute. Dans un autre box, des amoureux d'un certain âge semblaient plus intéressés l'un par l'autre que par l'assiette de frites à moitié pleine posée devant eux.

Lui et Mallory avaient commandé deux grands cafés et des sandwichs : steak et fromage fondu pour lui, dinde et gruyère pour elle. Ils s'étaient assis sur la même banquette, comme le couple de l'autre côté de la pièce. Mais contrairement à la femme en face d'eux, Mallory n'avait d'yeux que pour l'écran de son ordinateur.

— J'ai écrit un programme qui enregistre tous mes historiques d'activité sur Internet. Je peux donc retrouver la brève conversation que j'ai eue avec notre mystérieux correspondant hier soir.

Tout en parlant, elle continuait à taper avec vélocité sur le clavier.

— Je peux utiliser un autre programme que j'ai mis au point pour essayer de retrouver l'origine du message, mais ça va prendre un peu de temps.

Elle enfonça une autre touche avant de s'écarter et de tendre la main vers son sandwich.

— Et ça va nous aider, de savoir d'où provient le message ? demanda Jack. Je veux dire, est-ce que ça t'indiquera l'emplacement physique de ce type ? Ça nous permettrait de le retrouver et de le rencontrer ?

— A priori, oui. Mais même si sa géolocalisation est masquée, nous obtiendrons peut-être des indices. Ce serait bien de prendre contact avec lui, plutôt que d'attendre qu'il reprenne l'initiative.

Il y avait un intérêt certain à avoir le contrôle de la situation, se dit Jack.

— Depuis combien de temps le recherches-tu ?

— De façon sporadique depuis la dernière fois qu'il a disparu, il y a presque deux ans. Mais je le fais pour de bon depuis quatre mois.

— Qu'est-ce qui a changé il y a quatre mois ? demanda-t-il avec curiosité.

— Un groupe appelé Blue Ridge Infantry a essayé d'empoisonner les participants à une conférence sur le maintien de l'ordre près de Barrowville, tout près de Purgatory.

— Je ne comprends pas.

Elle lui lança un coup d'œil.

— Je t'ai parlé de Wayne Cortland et de son organisation criminelle, n'est-ce pas ?

— Oui, et tu as dit qu'Endrex avait travaillé pour lui. Mais quel est le rapport avec ce Blue quelque chose ?

— Blue Ridge Infantry. Une milice patriotique autoproclamée, mais c'est du grand n'importe quoi, précisa-t-elle en grimaçant. Ils font leurs petites manœuvres paramilitaires, mais ce qui les motive vraiment, c'est l'argent. Cortland a compris comment conjuguer les intérêts de trois groupes plutôt disparates. Il y a les anarchistes, parmi lesquels des hacktivistes comme les types dont j'ai découvert le complot. Il y a les cultivateurs d'herbe et les fabricants de meth qui gèrent le trafic de drogue dans ces montagnes. Et puis il y a les gars de la Blue Ridge Infantry, qui ont vendu leur âme à l'organisation de Cortland et font office d'hommes de main.

— C'est une organisation plutôt complexe à diriger.

— D'après ce que j'ai appris sur Cortland depuis qu'il est mort, il avait une volonté d'acier et beaucoup de charisme, expliqua Mallory entre deux bouchées de son sandwich. Les gens l'aimaient bien et écoutaient ce qu'il avait à dire. Mais c'était aussi quelqu'un d'impitoyable. Il pouvait se montrer très généreux avec ceux qui faisaient preuve d'obéissance et de loyauté, mais n'hésitait pas à punir ceux qui sortaient du rang. Et ses punitions étaient brutales. Les gens redoutaient sa colère. Ça lui donnait énormément de pouvoir.

Elle mordit de nouveau dans son sandwich. Une trace de moutarde resta au coin de sa bouche, que Jack ne put s'empêcher d'essuyer du pouce. L'air entre eux se chargea aussitôt d'électricité.

— Je suis désolé, murmura-t-il en ramenant sa main vers lui.

Sauf qu'il ne l'était pas. Il le fut encore moins lorsqu'elle l'attrapa par la chemise et l'attira vers elle.

— Où tu vas comme ça, cow-boy ? demanda-t-elle d'un ton doux qui lui donna des frissons dans le dos.

— Tu sais à quel point c'est une mauvaise idée, n'est-ce pas ? dit-il.

Il n'entendit aucun regret dans sa propre voix, mais il fallait bien que quelqu'un dise ces mots tout haut.

— Tu vois, c'est bien ça le problème.

Elle parlait dans un souffle, tout contre sa mâchoire.

— Les mauvaises idées sont ma drogue à moi.

Il posa la main au creux de ses reins et plaqua son corps contre le sien.

— Et jusqu'ici, ça te réussit comment ?

— Tant qu'il y a de la vie, il y a de l'espoir.

Mallory ponctua sa phrase d'un baiser passionné et irrésistible.

Pendant un long moment d'éternité, le monde autour d'eux sembla disparaître dans un vortex de plaisir brûlant.

Plus rien n'existait hormis la chaleur des lèvres de Mallory contre les siennes, la pression de sa langue, le battement de son pouls, qu'il sentit en refermant la main autour de son cou pour l'attirer encore plus près de lui.

Un léger tintement filtra à travers la brume de désir. Mallory s'écarta brusquement de lui, et Jack ouvrit les yeux. Elle regardait de nouveau l'écran de son ordinateur, où une petite fenêtre bleue était apparue.

Hui mots y étaient écrits :

Les gouttes de pluie tombent sur ma tête.

Jack se tourna vers Mallory. Elle avait les yeux brillants d'excitation et les lèvres gonflées par leur baiser.

— Qu'est-ce que ça signifie ? demanda-t-il.

Sa seule réponse fut de poser les doigts sur le clavier et de taper un seul mot :

Helsinki.

— « Helsinki » ? demanda Jack. Ça veut dire quoi, tout ça ?

Quand elle posa son regard étincelant sur lui, il sentit quelque chose s'ouvrir du côté de son cœur.

— Ça veut dire que nous l'avons retrouvé, répondit-elle avec un large sourire. Nous avons retrouvé Endrex.

— Et c'est une bonne chose ?

Il avait du mal à partager son enthousiasme. Après tout, ils ne savaient toujours pas la couleur du chapeau que portait le hacker en ce moment.

— C'est toujours mieux que l'inverse, non ? rétorqua-t-elle en se tournant vers l'ordinateur, le sourire moins éclatant.

— C'est peut-être un piège.

— Je sais, répondit-elle, à nouveau sérieuse. Mais je ne supporte plus cette incertitude. J'en ai assez, de devoir fuir tout le temps.

— Il y a quatre ans, tu ignorais tout de l'implication d'Endrex dans l'attaque terroriste, n'est-ce pas ? demanda-t-il, étonné de ne pas s'être encore posé la question. Tu m'as dit que tu avais découvert le lien potentiel avec Endrex il y a deux ans. Tu étais déjà arrivée dans le Tennessee, pas vrai ?

Elle acquiesça lentement sans le regarder.

— Mais Mara a été assassinée il y a quatre ans, poursuivit-il. Et tu penses que les tueurs l'ont prise pour toi.

Elle tourna la tête vers lui, sans vraiment croiser son regard.

— Oui.

— Sa mort n'a rien à voir avec ce que nous sommes en train de rechercher, je me trompe ?

— Je ne sais pas.

— Mais…

Elle riva sur lui des yeux bleus élargis par la peur.

— Je sais qu'elle n'a pas été tuée par Endrex. Je suis à peu près sûre que c'était Carlos.

— Le trafiquant d'armes ?

Elle hocha la tête.

— Peut-être pas Carlos lui-même, mais quelqu'un en rapport avec lui. Quand j'ai témoigné contre lui, il a juré de me le faire payer. Alors j'ai disparu dans la nature pendant un bout de temps. Et ensuite…

— « Et ensuite » ?

Elle cessa de se mordiller la lèvre inférieure et poursuivit :

— Et ensuite, Mara m'a appelée. Elle m'a dit qu'elle avait besoin d'entendre ma voix. A en juger par la sienne, elle était bouleversée.

— Ça devait être à l'époque…

Jack ne put finir sa phrase. Elle le fit à sa place :

— C'était juste après ton départ d'Amarillo.

— Tu as dit que je ne lui avais pas brisé le cœur, s'exclama-t-il avec un tiraillement de culpabilité.

— Tu ne l'as pas fait. Elle se l'est brisé toute seule.

Il fourragea dans ses cheveux, essayant de comprendre.

— Qu'est-ce que tu veux dire par là ?

Un tintement venu de l'ordinateur attira leur attention sur l'écran avant qu'elle ne puisse répondre. Un nouveau message était apparu dans la fenêtre.

Tu es en danger.

Le juron que Mallory laissa échapper faillit arracher un sourire à Jack.

— Mais c'est qu'il est serviable, ce garçon, lâcha-t-il. Parce qu'on n'était pas capables de s'en rendre compte tout seuls après s'être fait canarder…

Un autre message apparut.

Campesinos et péquenauds sudistes… Pas si différents.

— *Campesinos ?* demanda-t-il.

— C'est un mot espagnol qui veut dire « fermiers », « paysans »…

— *Hablo español, chica,* coupa Jack d'une voix traînante. J'ai monté des taureaux partout dans le Sud-Ouest pendant des années. Je sais ce que le mot signifie, mais je bloque sur le message.

— Les *campesinos* étaient les forces vives des Farc.

— Les rebelles colombiens que ton petit ami fournissait en armes ?

Elle lui jeta un regard noir.

— Mon ex-petit ami. Qui se servait de moi et a failli me transformer en star d'un film de prévention contre les risques qu'on coure en commettant des crimes dans des pays étrangers au système carcéral ignoble. Oui, ces Farc-là.

— Endrex ne suggère quand même pas que les guérilleros des Farc se sont installés dans le Tennessee…

Même si ce ne serait pas la première fois qu'une bande de terroristes sud-américains échoueraient dans les Smoky Mountains, après tout, pensa Jack. Quelques mois plus tôt, Riley et Hannah avaient eu maille à partir avec des terroristes originaires de la petite république sud-américaine de Sanselmo.

— Tu penses que si ?

— Pas les Farc, répondit-elle d'un ton solennel qui le fit frissonner. Je pense qu'il parle de Carlos. Ou de quelqu'un qui a été envoyé par lui.

— Ils t'ont retrouvée.

La fenêtre de discussion disparut brusquement, et Mallory laissa échapper un grognement de frustration.

— Qu'est-ce que ça veut dire ? demanda Jack.

— Il a fermé la connexion.

— Tu peux la récupérer ?

Après avoir pianoté pendant quelques secondes, elle secoua la tête.

— Le lien est mort. L'oiseau s'est envolé.

Jack n'avait aucune idée de ce que cela signifiait en termes de cyberespace, mais l'équivalent dans la vraie vie était très clair.

— Donc il te lance un mystérieux avertissement avant de disparaître. Encore.

Elle hocha lentement la tête.

— Mais il n'est peut-être pas si mystérieux que ça, cet avertissement.

— Tu plaisantes ?

— Il y a quelques années, certains signes indiquaient qu'une partie de la mafia qui gère le trafic de drogue dans ces montagnes, autrement dit les « péquenauds sudistes » mentionnés dans le message, essayaient de se rapprocher de trafiquants d'armes sud-américains.

— Quel genre de signes ? Et comment sais-tu tout ça ?

— Quinn m'en a parlé. Apparemment, un agent du FBI sous couverture a infiltré une famille de dealers de méthamphétamine dans le Nord-Est de l'Alabama. Il a découvert que certains membres étaient en contact avec un trafiquant d'armes péruvien. Et, crois-moi, s'ils poursuivent ce genre d'expansion dans l'Alabama, ils le font aussi dans les Smoky Mountains.

Jack sentait son cerveau au bord de l'implosion. Il était épuisé, avait très peu dormi au cours de ces deux derniers jours et n'avait mangé qu'un quart de sa consommation quotidienne habituelle en quarante-huit heures. Comment diable était-il censé démêler le fonctionnement d'un complot alors que son cerveau réclamait trois choses : de la nourriture, du sommeil et du sexe, pas forcément dans cet ordre ?

Il pouvait régler le problème de la nourriture. Son sandwich était toujours posé, à moitié mangé, sur une assiette devant lui. Il le dévora en quelques bouchées, ignorant le regard étonné de Mallory.

— Finis ton sandwich, ordonna-t-il après avoir avalé une gorgée de café. Nous ne pouvons rien faire tant que ton copain ne nous contacte pas, même si tu as raison à propos de cette histoire d'armes. Et aucun de nous deux n'a assez mangé ni dormi, ces deux derniers jours.

Sans oublier le manque de sexe, ajouta son esprit fatigué. Les sourcils toujours froncés, Mallory tendit la main vers son sandwich.

Une autre fenêtre apparut au centre de l'écran, avec deux séries de cinq chiffres.

Le cœur de Jack commença à battre plus vite.

— Des codes postaux ?

— Non, du codage ordinaire, répondit Mallory, un sourire dans la voix.

Une seconde plus tard, un numéro composé de six chiffres, séparés deux par deux par des tirets, s'afficha sous la première ligne. Enfin, quatre autres numéros, par groupes de deux séparés par un point, apparurent sur une troisième ligne.

— Encore des codes ? demanda Jack.

Il ferma les yeux et pressa la paume de sa main contre son front douloureux. Mallory ne répondit pas, se contentant de taper sur le clavier à toute vitesse. Il appuya sa tête contre la paroi du box, trop épuisé pour céder à sa curiosité. Quelques instants plus tard, Mallory murmura :

— Il veut qu'on se rencontre.

Il rouvrit les yeux.

— Où ça ?

Elle tapota les chiffres sur l'écran.

— Lilac Point, demain matin à 10 heures.

— C'est ce que ces chiffres veulent dire ?

Elle hocha la tête en silence.

— Comment connais-tu son code ?

— Je l'ai cassé il y a longtemps. C'est un de mes passe-temps, tu te souviens ? Je te l'ai dit, j'ai une base de données pleine de codes que j'ai craqués par le passé.

Elle le regarda dans les yeux, avec une expression mêlant défi et appréhension.

— Tu es trop mignonne quand tu fais ta *geek*, lança-t-il.

Elle lui rendit son sourire.

— Merci.

— Bon. Alors, où est ce Lilac Point où il veut te retrouver demain ?

— C'est sur le lac, répondit-elle en lui lançant un autre coup d'œil rapide. A environ cinq kilomètres du chalet que je louais.

— Ça ne me plaît pas du tout. Et si c'était un piège ?

— Et si ce n'en était pas un ? Et si Endrex avait des informations qui pourraient empêcher cette attaque terroriste de se produire ?

Il n'avait pas de bonne réponse à lui donner, mais il ne voulait certainement pas l'encourager à mettre encore plus sa vie en danger. Tandis qu'il gardait le silence, elle lui toucha la main de ses doigts chauds.

— Je pense que nous devons courir ce risque, Jack.

Il expira longuement.

— D'accord. Mais nous devons trouver un endroit où passer la nuit. Nous avons besoin de dormir.

Et de faire l'amour, lui rappela son corps frustré. Il s'empressa de repousser cette pensée au fond de ce cerveau, où elle se mit à trépigner d'impatience.

— J'ai vu un motel sur la route qui a l'air assez miteux pour satisfaire nos besoins.

Des besoins qui incluaient du sexe, songea-t-il avant de se frotter le front.

— D'accord.

— Nous pourrons peut-être avoir deux chambres, cette fois-ci.

Ignorant les protestations de son corps, il acquiesça.

— Bonne idée.

Mallory finit la dernière bouchée de son sandwich, avala

le reste de son café et prit sa veste, pliée à côté d'elle. Tandis qu'elle l'enfilait, Jack sortit son portefeuille pour le pourboire. Il commençait à être à court d'argent liquide, constata-t-il, mal à l'aise. Il en restait sûrement assez pour une nuit ou deux dans un motel pas cher, mais après…

— Tu sais pourquoi c'est une bonne idée de prendre deux chambres, n'est-ce pas, Jack ?

Mallory se pencha vers lui, la voix douce comme du velours. Il la dévisagea, incapable de parler à cause du désir sauvage qui grondait en lui.

— C'est une bonne idée, parce que nous avons besoin de dormir, pas de faire l'amour, murmura-t-elle.

— Tout à fait.

Elle lui toucha la mâchoire, puis laissa glisser la main le long de son cou et de son épaule. Elle passa sur son sternum avec une lenteur délibérée, descendant jusqu'à son jean. Elle enfonça les doigts dans la ceinture, juste au-dessus du bouton, et tira légèrement.

— Pas ce soir, en tout cas.

Elle était déjà à la porte du restaurant, faisant tinter le carillon de l'entrée, avant qu'il ne songe à reprendre son souffle.

Le Maryville Arms Motel était plus confortable à l'intérieur que son aspect extérieur minable ne le laissait supposer, constata Mallory après avoir ouvert la porte de la chambre. Elle entra et posa ses sacs. La pièce était petite, mais sentait le propre. La moquette avait de toute évidence été récemment shampouinée. Le dessus-de-lit et les draps étaient bien repassés, dégageant une bonne odeur de lessive. Un bonbon était même posé sur chaque oreiller.

Il ne manquait que la présence d'un grand cow-boy nu dans le lit…

Mallory s'assit au bord du matelas et se laissa tomber en arrière. Elle rebondit deux fois avant de s'immobiliser. Le plafond était d'un blanc immaculé, sans la moindre toile d'araignée dans les coins, remarqua-t-elle en levant les yeux.

Elle était enfin dans une chambre de motel où elle n'aurait pas rechigné à se déshabiller, et elle se retrouvait toute seule.

— Il faut dormir, MJ. Oublie le sexe, marmonna-t-elle en direction du plafond.

Le plafond ne répondit pas. Et Mallory comprit que son état de fébrilité allait l'empêcher de dormir.

Elle se redressa, puis sortit son ordinateur de son sac à dos. Assise en tailleur sur le lit, elle alluma le portable. Elle replongea la main dans le sac et sortit de leur cachette les trois clés USB contenant cinq mois de recherches.

Elle inséra la première clé dans l'un des ports. Elle venait d'ouvrir la fenêtre de contenu lorsqu'un message apparut à l'écran.

Ne fais pas confiance à Jack Drummond.

14

Le ciel était à peine teinté de rose à l'est des Smoky Mountains lorsque Jack répondit au coup frappé à la porte de sa chambre. Il trouva Mallory sur le seuil, déjà prête à partir. Elle était vêtue d'un jean marron, d'un pull vert olive et d'une veste de camouflage. Elle portait de grosses chaussures de randonnée et avait son sac à dos sur les épaules. Ses cheveux étaient tirés en queue-de-cheval et son visage dépourvu de maquillage arborait une expression déterminée.

Elle baissa les yeux sur les pieds nus de Jack, puis observa la chemise déboutonnée qu'il avait enfilée à la hâte avant d'ouvrir la porte. Elle plaqua un sourire peu convaincant sur ses lèvres.

— Debout là-dedans, cow-boy.

Il tendit les bras de chaque côté de la porte et agrippa le chambranle en soupirant.

— Il est 5 h 30, MJ. Le but, c'était d'essayer de dormir cette nuit, tu sais.

Elle n'attendit pas qu'il l'invite à entrer et se faufila sous son bras.

— Je veux arriver là-bas bien avant Endrex.

— Au cas où il s'agirait d'un piège ?

— Exactement.

Jack referma la porte, plongeant la pièce dans l'obscurité. Une seconde plus tard, Mallory alluma la lampe près du lit défait. Elle s'assit sur le bord du matelas, l'air tendu mais intraitable. Ses yeux fixaient le mur en face d'elle comme si elle refusait de croiser son regard, songea Jack, mal à l'aise.

— As-tu réussi à dormir un peu ?

Elle ne semblait pas s'être reposée du tout.

— Juste assez.

— Tu as passé la nuit devant l'ordinateur, n'est-ce pas ?

Elle ne cilla pas, mais il aperçut un léger frémissement au coin de son œil gauche.

— Non, répondit-elle.

Mais Jack devina qu'elle mentait.

— J'ai besoin des clés du pick-up pour y ranger mon autre sac, ajouta-t-elle.

Elle releva enfin les yeux vers lui. Malgré son expression neutre, il distingua dans les iris cobalt un océan de secrets qui lui noua l'estomac.

— Je l'emporterai avant notre départ, déclara-t-il d'un ton ferme.

Il ne devait surtout pas fournir un moyen de transport à une femme qui avait déjà plusieurs fois montré des velléités de fuite.

— Pourquoi tu n'irais pas chercher le reste de tes affaires pendant que je finis de m'habiller ?

— Ça ne me dérange pas d'aller mettre tout ça dans le pick-up. Je peux aussi prendre ton sac.

Elle avait quelque chose en tête, c'était de plus en plus évident.

— MJ, pourquoi veux-tu à ce point que je te donne mes clés ?

— C'est quoi, cette question ?

Elle ne tressaillit pas, ne changea pas d'expression, mais Jack ne manqua pas le nouveau frémissement au coin de son œil.

— Je dois être un peu parano, répondit-il sans lui tendre les clés. Tu as toujours le Smith & Wesson que tu as braqué sur moi le premier jour à ton chalet ?

A en croire le regard qu'elle lui lança, il venait de poser la question la plus idiote de tous les temps.

— Très bien…

Il sortit son colt M1911 de son sac et attacha l'étui à la ceinture de son jean.

— Comme ça, nous serons tous les deux armés.

Elle le dévisagea, les yeux plissés.

— Tu as le droit de porter une arme cachée dans le Tennessee ?

— Oui. Mon permis du Wyoming reste valide ici. Est-ce que ça pose un problème ?

— Bien sûr que non.

Elle avait l'air sincère. Pourtant, il ne la croyait pas.

— Mallory, as-tu peur de moi ?

Elle parut surprise par la question. Un peu trop.

— Non. Pourquoi est-ce que tu me ferais peur ?

— C'était ma prochaine question.

— Je n'ai pas peur de toi.

Elle attrapa son sac à dos, se leva et désigna du menton sa chemise déboutonnée.

— Finis de t'habiller. Je vais chercher mon autre sac et je t'attendrai près du pick-up.

Pour quelqu'un qui n'avait pas peur de lui, elle était drôlement impatiente de sortir de sa chambre.

Il retrouva Mallory à l'extérieur. Il pressa le bouton d'ouverture centralisée pour déverrouiller le coffre, puis rangea aussitôt les clés dans sa poche. Il se dirigea ensuite vers la réception du motel pour régler la note. Ses réserves d'argent liquide fondaient à vue d'œil. Si leur cavale durait encore longtemps, il allait devoir reprendre contact avec Riley ou Hannah.

Mais cela valait-il la peine de prendre ce risque ? Comme il le savait, Alexander Quinn avait probablement mis sa famille sous surveillance.

En revenant sur le parking, il s'attendait presque à ce que le pick-up ait disparu. Une femme qui était assez intelligente pour naviguer dans le monde des hackers était sûrement capable de démarrer un véhicule sans la clé.

Mais Mallory et le pick-up étaient toujours là. Elle était assise bien droite sur le siège passager, avait mis sa ceinture et croisé les mains sur ses genoux. Déconcerté, Jack s'installa au volant sans la quitter des yeux.

Où était donc passé son petit porc-épic ?

Il referma la portière, puis enfonça la clé dans le contact. Pourtant il ne démarra pas. Au bout de quelques secondes de silence, Mallory tourna lentement la tête vers lui. Le coin de son œil ne cessait de tressauter.

— Il s'est passé quelque chose hier soir, affirma-t-il doucement. Entre le moment où nous avons eu nos chambres et celui où tu as frappé à ma porte ce matin. Tu fais de ton mieux pour me convaincre que tout va bien, mais tu n'es pas si bonne actrice que ça.

Elle reporta son attention sur ses genoux.

— Qui t'a envoyé, Jack ? Est-ce Carlos ?

Pris au dépourvu, il la dévisagea.

— Tu crois que je travaille pour ton ex-petit ami trafiquant d'armes ? Tu n'es pas sérieuse.

— Ce n'est peut-être pas Carlos. C'est peut-être un ancien de l'organisation de Cortland. Comment t'ont-ils abordé ? Est-ce qu'ils t'ont vu en train de me parler au restaurant ? Ça leur a donné l'idée de t'acheter ?

Elle se tourna vers lui, les yeux embués de larmes.

— Combien t'ont-ils proposé ? A combien as-tu évalué ma vie ?

Il tendit le bras et posa la main sur sa joue. Elle tressaillit, mais ne s'écarta pas.

— Ta vie n'a pas de prix, Mallory. Je ne ferai jamais quoi que ce soit qui puisse te blesser. Toi ou quelqu'un d'autre. Plus jamais. J'ai fait assez de mal comme ça.

Une petite ride se forma entre les sourcils de Mallory.

— Tu n'imagines pas à quel point j'aimerais te croire.

Il laissa retomber sa main.

— Mais tu ne me crois pas.

Elle baissa de nouveau les yeux.

— Je ne te connais pas. Pas vraiment. Et ce que je sais à propos de toi ne me donne pas particulièrement envie de mettre ma vie entre tes mains.

La vérité faisait beaucoup plus mal qu'il ne s'y attendait.

— Que s'est-il passé, hier soir ? Tu peux au moins me dire ça.

Elle se pencha et plongea la main dans son sac à dos. Pendant une seconde, il crut qu'elle allait en tirer son Smith & Wesson, mais elle se contenta de sortir son ordinateur. Elle le posa sur ses genoux, l'ouvrit, puis cliqua plusieurs fois, jusqu'à ce qu'une image s'affiche.

— Je ne voulais pas laisser la fenêtre de discussion ouverte, murmura-t-elle en tournant l'appareil vers lui. Mais j'ai fait une capture d'écran.

Il se pencha pour mieux voir. La fenêtre au milieu de l'écran contenait une seule phrase :

Ne fais pas confiance à Jack Drummond.

Il sentit un frisson remonter le long de sa colonne vertébrale.

— Tu penses que ça vient d'Endrex ?

— Je ne sais pas, admit-elle.

— As-tu essayé de retracer l'origine du message ?

Au moment même où la question franchissait ses lèvres, il s'aperçut qu'il avait l'air d'un crétin essayant de se faire passer pour ce qu'il n'était pas.

L'expression figée de Mallory se fêla et ses lèvres se plissèrent comme si elle réprimait un sourire.

— J'ai essayé. Ça n'a rien donné.

— Ce qui veut dire ?

— Que la personne qui m'a écrit ça est douée dans son domaine.

Elle plia la jambe et posa le pied sur son siège. Cela ne faisait d'elle qu'une moitié de porc-épic, mais il s'en contenterait, songea Jack. C'était au moins un signe qu'elle se détendait un peu.

— Je ne sais pas qui t'a envoyé ce message, Mallory. Je ne connais personne dans le Tennessee, à part toi et ma belle-famille.

Elle fronça les sourcils, remonta son autre jambe contre elle et passa les bras autour de ses genoux. Il parvint à ne pas sourire en assistant au retour bienvenu de la position du porc-épic, mais ses muscles tendus se relâchèrent légèrement.

— A quoi penses-tu ? demanda-t-il pour rompre le silence.

— J'ai parlé de toi à Alexander Quinn, Jack. Ton nom, ta relation avec Mara…

— Pourquoi ?

Elle tourna la tête et posa la joue sur ses genoux, les yeux rivés sur lui.

— Parce que j'avais des soupçons sur toi. Le fait que tu aies débarqué de nulle part, que tu essayes d'engager la conversation… Tu as dit que tu voulais me parler en privé. Je ne savais pas…

— Si j'avais l'intention de t'emmener quelque part pour t'agresser ?

— Oui, répondit-elle en soutenant son regard. Ou s'il s'agissait d'une coïncidence, et que tu ignorais vraiment que je n'étais pas Mara.

— Et tu avais peur que je le découvre si je continuais à te parler ?

Elle se frotta la joue contre son genou.

— J'ai beaucoup bougé après la mort de Mara. Je suis allée de ville en ville, sans jamais y rester longtemps.

— Jusqu'à ce que tu tombes par hasard sur ce complot dont tu m'as parlé ? Celui qui visait Oak Ridge ?

— C'est ça. Je n'étais pas restée au même endroit aussi longtemps depuis un bail. Probablement depuis la fac.

Elle regarda ostensiblement la clé de contact.

— Jack, nous perdons un temps précieux.

— C'est bon, nous jouons de nouveau dans la même équipe ? demanda-t-il, la main sur la clé.

Une amorce de sourire se dessina sur les lèvres de Mallory.

— Je ne pense pas que tu travailles pour Carlos. Ou pour les Cortland.

Cela ne répondait pas tout à fait à sa question, mais de la part de son petit porc-épic, cela équivalait sûrement à une grande preuve de confiance, estima Jack. Il démarra et prit la direction de la route qui les ramènerait dans les montagnes.

*
* *

A 9 heures, ils étaient garés aux abords de Lilac Point Park, non loin du parking principal. Mallory avait incité Jack à dépasser l'entrée pour aller se garer juste derrière, entre deux lauriers. Les arbustes ne cachaient pas complètement le véhicule, mais c'était mieux que de faire tache au milieu d'un vaste espace quasiment vide.

— C'est un parc, ça ? murmura Jack.

Il observa la bande d'herbe jaunissante située entre les gravillons du parking et les rives rocailleuses du lac.

— A ce qu'il paraît.

Mallory avait détaché sa ceinture. Elle était en train de remplir son sac à dos d'affaires qu'elle piochait à la fois dans son sac marin et dans celui de Jack.

— Pourquoi mets-tu tout ce fatras là-dedans ? demanda-t-il.

Elle referma son sac et le posa à ses pieds.

— Parce que je vais devoir sortir du pick-up pour rejoindre Endrex. Si les choses tournent mal, je ne veux pas être obligée de m'enfuir les mains vides.

— Tu es paranoïaque. On te l'a déjà dit ?

— Ce n'est pas de la paranoïa si quelqu'un vous veut vraiment du mal.

Elle se tourna de côté sur son siège, puis releva les jambes. Elle posa ses bras repliés sur ses genoux et y appuya son menton. Son regard nerveux était tourné vers la zone principale du petit parc, visible à travers la fenêtre du conducteur.

— Comment vas-tu le repérer s'il arrive en avance ? demanda Jack. Tu as dit que tu ne savais pas à quoi il ressemblait.

— Je t'ai dit qu'une de mes amies avait rencontré Endrex. Elle m'en a fait une description précise.

Elle posa les yeux sur lui un bref instant.

— Je pense qu'elle a cru que j'avais des intentions sexuelles envers lui.

Jack ressentit une pointe d'agacement.

— Et c'était le cas ?

— J'étais dans ma phase « tous les hommes sont diaboliques ». Non, je n'avais aucune intention de ce genre.

— Et as-tu dépassé cette phase ? marmonna-t-il.

— Je suis parvenue à la conclusion que *tous* les hommes ne sont pas diaboliques.

Elle lui adressa un sourire en coin.

— Et même ceux qui le sont ont une certaine utilité.

Il commençait à regretter de lui avoir posé la question. L'idée même de Mallory avec un autre homme lui retournait l'estomac.

— Est-ce que tu fréquentes quelqu'un en ce moment ? demanda-t-il.

— Tu crois vraiment que je t'aurais balancé sur ce lit si je sortais avec quelqu'un, cow-boy ?

— Je ne sais pas. Parfois, j'ai l'impression de très bien te connaître, et à d'autres moments tu es une véritable énigme.

— Je suis une femme simple, Jack.

A en croire la petite étincelle dans ses yeux, elle savait fort bien que ce n'était pas exact.

— Es-tu déjà tombée amoureuse ?

— Et toi ? répliqua-t-elle.

Pas jusqu'à maintenant.

Choqué par cette pensée, il se redressa. Amoureux, lui ? De Mallory Jennings ?

— Non, répondit-il.

— Moi non plus.

La note mélancolique dans la voix de Mallory le prit par surprise. Elle sembla aussi étonner la jeune femme, qui serra ses genoux contre sa poitrine et détourna les yeux.

— Je sais que ce genre d'amour existe, fit Jack à mi-voix.

Il voulait qu'elle le regarde de nouveau, afin de lire dans ses iris bleus les pensées qu'elle semblait incapable de cacher.

— Riley, mon beau-frère, l'a trouvé deux fois dans sa vie.

— Ce n'est pas juste. Certaines personnes ont déjà du mal à le trouver une seule fois.

Leurs regards se croisèrent. Elle tourna rapidement la

tête, mais cela suffit à Jack pour comprendre qu'il n'avait pas imaginé la mélancolie dans sa voix.

— Nous ne l'avons peut-être pas encore trouvé parce que nous n'en acceptons pas l'idée, suggéra-t-il.

Elle haussa un sourcil, l'air sceptique.

— Merci pour cette fine analyse, docteur.

— Je n'aurais jamais pu aimer Mara, reprit-il au bout de quelques secondes.

Il éprouvait le besoin irrésistible de s'expliquer. L'opinion que Mallory avait de lui était surtout fondée sur la façon qu'il avait eue de traiter sa sœur. Tôt ou tard, ils devraient se séparer, et il ne voulait pas la quitter sans essayer de lui faire comprendre qu'il n'était pas le même homme.

— Pourquoi pas ? demanda-t-elle.

— Je ne dis pas qu'elle n'était pas digne d'amour, bien sûr. Elle était adorable. Et elle méritait d'être aimée par un homme capable de lui donner tout ce qu'elle voulait.

— Et cet homme, ce n'était pas toi.

— Non, confirma-t-il. Et même maintenant que je ne bois plus et que j'ai essayé de changer, je ne pense toujours pas que notre couple aurait pu durer.

— Tu as raison. Ça n'aurait pas fonctionné.

Une expression triste apparut sur le joli visage de Mallory.

— Mara ne croyait pas à l'amour, Jack. Elle croyait en beaucoup de choses qui me dépassent, comme l'espoir, la patience et autres belles vertus. Mais l'amour, non. Pas après ce que mon père avait fait. Elle ne t'aurait jamais aimé. Elle t'a choisi parce qu'elle savait que tu n'attendrais jamais ça de sa part.

Jack l'observa, sans savoir s'il pouvait la croire. Lui confiait-elle ces secrets à propos de Mara pour le rassurer ? Pour l'absoudre de sa culpabilité ?

— Ça ne ressemble pas à Mara.

— Tu ne connaissais pas Mara, Jack, répondit-elle en lui touchant l'épaule. Elle ne s'est jamais vraiment dévoilée.

— Pourquoi me racontes-tu tout ça ?

— Parce que ça fait quatre ans que je te déteste. Mais tu ne ressembles en rien à l'homme que j'imaginais.

Elle le lâcha et reposa son menton sur ses bras.

— Je pensais que tu étais au courant pour son passé. Elle m'a dit que tu ignorais tout, mais elle savait mentir quand il s'agissait de protéger les gens. Et je sais qu'elle essayait de te protéger.

Il secoua la tête.

— Je ne le méritais pas.

— Je ne méritais pas sa protection non plus.

— Elle t'aimait.

Mallory lui adressa un pâle sourire.

— Elle était bien obligée. J'étais toute la famille qui lui restait.

La tristesse dans ses yeux était plus que Jack ne pouvait supporter. Il tendit de nouveau la main vers elle et la posa sur sa joue.

— Elle t'aimait parce que tu es toi. Et parce que tu n'es pas aussi indigne d'amour que tu as l'air de le croire.

Elle cligna des paupières plusieurs fois et s'écarta.

— C'est très flatteur, mais nous ne sommes pas ici pour une conversation à cœur ouvert.

Il reposa sa main sur ses genoux.

— Bon, alors… A quoi ressemble Endrex ?

Les yeux de Mallory s'élargirent tandis qu'elle regardait derrière lui.

— A ça, répondit-elle avec un signe du menton.

A une cinquantaine de mètres, un homme dégingandé d'environ trente-cinq ans marchait lentement vers eux. Ses cheveux blonds étaient séparés par une raie et retenus en catogan. Il était vêtu d'un jean et d'une veste militaire d'un vert fané, portée sur ce qui ressemblait à un T-shirt imprimé.

Il s'arrêta brusquement. Il avait dû repérer le pick-up, pensa Jack.

— Il est en avance, lui aussi.

— Probablement pour la même raison que nous, dit Mallory. Je dois y aller seule.

— Non.

— Jack, s'il voit quelqu'un qu'il n'attendait pas, il risque de s'enfuir.

— Il m'a déjà vu. Je pense que nous devons y aller sans rien cacher, affirma-t-il en ouvrant sa portière.

Mallory sortit à son tour, puis contourna le véhicule pour rejoindre Jack, les yeux rivés sur l'homme aux cheveux longs. Il s'était figé sur place et les observait, les yeux écarquillés comme un animal pris au piège.

Jack ralentit, laissant Mallory s'avancer seule vers l'homme inquiet. Elle lui dit quelques mots que Jack n'entendit pas, mais qui permirent à son interlocuteur de se détendre un peu.

Mallory regarda Jack par-dessus son épaule, avant de hocher légèrement la tête. Il reprit sa marche, jusqu'à ce qu'il soit assez près pour voir les iris vert clair de l'autre homme.

Endrex dévisagea Jack avant de reporter son attention sur Mallory.

— J'ai besoin que ces informations arrivent dans les bonnes mains, déclara-t-il d'une voix de ténor douce et peu modulée.

— C'est quoi, « les bonnes mains » ? demanda Jack.

Endrex tourna de nouveau les yeux vers lui.

— Voici Jack, présenta Mallory. C'est un *white hat*.

Elle lui jeta un regard oblique, et les commissures de ses lèvres se relevèrent.

— Littéralement.

— J'étais un cow-boy de rodéo, expliqua Jack.

— Original, se contenta de dire Endrex avant de se tourner vers Mallory. Je sais que Quinn n'est pas sûr de pouvoir me faire confiance. Je comprends pourquoi, mais là, c'est du sérieux. Quinn doit avoir ces informations aussitôt que tu pourras les lui donner.

— D'accord, acquiesça Mallory.

Mais Jack entendit dans sa voix une note étrange qu'il avait appris à reconnaître comme étant un signe de tromperie.

Elle mentait à Endrex. Elle n'avait pas l'intention de transmettre les informations en question à Alexander Quinn.

Mais pourquoi ?

Le hacker plongea la main dans la poche avant de son jean et en sortit une petite clé USB noire.

— Elle contient des photos d'un homme nommé Albert Morris. C'est l'un des sénateurs du Tennessee, et il n'est pas l'homme qu'il prétend être. Un de mes amis a perdu la vie en me communiquant ces photos.

— Pourquoi ? demanda Jack.

Endrex garda les yeux sur Mallory.

— Parce qu'Albert Morris y est photographié en compagnie d'un homme qui s'appelle Carlos Herrera.

Mallory se raidit, mais ne montra pas qu'elle connaissait ce nom.

— Qui est Carlos Herrera ?

Endrex plissa les yeux.

— Tu as déjà entendu ce nom.

— Ça me dit quelque chose, concéda-t-elle. Pourquoi serait-il en compagnie d'Albert Morris ?

— Herrera faisait du trafic d'armes en Amérique du Sud. Mais ces jours-ci, il trempe plutôt dans le cyberterrorisme. Et d'après les rumeurs, il prévoit de s'attaquer à une grosse entreprise d'énergie.

— Quel rapport entre le cyberterrorisme et Albert Morris ? demanda Jack.

Endrex le fixa de ses yeux brillants comme des émeraudes.

— Albert Morris détient un grand nombre d'actions dans une entreprise qui s'appelle Cyber Solutions. Si Carlos Herrera parvient à prendre le contrôle du système Scada de la Eastern Tennessee Power et coupe le courant à la moitié de l'Etat, les actions de Cyber Solutions vont monter en flèche. Il va gagner des millions en quelques heures.

Le ventre noué, Jack dévisagea l'autre homme.

— Vous voulez dire que c'est juste une question d'argent ?

Mallory et Endrex le regardèrent comme s'il était stupide.

— C'est toujours une question d'argent, répondit le hacker en tendant la clé USB à Mallory. Donne ça à Quinn. Il saura quoi faire.

Il fit volte-face et commença à s'éloigner d'un pas rapide. Mallory releva les yeux vers Jack, anticipant sa question.

— Je ne sais pas si nous pouvons apporter ça à Quinn.

— Pourquoi pas ? demanda-t-il tandis qu'ils retournaient vers le pick-up.

Avant qu'elle ne puisse répondre, un coup de feu déchira l'air. L'arbre situé à cinquante centimètres de Mallory explosa en morceaux. Un éclat de bois jaillit et se ficha dans le bras de Jack.

Mallory laissa échapper un juron et le prit par la main.

— Cours !

15

Mallory n'était pas sûre de la provenance du coup de feu, mais s'ils parvenaient à atteindre le pick-up, ils pourraient au moins se mettre à l'abri. Ils auraient aussi la possibilité de garder le tireur à distance, le temps que quelqu'un signale la fusillade à la police.

Mais ils étaient encore à dix mètres du véhicule lorsque le pneu arrière le plus proche d'eux explosa sous l'effet d'une balle.

Une balle de fusil, constata-t-elle. Celui qui leur tirait dessus ne se servait pas d'un pistolet.

Jack resserra sa prise sur la main de Mallory et se mit à zigzaguer vers la gauche. L'entraînant à sa suite, il courut en direction des arbres près du lac.

— Fais-moi confiance, grogna-t-il lorsqu'elle essaya de le ramener vers leur véhicule.

Le pick-up avait peut-être perdu son utilité comme moyen de transport, mais ils pouvaient au moins s'en servir comme abri temporaire.

Que devait-elle faire ? Tenter sa chance toute seule ? Ou faire confiance au cow-boy ?

Elle cessa de résister et pressa l'allure pour rester au niveau de Jack.

Il avait mal. Elle le devinait à la grimace sur son visage et au grognement de douleur qu'il laissait échapper à chaque respiration. Au cours des derniers jours, il n'avait pas montré beaucoup de signes de douleur liés à sa vieille blessure, mais un homme comme lui n'aurait pas renoncé à sa carrière s'il avait pu faire autrement.

Ils devaient trouver un endroit où se cacher et reprendre leurs esprits avant de décider quoi faire. Elle avait besoin de transmettre les informations sur la clé USB à quelqu'un capable d'empêcher le complot.

Mais Quinn était-il la personne adéquate ?

Et quand allaient-ils enfin pouvoir cesser de courir ? Des coups de feu étaient tirés dans leur direction toutes les trente ou quarante secondes, les empêchant de ralentir et de chercher une cachette.

Devant eux, elle aperçut à travers les arbres le départ d'un sentier de randonnée. Il grimpait le long de la montagne qui s'élevait derrière la rive orientale du lac. Ils auraient plus de mal à escalader la pente rocailleuse qu'à courir le long de la rive. Malheureusement, il n'y avait nulle part où se mettre à l'abri pendant au moins trois kilomètres : cette partie du lac servait de réserve de gibier d'eau et toute construction y était interdite.

A cinq cents mètres de là, il n'y avait rien d'autre qu'une berge sableuse pendant presque un kilomètre. Hormis quelques arbres çà et là, rien ne les protégerait des coups de fusil. S'ils continuaient, ils seraient des cibles faciles.

Elle sentit Jack ralentir l'allure lorsqu'il aperçut l'espace ouvert qui s'étendait devant eux. Quand il lui jeta un coup d'œil inquiet, elle tira brutalement sur sa main et se mit à courir vers la pente bordée d'arbres.

— On monte !

Avec un grognement, il s'élança vers la côte.

Le sentier de montagne tournait et virait, bien abrité par des pacaniers, des érables et des pins qui poussaient dru à cette basse altitude. La pente était raide, mais pas abrupte au point de les obliger à escalader.

Mallory n'avait entendu aucun coup de feu depuis qu'ils avaient entrepris leur ascension. Le champ de vision du tireur était peut-être en partie bloqué par le terrain accidenté.

Autrement dit, ils avaient peut-être une chance de le semer. Mais ils allaient devoir bouger maintenant, pendant que l'homme au fusil changeait de position.

Elle leva les yeux pour observer les arbres autour d'eux, essayant de voir au travers. Les bosquets touffus de conifères empêchaient de bien visualiser la face de la montagne. Il leur fallait un endroit où se cacher pendant quelques minutes. Un endroit abrité ou…

Là. Elle aperçut une saillie rocheuse à flanc de montagne, au-dessus d'un trou obscur qui était peut-être l'entrée d'une grotte.

— Allez ! lança-t-elle en poussant Jack en direction de l'avancée rocheuse.

— Il a arrêté de tirer.

Lorsque Jack glissa sur des cailloux, il dut faire un mouvement brusque pour ne pas tomber. En voyant la douleur sur son visage, Mallory grimaça à son tour. Elle laissa ses doigts glisser le long de son bras.

— Il va recommencer. Mais je pense que nous sommes hors de portée, pour l'instant. Alors il faut en profiter pour atteindre cette saillie le plus vite possible.

Jack suivit son regard, plissant les yeux contre le soleil matinal.

— Est-ce que c'est…

— Une grotte ? C'est ce que je pense.

Aucun coup de feu ne fut tiré pendant les longues minutes qu'ils mirent à rejoindre leur but. A l'ombre du surplomb rocheux, l'ouverture de la grotte était beaucoup plus visible. De près, le tireur ne s'y tromperait pas, mais dans le viseur, il la prendrait peut-être pour un simple creux dans la falaise.

En tout cas, Mallory l'espérait. Parce qu'une fois entrés dans la grotte, ils y seraient coincés sans moyen d'en sortir.

Le regard de Jack se riva au sien.

— Si nous allons là-dedans…

— Je sais. Mais je ne pense pas que nous ayons le choix.

Il serra les lèvres, mais fit un signe de tête en direction de son sac à dos.

— Est-ce que tu as pris la lampe dans le pick-up ?

— J'en avais déjà rangé une dans le sac.

Mallory récupéra la torche dans la poche extérieure, puis

commença à marcher vers l'entrée de la grotte. Il lui emboîta le pas, comme une présence rassurante dans son dos. Ils entrèrent ensemble, lentement, tandis qu'elle balayait de sa lampe l'intérieur de la cavité. Elle était petite et humide, mais il y avait quelques rochers qui leur permettraient de s'asseoir ailleurs que sur le sol irrégulier.

Jack alla en claudiquant jusqu'au plus gros, dont la surface était à peu près plane, et s'y affala avec un grognement.

— Si nous nous en sortons et que je retourne un jour dans le Wyoming, je jure de retourner chez le kiné. Parole de scout.

Elle lui fit signe de se pousser, s'assit à côté de lui et posa son sac à dos par terre.

— Tu n'as jamais été scout.

— C'est vrai, répondit-il en contemplant le sac. Pitié, dis-moi que ton kit de survie magique contient de l'eau.

Elle ouvrit la fermeture Eclair et sortit une bouteille.

— J'en ai pris quatre. Mais il va falloir les faire durer, alors ne la vide pas d'un coup.

Il but quelques gorgées, avant de lui rendre la bouteille.

— Tu savais déjà qu'une grotte se trouvait ici ?

— Non. Mais je connais plutôt bien le terrain, à force. Il y a beaucoup de grottes dans cette partie des montagnes. Je me suis dit que nous avions de bonnes chances d'en trouver une.

Elle avala quelques gorgées à son tour.

— Cela dit, si quelqu'un trouve cet endroit, nous allons nous faire tirer comme des lapins.

— Super, répondit-il en grimaçant.

— Ta blessure te fait vraiment mal, n'est-ce pas ?

Il se tourna vers elle et pressa le front contre sa tempe.

— Je m'en remettrai. D'ici un jour ou deux.

Mallory se blottit contre lui, tandis qu'il passait un bras autour de son épaule. Elle appréciait la chaleur de son corps dans cet environnement froid et humide.

— Je ne crois pas qu'il y ait de réseau dans cette grotte, mais je peux toujours essayer, déclara-t-elle. Même si je ne sais pas vraiment qui appeler.

— Je peux contacter Riley, dit Jack. Il viendra sans poser de question.

Sa barbe naissante frotta légèrement sur la peau de Mallory, allumant des étincelles dans son système nerveux.

— Tu penses vraiment que ton téléphone peut capter quelque chose à travers ces parois rocheuses ?

— Il faut tenter le coup, répondit-elle en sortant son portable de son sac à dos.

Mais aucune barre n'apparaissait à l'écran.

— Non, pas de réseau.

Elle se laissa aller contre Jack et rangea son téléphone dans sa poche.

— Je pourrais me glisser dehors, suggéra-t-il.

Elle secoua la tête.

— Nous ne pouvons pas courir ce risque. Si le tireur a eu le temps de changer de localisation pour avoir une meilleure ligne de mire, il te verra bouger.

— Tu penses qu'il s'agit de Carlos ?

— Je ne sais pas. Evidemment, Carlos s'y connaît en matière d'armes, mais à l'époque il préférait les armes de poing aux armes d'épaule.

Elle avait vu son travail de près en Colombie, peu avant d'être embarquée lors d'une descente de police. Elle était tellement soulagée d'échapper à Carlos qu'elle avait mis plusieurs heures à se rendre compte qu'elle avait seulement échangé un cauchemar contre un autre.

— Mais je suis sûre qu'il n'est pas le seul à être employé par ce sénateur véreux.

— Tu as dit qu'Endrex avait des liens avec une organisation criminelle.

— D'après Quinn, il était sous couverture au sein de Cortland Enterprises, mais je ne suis pas convaincue que Quinn se soit fié aux motivations d'Endrex.

Mallory secoua la tête d'un air dubitatif.

— Mais pourquoi me donner la clé USB en me disant de la transmettre à Quinn ? Si Endrex dit la vérité sur ce qu'elle contient, c'est le genre de chose qu'un réseau de crime organisé en difficulté adorerait avoir en sa possession. Imagine si ça leur donnait de quoi faire chanter un membre du Sénat des Etats-Unis ?

— Endrex a peut-être menti sur le contenu de la clé.

Elle sortit la clé USB de sa poche et ouvrit son sac à dos.

— Il n'y a qu'un seul moyen de le savoir.

— Toujours rien du côté de la belle-famille ?

Le haut-parleur du téléphone portable donnait un timbre un peu métallique à la voix de Nick Darcy. Cela dit, ses intonations britanniques auraient révélé son identité même si le numéro sur l'écran ne l'avait pas fait.

— Pas encore, répondit Quinn. Ils sont sur le lac, comme si c'était une journée de pêche tout à fait normale.

Il leva de nouveau ses jumelles pour vérifier qu'Hannah et son mari ne s'étaient pas esquivés depuis la dernière fois qu'il avait regardé. Elle était née Cooper, après tout, et au cours des dernières années Quinn avait appris à se méfier : il ne fallait jamais sous-estimer les membres de cette famille qui avait le chic pour s'attirer des ennuis.

— Ils savent qu'ils sont surveillés, lança Darcy.

— Bien sûr.

— Et la petite Jennings a complètement disparu ?

— Si tu me demandes si j'ai eu de ses nouvelles, la réponse est non.

Et il ne s'attendait pas à en avoir. Il trouvait perturbantes les attaques sur Mallory Jennings, mais elles devaient l'être beaucoup plus pour elle. Elle savait qu'il soupçonnait la présence d'une taupe au sein de l'agence. Malheureusement, tout semblait indiquer qu'il avait raison.

Et à présent, il avait deux suspects.

Nick Darcy et Anson Daughtry étaient les seuls employés de The Gates à savoir que Mallory Jennings n'était pas seulement une assistante administrative. Il y avait donc une forte probabilité que la personne ayant révélé la localisation de Mallory soit l'un de ces deux hommes.

Des hommes en qui il avait confiance, autant qu'il en était capable.

— Tu ne sais pas du tout où elle a pu aller ? demanda Darcy.

Il semblait penser que son patron ne disait pas toute la vérité. Il avait oublié d'être bête, c'était certain.

— Les Patterson sont en train de se déplacer sur le lac, prétendit Quinn. Je dois filer.

Après avoir raccroché, il releva les jumelles. Alors qu'il observait la nuque de Patterson, il se redressa d'un coup.

— Bon Dieu, grommela-t-il en voyant le tatouage tribal noir qui dépassait du col du T-shirt gris.

Riley Patterson n'avait pas de tatouage.

Il reprit son téléphone et composa un numéro. A travers les jumelles, il vit Hannah Patterson plonger la main dans la poche de son jean et en sortir son portable.

— Vous avez repéré le tatouage, hein ? demanda-t-elle sans préambule. J'ai dit à Caleb de le cacher avec du maquillage, mais il a décrété que c'était un truc de nana.

Quinn feuilleta mentalement son dossier sur la famille Cooper et s'arrêta sur l'un des cousins de Birmingham. Si sa mémoire était bonne, l'un des frères aînés se prénommait Caleb.

— Caleb Cooper, je présume ?

— Je suis flattée que vous connaissiez tout l'arbre généalogique de ma famille éloignée, Quinn.

— Où est votre mari, Hannah ?

— Aucune idée.

— Vous n'êtes pas une très bonne menteuse.

— Mais je suis une très bonne épouse.

Elle raccrocha. Quinn mit fin à la communication d'une pression rageuse sur l'écran de son portable. L'élancement de douleur dans son doigt lui rappela que la violence n'était presque jamais une bonne réponse à la frustration.

Presque jamais.

Mallory Jennings était en fuite. C'était sa spécialité, et il en était venu à la connaître assez bien ces dernières années pour avoir quelques idées sur sa prochaine destination.

Mais cette fois, il y avait dans l'équation une inconnue qui s'appelait Jack Drummond. Et ce que Quinn savait à propos du cow-boy du Wyoming n'aurait même pas rempli une page d'un dossier de la CIA. Sans compter que cela ne lui donnait aucun indice sur l'endroit où le couple avait pu se réfugier quand les choses avaient mal tourné.

Il appela Anson Daughtry. Au bout de la troisième sonnerie, l'informaticien répondit d'une voix distraite :

— Un problème, patron ?

— Du nouveau, sur la localisation de Jennings ?

— Rien du tout.

Daughtry semblait dépité à titre personnel. Il s'enorgueillissait de ses compétences techniques et n'avait pas apprécié que Quinn engage un hacker extérieur pour retrouver Endrex.

Mallory Jennings le connaissait sous ce pseudonyme, mais son vrai nom était Nolan Cavanaugh. Il avait joué un rôle clé dans le démantèlement d'une cabale gravement corrompue sous le précédent gouvernement. Il avait aussi risqué sa vie pour exposer l'organisation criminelle de Wayne Cortland deux ans plus tôt.

Quinn avait envie de croire que le hacker était toujours ce que la jeune femme appelait un « *white hat* ». Mais il avait vu et fait trop de choses discutables au cours de sa vie pour se laisser vraiment convaincre par les actions et les mobiles d'une autre personne.

Y compris Mallory Jennings elle-même.

— A ton avis, elle joue les francs-tireurs ? demanda Daughtry, sa voix grave roulant comme le tonnerre sur le haut-parleur.

— Arrête de la rechercher pour l'instant. J'ai d'autres pistes à suivre, déclara Quinn au lieu de répondre à la question de Daughtry.

Il raccrocha et démarra la voiture. Plongé dans ses réflexions, il commença à prendre le chemin du retour vers Purgatory.

Par le plus grand des hasards, il regarda de nouveau

vers le lac au moment de s'engager sur la quatre-voies. Des colverts qui fouillaient du bec le sol couvert d'aiguilles de pin s'envolèrent d'un coup, attirant l'attention de Quinn. Une seconde plus tard, il découvrit la raison de leur brusque ascension. Un homme efflanqué courait à toute allure à travers les arbres près de la rive, sa queue-de-cheval blonde flottant derrière lui.

Quinn enfonça aussitôt la pédale de frein et fit demi-tour pour intercepter le fuyard.

Il avait enfin retrouvé Endrex.

L'analyse antivirus s'acheva sans avoir détecté de logiciel malveillant sur la clé USB. Mallory jeta un coup d'œil vers Jack avant de cliquer sur l'icône du support amovible.

— C'est parti.

Lisant la peur dans son regard, il posa la main dans son dos, la paume entre ses omoplates. Elle se laissa aller contre lui, tandis qu'il se rapprochait d'elle pour mieux voir l'écran du portable.

Le dossier de la clé USB s'afficha : il ne contenait que sept fichiers. Des fichiers d'image plutôt lourds.

— Commence par le début, suggéra Jack avec douceur lorsqu'elle hésita, le doigt suspendu au-dessus du pavé tactile.

Elle cliqua sur le premier fichier, et la photo s'ouvrit dans la visionneuse. Il s'agissait de l'image étonnamment claire de deux hommes, assis sur un banc sous un arbre. Derrière eux, l'angle de ce qui ressemblait à un vieux bâtiment en pierre était visible.

Mallory prit une brusque inspiration.

— Est-ce que c'est Carlos Herrera ? demanda Jack en lui frottant légèrement le dos.

Elle hocha la tête.

— Et l'homme à côté de lui est bien Albert Morris. En tout cas, il ressemble au type des publicités de campagne.

— Reconnais-tu l'endroit ?

— Un parc, peut-être ? Quelqu'un de l'agence le saurait peut-être.

Elle poussa un soupir.

— Encore faudrait-il que j'aie assez confiance en eux pour leur apporter la clé.

— Si nous pouvions contacter Riley...

Jack marqua une pause. Ce qu'il était sur le point de dire ne signifierait rien pour Mallory. Elle ne lui faisait déjà pas vraiment confiance. Elle n'allait sûrement pas se fier à des personnes qu'il n'avait jamais rencontrées lui-même, comme les membres de la famille d'Hannah.

Mais Riley parlait des Cooper avec le même respect et la même affection qu'il utilisait en évoquant son vieil ami Joe Garrison, qu'il avait connu lorsqu'ils étaient fils de ranchers dans le Wyoming.

— « Si nous pouvions contacter Riley »... quoi ? demanda Mallory.

Elle cliqua sur la photo suivante. Les deux hommes se trouvaient sur une passerelle en treillis métallique surplombant une petite rivière.

— Rien, répondit-il.

Elle releva les yeux vers lui.

— Tu allais dire quelque chose.

— C'était stupide. Tu ne me fais pas confiance, alors je ne vois pas comment tu pourrais faire confiance à la belle-famille de mon beau-frère.

Les lèvres de Mallory frémirent.

— C'est peu probable, en effet.

— C'est juste que... La famille d'Hannah a l'expérience de ce genre de situation. Et si tu ne te fies pas à Quinn...

— Tu penses que j'irais demander de l'aide à de parfaits inconnus ? Ben tiens...

Elle haussa un sourcil vers lui avant de reporter son attention sur l'écran du portable.

— Voyons le reste des photos. Nous pourrons peut-être découvrir où a eu lieu la rencontre. La batterie de mon ordinateur va finir par lâcher.

En découvrant la quatrième image, elle prit de nouveau une brusque inspiration.

— Je sais où ces photos ont été prises.

Elle désigna l'édifice en arrière-plan, une grande bâtisse à bardeaux coiffée d'un toit à pignons.

— Ça, c'est l'écurie et la remise à voitures de Belle Meade.

— « Belle Meade » ?

— Une ancienne plantation qui se trouve à Nashville. Elle est ouverte au public, et les touristes y viennent nombreux. Carlos et Albert Morris se sont peut-être retrouvés au milieu des visiteurs et ont fait semblant de sympathiser. Tout le monde n'y aurait vu que du feu, à moins de savoir qui est Carlos ou, plus précisément, quel genre d'homme il est.

Elle revint sur les photos qu'ils avaient déjà vues.

— Il me semble que cette passerelle est aussi là-bas. Et je crois bien que le bâtiment en pierre visible sur la première photo fait partie du domaine.

— Est-ce que tout ça va nous permettre de sortir d'ici sans qu'on nous tire dessus ? demanda Jack.

Elle le fusilla du regard.

— Non.

— Alors tu ne devrais peut-être pas rejeter aussi vite mon idée de contacter Riley, poursuivit-il en lui caressant légèrement le dos, comme pour adoucir ses paroles. Si je m'éloigne un peu de ces parois rocheuses, je pourrai peut-être avoir du réseau.

Elle se tourna vers lui, une expression inquiète sur le visage.

— Jack, si tu sors d'ici, le tireur va te voir. Et il va te tirer dessus. Et je ne sais pas ce que…

Elle s'interrompit et serra les lèvres d'un air consterné. Il lui encadra le visage de ses mains, stupéfait par ce qu'il vit briller dans les beaux yeux bleus. Il s'obligea à garder un ton léger, même si son cœur tambourinait dans sa poitrine.

— Tu ne sais pas comment tu te débarrasserais de mon cadavre, c'est ça ?

Elle le frappa au bras, mais une esquisse de sourire se dessina sur ses lèvres.

— Je ne sais pas comment je m'en serais sortie ces derniers jours sans toi, admit-elle dans un filet de voix.

— Toute seule, répondit-il sur le même ton. Tu te serais débrouillée toute seule.

A sa surprise, il vit des larmes remplir les yeux de Mallory et trembler à ses cils.

— Je crois que nous sommes tous les deux beaucoup trop seuls dans ce monde, ajouta-t-il en penchant la tête pour lui donner un baiser.

Elle enfonça les doigts dans ses cheveux pour l'attirer plus près. Tandis qu'il pressait de nouveau sa bouche contre la sienne, elle entrouvrit les lèvres et le caressa de sa langue.

Il l'embrassa intimement, intensément, sans se presser le moins du monde. Il ignorait combien de temps ils allaient pouvoir se terrer ici, ni combien de temps il leur resterait à vivre si le tireur trouvait leur cachette. Mais il refusait de se précipiter et de gâcher ce moment.

Avec un grognement de frustration, Mallory s'écarta et riva son regard sur lui.

— Tu penses vraiment que ton beau-frère pourrait nous aider ?

— Oui, répondit-il en hochant la tête.

— Alors voyons si nous pouvons trouver un autre moyen de sortir de cette grotte.

Elle se leva et saisit la lampe qu'il avait posée sur un rocher à proximité. Elle l'alluma, puis éclaira le fond de la petite grotte. Jack ignorait ce qu'elle cherchait, mais elle sembla soudain le trouver. Elle se précipita, le rayon lumineux braqué vers le haut.

Il se leva à son tour, grimaçant lorsque la douleur dans son bassin s'étendit à ses jambes. Il en avait vraiment trop fait, avec le sprint et l'escalade, songea-t-il. Surtout qu'il n'était pas allé chez le kiné depuis des semaines. Mais il s'obligea à avancer pour rejoindre Mallory. Une fois à côté d'elle, il suivit des yeux le rayon de la lampe qui balayait le plafond de la grotte.

— Il y a une ouverture, là-haut, indiqua Mallory. Elle

semble étroite, mais je devrais réussir à m'y faufiler. Et même si je n'y parviens pas, je trouverai peut-être du réseau.

La percée dans la voûte était située à un peu moins de trois mètres au-dessus d'eux, estima Jack. La distance n'avait rien d'insurmontable, mais ce ne serait pas une mince affaire de grimper en s'aidant seulement des reliefs de la paroi. Si Mallory tombait, elle risquait de se blesser gravement.

— Il doit y avoir un autre moyen…, commença-t-il.

Un bruit de pas à l'extérieur l'interrompit. Mallory se tourna vers Jack, ses yeux écarquillés visibles dans la lumière de la torche, qu'elle s'empressa d'éteindre. Elle referma les mains sur les bras de Jack et le tira vers elle.

Les pas cessèrent. Pendant un instant, ils n'entendirent que le bruit léger de leur souffle précipité.

Puis une voix grave résonna, provenant de l'entrée de la grotte.

— *Ven a mí, querida.*

Laissant échapper un gémissement sourd, Mallory crispa les doigts sur les biceps de Jack.

— C'est Carlos, murmura-t-elle.

16

Jack ne s'était jamais considéré comme un homme violent, malgré les nombreuses années passées à se faire un nom dans un sport très physique. « Je fais l'amour, pas la guerre » avait toujours été son credo, et cette attitude lui avait permis d'éviter bien des conflits au fil des ans.

Mais le meurtre de sa sœur lui avait au moins appris une chose : dans certaines situations, il était impératif de prendre position. Personne n'avait été là pour Emily lorsqu'elle avait eu besoin d'aide. Mais pour Mallory, il allait répondre présent. Elle était en danger, et il avait un revolver chargé dans l'étui derrière son dos.

Il dégaina son arme et se pencha pour murmurer à l'oreille de Mallory :

— Si tu peux sortir d'ici, fais-le. Moi, je vais occuper Carlos.

Elle lui serra les bras au point de lui faire mal.

— C'est après moi qu'il en a, pas après toi. Je vais aller le retrouver.

Alors qu'elle essayait de passer à côté de lui, il la retint en l'entourant de ses bras.

— Il ne me laissera pas la vie sauve pour autant. Tu le sais. Grimpe jusqu'à cette ouverture et essaie de sortir d'ici. Appelle à l'aide. Appuie sur « 7 », puis sur « envoi ». C'est le numéro de Riley.

Il l'obligea à lâcher son bras et lui donna son portable.

— Dépêche-toi. Je vais voir combien de temps je peux le retenir.

La lumière qui entrait dans la grotte par les deux ouvertures était faible, mais suffisante pour que Jack voie la peur dans les yeux de Mallory.

— Et s'il n'est pas seul ? demanda-t-elle.

— Raison de plus pour appeler à l'aide.

Il la poussa doucement vers la paroi escarpée.

— Ne tombe pas.

Elle posa la main sur sa nuque et se haussa vers lui pour l'embrasser.

— Ne meurs pas.

Puis elle le lâcha et commença son ascension.

Il jeta un coup d'œil vers l'entrée de la grotte pour vérifier que Carlos était toujours à l'extérieur. Il regarda ensuite Mallory se hisser le long de la paroi, s'aidant des creux et des reliefs pour éviter de tomber.

Presque en haut, là où l'étroite percée laissait entrer un triangle de lumière, une saillie d'une vingtaine de centimètres dépassait de la paroi. Mallory posa les pieds sur cette corniche et testa sa résistance. Quelques cailloux se détachèrent, mais la roche ne céda pas.

Elle baissa les yeux vers Jack et lui adressa une ombre de sourire. Elle entreprit ensuite de se faufiler par l'ouverture. Son torse disparut, puis ses pieds décollèrent de la saillie une seconde plus tard.

En voyant ses jambes se balancer dans l'air, Jack sentit son cœur manquer un battement. Très vite, elle se hissa complètement à l'extérieur.

Il essaya de l'apercevoir à travers le trou dans le plafond, mais un mouvement dans son champ de vision le força à reporter son attention sur la grotte.

Une ombre de forme humaine se découpait dans l'ouverture de la grotte.

— C'est ta dernière chance, *querida,* annonça Carlos en espagnol, d'un ton chantant qui fit frissonner Jack. Tu as intérêt à sortir, sinon c'est moi qui vais entrer.

— Elle n'est pas seule, répliqua Jack de son timbre le plus traînant.

Il braqua son colt vers l'entrée, conscient qu'il n'aurait peut-être qu'une chance d'atteindre sa cible.

— Ah, le cow-boy, répondit Carlos en anglais, un rire dans la voix. Tu me prends pour un taureau stupide que tu peux conquérir rien qu'avec ton courage et ta volonté ?

— Tu as tout compris.

Jack jeta un coup d'œil vers l'ouverture dans la voûte. Avec un peu de chance, elle était assez en hauteur pour que Carlos ne puisse pas voir Mallory se déplacer.

Il fallait à tout prix qu'elle reste hors de vue et qu'elle parvienne à passer ce coup de fil.

— Dommage pour toi, *vaquero,* rétorqua Carlos en ricanant. Parce que je ne suis pas tout seul, moi non plus.

Alors que Jack resserrait sa prise sur son arme, trois autres ombres rejoignirent la première, bloquant la lumière à l'entrée de la grotte.

Les railleries de Carlos avaient porté jusqu'à la cachette de Mallory. Elle s'était réfugiée derrière un massif d'hortensias de Virginie près de l'ouverture au sommet de la grotte. Accroupie, le portable de Jack à la main, elle essayait de se familiariser avec l'appareil et commençait à paniquer.

Carlos n'était pas seul, contrairement à Jack. Et elle était coincée là, à essayer d'appeler à l'aide, les mains tellement tremblantes qu'elle avait du mal à tenir le téléphone.

Jack avait dit d'appuyer sur la touche « 7 » et sur « envoi ». Elle suivit ses indications, puis porta l'appareil à son oreille.

Un homme répondit dès la première sonnerie.

— Jack ?

— Ce n'est pas Jack, fit-elle doucement. Mais il a des ennuis.

Pendant une seconde, elle n'entendit que le silence à l'autre bout du fil. Il lui avait peut-être raccroché au nez. Mais il finit par reprendre la parole.

— Je suis Riley, le beau-frère de Jack. Vous êtes Mallory Jennings, n'est-ce pas ?

Elle réussit à répondre malgré la boule dans sa gorge.

— Oui. Jack est coincé dans une grotte au nord-est de Lilac Point Park, près du lac. J'ai réussi à sortir par une ouverture dans la voûte…

— « Coincé » ? Par un éboulement ?

— Par des hommes armés, répondit-elle sèchement.

Elle avait le plus grand mal à empêcher la panique de lui faire hausser le ton.

— Il y en a plusieurs. Je ne peux pas les voir. Jack est armé, mais il n'a nulle part où se cacher. Ils ne sont pas encore entrés…

— De qui s'agit-il ? demanda Riley.

— L'un des hommes s'appelle Carlos Herrera. Ça, j'en suis sûre, mais je ne sais pas qui l'accompagne. Nous avons besoin d'aide. Jack a dit que la famille de votre femme avait l'expérience de ce genre de chose, mais le temps presse.

— Je suis à trois minutes du parc. Je peux amener au moins deux personnes avec moi. Le combat sera plus équilibré.

— Dépêchez-vous !

Elle avait relevé les coordonnées GPS de sa position avant de passer l'appel. Elle les lui dicta rapidement.

— C'est bon ?

— On arrive, la rassura-t-il avant de raccrocher.

Elle rangea le portable de Jack dans sa poche et s'avança pour essayer de voir à travers les hortensias. De ce côté de la montagne, elle ne pouvait rien distinguer de ce qui se passait sous la saillie surplombant l'entrée de la grotte. Elle n'avait entendu aucun coup de feu, mais rien ne disait que Carlos n'avait pas déjà capturé Jack.

Elle recula et se pencha sur l'étroite ouverture d'où elle était sortie. Le soleil étant presque au zénith à cette heure de la journée, l'intérieur de la grotte ressemblait à un gouffre obscur. Mais au bout de quelques secondes, sa vision s'ajusta, et elle aperçut un mouvement en contrebas.

C'était Jack. Il se pressait le plus possible dans un recoin de la cavité.

La voix de Carlos s'éleva, provenant de deux directions

à la fois : un peu lointaine depuis l'entrée de la grotte, plus forte de là où elle résonnait sur les parois rocheuses.

— Fais-la sortir, *vaquero*, et tu auras la vie sauve. Par contre, si tu joues les héros, vous mourrez tous les deux.

Il avait raison, songea Mallory avec désespoir. Jack était complètement piégé, surpassé en nombre et en puissance de feu. Son beau-frère et sa bande ne pourraient jamais voler à son secours à temps.

Il n'y avait qu'une seule chose à faire pour s'assurer que Jack ne mourrait pas aujourd'hui.

Elle se leva et marcha lentement vers le bord de la faille, veillant à faire le moins de bruit possible. Quelques secondes plus tard, elle pouvait observer la zone plate sous le surplomb, même si Carlos et ses complices restaient invisibles.

Elle s'approcha un peu plus, dans l'espoir de trouver un meilleur point de vue. Sa semelle dérapa sur des gravillons, projetant une pluie de cailloux et de poussière par-dessus le rebord.

Un coup de feu retentit. Elle se jeta aussitôt à terre et roula sur le côté, essayant de viser celui qui lui tirait dessus à l'aveuglette.

Là. A l'ombre de la saillie. Un homme tenait un fusil, le canon levé dans sa direction.

Elle n'avait qu'une seconde pour agir. Un seul tir possible.

Elle saisit sa chance.

Alors que la seconde balle tirée par l'inconnu la frôlait et allait s'enfoncer dans le tronc d'un petit pin rabougri derrière elle, Mallory inspira et pressa la détente. Sa paume absorba facilement le léger recul de son Smith & Wesson. Son tir fit mouche et atteignit l'homme en pleine poitrine. Il s'effondra, une tache de sang s'étalant sur son T-shirt gris.

Un hurlement de douleur s'éleva, et Mallory se laissa retomber contre la pente, au bord de la nausée.

Des coups de feu crépitèrent en contrebas. Deux tirs assourdis y répondirent successivement, provenant de l'intérieur de la grotte. Mallory s'obligea à se relever et se déplaça pour trouver un meilleur point de vue.

Elle aperçut Carlos. Il se déplaçait à pas prudents, à couvert près des arbres. Il se dirigeait vers la pente rocheuse à l'est de la position de Mallory, un gros pistolet noir dans sa main gauche. C'était un excellent tireur, rapide et d'une précision sans faille.

Mallory était terrifiée. Elle tremblait tellement qu'elle n'avait aucune chance d'atteindre sa cible une seconde fois.

Les yeux rivés sur Carlos, elle essaya de viser, mais ne parvenait pas à stabiliser ses mains. Renonçant à tirer, elle recula jusqu'aux hortensias qui l'avaient abritée un peu plus tôt.

Ils ne la protégeraient plus maintenant, elle le savait. Les branches et les feuilles n'offriraient aucune résistance contre une balle. Mais elle pourrait échapper aux yeux de Carlos un peu plus longtemps, ce qui lui donnait l'occasion de réfléchir à ce qu'elle devait faire.

Et de déterminer si les tirs qu'elle avait entendus avaient atteint leur cible à l'intérieur de la grotte.

Pour se rapprocher de l'ouverture dans la voûte, elle allait devoir s'éloigner des arbustes. Son côté pragmatique, qui lui avait permis de rester devant une maison en flammes et de pleurer alors que le corps de sa sœur y brûlait, lui ordonnait de rester à l'abri. Jack pouvait se débrouiller tout seul. Sa vie à elle était la seule qu'elle avait une chance de sauver.

Mais une autre facette de sa personnalité émergeait, un côté féroce et protecteur qu'elle ignorait posséder et qui refusait d'abandonner. Se préparant pour une fusillade, elle roula vers l'ouverture et regarda dans le gouffre sombre.

Au cours de la poignée de secondes que ses yeux mirent à s'habituer à l'obscurité, plusieurs choses se produisirent. Des coups de feu éclatèrent de l'autre côté du promontoire. En bas, des éclairs déchirèrent l'ombre lorsque Jack répliqua.

Et des pas accouraient vers elle, pesants et précipités.

Mallory roula sur le côté, levant déjà son arme en direction de la personne qui montait la pente.

Carlos s'arrêta dans une glissade et braqua fermement son pistolet sur elle.

Elle sentit sa propre main trembler, mais pas autant que

tout à l'heure. Elle était peut-être un peu moins nerveuse. A moins que ce ne soit le fait de savoir que si elle ne barrait pas à la route à Carlos, Jack n'aurait plus nulle part où se cacher. Quoi qu'il en soit, elle était soulagée d'avoir une prise plus solide sur la crosse. Elle ne réchapperait peut-être pas de ce duel, mais si Carlos Herrera mourait avec elle, sa vie aurait valu la peine d'être vécue.

— Tu n'as pas besoin de faire ça, *querida*, s'exclama Carlos depuis sa position à vingt mètres.

— Tu crois ?

Elle se concentra pour maîtriser sa voix autant que ses mains. Son ton était assuré, et seuls ses doigts frémissaient légèrement.

— Tu m'as trahi, lança Carlos. Toi toute seule. Je n'ai aucune envie de blesser ton ami. Viens à moi. Pose ton arme. Je ne lui ferai aucun mal.

— Je ne te crois pas.

Mallory baissa son canon pour viser la masse centrale, comme elle l'avait fait avec l'autre homme. Quinn lui-même lui avait enseigné cette tactique lors d'une demi-douzaine de sessions d'entraînement.

« Vise la plus grosse cible, avait-il conseillé. Si tu veux causer des dégâts, le centre du torse est parfait et moins difficile à viser. »

Il lui avait inculqué les protocoles de tir jusqu'à ce qu'elle soit capable de les réciter pendant son sommeil. Puis il l'avait entraînée au stand qu'il avait installé à quelques kilomètres de l'agence. Elle avait vidé trois boîtes de munitions en suivant ses instructions, avant qu'il ne soit certain de sa capacité à manier son Smith & Wesson M&P .40 avec aisance et habileté.

Elle aurait donné n'importe quoi pour avoir Alexander Quinn à ses côtés en ce moment. Il avait peut-être des secrets. Il était peut-être un excellent menteur. Mais il ne l'avait jamais laissée tomber quand elle avait besoin de lui.

Lui et Jack Drummond partageaient cette qualité étonnante. Et c'était sa seule chance de prouver aux deux hommes qu'ils ne s'étaient pas trompés en risquant leur vie pour elle.

C'était l'occasion de prouver qu'elle n'était pas une égoïste doublée d'une lâche.

Elle leva les yeux vers Carlos. Sa nervosité s'était envolée et ses mains ne tremblaient plus. Un sourire calme et confiant se dessina sur ses lèvres. Son cœur retrouva un rythme normal et régulier.

Alors que sa panique disparaissait, remplacée par une bulle de courage, le sourire carnassier de Carlos vacilla.

— Baisse ton arme, Carlos, ordonna-t-elle. Si tu la baisses maintenant, je ne t'abattrai pas.

Il retrouva son sourire, mais son beau visage mince n'affichait plus la même confiance. Ses yeux pivotèrent de gauche à droite, comme s'il essayait d'évaluer ses possibilités de fuite.

Elle avait pris l'ascendant sur lui, comprit Mallory.

Les mains de Carlos s'abaissèrent de quelques centimètres, puis il releva l'arme et tira rapidement trois fois d'affilée.

Mais Mallory avait déjà commencé à bouger en roulant sur sa gauche. Elle se releva, prête à appuyer sur la détente et répondit aux trois coups de feu par un tir bien visé.

Carlos se figea, et une autre balle jaillit de son arme avant qu'il ne baisse lentement les bras. Il laissa tomber le pistolet, puis releva la tête vers Mallory, croisant son regard.

Du sang se répandit rapidement au centre de son T-shirt, s'étalant sur le tissu comme une tache d'encre sur une feuille de papier. Carlos s'effondra tête la première sur le sol et ne bougea plus.

Les coups de feu se succédaient par-delà le bord de la saillie. Il y avait plus d'armes qu'auparavant, et les tirs provenaient de plus d'une direction, remarqua Mallory distraitement. Elle entendit des exclamations en anglais et en espagnol, des cris de colère et de douleur.

Mais elle ne parvenait pas se relever de sa position accroupie. Ses bras étaient toujours tendus, continuant à braquer l'arme sur le corps de Carlos.

Peu à peu, elle s'aperçut que le bruit de la fusillade avait cessé. Des bourdonnements de voix s'élevèrent du bas de la falaise. Quelqu'un avait remporté la bataille, songea-t-elle.

Pourvu qu'il s'agisse des gentils.

— Mallory ?

Pendant un instant, elle crut avoir imaginé la voix de Jack. Elle l'avait peut-être entendu parler depuis la grotte, disant quelque chose qui ressemblait assez à son nom pour troubler son esprit embrouillé.

Mais soudain il était là, agenouillé à ses côtés, lui ôtant le pistolet de la main.

— Est-ce que ça va ?

Il posa la paume sur son visage et l'obligea à détourner les yeux du corps de Carlos. Son regard sombre la scruta comme pour s'assurer qu'elle l'entendait.

— Je m'en sors, répondit-elle d'une voix étranglée.

— Mieux que ça. Tu es extraordinaire.

Il lui caressa le menton de son pouce, la contemplant avec une intensité troublante.

— C'est ce que Riley a dit de toi : extraordinaire. Calme, directe, lui donnant exactement ce qu'il fallait pour nous retrouver…

— Je suis consciencieuse, murmura-t-elle.

Jack la dévisagea une seconde, avant de se mettre à rire doucement. Puis il referma les bras autour d'elle et la serra contre son corps, comme pour la protéger de tout.

— Tu es une sacrée bonne femme, MJ.

— Mallory, murmura-t-elle, la bouche contre son cou.

— Quoi ?

Elle recula un peu la tête pour pouvoir le regarder dans les yeux.

— Tu peux m'appeler Mallory. C'est mon prénom. Et je suis un peu fatiguée d'essayer de lui échapper.

Il pressa les lèvres contre son front.

— Ces derniers jours ont été complètement fous, mais je suis vraiment content d'être tombé sur toi dans ce restaurant.

— Moi aussi, cow-boy.

Elle passa les bras autour du cou de Jack, retenant à grand-peine un éclat de rire.

— Moi aussi.

*
* *

— Carlos Herrera et deux de ses sbires sont morts. Les deux autres sont à l'hôpital. Ils sont dans un état stable, mais pas encore hors de danger.

Dos à la salle, Alexander Quinn regardait par la grande fenêtre de son bureau. L'après-midi touchait à sa fin, laissant place à un crépuscule indigo qui soulignait de bleu le profil de Quinn.

Jack était assis à côté de Mallory dans l'un des deux fauteuils placés devant le bureau de Quinn. Riley, Hannah et son cousin Caleb occupaient les chaises que l'un des employés de l'agence avait rapportées de la salle de conférences.

— Et du côté des gentils ? demanda Hannah.

En entendant sa voix, Quinn se tourna vers eux. Il avait l'air fatigué, pensa Jack. Mais il ne connaissait pas assez le bonhomme pour juger si c'était son expression habituelle ou la conséquence de ces quelques jours stressants.

— L'un de nos agents a pris une balle dans l'épaule, répondit Quinn. Il est au bloc, mais les chirurgiens espèrent que les dommages ne seront pas permanents. Mais ça veut dire qu'il nous manque un agent.

— Vous recrutez ?

La question était posée par le cousin d'Hannah. Caleb Cooper ne ressemblait pas vraiment aux autres Cooper que Jack avait rencontrés dans le comté de Chickasaw, dans l'Alabama. Même s'il était grand et sportif comme les frères d'Hannah, Caleb avait un physique mince et anguleux qui rappelait plutôt Riley Patterson. Sa peau pâle, couverte de taches de rousseur, ses yeux vert clair et ses cheveux roux le différenciaient également du reste des Cooper.

— Je recrute toujours, répondit Quinn d'un air amusé. Mais je ne suis pas sûr qu'engager un Cooper soit une bonne idée. Votre famille a un penchant pour les ennuis.

Caleb sourit d'un air serein.

— Mais je suis adopté.

Voilà qui expliquait tout, songea Jack.

Quinn secoua la tête.

— En tout cas, si vous êtes sérieux, vous pouvez demander un formulaire à la réception.

Il jeta un regard sévère à Caleb.

— Et nous procéderons à une vérification en règle de vos antécédents.

Toujours souriant, Caleb ne répondit pas.

— Et Endrex ?

Mallory parlait pour la première fois depuis qu'ils s'étaient réunis dans le bureau de Quinn pour un dernier débriefing. Ils avaient passé plusieurs heures à raconter leur histoire aux enquêteurs du département du shérif du comté de Ridge. L'équipe juridique de The Gates avait ensuite investi le poste de police et avait procédé à leur extraction sans trop de résistance de la part des adjoints.

Jack était un peu surpris que Quinn n'ait pas convié d'autres agents à cette petite réunion dans son bureau. Mallory avait parlé d'une taupe au sein de l'agence, s'il avait bonne mémoire. Quinn hésitait-il à parler librement devant ses employés ?

Et plus important encore, Mallory était-elle toujours en danger ?

— Endrex est en sécurité, répondit Quinn en venant se placer devant la jeune femme.

Son expression se radoucit légèrement.

— A présent, nous devons nous assurer que tu ne risques rien non plus. Je pense que tu devrais aller dans une de nos planques.

Mallory secoua la tête.

— Non.

— Je ne peux pas te mettre sous protection vingt-quatre heures sur vingt-quatre, sept jours sur sept…

— Je n'ai pas besoin de garde du corps. Je veux seulement récupérer ma vie.

— Tu n'auras peut-être pas de vie du tout si tu ne prends pas de précautions…

— Le Wyoming, intervint Jack.

Mallory et Quinn se tournèrent vers lui.

— « Le Wyoming » ? demanda Quinn.

— C'est loin du Tennessee. Elle n'a pas de famille là-bas. Pas d'amis connus. Elle peut loger chez un ami de Riley.

Jack regarda son beau-frère, qui hocha la tête sans rien dire.

— Cet ami est le chef de la police d'une petite ville. Il est solide comme un roc. Sa femme est une vraie dure à cuire, mais gentille comme tout. Ils ont un enfant et attendent le second. Ils vivent au milieu de nulle part. Mallory pourrait rester là-bas pendant des semaines sans que personne le sache, tant qu'elle n'irait pas en ville.

— Le Wyoming, répéta Mallory en lui lançant un regard pensif.

— J'ai de la famille dans le coin. Je ne les ai pas vus depuis très, très longtemps.

Mallory sourit.

— Et il ne neige plus beaucoup, à cette période de l'année, ajouta Jack.

— D'accord, déclara Quinn après une pause. Nous pouvons nous occuper de ça.

— Et les preuves ? interrogea Riley.

Le regard acéré de Quinn se posa sur lui.

— Elles sont en sécurité pour l'instant.

— Vous ne les avez pas données à la police ? demanda Jack.

Toutes les personnes présentes dans la pièce le regardèrent comme s'il avait perdu l'esprit.

— Oubliez ça, bougonna-t-il, se sentant comme un débutant.

— J'ai contacté quelqu'un à qui nous avons déjà eu affaire, répondit Quinn. Un sénateur qui veillera à ce que ces informations atterrissent dans les bonnes mains.

— Blackledge, murmura Hannah.

Quinn lui jeta un regard vif.

— Il n'est pas du genre à balayer la poussière sous le tapis. C'est peut-être un enfoiré et un manipulateur, mais il prend l'intégrité de sa fonction au sérieux. Il veillera à ce qu'Albert Morris tombe. Et avec un peu de chance, ce qui reste de l'organisation de Cortland va devoir affronter une commission d'enquête du Congrès.

— Quand vas-tu le voir ?

— Il est déjà dans l'avion pour venir ici. Je lui remettrai une copie en fin de soirée.

Quinn se tourna de nouveau vers la fenêtre. Sa posture indiquait clairement qu'à ses yeux la conversation était terminée.

— Vous avez tous besoin de dormir un peu. Je vous suggère d'aller vous coucher.

— Et Mallory ? demanda Jack lorsqu'ils se levèrent de leurs sièges. Sa maison est détruite.

— Ça n'a jamais été ma maison, murmura-t-elle.

Quinn répondit sans se retourner :

— Mallory est libre d'aller où elle veut, avec qui elle veut. Elle le fera de toute façon, peu importe ce que j'en pense.

Il n'y avait aucun reproche dans la voix de l'ancien espion, rien qu'une légère résignation.

— Ça n'a rien de personnel, Quinn, remarqua Mallory.

— La confiance est une chose fragile. Je le sais bien.

Les yeux fixés droit devant lui, il hocha la tête.

— Fais attention à toi, Mallory.

Elle contempla Jack, une expression intrépide dans ses iris cobalt.

— Je ne crois pas qu'il y aura le moindre problème.

Jack soutint son regard, ravi. Elle lui faisait confiance, comprit-il. Et s'il lisait bien l'étincelle coquine derrière toute cette assurance, elle le désirait aussi.

C'était un bon début.

17

Dehors, une légère chute de neige saupoudra de flocons l'herbe éparse du jardin. Mallory resserra sa veste autour d'elle, même s'il faisait bon à l'intérieur de la maison.

— Tu as froid ?

La voix de Jack fit naître une vague de chaleur en elle avant même qu'il ne vienne l'enlacer par-derrière et pose la joue contre la sienne.

— Non, répondit-elle en s'appuyant contre lui. Je n'aime pas beaucoup le froid, c'est tout.

Il lui effleura la tempe de ses lèvres.

— Alors le Wyoming n'est peut-être pas l'endroit idéal pour toi.

En entendant le ton morne de sa voix, elle sentit son ventre se serrer. Elle se tourna dans son étreinte et glissa doucement les mains sur son torse, avant de le regarder dans les yeux.

— Je peux m'adapter, tu sais. Il ne fait pas froid toute l'année, quand même ?

Il sourit.

— Non, pas toute l'année.

— Il y a quand même des étés ici, rassure-moi ? demanda-t-elle en lui jetant un regard faussement suspicieux.

— Oui, nous avons des étés.

Il se mit à rire et l'attira plus près de lui.

— Et personne ne nous oblige à rester ici pour toujours. Il faut seulement que tu restes au vert pendant quelque temps, jusqu'à ce que Blackledge et sa commission d'enquête aient réglé l'affaire Albert Morris.

— Et nous ne pouvions pas faire ça aux Bahamas ?

Elle lui caressa le cou, lui effleurant la mâchoire de ses pouces.

— Imagine un peu. Au vert… en bikini.

— Tu es une femme diabolique, murmura-t-il en fermant les yeux.

Elle se haussa sur la pointe des pieds et posa les lèvres sur sa fossette au menton.

— C'est ce que tu préfères chez moi.

Il l'embrassa intensément, buvant à la source de sa passion comme s'il mourait de soif. Mais avant qu'ils ne génèrent assez d'énergie pour illuminer tout le comté de Canyon, il libéra sa bouche, terminant leur baiser par quelques pressions de ses lèvres sur les siennes.

— Si tu veux quitter le Wyoming, nous pouvons partir. N'importe quand.

Elle secoua la tête.

— Je n'ai pas vraiment envie de partie. J'aime bien les Garrison. Et Jane est sur le point d'accoucher. J'ai envie de voir la petite Emily faire son entrée dans le monde.

Le sourire de Jack se teinta de mélancolie.

— Moi aussi.

— Joe m'a dit qu'Emily était quelqu'un de vraiment incroyable. J'aurais aimé la connaître.

Elle passa les bras autour de sa taille et posa la joue contre son épaule. Elle se sentait triste pour eux deux. Ils avaient perdu leurs sœurs de façon violente, et même le bonheur qu'ils avaient trouvé ensemble ne pouvait pas effacer leur absence.

— La vie est injuste, n'est-ce pas ?

Il lui ébouriffa les cheveux en se frottant le menton sur le haut de son crâne.

— C'est vrai. Mais parfois, elle peut être très belle.

— Quinn a appelé ce matin, pendant que tu n'étais pas là.

Il recula la tête pour la regarder.

— Que voulait-il ?

— Il a un boulot en freelance pour moi, si ça m'intéresse.

Jack la lâcha et fit un pas en arrière, les sourcils froncés.

— Il est vraiment gonflé.

— Ce n'est pas lui qui m'a mise dans le pétrin, Jack. Tu le sais très bien. Et si lui et Riley ne s'étaient pas croisés au bon moment, nous ne serions peut-être pas vivants pour en parler.

— Tu vas accepter ce travail, n'est-ce pas ?

— Ça me tente, répondit-elle en tirant sur sa main pour l'attirer contre elle. Il a besoin de mon aide pour fouiner dans le passé de deux de ses agents.

Jack plissa les yeux.

— Pourquoi ?

— Parce qu'à part Quinn, ils sont les seuls à avoir été au courant de ma vraie identité. Pourtant, d'une façon ou d'une autre, quelqu'un dans le cyberespace a découvert qui j'étais et ce que je faisais.

— Quinn pense que l'un des deux y est pour quelque chose ?

— Il veut savoir ce qu'il en est. Il aimerait que je creuse un peu.

— Et si jamais il a raison ? Et si la personne qui a essayé de te piéger découvre ce que tu fais ?

Il la serra contre lui.

— Je viens de te trouver, Mallory. Et je peux m'imaginer passer le reste de mes jours avec toi. Je nous vois, toi et moi, apprenant à nous connaître, à avancer ensemble... Je n'ai jamais rien voulu autant que cet avenir avec toi. Je croyais que c'était ce que tu voulais, toi aussi.

— C'est le cas.

Elle referma les bras autour de lui et l'embrassa passionnément. Elle essaya de communiquer par ce baiser ce qu'elle n'aurait jamais les mots pour lui dire, malgré toute sa bonne volonté.

— Tu sais que c'est ce que je veux, moi aussi.

— Mais ?

— Mais quelqu'un a failli nous tuer tous les deux, répondit-elle en lui touchant le visage. Tu aurais pu mourir dans cette grotte. Et je n'aurais jamais eu la chance d'avoir cet avenir avec lequel tu aimes tant me courtiser.

Il lui adressa un sourire en coin.

— Te courtiser ?

— Tu courtises très bien.

Tirant doucement sur le bouton en haut de sa chemise, elle sourit à son tour.

— Entre autres choses.

— C'est ça, essaie de distraire ce pauvre cow-boy bête comme ses pieds avec quelques mots sexy...

Il appuya son front contre le sien.

— D'accord. Tu veux mettre la main sur l'enfoiré qui a essayé de nous tuer. Disons que j'approuve. A une condition.

Elle se pencha en arrière pour mieux le regarder.

— Attention, cow-boy. Ne commence pas à lancer des ultimatums. Tu sais que ça me met dans tous mes états.

— Des promesses, toujours des promesses, lui murmura-t-il à l'oreille. Tout ce que je demande, c'est que tu m'inclues dans cette enquête. Je sais que tu as l'habitude de faire ça toute seule depuis longtemps, mais...

— Etre habituée à quelque chose et l'apprécier sont deux choses très différentes. Sur ce coup-là, j'ai besoin que tu protèges mes arrières. Absolument.

— Toujours, affirma-t-il en lui caressant la joue. Quand dois-tu donner ta réponse à Quinn ?

Elle grimaça.

— En fait, je l'ai déjà plus ou moins donnée.

Jack soupira.

— Pourquoi est-ce que je ne suis pas surpris ?

— Parce que tu n'es pas vraiment un pauvre cow-boy bête comme ses pieds.

Elle le tira vers la fenêtre, puis s'appuya de nouveau contre lui, le dos contre son torse.

— Tu es un grand cow-boy intelligent et sexy.

— Attention, trésor. Tu commences à donner à ce cow-boy des idées coquines.

Mallory tira sur ses bras pour qu'il resserre son étreinte. Elle tourna la tête vers lui et sourit lorsqu'il se pencha pour l'embrasser.

— Crois-moi, c'est tout à fait délibéré.

*
* *

— Alors qu'est-ce que ça veut dire, exactement ?

Nick Darcy se leva du fauteuil et se pencha au-dessus du bureau de Quinn. Les mains plaquées sur la surface de bois, il fusilla son chef du regard.

Assis dans l'autre siège, Anson Daughtry ne bougea pas d'un pouce. Ignorant l'agitation de Darcy, il croisa les yeux de Quinn sans changer d'expression.

La plupart des gens observant les deux hommes pour la première fois se seraient attendus à la réaction inverse de leur part. Darcy, avec son accent britannique et sa présentation impeccable, son costume bien coupé et sa cravate de soie italienne, avait tout du professionnel courtois, imperturbable et rigoureux. Pourtant, c'était lui qui grondait de colère et montrait physiquement son déplaisir à la décision de Quinn.

Aux antipodes de Darcy, Daughtry avait des allures de plouc de province. Il était vêtu d'un jean délavé, d'une chemise à carreaux sur un T-shirt blanc et portait une casquette bleue sur ses cheveux bruns ébouriffés. Mais contrairement à son collègue, il restait calme et maître de lui. Il répondit à la question de Darcy avec un accent traînant du Tennessee, tel qu'on pouvait l'entendre dans un bar perdu au fin fond du comté de Ridge.

— Ça signifie, Nick, que M. Quinn ici présent nous met à pied parce que quelqu'un de l'agence a laissé fuiter nos secrets comme une vieille barque rouillée.

Le regard agacé que lui lança Darcy contenait toute la morgue d'un aristocrate. Ce qu'il était, à vrai dire, grâce à la lignée impeccable de sa mère, britannique.

— Merci beaucoup pour cette explication, Anson. Je n'aurais pas pu comprendre les intentions de Quinn sans cette métaphore nautique édifiante.

Daughtry eut le mérite de ne pas lever les yeux au ciel à cette réflexion et reprit :

— Je comprends, patron. La confiance, ce n'est pas ton truc.

— Non, en effet, admit Quinn. Et ce n'est pas non plus

mon genre d'accuser sans preuve. C'est pour ça que je vous mets tous les deux en congés payés en attendant les conclusions de l'enquête interne. Vous allez devoir rendre vos badges d'accès et toutes les clés en votre possession. Si l'un de vous a besoin de venir à l'agence pour une raison ou une autre, vous passerez par la réception comme n'importe quel visiteur.

— Et nous serons escortés partout par un autre agent, je suppose ? demanda Darcy.

Il se rassit dans son fauteuil et croisa les bras, visiblement agacé.

— Je ne veux pas croire que l'un de vous soit la taupe, affirma Quinn. Il est même possible qu'aucun de vous ne le soit.

— Mais nous sommes les seuls à avoir connu la vérité sur l'identité de Mallory Jennings, lança Daughtry avant de jeter un coup d'œil vers Darcy. Et tu penses que l'un de nous deux en a informé quelqu'un, qui s'est servi du hacker que Mallory recherchait pour l'attirer dans un piège.

Quinn hocha la tête.

— Je dois éliminer ce qui est évident.

— Et c'est nous, murmura Darcy d'un air défait.

— Je n'ai pas le choix, Nick.

L'agent releva brusquement les yeux en entendant Quinn utiliser son prénom. Les commissures de ses lèvres frémirent, indiquant que sa colère diminuait. Une sorte de résignation incrédule s'afficha sur son visage.

— Tu commences à me faire peur, Quinn. Je ne savais même pas que tu connaissais mon prénom.

Quinn récompensa le léger sarcasme de Darcy d'un sourire, même si l'humour était bien la dernière chose qui l'animait en ce moment.

— Je superviserai l'enquête moi-même. Et je la mènerai à terme le plus vite possible.

— Qui va savoir que nous sommes sur la sellette ? demanda Daughtry.

C'était le premier signe de malaise qu'il manifestait depuis que Quinn avait annoncé à ses deux agents leur suspension temporaire.

— Vous savez que je ne peux pas dévoiler qui j'ai mis sur le coup, répondit-il.

Il le regrettait d'ailleurs sincèrement. Lui aussi avait déjà fait l'objet d'enquêtes internes. Elles étaient humiliantes et stressantes, et il ne prenait aucun plaisir à infliger la même épreuve à Darcy et Daughtry.

— Ce sont de bons agents, dont le seul objectif est de découvrir la vérité. Ils seront rapides et minutieux.

— J'imagine que je ne suis pas en position d'en demander plus, remarqua Darcy, la mine sombre.

— A vous de voir ce que vous voulez dire à vos collègues s'ils vous demandent où vous allez.

Quinn se pencha en avant et croisa leurs regards, passant de Darcy au jeune directeur du service informatique.

— Les agents en question pensent pouvoir boucler l'enquête en deux mois.

— « Deux mois » ? s'exclama Darcy, avant de presser le bout de ses doigts contre son front. Bon Dieu…

— Je suis désolé, reprit Quinn. Vraiment.

Daughtry hocha la tête, puis déplia son long corps du fauteuil. Une fois debout, il fouilla dans les poches de son jean.

— Qui récupère nos badges et nos clés ? Toi ?

— Ce sera plus discret, acquiesça Quinn.

Il prit le badge et le trousseau de clés que l'informaticien lui tendait. Après avoir incliné sa casquette, Daughtry sortit du bureau d'un pas souple et tranquille.

— Depuis combien de temps me connais-tu, Quinn ? demanda Darcy d'une voix grave et crispée.

Quinn riva ses yeux à ceux de l'agent.

— Depuis le Kaziristan.

— Nous avons survécu à un siège ensemble. Nous avons collaboré sur d'autres enquêtes, aussi bien pour le gouvernement que pour cette agence. A une époque, j'avais une vraie carrière. J'aurais pu aller loin dans le service diplomatique, gravir les échelons comme mon père l'avait toujours rêvé.

Sauf que je ne voulais pas être le genre de type obligé de s'écraser pour avoir la paix. Tu le sais. C'est la raison pour laquelle tu m'as engagé.

— En effet, admit Quinn.

Il refusa de céder à la pointe de culpabilité qui le titillait. Il n'était pas du genre à se laisser dominer par des émotions comme la culpabilité ou le doute. Il y avait des décisions à prendre et, la plupart du temps, c'était lui qui devait s'en charger. L'incertitude était un signe de faiblesse.

Darcy le dévisagea d'un air furieux. Il se leva et sortit de la pièce sans un mot.

La porte du placard de rangement derrière Quinn s'ouvrit. Une jeune femme, grande et blonde, en sortit. Elle tenait un petit moniteur vidéo dans une main et une paire d'écouteurs dans l'autre. Elle arborait un sourire satisfait.

— Ça s'est passé exactement comme je m'y attendais, murmura-t-elle d'une voix chaude de contralto.

Elle s'assit dans le fauteuil abandonné par Anson Daughtry et croisa ses longues jambes.

— Il ne faut jamais se fier aux apparences. C'est pour ça que tant de gens finissent par faire les idiots.

Son enthousiasme fit sourire Quinn, qui profitait de la vue sans en avoir l'air. Il était trop vieux et désabusé pour une femme de son âge et de sa vivacité, mais il ne voyait aucun mal à la contempler, ni à savourer son énergie débordante.

— Alors, quelles sont tes premières impressions ? demanda-t-elle en lui jetant un coup d'œil curieux. Non, peu importe. Je ne veux pas le savoir. Ça pourrait nuire à l'enquête.

Il hocha la tête en signe d'approbation.

— As-tu choisi ton équipe ?

Tout en posant le moniteur et les écouteurs sur le bureau, elle acquiesça. Elle plongea la main à l'intérieur de son blazer de soie gris perle. Elle en sortit une clé USB, qu'elle plaça devant lui.

— Ces deux agents conviennent le mieux pour ce que tu as en tête. Ils sont particulièrement aptes à débusquer la moindre vulnérabilité que ces hommes pourraient cacher.

Le sourire de Quinn s'effaça. Même s'il n'était jamais en proie à la culpabilité ou au doute, il n'aimait pas cet aspect de la prise de décisions. Il était possible, voire probable, que ni Darcy ni Daughtry ne puissent lui faire de nouveau confiance un jour. Il risquait de perdre deux excellents agents au terme de cette enquête interne, même si aucun des deux n'était coupable.

Mais il devait courir le risque. Comme un ver dans le fruit, quelqu'un s'était infiltré au cœur de The Gates, mettant en danger l'intégrité de l'agence, ainsi que la vie de ses clients et de ses agents.

Il était temps de trouver la taupe et de l'abattre pour de bon.

DEBRA WEBB & REGAN BLACK

Un voisin si énigmatique

BLACK 🌹 *ROSE*

HARLEQUIN

Titre original : THE HUNK NEXT DOOR

Traduction française de LISA BELLONGUES

Prologue

Washington, D.C.
Vendredi 25 novembre, 18 h 10

Thomas Casey, directeur de l'unité d'élite qu'on appelait les « Spécialistes », se cala plus confortablement dans son fauteuil, et lança une nouvelle fois la vidéo. La femme fixait la caméra, l'air déterminé, farouche même.

« Ce message s'adresse à tous les criminels en puissance. Que ce soit bien clair : aucune activité illégale — trafic de drogue ou autre — ne sera tolérée dans le centre et le port de Belclare. Nous livrerons une guerre sans merci à ceux qui enfreindront la loi. Nous leur confisquerons leurs marchandises et leur argent. Nous les arrêterons, ainsi que leurs complices. Ils ne se serviront pas de cette communauté pour réaliser leurs profits illicites. »

Thomas coupa le son en entendant frapper à la porte de son bureau.

— Entrez !

Un homme en costume gris anthracite pénétra dans la pièce.

— Refermez la porte, dit Thomas à son visiteur, et asseyez-vous.

— Bien, monsieur, fit l'homme d'un ton tranquille.

— Merci d'être venu aussi vite.

Thomas le considéra un instant, soudain pris de scrupules. Les exigences de cette mission étaient démesurées, même pour un spécialiste comme Riley O'Brien.

Si tous ses agents possédaient au plus haut degré les qualités requises pour mener à bien une opération secrète — chacun avec ses compétences particulières —, le curriculum vitæ d'O'Brien faisait de lui le candidat le mieux qualifié pour cette tâche.

— O'Brien, vous avez été choisi pour une nouvelle mission. Avant que vous ne me donniez votre réponse, je tiens à vous assurer que vous êtes en droit de refuser. Ça ne vous pénalisera pas.

Le regard attentif, O'Brien se cala plus profondément dans son siège.

— Entendu, monsieur.

Tous deux savaient déjà qu'il accepterait. Thomas se pencha en avant et appuya ses bras sur le bureau.

— Il s'agit d'une opération d'infiltration à long terme. Vous garderez votre nom, mais votre passé sera modifié en conséquence, et vous résiderez à Belclare, dans le Maryland.

— Dans la baie de Chesapeake ?

Thomas acquiesça.

— Vous avez entendu les nouvelles concernant Belclare, naturellement ?

Il tourna son ordinateur de manière à ce qu'O'Brien voie l'écran.

— Difficile de faire autrement, monsieur. Quand se termine la mission ?

Thomas s'éclaircit la gorge.

— Aucune date n'a été arrêtée. A court terme, votre rôle consiste à veiller à ce qu'Abigail Jensen, le chef de police de Belclare, reste en vie.

— Est-ce que vous craignez des représailles imminentes ?

— Oui. Jensen a réalisé un sacré exploit, mais ça a fait d'elle une cible. Il se peut qu'on s'en prenne directement à elle, mais il est également possible qu'on s'attaque à quelqu'un d'autre en ville, histoire de semer la pagaille. Dans une semaine, un an, ou...

— Dix ans, acheva O'Brien.

— Exact.

Thomas s'adossa à son confortable siège en cuir avec un soupir, et étudia l'agent assis de l'autre côté du bureau.

— D'après les informations dont nous disposons, je crois pouvoir affirmer qu'il y aura du mouvement tout de suite, mais c'est un engagement à vie que j'attends de vous.

— Je comprends.

O'Brien se pencha en avant, les coudes en appui sur les genoux, le regard fixé au sol, et s'enquit :

— Des renforts ?

— Pas directement sur place.

Il leva les yeux.

— Plus précisément ?

Question légitime, pensa Thomas.

— Vous aurez la possibilité de communiquer vos informations à nos experts, mais c'est vous qui prendrez les mesures nécessaires pour protéger la nation du terrorisme. Vous aurez toute l'aide que vous désirez. Simplement, nous ne pourrons être sur place avant un délai d'une heure.

O'Brien hocha la tête pour montrer qu'il comprenait.

— Belclare est trop près du district de Columbia et d'autres cibles potentielles importantes, poursuivit Thomas. Nous avons entendu des échos assez alarmants concernant l'existence d'une cellule dormante dans le secteur. La cargaison de drogue que Jensen a interceptée devait servir à financer une faction terroriste dissidente en train de s'implanter ici, aux Etats-Unis. Depuis le buzz créé par son discours, le département de la sécurité intérieure surveille sa boîte aux lettres électronique. Certaines lettres d'injures paraissent trop bien informées pour avoir été envoyées par un individu lambda. En outre, nous avons récemment arraisonné un navire à destination de Baltimore qui transportait des détonateurs militaires volés.

Au cours de sa carrière, Thomas s'était toujours efforcé de montrer l'exemple, n'attendant jamais de ses agents plus qu'il n'aurait exigé de lui-même. Jusqu'à aujourd'hui. Se mettant à la place d'O'Brien, il se demanda comment il aurait réagi si on lui avait proposé une mission semblable, alors qu'il n'était encore qu'un jeune agent de trente ans.

— Prenez le temps de réfléchir, O'Brien.

En temps normal, il n'aurait pas chargé d'une responsabilité pareille un homme qui n'avait qu'une expérience limitée sur le terrain, mais la réussite de cette opération dépendait essentiellement de la capacité à se fondre dans le décor, à se faire passer pour monsieur Tout-le-monde.

Ayant grandi dans un orphelinat, O'Brien avait dû faire l'effort, dès son plus jeune âge, de s'adapter à sa communauté et à son environnement. Depuis deux ans qu'il était officiellement un « Spécialiste », il avait participé en coulisses à diverses opérations. Il n'en était qu'au début de sa carrière, et de ce fait les techniciens auraient vite fait d'effacer son passé et de lui en créer un nouveau. Par ailleurs, il possédait un talent inné dans le maniement des explosifs, ce qui constituait un atout de plus en sa faveur.

Quelques secondes s'écoulèrent en silence, puis O'Brien hocha la tête d'un air résolu.

— Vous pouvez compter sur moi, monsieur.

— Bien. En ce moment, les habitants de Belclare s'occupent des derniers préparatifs du village de Noël, manifestation qui a lieu chaque année. Grâce à votre expérience dans le bâtiment, vous trouverez du travail facilement.

— Mais je resterai là-bas après les festivités.

— En effet. Vous devrez vous intégrer à la communauté. Le chef Jensen aura besoin de vous, même si elle ignore que vous la protégez. Nous allons vous fabriquer de faux antécédents.

— Merci, monsieur.

Thomas se leva et lui serra la main par-dessus le bureau.

— Permettez-moi d'être le premier — et peut-être le seul — à vous remercier pour ce service rendu à la nation.

1

Riley mesura la largeur de la double porte, puis rangea son mètre dans sa ceinture à outils. Il avait décroché un emploi dans l'entreprise chargée de métamorphoser Belclare en féerie de Noël, comme Thomas Casey le lui avait suggéré. Ce matin-là, on l'avait envoyé décorer le poste de police. Il trouvait que sa mission démarrait fantastiquement bien.

— Elle est en réunion. Puis-je prendre un message ? fit derrière lui la voix du policier chargé de l'accueil.

Il était manifestement aux prises avec un citoyen récalcitrant.

— Jensen n'est qu'une tête brûlée ! La Société historique n'avait jamais été traitée de cette façon, et je ne le tolérerai pas ! Les touristes attendent…

Riley continua à agrafer les guirlandes de Noël sur l'encadrement de la porte, tandis que l'autre se répandait en doléances.

— La sécurité de tous, telle est notre priorité, déclara calmement le jeune agent.

Tout à fait, petit, l'encouragea Riley en silence. Si la moitié des rumeurs concernant d'éventuelles représailles étaient vraies, les patrouilles étaient indispensables, et Jensen avait du souci à se faire !

Afin de l'aider à identifier les habitants suspects, Thomas Casey lui avait transmis les menaces les plus explicites adressées au chef de la police. Et s'il continuait ainsi, ce monsieur de la Société historique n'allait pas tarder à figurer en tête de liste !

Il descendit de l'échelle pour prendre une autre guirlande de sapin tressée de rubans en velours. La municipalité ne lésinait pas, s'agissant des fêtes. Il ne voyait pas l'intérêt de décorer le commissariat, mais ce travail avait l'avantage de le rapprocher de Jensen. Celle-ci ne se doutait pas encore qu'en voulant protéger les habitants de sa ville, elle les avait exposés à un danger plus grand que le premier.

Pour l'instant, il ne la connaissait que d'après des photos, mais il admirait déjà son efficacité. Elle avait une réputation de dure à cuire.

Le visiteur avait visiblement une dent contre elle. Il poursuivait son réquisitoire, rouge de colère.

Ayant fini d'habiller l'encadrement de la porte, Riley décida qu'il était temps de détendre l'atmosphère.

— Je fais une pause le temps d'aller boire un chocolat chaud, lança-t-il à la cantonade. Quelqu'un désire quelque chose ?

L'homme fit volte-face et lui jeta un regard noir.

— Qui êtes-vous, vous ?

Puis, s'adressant au policier derrière le comptoir :

— Vous le connaissez ? Qui vous dit qu'il ne s'agit pas d'un tueur ? Qui manque de prudence, cette fois ?

Riley décida d'en rire.

— Vous n'avez pas à vous en faire en ce qui me concerne. Je suis ici pour travailler. Riley O'Brien.

L'autre ignora sa main tendue.

— Martin Filmore, président de la Société historique de Belclare, répliqua-t-il, l'air pincé.

— Enchanté de faire votre connaissance.

Riley accrocha ses pouces à sa ceinture à outils, et arbora son plus beau sourire.

— Je vous rapporte quelque chose de la boutique d'en face, pendant que vous attendez le chef ?

Filmore leva les yeux au ciel.

— La boutique s'appelle Sadie's, et appartient à la famille

Garrison. C'est un bâtiment emblématique dont la construction remonte à l'époque où notre ville a été fondée.

— Intéressant.

Riley jeta un coup d'œil au policier par-dessus l'épaule de Filmore. Âgé d'une petite vingtaine d'années, il devait être frais émoulu de l'école de police.

— Et vous, monsieur l'agent ?

— Appelez-moi Danny, répondit l'interpellé en souriant. Je veux bien un chocolat chaud.

Le soulagement se lisait sur son visage.

— Entendu. Guimauve ? Crème fouettée ? Cannelle en poudre ?

— Vous, vous avez déjà fait un tour chez Sadie's ! fit Danny avec un clin d'œil complice.

Riley enfila sa veste.

— Un homme qui ne cuisine pas a intérêt à connaître de bonnes adresses.

Le sourire du policier s'épanouit davantage, lui donnant l'air plus juvénile encore.

Riley se félicita : il venait de se faire un allié. Depuis son arrivée, il avait eu l'occasion de s'apercevoir que les gens de Belclare avaient tendance à se méfier des étrangers. Les gars de son équipe qui y avaient travaillé les années précédentes assuraient que c'était un fait nouveau. Il comprenait les habitants, cela dit. Il n'y avait jamais eu de trafic de drogue jusque-là.

— Guimauve, répondit Danny.

— Bon choix, approuva Riley avec un sourire. Et vous ? demanda-t-il une nouvelle fois à Filmore. Dernier appel.

— Rien, aboya l'autre. Merci. Je suis capable d'aller me chercher du café tout seul.

La main sur la poignée, Riley marqua un arrêt.

— La serveuse m'a dit qu'ils organisaient un atelier de glaçage de biscuits de Noël, cet après-midi.

Danny soupira d'un air mélancolique.

— Je voulais y assister, mais je n'ai pas eu l'autorisation de m'absenter.

Filmore lui jeta un regard furieux.

— Ne me faites pas croire que la police fait passer la sécurité avant tout le reste, alors que nos agents sont plus préoccupés par un atelier de pâtisserie !

— C'est un événement important, rétorqua Danny.

Filmore se lança aussitôt dans une nouvelle diatribe, mêlant reproches et insultes.

Riley se préparait à intervenir de nouveau, quand un sifflement strident retentit, mettant fin à la dispute.

Ils se retournèrent tous les trois d'un seul mouvement. Une femme leur faisait face, campée sur le seuil de la salle servant d'espace de travail commun.

Ce devait être Abigail Jensen, l'héroïne du moment, devina Riley. Des cheveux blonds tirés en arrière, un visage en forme de cœur, et un regard bleu aussi acéré qu'un rayon laser.

Contrairement aux agents qu'il avait vus circuler dans les locaux ce jour-là, elle ne portait pas l'uniforme. Elle arborait un chemisier ivoire et un tailleur vert foncé parfaitement coupé qui épousait ses formes. Essayait-elle de se déguiser en civile, ou se souciait-elle peu de montrer l'exemple ?

Peu importait. Le spectacle était trop joli pour qu'il critique son choix et ses raisons. Il nota les jambes fines et les hauts talons. Les femmes chefs de police étaient-elles censées porter des jupes ? Il l'avait vue à la télévision, s'était renseigné sur sa carrière jalonnée de récompenses, mais c'était seulement en la découvrant en chair et en os qu'il percevait son charisme. Bien que petite et menue, elle imposait son autorité sans prononcer une parole.

Son regard se posa tour à tour sur Danny, Filmore et lui. Il eut alors l'impression qu'un contact physique s'établissait entre elle et lui. L'instant d'après, ses yeux se fixaient sur le vieil homme.

— Que se passe-t-il, monsieur Filmore ?

— Il faut que je vous parle, commença-t-il. Vos précautions sont un obstacle…

Elle leva la main, et il se tut. Pour Riley, cela relevait de l'exploit, car il était évident depuis le début que le président de la Société historique adorait le son de sa propre voix.

Le regard de glace se posa de nouveau sur lui, le détaillant des pieds à la tête, puis de la tête aux pieds.

— Vous êtes… ?

— Je n'ai rien à voir avec tout ça. Je m'occupe de la décoration, dit-il en désignant l'échelle.

Elle la regarda, puis s'avança vers lui, main tendue.

— Nom et carte d'identité, je vous prie.

Riley espéra que c'était une ruse pour impressionner l'irritable M. Filmore.

— Est-ce que j'ai agrafé trop vite la guirlande, madame ?

Elle le fusilla du regard.

— J'ai vérifié ses papiers quand il est arrivé, chef, intervint Danny. Il fait partie de l'équipe des saisonniers.

— Votre nom, insista-t-elle.

Riley lui offrit son plus beau sourire.

— Riley O'Brien.

Sa tentative de charme la laissa visiblement de marbre.

— Vous êtes irlandais ?

— C'est ce que mes parents m'ont laissé entendre.

D'après son nouveau pedigree, fabriqué de toutes pièces par les as de l'informatique de l'équipe, il était américain, fils d'immigrés irlandais. En apprenant par cœur ce passé inventé, il avait eu le sentiment que ses collègues avaient deviné les rêves qui avaient bercé son enfance à l'orphelinat.

— Qu'est-ce qui vous amène à Belclare ?

— Le travail, répondit-il, tandis qu'elle lui rendait son permis de conduire et son contrat de travail.

— Et vous repartez quand ?

— En fait, je pense rester.

— D'habitude, les saisonniers ne s'attardent pas une fois leur mission terminée, riposta Jensen avant que Riley n'ait eu le loisir d'en dire plus.

Il haussa les épaules.

— Le coin me plaît.

Elle examina son travail.

— Pourquoi n'avez-vous pas encore fini ?

— J'étais sur le point de prendre ma pause réglementaire, quand il y a eu cette interruption.

— Eh bien, nous n'abuserons pas plus longtemps de votre temps.

Il rangea son portefeuille dans la poche arrière de son pantalon et remonta à demi la fermeture Eclair de sa veste. Adressant un petit salut à Danny, il s'en alla, tandis qu'Abigail Jensen se tournait vers l'insupportable Filmore.

Le ciel était couvert. Il huma l'air. Il allait neiger. Il n'avait pas besoin de consulter la météo pour savoir qu'un épais manteau blanc recouvrirait Belclare d'ici peu, et prêterait un charme idyllique au village de Noël. Le week-end d'ouverture était le plus rentable selon les rapports d'experts. Tout ce qu'il avait à faire, c'était s'assurer que personne ne compromettrait ce succès en assassinant le chef de police bien-aimé de la ville.

Il n'y avait pas grand monde chez Sadie's, et les chocolats chauds furent prêts plus vite qu'il ne l'avait espéré. Il devait garder un œil sur Abigail Jensen, mais il avait également besoin de quelques minutes de solitude pour rassembler ses idées et prendre du recul. Il ne savait pas à quoi il s'était attendu, mais certainement pas à une femme aussi… La réalité dépassait l'imagination. Elle était belle et, à l'évidence, avait un pouvoir certain. Il n'aimait pas ce que cela éveillait en lui. Malaise. Attirance. Soudain, l'idée qu'il devrait peut-être rester ici sa vie durant pour la protéger semblait plus risquée. Et prenait une tournure inattendue.

Et s'il lui demandait de sortir avec lui ? Cela lui fournirait un motif valable pour rester auprès d'elle, surtout les premiers jours.

Il reprit le chemin du poste de police, réfléchissant au moyen de soutirer à Danny d'autres renseignements sur le compte de la jeune femme. Il savait poser des questions sans éveiller les soupçons.

Mais il devait se concentrer sur le travail, se rappela-t-il. Ce n'était pas le moment de se laisser distraire.

2

— Je vous demande simplement de réduire la présence policière dans Main Street, répéta Filmore.

Dommage qu'elle n'ait pas de motif pour l'inculper ! se dit Abby. Aucune trace d'instabilité mentale ou d'agression sur autrui ne figurait dans ses antécédents.

Même s'il mettait sa patience à rude épreuve, elle lui accorderait le même traitement qu'aux autres. Tous les citoyens de Belclare méritaient un chef de police juste et équitable. Dommage qu'elle ne puisse plus leur accorder une égale confiance !

Le discours plein d'assurance qu'elle avait prononcé lors de la conférence de presse, retransmis dans tout le pays par les chaînes d'information nationales et les réseaux sociaux, leur avait fait une publicité dont elle se serait bien passée. Après la saisie de drogue, courrier postal et électronique avait afflué au commissariat. Certains messages étaient menaçants. Ils étaient tous analysés, puis écartés ou transmis aux fédéraux.

Ces derniers prétendaient qu'elle était en danger. Ils lui avaient suggéré d'engager une protection rapprochée, sans mettre d'hommes à sa disposition pour autant. De toute façon, il y avait déjà bien assez d'yeux braqués sur elle comme cela ! La population entière la surveillait, guettant son prochain faux pas.

Ces lettres de menaces accaparaient tout son temps, la détournant d'autres tâches quotidiennes plus importantes — un point de vue que ne partageait pas le département de sécurité intérieure. Selon eux, elle avait affaire à une cellule dormante, et leur insistance sur le sujet, bien qu'absurde, l'incitait à se méfier de tout le monde. Elle connaissait les habitants de Belclare. Elle s'inquiétait pour eux, y compris pour l'entêté qui la fusillait du regard en ce moment même.

Evidemment, Martin Filmore se souciait peu de savoir qu'elle agissait dans son intérêt. Pour lui, esthétique et exactitude historique passaient avant tout le reste. Par bonheur, les hommes et les femmes qui travaillaient sous ses ordres approuvaient sa fermeté.

— Je ne réduirai les patrouilles ni dans Main Street ni ailleurs, monsieur Filmore.

— Mais le trafic avait lieu sur les docks ! Pour des raisons d'économie, ne vaudrait-il pas mieux limiter les patrouilles dans cette zone ?

Elle le voyait venir. Il voulait l'amener à réduire les dépenses liées à la sécurité, espérant que les fonds ainsi économisés seraient réalloués à l'association lors du prochain conseil municipal.

Elle sentit sa tension artérielle grimper d'un cran. Elle avait les épaules raides, et ces stupides escarpins lui comprimaient les orteils. Elle ne pouvait se permettre de piquer une crise, se rappela-t-elle. Il y avait d'autres moyens de relâcher la pression que de se mettre à hurler.

Elle entendit de légers coups de marteau et un crissement de semelles. O'Brien était remonté sur son échelle.

En voilà un qui avait tout ce qu'il fallait pour vous faire oublier vos soucis, songea-t-elle rêveusement. Traits virils, carrure sportive… Si seulement elle était sûre que ce n'était pas un individu dangereux déguisé en bricoleur, elle pourrait se laisser tenter.

Est-ce qu'elle venait vraiment de penser *ça* ? Elle se houspilla mentalement. Ce devait être à cause du tricot à manches longues, du jean délavé et de la ceinture à outils — un fantasme féminin universel. Ce n'était pourtant pas son genre de baver d'envie devant un parfait inconnu.

— Eh bien ? insista Filmore.

Elle s'obligea à revenir au présent. Martin Filmore méritait une vraie réponse.

— Je pourrais demander à mes hommes de patrouiller en civil, proposa-t-elle.

— En quoi est-ce que ce serait mieux ?

Elle avait donc vu juste ! Ce n'était pas la présence policière dans les rues qui lui posait problème. Ce qui le dérangeait, c'était la question du budget. En ce cas, fini d'écouter ses jérémiades ! D'ailleurs elle avait un autre rendez-vous dans tout juste quinze minutes. Elle redressa les épaules.

— Mes agents seront présents en ville, en uniforme. La discussion est close. Ils n'embêteront pas les passants, parce qu'ils ont une description claire de ceux qu'ils doivent chercher.

Elle ne se donna pas la peine de lui expliquer que ces profils avaient été établis à partir des informations contenues dans les lettres de menaces.

Filmore fit entendre un son désagréable.

— Vous vous attendez peut-être à ce que je vous remercie !

Se rappelant qu'en dehors de son obsession pour l'exactitude historique, ce n'était pas un mauvais bougre, elle se força à sourire.

— J'attends simplement que vous reconnaissiez la nécessité de ces mesures. Ce n'est qu'en faisant front commun que nous sortirons Belclare de cette mauvaise passe.

Les yeux en bouton de bottines du vieil homme se fixèrent sur les siens.

— Vous auriez peut-être dû prévoir cette mauvaise passe, avant de transformer notre ville en cible !

Avant qu'elle n'ait pu répondre, il tourna les talons et sortit de son bureau d'un pas raide.

Elle lui laissa avoir le dernier mot. Non parce qu'il avait raison, mais parce qu'elle ne voulait pas être en retard à son rendez-vous. Elle anticipait avec plaisir les quelques instants de solitude dans sa voiture, le réconfort d'une tasse de café et d'une conversation avec un ami.

Elle ferma son ordinateur portable, se leva de son bureau, ajusta son écharpe de soie autour de son cou et enfila son manteau de laine noir.

Elle était en train de se demander si elle ne ferait pas

mieux de troquer ses talons hauts contre une paire de bottes fourrées, lorsqu'on frappa à la porte. Encore ! Elle se retourna et plaqua un sourire professionnel sur son visage. Il s'effaça quand elle reconnut Riley O'Brien.

— Oui ?

— Danny m'a dit que je pouvais passer par-derrière.

Elle se promit d'avoir une petite conversation avec Danny.

— Je voulais simplement vous faire savoir que j'ai fini de décorer le hall et la façade.

— Je suis certaine que votre patron sera émerveillé de votre efficacité.

— Probablement.

Le sourire charmeur dont il la gratifia lui rappela certains jeunes délinquants qu'elle avait arrêtés par le passé, ceux qui cherchaient à s'en tirer avec un simple avertissement.

— La liste des décorations que j'avais à installer aujourd'hui tenait sur deux pages ! continua-t-il.

Pourquoi croyait-il donc que cela pouvait l'intéresser ?

— C'est… ambitieux. Maintenant, si vous voulez bien m'excuser, j'ai un rendez-vous qui m'attend.

— Oh ! Bien sûr.

Il recula, mais resta dans son dos, tandis qu'elle verrouillait la porte. Les nouvelles mesures de sécurité exigeaient qu'on ferme à clé. Cela ne reflétait pas l'état d'esprit habituel de son service, mais…

— On ne peut se montrer trop prudent, ces jours-ci, dit-il, semblant deviner ses pensées.

— Exact.

Elle dut faire un écart pour passer devant lui, et ne put s'empêcher de remarquer l'odeur de sapin et de cannelle émanant de ses vêtements.

— Les guirlandes sont parfumées, cette année ? Je ne crois pas avoir validé ce choix.

— Je ne suis pas sûr qu'on puisse débarrasser le pin fraîchement coupé de son odeur, madame.

— Cessez, voulez-vous ?

— Quoi donc ?

— De m'appeler « madame ».

Cela lui donnait le sentiment d'être vieille, et elle n'avait pas besoin de ça. Il était déjà bien assez difficile de supporter le surcroît de pression occasionné par la saisie de drogue.

Il enfonça les mains dans ses poches.

— C'est vrai. Danny me l'avait pourtant dit.

Décidément, une conversation avec Danny s'imposait ! Il avait besoin qu'on lui rappelle les règles élémentaires de sécurité à observer en présence d'inconnus.

— Profitez bien de votre séjour à Belclare, monsieur O'Brien.

— Appelez-moi Riley.

Elle n'avait pas l'intention de l'appeler de quelque façon que ce soit. En temps normal, elle n'aurait pas été contre, mais le moment était mal choisi pour se faire de nouveaux amis.

Quand elle leva les yeux, elle vit qu'il la considérait d'un air dégagé, une lueur d'humour au fond du regard. Oui, vraiment, cet homme avait tout ce qu'il fallait pour vous faire oublier vos soucis,

— Cette idée me plaît, décréta-t-il.

— Je vous demande pardon ?

Toute à sa rêverie, elle avait perdu le fil de la conversation. Elle plongea la main dans sa poche, saisit ses clés de voiture et gagna à grands pas l'arrière du bâtiment. Il lui emboîta le pas.

— L'idée de mettre à profit mon séjour ici me plaît. Si vous n'avez rien de prévu ce soir, vous pourriez peut-être me faire visiter la ville ?

Interloquée, elle s'immobilisa, tâchant de rassembler ses esprits.

— Je suis chef de la police, monsieur… Euh, Riley. Si vous avez besoin d'un plan ou d'une visite guidée, adressez-vous à l'office de tourisme.

— Je ne comprends pas, fit-il en secouant la tête.

Elle devait mettre fin à cette conversation. S'il continuait à la retenir, elle serait en retard.

— Quoi donc ?

Il sourit de nouveau.

— J'ai eu l'impression que… que le courant passait entre nous, tout à l'heure.

— Quelle idée absurde ! Vous plaisantez !

Ses yeux pétillèrent.

— A moitié seulement. Appelez ça de la gratitude, si vous préférez. Je pensais que rien ni personne ne pourrait faire taire M. Filmore.

A sa propre surprise, elle faillit éclater de rire. Elle se retint à temps.

— Ce succès était dû à la chance, non à un quelconque mérite. Maintenant, je dois vraiment m'en aller.

— O.K.

Il poussa la porte et la tint ouverte devant elle.

— Si vous changez d'avis, ou si vous avez un travail de décoration à me confier, je suis là.

Elle passa devant lui en l'effleurant. Son sourire oblique, la chaleur qui se dégageait de lui allumèrent une étincelle de désir au fond de son ventre. Un désir purement physique, auquel elle ne pouvait se permettre de céder en ce moment, malgré l'authenticité manifeste de M. O'Brien et ses dons pour les travaux manuels. Un courant d'air froid s'enroula autour de ses mollets et s'engouffra sous sa jupe. Elle remercia intérieurement mère Nature de refroidir ainsi ses ardeurs. Elle s'était échauffée de façon tout à fait inappropriée durant cette conversation bizarre.

— Vous serez dans le coin jusqu'à la fin du mois ?

— Plus longtemps, même. Il y a de belles vues, par ici, dit-il en la fixant dans les yeux. Allez-y avant d'attraper un rhume.

Elle sortit sa clé.

— Laissez, dit-il. Je vais verrouiller de l'intérieur. Danny a précisé que les portes devaient être fermées en permanence.

Elle serra les lèvres. Inutile de lui reprocher les fautes commises par la jeune recrue de la réception.

— Merci, murmura-t-elle en entendant la barre métallique coulisser dans la gâche.

Elle compta jusqu'à dix, puis abaissa la poignée, constatant avec satisfaction que la porte était bien fermée.

Elle gagna en hâte sa voiture. Au moins, cet homme tenait parole concernant les petites choses. Satisfaite, elle se mit en route.

Calme, réservé, artiste de talent, Deke Maynard était devenu au fil du temps un véritable ami pour elle. En dehors de son assistant, elle était sans doute la seule personne à qui il faisait confiance à Belclare. Elle appréciait cet honneur. Ayant récemment fait l'objet de nombreuses critiques, elle accordait beaucoup d'importance aux quelques personnes qui, comme Deke, la soutenaient. Elle avait maintenu cette habitude de prendre le café avec lui chaque semaine, malgré la tension due aux récents événements, et cela lui donnait l'impression rassurante que, bientôt, tout reviendrait à la normale. De plus, en sa présence, elle avait le sentiment agréable d'exister au-delà de son statut de chef de police.

Après tout, il n'y avait rien de mal à vouloir se sentir femme de temps à autre ! Elle songea au bel étranger fraîchement débarqué en ville, et secoua la tête. Aller au-devant de nouvelles complications était vraiment la dernière chose dont elle avait besoin.

Peut-être ferait-elle mieux de se cantonner à son statut de chef de police, en fin de compte.

3

Debout devant l'immense baie vitrée située du côté est de la pièce convertie en atelier, Deke Maynard contemplait la ville endormie à ses pieds. Trois ans plus tôt, il était venu y faire un séjour pendant la période de Noël, et s'était déclaré amoureux du charme du lieu, de son panorama et de ses habitants.

Il avait acheté cette maison et établi sa réputation d'ermite dès le début des travaux de réaménagement. Certes, il lui arrivait quelquefois de se promener dans les rues et de discuter avec les gens, mais c'était là l'effort ultime auquel il puisse consentir sans se mettre à rire au nez de ces ignorants qui satisfaisaient si complaisamment ses caprices et ses excentricités.

Il aurait dû réclamer une prime, lorsqu'il avait accepté d'installer sa base d'opérations dans cette ville. L'assommante monotonie du quotidien risquait de le tuer. Il avait néanmoins quelques petites compensations, admit-il en son for intérieur, alors que le véhicule d'Abigail Jensen tournait dans la longue allée.

C'était une femme belle et intelligente. Mais s'il s'embarrassait de regrets, il risquait d'hésiter au moment de mettre ses plans à exécution. Il se reprocha en silence d'avoir caressé l'idée de la garder pour lui, en trophée. Cela compromettrait l'opération. Il ne pouvait se permettre de courir un tel risque.

— Le chef Jensen est arrivé, monsieur, déclara son assistant, après avoir toqué à la porte.

Les nouvelles étaient mauvaises. Abby avait multiplié par deux les patrouilles. Un exploit, étant donné la taille limitée de son équipe, mais celle-ci avait au moins le mérite d'être un loyal et vaillant troupeau de moutons.

Il était impressionné qu'elle soit parvenue à intercepter la drogue, d'autant que cette réussite était entièrement due au mérite de la police. Il n'y avait pas eu de fuites. Lorsqu'il avait rencontré Abby, il l'avait prise pour une jolie potiche, non pour un flic digne de ce nom. Ce en quoi il avait eu tort.

Comme la sonnette de l'entrée retentissait, il ne put retenir un petit sourire. Son assistant irait ouvrir et offrirait du café à la jeune femme. Ensuite, l'artiste excentrique qu'elle connaissait ferait son entrée en scène.

Reconnaître ses compétences et admirer sa force ne l'empêchait pas de la considérer comme sa principale ennemie. En l'espace de quelques semaines, elle avait à elle seule ruiné une stratégie qui lui avait pris des années à mettre sur pied. S'il ne rectifiait pas rapidement le tir, sa réputation serait irrémédiablement détruite.

Il examina la toile devant lui. Son don naturel pour l'art ne le mènerait jamais aussi loin que ses autres talents, que des organisations et des hommes puissants étaient prêts à rémunérer grassement.

Il essuya ses mains tachées de peinture, et s'examina dans le miroir du palier avant de descendre. Cela promettait d'être l'une des performances les plus délicates qu'il ait eu à réaliser à ce jour. Et comme toute performance réussie, celle-ci serait plus convaincante si elle s'inspirait de la vérité.

Abby l'avait privé d'une source de revenus essentielle en saisissant la drogue, mais cela ne modifiait en rien l'attirance physique qu'il ressentait pour elle. Il décida donc d'exploiter ce désir afin de gagner en crédibilité.

Il fit une pause au milieu de l'escalier, et respira un grand coup avant de descendre d'un pas rapide les dernières marches.

— Bonjour Abby ! lança-t-il en pénétrant dans le salon. Pardonnez-moi de vous avoir fait attendre.

Un grand sourire éclaira le visage d'Abigail, et elle se leva pour le saluer.

— Vous auriez dû repousser notre rendez-vous, si vous étiez en pleine inspiration.

— Que dites-vous là ? Ce café avec vous est le rayon de soleil de ma semaine !

Ce compliment fit monter une délicate rougeur aux joues de la jeune femme. Il recula pour l'admirer.

— Vous êtes plus jolie que jamais.

— Merci.

Il la reconduisit à son siège, puis se servit une tasse de café.

— Alors, où en sont les préparatifs ? D'après ce que j'ai pu voir du haut de ma tour d'ivoire, vous semblez être dans les temps !

— Vous devriez venir vous en rendre compte par vous-même, suggéra-t-elle avec un doux sourire.

Une nouvelle fois, il ressentit avec force l'envie de la garder pour lui. Il méritait cette récompense en échange des désagréments qu'il endurait jour après jour.

— En cette période, dit-il, je ne ferais que gêner. Je descendrai en ville après le week-end d'ouverture, quand le calme sera un peu revenu.

Elle porta à ses lèvres la tasse en porcelaine. Il dut détourner le regard.

— J'attends votre visite avec impatience, déclara-t-elle. Le maire est passé au poste, hier.

— Vraiment ?

— Oui. Il m'a demandé de vous remercier pour les esquisses dont vous avez fait don, lors de l'encan silencieux.

— Et, bien sûr, il vous a chargée du message.

Il lâcha un petit rire sarcastique et se retroussa les manches, remarquant avec plaisir qu'elle le considérait avec attention.

— Après la façon dont il vous a parlé, il savait que je ne le laisserais pas aller plus loin que l'allée…

— Vous avez probablement raison. Merci encore de m'avoir défendue.

— Vous êtes une héroïne. Et une amie chère.

Il regarda discrètement l'heure, se demandant jusqu'où il pouvait se permettre d'aller ce jour-là.

— Pour être honnête, j'aurais dû me montrer un peu plus mesurée lors de la conférence de presse. Un peu moins sûre de moi.

— Cette saisie de drogue a été une grande victoire.

Il se pencha et posa la main sur son genou. Ce n'était pas la première fois qu'il la touchait, mais cette fois il voulait qu'elle comprenne qu'il s'agissait d'une avance.

— Vous êtes une femme passionnée.

Il vit ses yeux s'agrandir. Elle mordait à l'hameçon. Parfait…

— C'est bien que vous semiez le doute et la peur dans la tête des criminels, Belclare a de la chance.

Il se rassit, retirant lentement sa main afin de lui donner l'impression que la balle était maintenant dans son camp. Il avait appris depuis longtemps à manipuler et diriger les autres, tout en entretenant chez eux l'illusion qu'ils agissaient de leur plein gré.

Elle s'éclaircit la gorge.

— J'ai été surprise de vous voir à la réunion de crise.

— Vous pensez que j'aurais dû rester chez moi ?

— Non.

Elle fronça les sourcils, puis son visage s'éclaira.

— Votre soutien compte beaucoup pour moi. Franchement, après la réprimande que m'a adressée le maire, je ne m'attendais plus à compter pour personne.

Elle avait pris sa décision.

Il voyait la victoire pointer à l'horizon. Ce serait si bon, quand elle lui appartiendrait enfin ! Son corps réagit, anticipant le plaisir qu'il éprouverait à se servir d'elle avant de l'humilier publiquement. Dans quelques jours, elle verrait son univers s'écrouler.

Il jeta un nouveau coup d'œil à la pendule sur le manteau de la cheminée.

— Dans ce cas, je suis encore plus heureux d'avoir pris la peine de vous défendre !

— Vous êtes un atout pour la communauté tout entière.

Il ne saurait jamais ce qu'elle avait eu l'intention de dire ensuite : son portable sonna.

— Excusez-moi, c'est le commissariat.

— Bien sûr, dit-il avec une nonchalance qu'il n'éprouvait pas.

Ce coup de téléphone était peut-être justement le signal annonçant que les hostilités avaient commencé. Il remplit une deuxième fois sa tasse, tandis qu'elle se levait pour prendre l'appel dans le hall. Il n'entendit que les premiers mots de sa conversation, car son propre appareil sonna à son tour. Le moment n'aurait pu être plus mal choisi, mais il décrocha malgré tout.

— Allô ?

— C'est une erreur, annonça son interlocuteur d'une voix tremblante.

— L'erreur, c'est de contester mes décisions.

— On m'a dit que j'avais autorité pour…

— Suffit !

Il s'assura qu'Abby était toujours occupée avant de reprendre :

— Lorsque vous ferez preuve de bon sens, votre autorité sera rétablie. Etes-vous en train de revenir sur votre engagement ?

— N… Non, balbutia la voix.

— Bien.

Il raccrocha et remit son téléphone dans sa poche.

— Deke ?

— Oui, ma chère, dit-il en se levant. Le devoir vous appelle, c'est ça ?

Le regard bleu vif d'Abby glissa sur son visage tandis qu'elle prenait son manteau sur le vestiaire.

— En effet. Merci pour le café, Deke.

Il s'approcha d'elle et l'aida à enfiler le vêtement. Tout en ajustant son col, il laissa ses doigts s'attarder sur sa nuque douce, et sourit en son for intérieur en la sentant trembler.

— N'attendons pas la semaine prochaine, proposa-t-il. Revenez dîner ici demain soir.

Elle pivota, et il jouit de lire sur son visage le conflit qui se livrait en elle.

— J'aimerais vraiment…

— Mais ?

Les commissures de ses lèvres s'affaissèrent, trahissant sa déception.

— Nous devons mettre à jour les mesures de sécurité, justement demain soir.

— Vous n'avez qu'à passer ensuite. Je vous montrerai ma dernière marine, proposa-t-il, espérant qu'elle rirait.

Ce qu'elle fit.

— Je vous connais, je peux toujours rêver !

— Apprenez à me connaître, je ne demande que ça, murmura-t-il en lui baisant la main.

Elle se recula légèrement, les yeux écarquillés.

Il était allé trop loin, semblait-il. Mais le temps pressait, il avait des délais à tenir.

— Je vous appelle demain, dès que ma réunion est terminée, déclara-t-elle en s'immobilisant sur le seuil. Vous me direz s'il est encore temps ou pas.

Elle ne parlait pas de l'heure, il le savait. Encore une fois, elle le surprenait par sa capacité à saisir les nuances. Il aurait bien voulu que ses propres adjoints possèdent autant de finesse.

Il referma la porte derrière elle, et s'autorisa à goûter l'ivresse d'une nouvelle bouffée de plaisir anticipé. Même s'il lui en voulait d'avoir détourné une cargaison de drogue sur laquelle ses clients comptaient, elle méritait le respect. Quand elle reviendrait après sa réunion, la situation aurait complètement changé. Elle serait sous le choc, traumatisée par l'attaque dont sa précieuse ville aurait fait l'objet, et il serait le seul à pouvoir la consoler. *Demain soir, les réjouissances auront commencé*, se félicita-t-il, et sa réputation serait sauvée.

A travers le panneau vitré de l'entrée, il regarda la voiture s'éloigner. Il lui en voulait, mais elle lui plaisait. Il pouvait envoyer un avertissement aux autres, tout en préservant l'idéalisme qui la rendait si unique. Il se fit la promesse solennelle qu'elle ne vivrait pas assez longtemps pour découvrir à quel point elle s'était trompée sur lui.

Cette dernière politesse, c'était la seule faveur qu'il pouvait lui accorder.

4

Abby quitta la maison, presque soulagée d'avoir été appelée sur une scène de vandalisme aux abords de la ville. Quand Deke l'avait touchée, elle n'avait pas réussi à savoir ce qu'elle éprouvait, peut-être parce qu'il ne la touchait que rarement. Et elle n'était pas certaine de vouloir connaître la réponse.

Lorsqu'ils avaient commencé à boire le café ensemble, elle y avait vu une occasion de garder l'œil sur le mystérieux ermite de Belclare. Aujourd'hui, la vérité était beaucoup plus embarrassante.

Depuis des mois, elle luttait contre son attirance pour cet homme. Il avait une quarantaine d'années, mais ses tempes argentées et sa vision artistique du monde ne le rendaient que plus distingué à ses yeux. Ses manières parfaites, son goût raffiné et sa maturité ne gâchaient rien.

Il la traitait comme quelqu'un de spécial, et elle trouvait agréable de penser qu'une personne au moins dans ce monde voyait en elle la femme derrière le grade et l'insigne. Elle aimait à se considérer comme davantage qu'un agent dédié au respect de la loi et au maintien de l'ordre.

— Et c'est comme ça que tu as accepté ces pauses-café chaque semaine… Pour flatter ton ego, murmura-t-elle, pianotant sur le volant.

Même à ses propres oreilles, cela semblait assez pathétique.

Pourtant, elle n'avait pas eu le sentiment d'être pathétique quand il l'avait qualifiée de « passionnée ». Et cette invitation à dîner… Etait-ce bien ce qu'elle imaginait ?

— Tu es flattée, répéta-t-elle, éludant volontairement le caractère romantique de cette proposition.

Si elle avait limité sa vie sociale depuis qu'elle occupait le plus haut grade de la police de Belclare, c'était afin de ne pas prêter le flanc aux commérages.

— Reprends-toi, Abby ! L'intérêt qu'il te prête est agréable, mais tu ne peux te permettre de te laisser distraire.

Comme par un fait exprès, son téléphone portable se mit à jouer l'air de *I fought the law*, la sonnerie qui signalait ses appels professionnels. Elle activa une des commandes au volant pour répondre.

— Chef Jensen.

— Salut, chef. C'est Danny.

— J'arrive d'ici dix minutes.

— D'accord. C'est juste que…

Il s'éclaircit la gorge. Elle attendit. Les pires scénarios lui effleurèrent l'esprit, mais elle refusa d'y prêter attention avant de connaître les faits.

Sa vie personnelle était peut-être un méli-mélo de doutes et de contretemps, mais sa carrière, en revanche, ne comptait que des succès. Son éthique professionnelle, son bon sens, sa capacité à se concentrer sur un objectif l'avaient servie, et ce n'était certainement pas maintenant qu'elle allait laisser ces qualités s'envoler par la fenêtre.

— Accouche, Danny !

— Les agents appelés sur les lieux vous font dire que les médias sont déjà sur place.

Bon sang !

— Merci d'avoir fait remonter l'info.

Le renseignement était utile, car si les médias étaient là, cela signifiait que Scott, le maire, n'était pas loin. Elle se félicitait doublement d'avoir opté pour un tailleur et des talons, ce matin. Une tenue féminine la rendait plus humaine que l'uniforme aux yeux du public.

Alors qu'elle approchait de la scène de vandalisme, elle eut un mouvement de recul à la vue de l'attroupement qui ne cessait de grossir. Bonté divine ! Comment une équipe de reportage de Baltimore avait-elle pu arriver aussi vite, alors qu'elle-même venait seulement d'apprendre la nouvelle ?

Ses agents faisaient reculer la foule, mais cela avait pour effet d'offrir aux journalistes une meilleure vue d'ensemble pour leurs gros titres.

Le spectacle était pire en vrai que sur l'écran de son téléphone. Le panneau « BIENVENUE À BELCLARE » avait été tagué à la bombe. Les mots « MORT À JENSEN » et « LA CHASSE EST OUVERTE À BELCLARE » défiguraient à présent la reproduction de paysages qui faisaient la fierté de la ville.

Ces menaces n'étaient pas nouvelles, mais jusqu'ici, elles étaient restées ignorées du public. Il s'agissait cette fois d'une provocation qu'elle ne pouvait ignorer, et qui exigeait une réponse stratégique mûrement réfléchie.

Comment le coupable avait-il pu commettre son forfait sans être pris ?

Alors qu'elle rejoignait ses hommes, un reporter lui mit un micro sous le nez.

— Chef, quelle est votre réaction face à des menaces aussi personnelles ?

Elle enfonça plus profondément les poings dans les poches de son manteau.

— Le vandale qui a commis cet acte puéril sera retrouvé et puni.

— Est-ce qu'il y a des caméras de surveillance alentour qui auraient pu le filmer ?

Abby continua d'avancer sans répondre. Quelle question idiote ! Il y avait une plantation de sapins de Noël, gérée par un particulier, juste après le virage, puis plus rien à part des arbres jusqu'au panneau.

— Si vous voulez bien m'excuser, je dois m'entretenir avec mes hommes.

Elle se pencha pour passer sous la bande de plastique servant à délimiter la zone, poursuivie par les questions des journalistes.

— Les habitants de Belclare doivent-ils prendre plus de mesures défensives ?

— Allez-vous interdire l'accès à la ville ?

— Le village de Noël va-t-il être annulé ?

Cette dernière question ne pouvait rester sans réponse. Alors qu'elle se tournait, la voix du maire retentit, sonore, dans l'air hivernal :

— Ce petit méfait, commis dans l'intention d'interrompre les festivités annuelles, ne doit pas vous inquiéter.

Elle n'en crut pas ses oreilles. Il prenait son parti ! *Enfin !*

— Le…

Il hésita quelques secondes.

— L'*enthousiasme* du chef Jensen a de toute évidence créé quelques remous, mais Belclare est une ville forte et soudée, déterminée à faire de cette saison la plus belle de toute son histoire. Nous avons hâte de vous voir tous réunis ce week-end.

Abby éprouva alors une forte envie de lui intimer le silence. Elle parvint à se contenir. Scott était meilleur qu'elle sous le feu des projecteurs, et au bout du compte, qu'il approuve ou non ses méthodes, ils poursuivaient le même but : assurer la sécurité des habitants, et le bon déroulement des festivités.

Elle le laissa continuer à discourir et à se gargariser de petites phrases racoleuses.

— Qu'est-ce qu'on a ? demanda-t-elle à ses hommes.

Elle tâcha d'oublier ses pieds glacés, et écouta leur compte rendu.

— C'est l'un des marchands qui venait ici pour le week-end qui a signalé l'incident, déclara l'agent Gadsden.

— Vous avez pris sa déposition ?

— Oui. Son témoignage nous permettra de déterminer l'intervalle de temps durant lequel les vandales ont agi.

Elle s'approcha du panneau, et appuya son doigt sur une coulure encore fraîche.

— Ce n'est pas sec. On dirait que quelqu'un s'en est donné à cœur joie pendant sa pause-déjeuner.

Elle examina le sol.

— On a une chance de trouver des empreintes de pas ?

— Non.

L'agent Gadsden s'agenouilla. Elle suivit son exemple.

— Ces traces indiquent que plusieurs personnes ont foulé la neige. Elles se prolongent jusqu'à la route.

— Voyez ce que vous pouvez tirer des webcams du réseau autoroutier entre ici et Baltimore. Et allez poser des questions chez Sadie's et dans les autres restaurants. Les vandales ont peut-être pris leur repas en ville.

— Entendu.

Plaçant la main devant la bouche, pour éviter que l'un des journalistes ne lise sur ses lèvres, elle reprit :

— Quand vous prendrez des photos, n'oubliez pas les badauds.

Il n'était pas rare que les individus ayant commis ce genre de délit traînent dans les parages pour regarder les policiers se ruer sur les indices.

— Chef Jensen !

Impossible de faire comme si elle n'avait pas entendu l'appel du maire. Elle se retourna lentement.

— Oui ?

Au moins, il n'avait pas franchi le cordon de sécurité, c'était déjà ça. Fait surprenant, il était seul. Victor Scott adorait pourtant se promener avec sa cour autour de lui, qu'il s'agisse de ses adjoints ou de journalistes.

Il lui fit signe d'approcher. Elle obtempéra, tâchant de ne pas montrer à quel point ces façons cavalières la choquaient.

Au contraire du maire qui se plaisait à prendre des poses, elle n'aimait pas la dimension politique de son travail, même si elle était consciente de ne pouvoir y échapper. Elle préférait les échanges simples et directs, qui permettaient d'éviter bien des malentendus et des contretemps.

— Dans combien de temps aurez-vous réglé tout ça ? demanda-t-il, arborant une mine inquiète de circonstance.

— Vous parlez du panneau ou de l'enquête ?

— Vous ne pouvez pas vous occuper des deux à la fois ?

— Réparer le panneau ne fait pas précisément partie des fonctions de la police, répondit-elle, dans un effort suprême pour ne pas perdre son sang-froid. Quant au délit, poursuivit-elle en pivotant sur elle-même pour jeter un coup d'œil aux dégâts, nous pensons qu'il n'y a pas un seul vandale, mais plusieurs. Nous avons des bases de données de signatures de graffiti et de tags…

— Le criminel a signé son travail ? s'exclama-t-il d'une voix trop forte.

— Nous ne le savons pas encore. En ce qui concerne le panneau, il pourra être réparé et repeint dès que nous aurons fini de prendre nos photos.

— Non ! Non !

C'était Martin Filmore qui venait de pousser ce pitoyable gémissement. Scott leva les yeux au ciel. Abby comprit qu'il était tout aussi agacé qu'elle par l'attitude du président de la Société historique. Et cette découverte était étrangement réconfortante.

— Qu'est-ce qu'il y a encore, Filmore ? lança Scott en l'empêchant de se précipiter à l'intérieur du périmètre protégé.

— Vous n'allez tout de même pas vous contenter de *peindre* ce panneau !

— Nous n'allons pas le laisser dans cet état, rétorqua le maire.

Abby jeta un coup d'œil à ses hommes. Heureusement, ils étaient occupés à prendre des photos, et n'écoutaient pas ce débat ridicule.

— Ce panneau a été méticuleusement entretenu pendant plus de cent quatre-vingts ans. Il faut le nettoyer, non le recouvrir d'une vulgaire couche de peinture !

Le maire domina de toute sa taille la maigre carcasse de Filmore.

— Ces menaces doivent disparaître rapidement. Dépêchez une équipe ici si vous y tenez, mais que ce soit fait dans les plus brefs délais !

Pour une fois, la présence de Filmore arrangeait Abby. Les récriminations stridentes du vieil homme avaient détourné d'elle l'attention du maire.

Elle profita de ce répit pour examiner les visages dans la foule. Elle reconnut les journalistes et les logos des chaînes de télévision. Un nombre important de personnes, attirées par le bruit et l'agitation, s'étaient approchées. Elle sentait la colère gronder parmi les commerçants — ceux-là même qui l'avaient couverte de louanges après la saisie de drogue.

Elle retourna auprès de ses agents.

— Veillez à ce que la zone reste sécurisée. Pouvons-nous recouvrir le panneau, en attendant ?

— J'ai une bâche dans ma voiture.

— Ça conviendra. Des suspects parmi la foule ?

Gadsden secoua la tête.

— Personne n'a l'air particulièrement satisfait, à ce que j'ai pu voir. A part le maire.

Elle éclata de rire.

— Mais lui, il est toujours content de lui !

— Nos chances d'arrêter les vandales sont extrêmement minces.

Elle tira de sa poche ses clés de voiture.

— Nous allons faire de notre mieux. Je vais désigner quelqu'un pour garder le panneau.

Son équipe était déjà surchargée de travail, mais il était hors de question que l'incident se reproduise.

— Nous pourrions installer des caméras dotées de détecteurs de mouvement, suggéra Gadsden.

— Devant toute la galerie ?

Elle secoua la tête.

— L'idée me plaît, mais les vandales reviendraient, et la première chose qu'ils feraient serait de les détruire. Nous en reparlerons au poste, quand nous disposerons d'un peu plus d'éléments.

En regagnant sa voiture, Abby dut se retenir pour ne pas regarder une dernière fois la menace de mort inscrite sur le panneau. Elle ne se laisserait certainement pas effrayer par une stupide provocation, vraisemblablement mise en scène par un adolescent oisif doté d'un sens de l'humour douteux ! Céder à la paranoïa n'était pas professionnel et ne l'aiderait pas.

Elle avait les pieds gelés, et rêvait du calme et de la chaleur de son bureau. Malheureusement, un pick-up bleu foncé lui barrait la route. Il devait appartenir à un travailleur saisonnier ou à un marchand du village de Noël.

— Excusez-moi, chef.

Une portière claqua violemment. Elle sursauta malgré elle.

— Je ne voulais pas vous faire peur.

Elle dévisagea l'inconnu qui, décidément, semblait vouloir faire sans cesse irruption dans sa vie. Il lui avait réellement fait peur, et le nier serait ridicule.

— Ce n'est rien. Monsieur O'Brien, c'est ça ?

— Vous devez faire allusion à mon père. Moi, c'est Riley, vous vous souvenez ?

Il s'appuya contre le flanc de son véhicule. Son sourire provoqua dans le cœur d'Abby d'étranges palpitations.

— J'ai appris la nouvelle en quittant le commissariat, déclara-t-il en posant les yeux sur le panneau. Vous avez des pistes ?

Elle remit les mains dans ses poches.

— Je croyais que vous étiez débordé. Qu'est-ce que vous venez faire ici ?

— Donc, la réponse est non. Et je vous signale que je serais déjà au travail si l'accès à mon chantier n'était pas défendu par un cordon de sécurité.

Déclarant forfait, elle frotta sa nuque douloureuse. Autrefois, les habitants de la ville faisaient leurs préparatifs eux-mêmes, sans une armée de saisonniers. Elle regrettait ce temps-là. Evidemment, étant donné l'ampleur que le village de Noël avait prise, il était devenu impossible de l'installer sans aide extérieure. Et tandis que tout le monde se réjouissait de voir arriver le mois de décembre et sa foule de touristes, la police était en état d'alerte permanent en raison d'une hausse de la petite délinquance.

Depuis qu'elle était à ce poste, le pire qu'ils aient eu à affronter avait été une série de cambriolages et un vol de voiture. Les cambriolages étaient le fait d'adolescents en pleine révolte ; les objets dérobés avaient été retrouvés dans leur totalité et rendus à leur propriétaire. Quant au vol de voiture, c'étaient deux saisonniers qui l'avaient commis, sous l'influence de l'alcool et de la bêtise.

Mais cette année, elle se demandait avec une inquiétude légitime comment elle allait parvenir à protéger efficacement la population. Elle n'avait pas assez de temps ni d'effectifs pour vérifier les antécédents de tous les nouveaux venus. Les réunions avec les commerçants ne s'étaient pas bien passées, la plupart d'entre eux considérant, comme le maire, que ces nouvelles menaces étaient de sa responsabilité, puisque c'était elle qui les avait provoquées.

Autrefois, le chef de police de Belclare aurait été acclamé comme un héros, s'il avait réalisé le tour de force qu'elle avait accompli, et pas seulement l'espace de quelques heures. Cependant, malgré cette réprobation publique, elle comprenait les intérêts financiers qui étaient en jeu, et était résolue à faire le maximum pour que tout se passe bien dans les prochains jours.

Il n'empêchait que cet acte de vandalisme n'augurait rien de bon.

— L'accès à cette zone restera interdit jusqu'à ce que M. Filmore ait pris une décision concernant la restauration du panneau, déclara-t-elle.

— Je vais en informer mon patron, dit-il en tirant un portable de la poche de son blouson sans manches rouge foncé.

Elle fronça les sourcils.

— Vous n'avez pas de vrai manteau ?

— Bien sûr que si, répondit-il, en lui jetant un regard étrange. Mais il me gêne pour travailler.

— Je vois.

— Ne vous inquiétez pas. Je ne vous ferai pas l'insulte de mourir de froid dans votre juridiction.

A en juger par la façon dont son corps réagissait à sa présence, elle ne risquait pas non plus de mourir de froid quand il était dans les parages. Pendant cette conversation impromptue, elle avait presque oublié ses pieds gelés.

— Personne ne mourra de quoi que ce soit ici, affirma-t-elle, en jetant un regard furieux au panneau derrière elle.

— Heureux de l'apprendre, fit-il, les yeux baissés sur son téléphone.

— Pourriez-vous déplacer votre pick-up, s'il vous plaît ? J'ai du travail, et vous m'empêchez de passer.

— Bien sûr.

Le téléphone collé à l'oreille, il s'installa sur son siège. Elle perçut le son grave, à demi étouffé de sa voix, tandis qu'il expliquait la situation à son patron, puis le bruit du moteur recouvrit tout, et il s'éloigna en lui adressant un petit salut de la main.

Elle monta le chauffage dans sa voiture et activa le mode aléatoire de son baladeur numérique. La musique explosive d'AC/DC emplit l'habitacle, et l'accompagna pendant le trajet à travers la ville. Elle avait besoin des pulsations assourdissantes pour s'étourdir.

Il n'y avait pas lieu de remettre en question la ligne de conduite qu'elle s'était fixée. Même si elle en avait la possibilité, elle ne changerait pas un mot de son discours de victoire. Elle en était là de ses réflexions quand elle aperçut le véhicule de Riley, un pâté de maisons derrière elle.

Est-ce qu'il la suivait ? Non. C'était une idée qu'elle refusait d'envisager. Il se rendait simplement aux entrepôts, près des docks, et c'était le chemin le plus court pour s'y rendre. Mais il bifurqua à sa suite vers le nord, tournant le dos à Main Street… et aux docks.

Elle énuméra alors mentalement les différentes tactiques de défense qui s'offraient à elle. Ce n'était pas être paranoïaque que de se tenir prête à toute éventualité, n'est-ce pas ?

Il la suivait toujours. Tandis qu'elle s'engageait dans sa rue, elle manqua défaillir : il la talonnait de si près qu'ils étaient presque pare-chocs contre pare-chocs ! Devait-elle se rendre directement chez elle ? De toute façon, son adresse était connue de tous. Mieux valait affronter la situation. Elle tourna donc dans son allée.

Mais au lieu de se garer derrière elle comme elle s'y attendait, Riley alla se ranger dans l'allée de ses voisins.

Les deux propriétés se touchaient, de sorte qu'ils étaient maintenant garés côte à côte.

Soudain, toute trace d'attirance pour cet homme s'envola. Il n'avait cessé de la hanter toute la journée tel un mauvais esprit. La maison d'à côté était vide depuis plusieurs semaines : M. et Mme Hamilton, ses voisins, étaient partis voir leurs petits-enfants en Floride. Il n'avait aucun droit d'entrer chez eux.

Elle attrapa son sac à main sur le siège passager et sortit vivement de la voiture.

— Qu'est-ce que vous faites là, monsieur O'Brien ?

5

Il la salua d'un léger signe de tête, l'air détendu.

— Salut, chef. Appelez-moi Riley, lui rappela-t-il. Mon patron m'a demandé de retourner sur le chantier demain à la première heure. Alors je ne vais pas décharger le matériel ce soir, pour le recharger demain matin.

Elle contourna le capot de sa voiture, tenant son arme à l'intérieur de son sac.

— Ça n'explique pas pourquoi vous me suivez.

— Vous suivre ?

Il regarda les deux voitures, semblant juste s'apercevoir qu'ils étaient garés l'un à côté de l'autre.

— J'aurais bien aimé, mais j'arrive simplement chez moi.

— Chez vous ?

— Temporairement, du moins. J'ai signé le contrat de location pendant ma pause déjeuner.

— Les Hamilton n'ont jamais parlé de louer leur maison.

Il haussa les épaules.

— Je n'en sais rien. Je ne les ai pas rencontrés.

— Pas rencontrés ? répéta-t-elle. Mais il s'agit de leur maison !

Exaspérée, elle fit un pas en avant.

— Prouvez-moi que votre histoire est vraie, monsieur O'Brien.

Il leva les mains en signe de bonne foi.

— Calmez-vous, je vais chercher les papiers.

C'était intolérable ! Elle ne pouvait pas l'avoir pour voisin. Vivre si près d'un inconnu était au-dessus de ses forces, surtout dans le contexte actuel. Elle soupçonnait tout le monde, y compris les gens qu'elle connaissait depuis des années.

Ce n'était pas seulement à cause de son attitude décontractée et de son sex-appeal à l'état brut — deux qualités qui n'avaient jamais été en haut de sa liste des traits de caractère susceptibles d'inspirer la confiance — qu'elle se sentait aussi nerveuse en sa présence. Il la touchait d'une autre façon. Juste au moment où elle avait besoin de se faire confiance, la vie lui envoyait une sublime occasion de douter sous la forme de ce voisin au charme ravageur.

Au comble de l'agacement, elle feuilleta rapidement le dossier qu'il lui tendait. Le papier à en-tête et le nom de l'agence immobilière lui étaient familiers. Bail et signatures, tout semblait en ordre.

— Ils auraient dû me prévenir, maugréa-t-elle.

— Je vous ai dit que votre ville me plaisait.

— C'est loin d'être un argument suffisant pour louer une maison.

— Vous êtes toujours aussi inquiète, quand quelqu'un s'installe ici ?

Saisie par cette question, elle se remit à penser en mode « chef de la police », et non en victime effarouchée prise dans la ligne de mire d'un tireur invisible.

— Non, répondit-elle, soudain très fatiguée.

La journée avait été longue. Elle lui rendit son dossier.

— Toutes mes excuses. Il y a eu pas mal de mouvement ici, ces derniers temps, et je suis surprise que l'agence immobilière ne vous ait pas mis en garde : tout le monde ou presque me considère comme un aimant à problèmes.

— Ils ont glissé une allusion à ce sujet, en effet.

Elle rit. D'un rire qui contenait une pointe d'hystérie, mais qui faisait du bien tout de même.

— C'est donc que vous cherchez les ennuis ?

Riley reposa les documents dans la voiture et fourra les mains dans ses poches. Il s'en voulait presque de ne pouvoir lui dire la vérité, mais lui révéler sa véritable identité ne faisait pas partie de sa mission.

— Je ne suis pas venu chercher les ennuis, juste du travail. Et un endroit où loger, peu importe lequel, tant que ce n'est pas une chambre d'hôtel, répondit-il, jetant un coup d'œil à la maison.

— Vous avez signé un bail d'un an…

Il la regarda frotter discrètement ses mollets l'un contre l'autre. Elle avait froid, mais elle était têtue : elle n'irait pas se mettre à l'abri tant qu'elle ne saurait pas à quoi s'en tenir sur son compte. Etant donné les menaces dont elle faisait l'objet, cela démontrait une remarquable détermination de sa part, ainsi qu'une sacrée dose d'intelligence.

— L'agent immobilier m'a parlé de cette maison le jour où j'ai décoré leur immeuble. Quand il m'a dit que les proprié-taires souhaitaient réaliser des travaux de rafraîchissement et cherchaient des idées de décoration, j'ai su que c'était l'endroit qu'il me fallait.

En son for intérieur, il remercia Casey d'avoir élaboré avec tant de minutie ses faux antécédents personnels et professionnels. Etre voisin avec le chef Jensen faciliterait grandement sa mission de surveillance.

— Bienvenue dans le quartier, dit-elle avec une réticence visible, en lui tendant sa main gantée.

Une main menue, mais une poignée ferme.

Elle était visiblement dotée d'une grande force de caractère, et d'une personnalité aux multiples facettes. Elle constituait un mystère qu'il avait envie de résoudre, mais il avait l'intuition qu'il n'obtiendrait aucun résultat en la brusquant.

— Vous devriez rentrer vous réchauffer, lui conseilla-t-il, lui lâchant la main et refermant son coffre. Si vous avez besoin de quelque chose, sonnez à ma porte.

— D'accord. C'est valable pour vous aussi.

— Merci.

Elle s'éloigna en direction de sa maison.

— Une dernière chose, Riley, dit-elle en se retournant.

— Oui ?

— Mme Wilks va probablement débarquer chez vous avec une assiette de biscuits.

— Ça n'a pas l'air si terrible !

— Justement si… Vous constaterez rapidement qu'on ne peut plus s'en passer, de ces biscuits.

Son sourire métamorphosait littéralement son visage, illuminant ses yeux bleus et balayant l'inquiétude qui assombrissait ses traits. Cela donnait un aperçu de ce à quoi elle ressemblait quand elle n'avait pas un nuage de soucis au-dessus de la tête.

— C'est la raison pour laquelle nous supportons avec indulgence son innocente manie de fourrer son nez dans les affaires des autres.

— Message reçu.

Elle le salua d'un signe de tête, poussa la porte de chez elle et disparut.

Il contourna son pick-up, remonta l'allée et entra dans la maison, se demandant ce qu'il allait bien pouvoir faire à présent. Lorsqu'ils avaient quitté la scène de vandalisme, il avait espéré qu'Abigail Jensen se rendrait au poste : il en aurait profité pour inspecter rapidement son domicile.

Son numéro de charme au commissariat n'avait pas pris, et elle ne s'était pas montrée plus chaleureuse en apprenant qu'elle allait l'avoir pour voisin. Il devait trouver un moyen de garder l'œil sur elle tout en restant attentif à ce qui se passait autour, afin de détecter une éventuelle menace. En ville, les gens manifestaient de l'agacement à son égard, quand ce n'était pas une franche colère. Dans ce contexte, il était difficile de deviner qui représentait ou non un véritable danger pour elle.

Il se rendit directement dans la cuisine, et suspendit son blouson au crochet près de la porte de derrière. Elle s'était inquiétée en constatant qu'il ne portait pas de manteau, se souvint-il soudain. Une nouvelle touche au portrait qui était en train de se dessiner. Pourrait-il utiliser cette empathie naturelle à son avantage ?

A travers le mince panneau vitré jouxtant la porte d'entrée, il jeta un coup d'œil à l'allée jumelle de la sienne, puis, résigné, alla prendre une bière dans le réfrigérateur, content d'avoir eu le temps de faire quelques courses au sortir de l'agence immobilière et d'avoir pu installer rapidement ses affaires. Il s'appuya au comptoir et contempla la cuisine démodée des Hamilton.

Ayant laissé son mètre dans sa ceinture à outils, à l'intérieur de la voiture, il prit grossièrement les mesures de la pièce, et soupesa les avantages et coûts respectifs du carrelage et du linoléum. Du parquet recyclé pourrait faire l'affaire, également. Ce n'était pas une très grande pièce. Mais, à cause de la neige, apporter les matériaux jusqu'ici risquait d'être problématique.

De toute façon, il n'était pas pressé. Avec les travaux de rénovation de la maison, il avait largement de quoi s'occuper et maintenir sa couverture, une fois les préparatifs du village de Noël terminés. Il remua ses épaules contractées. Ce travail purement physique lui laisserait le temps de réfléchir et de repérer ceux qui en voulaient au chef de police.

Bien qu'il ne soit sur place que depuis deux jours, il lui paraissait déjà évident que cette tranquille petite ville côtière était une cachette idéale pour des criminels. Jensen contrôlait la situation, mais disposait d'effectifs de police restreints. L'activité commerciale sur les docks était intense, et comme le port était de taille modeste, les rotations étaient nombreuses : les bateaux ne restaient pas assez longtemps à quai pour être appréhendés.

Il se rendit dans le bureau. C'est là qu'il avait rangé son ordinateur portable, dans un petit secrétaire. Il n'avait pas les mêmes goûts que les Hamilton en matière de décoration, mais c'était plus tranquille et plus sûr ici qu'au motel.

Il alluma la télévision, mit une chaîne musicale en fond sonore, puis s'assit pour chercher des renseignements sur Belclare. Il avait déjà examiné une centaine de fois les détails de l'affaire du trafic de drogue, passé en revue tous les articles de presse à ce sujet, mais il ne voyait toujours pas qui avait pu l'organiser.

Il prit une grande gorgée de bière, et ouvrit les dossiers qu'il avait créés sur les personnalités importantes de la ville, en particulier ceux des gens qui avaient exprimé de la réprobation ou de l'inquiétude suite au fameux discours de Jensen. La propriétaire du magasin de bricolage avait fait connaître son point de vue sur une chaîne de télévision de Baltimore. Le maire également, et plusieurs fois. La première pour profiter d'une publicité gratuite, le second pour l'avancement de sa carrière. Dans son genre, l'éloquent politicien était presque aussi agaçant que Filmore.

Riley fouillait le passé de ce dernier lorsque la sonnette de l'entrée retentit. Il ferma rapidement les fenêtres de sa recherche. Depuis le hall, il aperçut Abigail Jensen et une vieille dame derrière la porte de sa cuisine.

Il alla ouvrir.

— Bonsoir, mesdames.

Il adressa à Abby un sourire furtif.

— Pardonnez-nous de faire intrusion sans prévenir, déclara la vieille dame avec entrain. Je m'appelle Matilda Wilks, j'habite juste deux maisons plus bas. Abby m'a proposé de l'accompagner pour vous souhaiter la bienvenue dans le quartier.

La mine sombre d'Abigail démentait cette version. Il sourit, devinant qu'elle avait plutôt été entraînée de force par Mme Wilks, ou qu'elle l'avait rejointe dans le but secret d'inspecter la maison. Il pariait sur la seconde hypothèse.

— Nous vous avons apporté des biscuits, continua Mme Wilks, en levant l'assiette recouverte de papier aluminium qu'elle tenait dans les mains. Ils sortent tout juste du four.

Riley ouvrit la porte en grand.

— Je serais fou de refuser !

Qu'Abby inspecte donc la maison, songea-t-il. Il fallait qu'elle sache qu'il n'était pas un ennemi — même s'il ne pouvait lui dire qu'il était son meilleur allié.

Mme Wilks entra d'un air affairé, et l'arôme des biscuits aux pépites de chocolat encore tièdes vint chatouiller les narines de Riley. Tous ses sens entrèrent en alerte quand ce fut le tour d'Abby de passer devant lui dans l'entrée exiguë. Ses cheveux dénoués, d'un blond éclatant, exhalaient un parfum de fleurs chauffées par le soleil.

Cette odeur le transporta soudain dans le jardin de l'orphelinat, où il avait découvert les joies du travail manuel.

— Avec tous ses soucis, Abby n'était pas au courant pour les Hamilton, dit Mme Wilks.

Très à l'aise, elle posa l'assiette sur la table et ôta la feuille de papier aluminium, révélant une pile d'épais biscuits dorés à souhait. Remarquant la canette de bière sur le comptoir, elle demanda :

— Rassurez-moi, vous avez du lait ? Ou du café ?

— Les deux, fit-il en souriant.

Elle leva vers lui un visage radieux, puis tourna la tête en direction d'Abigail.

— Que préférez-vous, Abby, ma chère ?

— Du lait, s'il vous plaît.

Mme Wilks la considéra pensivement et fit entendre un petit bruit de gorge.

— A cause de tout ce stress, le café doit vous faire mal à l'estomac, évidemment !

Voyant les joues d'Abby se couvrir d'une légère rougeur, Riley fit diversion.

— Asseyez-vous, proposa-t-il, tirant la chaise la plus proche.

La vieille dame y prit place. Riley se tourna alors vers Abigail, engageant, mais celle-ci avait de nouveau endossé son rôle de policier.

— Non merci, dit-elle. Est-ce que ça vous dérange, si je jette un coup d'œil à la maison ?

— Abby, la gronda Mme Wilks. Mangez au moins un biscuit avant de partir enquêter !

Se retenant de rire, Riley versa du lait dans les trois verres.

— Je vous assure que vous la trouverez telle que les Hamilton l'ont laissée. Je n'ai apporté qu'une valise et mon ordinateur portable.

— Cette jeune personne a tout simplement du mal à se

détendre, déclara la vieille dame en jetant un coup d'œil acéré à Abby.

Cette dernière leva les mains en signe de reddition et s'assit. Il prit le dernier siège.

— On finit par se fatiguer du froid, était en train de dire Mme Wilks. Si j'avais de la famille en Floride, je ferais exactement comme les Hamilton.

— Je ne sais pas si je vous laisserais partir, objecta Abby en choisissant un biscuit. Sinon, qui me ferait des gâteaux ?

— Vous êtes bonne cuisinière, allons !

Elle tourna vers lui un regard pénétrant.

— Et vous ? Faut-il que je vous concocte un bon petit plat ?

Il la gratifia d'un sourire.

— Je sais me débrouiller, merci.

— En vous nourrissant d'autre chose que de bière et de frites, j'espère !

— Oui, m'dame.

Il cassa en deux un biscuit et en fourra une moitié dans sa bouche. Tout en mâchant, il observa la façon dont Abby trempait son gâteau dans son verre de lait. Appliquée et méthodique, étrangement touchante.

— Ces biscuits sont parfaits, madame Wilks, déclara-t-il. Merci d'être venue m'en offrir.

— Tout a plus de saveur quand on est en bonne compagnie.

Elle regarda autour d'elle, et demanda :

— Quels travaux les Hamilton vous ont-ils demandé de réaliser ?

— Un peu de tout. Je vais commencer par m'occuper de menues réparations.

— Il y a ce bois pourri sous l'évier. Vous vous souvenez de la fuite qu'il y a eu, Abby ?

Celle-ci fit un signe d'assentiment, la bouche pleine.

— J'hésite entre le carrelage et les dalles en vinyle. Une idée, mesdames ?

Tandis que Mme Wilks pérorait, il surprit Abby en train de l'observer. Il haussa les sourcils, et elle s'empressa de reporter son attention sur son verre de lait.

— Un autre biscuit ? proposa-t-il.

Elle secoua la tête et recula sa chaise.

— Vous n'avez pas de préférence en ce qui concerne le revêtement au sol ?

Le regard qu'elle lui décocha était glacial.

— Non. Et je pense que c'est aux propriétaires, surtout, que vous devriez poser la question, répliqua-t-elle, puis elle se leva et alla rincer son verre dans l'évier.

— C'est vrai. Je vais leur soumettre quelques idées, afin qu'ils puissent y réfléchir. Si c'était moi, je choisirais le carrelage.

— Trop dur, lâcha Mme Wilks. On finit toujours par mettre des tapis et des nattes partout.

Alors qu'il évoquait l'idée du parquet de bois recyclé, provoquant une réaction enthousiaste chez Mme Wilks, Abby se glissa hors de la cuisine.

La vieille dame lui fit alors signe d'approcher.

— Ne soyez pas vexé. En ce moment, elle se méfie de tout le monde.

— Apparemment, elle a des raisons de se montrer circonspecte.

— C'est sûr. Prenez le bois recyclé. C'est mieux à tout point de vue.

— D'accord, dit-il, écoutant les marches de l'escalier craquer.

Il ajouta en souriant :

— Je puis vous assurer que je n'ai aucune intention de nuire.

— Oh ! Ça se voit tout de suite ! Elle finira par se détendre, vous verrez… Personnellement, je suis contente d'avoir un jeune homme costaud près de chez moi. Je me sens plus en sécurité.

Elle se leva, posa son verre dans l'évier, et gagna la porte.

— Quand elle est contrariée, elle fait la cuisine. A en juger par la quantité de provisions qu'elle a rapportées chez elle l'autre jour, elle doit avoir des lasagnes au congélateur ou au four. Essayez donc de vous faire inviter à dîner !

Il en resta interdit. Cette vieille dame, une entremetteuse ?
Elle s'en alla avant qu'il n'ait le temps de réagir.

Il plaçait les verres dans le lave-vaisselle lorsque Abby
réapparut.

— Où est Mme Wilks ?

— Rentrée chez elle, répondit-il en se séchant les mains.
Elle a parlé d'un plat qu'elle avait au four.

— Moi aussi, j'ai un plat au four, marmonna Abby.

Il vit qu'elle observait ses mains avec une expression
étrange, puis elle releva la tête et ses yeux bleus se fixèrent
sur les siens.

Il suspendit le torchon sur le devant du lave-vaisselle, et
plongea les mains dans les poches. Elle était désirable dans
ce jean sombre bien ajusté et ce pull à torsades gris clair qui
faisait ressortir la couleur d'orage de ses yeux.

— Vous êtes satisfaite, à présent ?

Elle lui jeta un regard noir.

— A quel propos ?

— Votre inspection. C'était assez indiscret. Mais quoi
que vous pensiez de moi, vous vous trompez.

C'était l'une des rares choses qu'il pouvait lui dire avec
une absolue sincérité.

— Vous n'avez pas la moindre idée de ce que je pense
de vous.

Il s'avança vers elle, et constata avec plaisir qu'elle ne
reculait pas. Peut-être ne le considérait-elle pas comme une
menace, après tout.

— Eclairez-moi, alors !

Elle attrapa son manteau sur le dossier de la chaise.

— Je suis toujours en phase d'observation, dit-elle.

Il rit. Elle cessa de boutonner son manteau.

— Qu'est-ce qu'il y a de si drôle ?

— Désolé, fit-il en levant les mains. C'est que nous tour-
nons autour du pot…

— C'est-à-dire ?

— Nous sommes voisins. Tout ce rituel de bienvenue me
rappelle une phrase de ma mère.

— Et que disait-elle ?

— Ce n'est pas adapté à la situation.

Et totalement inventé.

— Y a-t-il quelque chose que je puisse dire ou faire pour vous rassurer sur mes intentions ? reprit-il.

— Répétez-moi ce que votre mère disait.

— Une autre fois peut-être.

Il saisit sa bière et en avala une longue gorgée en l'observant.

— Vous avez l'air réglo, admit-elle avec réticence.

— Merci.

Il reposa sa bière sur le comptoir.

— Mais je peux faire du grabuge, si ça doit vous aider à vous sentir mieux.

— Je me sentirais mieux si vous preniez pension à l'hôtel comme le reste des saisonniers.

— Ça... Il n'en est pas question !

— Que disait votre mère ?

Il secoua la tête. Elle était tenace — un trait de caractère qui devait lui être utile.

— Ça avait quelque chose à voir avec les commérages et le fait de fourrer son nez dans les affaires des autres, mais ça ne s'applique pas vraiment dans ce cas.

Une rougeur éloquente se répandit sur les joues d'Abby.

— Pourquoi donc ?

— Vous vouliez vérifier qu'il n'y avait pas de corps ou d'objets volés dans les placards, n'est-ce pas ?

— Possible.

Il haussa les épaules.

— C'est votre boulot, après tout. Pourquoi me sentirais-je offensé, puisque je n'ai rien à cacher ?

Rien que vous puissiez trouver, en tout cas, compléta-t-il en silence.

Les lèvres roses et pleines d'Abby s'avancèrent en une moue boudeuse, et Riley sentit ses pensées dériver dangereusement.

— C'est Mme Wilks qui a eu l'idée de venir.

— Je vous crois, dit-il en souriant. Et vous avez profité

de l'occasion. Au vu de ce qui s'est passé dernièrement, je me serais inquiété si vous n'aviez pas inspecté la maison.

Elle remonta sa manche pour consulter sa montre.

— Je n'ai toujours pas vu le sous-sol, cela dit.

Il fit semblant de faire la grimace.

— Ça sent le moisi et ça donne la chair de poule, en bas.

— Dans ce cas, passez le premier.

— C'est risqué. Que me donnerez-vous en échange ?

— Si vous survivez, vous voulez dire ?

Il hocha la tête, charmé par son ton malicieux.

— Soyons optimistes.

Elle regarda de nouveau sa montre.

— Si nous survivons, je vous offre à dîner chez moi.

— Qu'est-ce qu'il y a au menu ?

— Voilà bien une question d'homme ! s'exclama-t-elle en levant les yeux au ciel. Des lasagnes faites maison, et il y en a largement pour deux.

— Parfait ! Suivez-moi.

Il la précéda dans le couloir, et ouvrit la porte du sous-sol.

— Vous ne direz pas que je ne vous ai pas prévenue !

— Contentez-vous d'avancer ! lui ordonna-t-elle.

Il appuya sur l'interrupteur, et un néon s'alluma lentement au bas des escaliers. Une fois arrivé, il s'écarta afin qu'elle puisse examiner la pièce. Elle s'attarda sur la dernière marche, profitant d'être aussi grande que lui pour l'étudier.

Tout en se demandant de quelle façon elle le voyait, il la laissa le dévisager à sa guise. Cela lui donnait le temps de lui retourner la faveur. Contemplant ses yeux bleus élargis, il se prit à haïr les menaces qui l'avaient amenée à se méfier de tout le monde.

Il avait eu un bref aperçu de la femme qu'elle était avant la saisie de drogue, et cette expression de perpétuel mécontentement sur son visage était le signe évident d'une confiance altérée. Elle avait sans doute toujours été prudente, mais aujourd'hui, elle ne se fiait plus à personne, hormis peut-être à Mme Wilks.

Quand, enfin, elle se décida à passer devant lui, il perçut de nouveau l'effluve de son shampoing. Il s'éclaircit la gorge.

— Espace de rangement et buanderie à gauche…

— Et les flippers à droite, acheva-t-elle. Le passe-temps favori de M. Hamilton.

— Vous êtes donc déjà venue ici.

— Pas récemment.

Elle se dirigea vers la première machine.

— Vous voulez qu'on en fasse une partie ? proposa-t-il.

— Non, merci. Si je commence, je ne pourrai plus m'arrêter, et le repas brûlera.

— Dans ce cas, permettez-moi de vous raccompagner là-haut saine et sauve.

Son sourire rendit à Riley sa bonne humeur.

— Merci d'avoir satisfait ma curiosité.

— Avec plaisir.

Il lui fit signe de monter la première, et regretta aussitôt sa galanterie quand il eut devant lui, à hauteur d'yeux, la courbe harmonieuse de ses hanches et de ses fesses. Elle avait une ligne irréprochable. Il fut brusquement dégrisé en songeant à ce que penserait Casey si une remarque aussi peu professionnelle apparaissait dans son rapport.

Elle ne semblait pas s'apercevoir du tour capricieux qu'avaient pris ses pensées, tandis qu'il fermait à clé la porte de chez lui, puis la suivait.

Les deux maisons étaient bâties sur le même modèle architectural — le modèle dit Cape Cod —, mais l'intérieur d'Abby reflétait un goût plus moderne, qui plut à Riley.

— Pas trop dur ? fit-il, en désignant les grands carreaux de céramique.

— Pas du tout.

Au même moment, le four émit un signal sonore. Et lui qui espérait être invité à faire le tour du propriétaire… C'était raté.

— Le vrai problème du carrelage, c'est le froid, reprit-elle. Choisissez le parquet de bois recyclé.

Il acquiesça d'un hochement de tête. Parler décoration ne le dérangeait pas, mais il avait également des questions à lui poser sur la saisie de drogue. Néanmoins, il ne voulait pas refroidir l'ambiance en l'interrogeant d'emblée sur cette affaire.

— Mmm… Ça sent bon. Je peux vous aider ?

En guise de réponse, elle désigna un saladier plein et un bol de vinaigrette sur le plan de travail. Il versa la sauce dans la salade et mélangea, tandis qu'elle sortait les lasagnes du four, dressait le couvert et remplissait les assiettes.

Il n'avait pas spécialement faim, mais le riche arôme de la chair à saucisse, du fromage, de la sauce tomate et de l'origan lui fit venir l'eau à la bouche.

Après la première bouchée, il reposa sa fourchette.

— Mmm… C'est absolument délicieux !

— C'est grâce à la sauce.

— Je croyais que c'était grâce à votre compagnie.

— Vous êtes toujours aussi entreprenant ?

Il haussa les épaules et avala une autre bouchée, prenant le temps de réfléchir avant de répondre.

— Disons que je vais droit au but. Toute ma vie, j'ai vu des gens perdre leur temps et leur énergie à se demander ce qu'ils voulaient et comment l'obtenir.

— Etes-vous en train de me dire que vous me voulez ?

Elle le considérait, sourcils levés, comme si elle le mettait au défi de répondre franchement.

Il lui adressa un grand sourire.

— Je dis juste que j'ai décidé de vivre ma vie autrement. De me concentrer sur l'instant présent.

— Intéressante philosophie.

— Jusqu'ici, ça fonctionne.

Ils mangèrent en silence pendant quelques minutes, puis il reprit :

— D'après ce que j'ai vu de vous, madame le chef de police, votre philosophie semble assez proche de la mienne.

Elle leva son verre à sa santé, avala une gorgée d'eau, puis le reposa sur la table.

— Assez proche, en effet. Et mes amis m'appellent Abby.

— Je suis donc passé du statut d'étranger suspect à celui d'ami ?

Elle laissa échapper un petit rire.

— La route est longue entre les deux. Mais vous progressez. Et puis, vous vous êtes montré gentil avec Mme Wilks...

— Ce n'est pas difficile.

— Souvenez-vous-en quand elle commencera à vous poser des questions personnelles.

— Je n'ai rien à cacher, je suis l'honnêteté même.

Elle pouffa.

— Danny s'est entiché de vous, mais il cerne bien la personnalité des gens.

— Danny est impressionnable, dit-il en riant. Ce sera un bon policier de quartier, un jour.

— Il a besoin d'acquérir de l'expérience. Et vous, il y a longtemps que vous remettez des maisons en état ?

Il était évident qu'elle changeait à dessein de sujet, mais si elle était plus à l'aise ainsi, et si cela lui permettait, à lui, de rester près d'elle et de la protéger, il n'y voyait pas d'inconvénient.

— Un certain temps. J'ai appris à manier un marteau dès l'âge de huit ans.

— Une vocation ?

Il songea à ses jeunes années dans le jardin de l'orphelinat.

— J'imagine que oui. Le travail bien fait est une récompense en soi, récita-t-il, répétant ce que disaient ses éducateurs.

— Encore un précepte de votre mère ?

Il hocha la tête.

— Vous avez besoin d'aide, ici ?

— Pas pour l'instant.

— Vous n'aurez qu'un mot à dire si vous changez d'avis. Et vous, vous faites ce métier par vocation ? Est-ce que vous avez toujours été intéressée par la justice pénale ?

— Mon oncle était policier. C'était mon idole. Dès que j'en avais l'occasion, j'allais passer du temps avec lui au poste de police.

— Ça ne me semble pas être l'endroit le plus indiqué pour un enfant.

— Mes parents étaient inquiets, mais tout dépend de l'enfant.

— Ce n'est pas faux, admit-il. Pensez-vous que le panneau ait été vandalisé par des gosses ?

— J'aimerais que ce soit le cas.

— Ce qui signifie ?

Il s'adossa à son siège, se demandant s'il devait reprendre des lasagnes. Il était repu, mais il voulait qu'elle continue à parler. Danny lui avait livré quelques informations, toutefois elle seule pouvait lui donner une vue d'ensemble de la situation.

— Je ne crois pas que des enfants se seraient montrés si méticuleux.

— Je ne vous suis pas. Ce graffiti m'a tout l'air d'avoir été gribouillé à la va-vite.

— C'est l'impression qu'on a voulu donner, je pense. Mais combien d'enfants songeraient à effacer leurs empreintes de pas, tout en se déplaçant rapidement pour ne pas être vus des automobilistes sur la route ?

— Et s'ils avaient simplement eu de la chance ?

Elle fit « non » de la tête.

— Je suis certaine que les empreintes ont été délibérément effacées.

Elle s'essuya les lèvres sur sa serviette et reposa celle-ci à côté de son assiette.

— Encore des lasagnes ?

— Si vous insistez, dit-il, tendant la main vers le plat. Quel est le secret de votre sauce ?

— Si je vous le disais, ce ne serait plus un secret.

— Dites-le-moi quand même. Vous vous sentirez mieux après.

— Je me sens bien, merci.

— Mais il y a tellement mieux dans la vie que « bien » ! répliqua-t-il, taquin, lui faisant un clin d'œil.

Elle ouvrait la bouche pour répondre, mais fut interrompue par un craquement sonore venant du dehors. D'un même mouvement, ils bondirent sur leurs pieds, et Riley la suivit tandis qu'elle se précipitait vers la porte d'entrée.

De l'autre côté de la rue, un homme était étendu sur le sol, coincé sous une échelle coulissante. Il tenait encore à la main une guirlande qui clignotait. Poussant un juron, Riley saisit son téléphone et composa le numéro des secours, pendant qu'Abby courait vers lui. Mme Wilks et d'autres voisins ne tardèrent pas à les rejoindre, empressés et inquiets.

Tout en traversant la rue à toutes jambes, Abby réclama à la cantonade des couvertures, qui apparurent quelques instants après.

— L'ambulance est en route, lui apprit Riley, surgissant à côté d'elle. Tenez bon, ajouta-t-il à l'intention du blessé.

— J'aurais préféré vous présenter dans des circonstances plus heureuses, dit Abby. Riley O'Brien, voici Roy Calder.

— Tout le monde m'appelle Calder. J'aimerais pouvoir vous dire que c'est un plaisir, mais…

Il étreignait toujours sa guirlande. Riley la lui enleva doucement des mains.

— Vous avez mal partout ?

— Oui.

— C'est un bon point.

— Riley ! s'écria Abby, indignée.

— Il a raison, intervint Calder. Si j'ai toutes mes sensations, c'est que ma moelle épinière n'est pas touchée.

— Ah ! D'accord… C'est une bonne nouvelle, dans ce cas.

Elle n'avait pas songé au risque de paralysie. Elle se frictionna les bras pour se réchauffer, et accepta le manteau que quelqu'un lui tendait. Mme Wilks grondait gentiment Calder parce qu'il avait travaillé sans corde de sécurité.

— J'avais presque fini, protesta-t-il. Est-ce que quelqu'un a vu le misérable qui a poussé l'échelle ?

A ces mots, Abby fut secouée d'un frisson qui n'était pas dû au froid.

— Quelqu'un vous a poussé ?

— Je ne suis pas aussi idiot que j'en ai l'air, chef. Quelqu'un m'a volontairement fait tomber.

Abby parcourut du regard les alentours, se demandant qui avait pu commettre un acte aussi affreux. Mais elle ne vit que les visages, tout aussi effarés que le sien, de ses voisins.

— L'avez-vous aperçu ?

— J'ai juste vu un bonnet de laine noir.

— Faites reculer tout le monde, ordonna-t-elle à Riley, espérant qu'il arriverait à contrôler la foule.

Quel dommage qu'elle n'ait pas pensé à emporter son téléphone ! Elle allait avoir besoin d'aide pour ratisser la zone et chercher des indices. Mais d'abord, le plus important... Elle s'agenouilla de nouveau près de Calder.

— Qu'est-ce que vous avez entendu ?

Il grogna, indice qu'il réfléchissait, ou bien qu'il peinait à respirer.

— Un crissement sur les plates-bandes. On aurait dit des bottes.

Libby Calder avait garni de gravier blanc les parterres de fleurs, et comme ceux-ci étaient recouverts de neige, l'assaillant n'avait pas dû s'en apercevoir.

— OK. Quoi d'autre ? Une voiture ? Un vélo ?

— Non, c'est à peu près tout. Je suis tombé avant d'avoir eu le temps de lui crier d'arrêter.

Elle examina la maison.

— Il est arrivé par la gauche ou par la droite ?

— Par la gauche.

Il poussa un autre grognement.

— Bon sang, Libby va me tuer ! Je voulais avoir fini pour ce soir.

— Je devrais peut-être l'interroger, le taquina Abby.

L'épouse de Calder était considérée comme l'une des personnes les plus douces de Belclare. Sans compter qu'elle était enceinte de leur deuxième enfant.

Le rire de Roy se transforma en toux.

— Je suis sûr qu'il a des jours où elle doit avoir envie de m'étrangler !

Abby afficha un sourire contraint. L'équipe de secours arriva à cet instant et prit le relais. Comme elle reculait pour les laisser passer, son dos heurta ce qui lui sembla un bloc de béton. Avant qu'elle ait eu le temps de s'excuser, elle sentit des mains chaudes la retenir par les épaules.

— Hop là ! Je vous tiens.

Riley... Le contact de ses mains avait quelque chose d'apaisant. Mais ce moment d'abandon fut de courte durée. On embarquait Calder sur un brancard, et à cette vue la colère et l'inquiétude lui vrillèrent l'estomac.

Quand l'ambulance fut partie, elle alla examiner le parterre de fleurs.

— Vous devriez rentrer, fit la voix de Riley juste derrière elle.

— Non.

Elle était si près de lui qu'elle dut lever la tête pour croiser son regard.

— Il est sûr que quelqu'un a poussé l'échelle. Je dois appeler les renforts et examiner les lieux.

Les yeux de Riley s'étrécirent et les coins de ses lèvres, d'ordinaire si prompts à se relever ironiquement, s'abaissèrent en une moue de mécontentement. Il lui tendit son téléphone.

— Appelez-les. Je me charge de disperser les badauds.

Il s'acquitta de cette tâche avec efficacité et courtoisie, pendant qu'elle expliquait la situation à l'agent qui était de service au commissariat ce soir-là.

Quand il revint près d'elle, il régnait dans la rue un calme surnaturel.

— Tenez, dit-il, en lui tendant une lourde lampe torche. Je me suis dit que vous auriez besoin de ça.

— Merci.

Elle ne savait pas ce qu'elle espérait trouver, en balayant la maison et ses abords avec le large faisceau lumineux, mais certainement pas ce vilain message gribouillé sur la façade latérale :

« Un de moins. Qui sera le prochain ? »

— Ce n'est pas de la peinture. On dirait du charbon, fit observer Riley.

— Calder avait raison. On l'a bien poussé.

La chasse était ouverte à Belclare. La télévision diffuserait cette image toute la nuit, et dès que la nouvelle de l'accident se répandrait, la ville entière serait au courant que Calder était à l'hôpital à cause d'elle.

Une crampe lui tordit l'estomac, et elle faillit rendre son dîner.

— Nom d'un chien ! Si c'est à moi qu'ils en veulent, qu'ils s'en prennent donc à *moi* !

— Ils veulent vous faire souffrir.

Il avait raison. Elle se sentit encore plus mal.

— Que suis-je censée faire, quitter la ville ? Qu'est-ce que ça leur apporterait ?

— C'est peut-être la question la plus importante.

Elle lui lança un regard incisif, regrettant qu'il ne fasse pas plus clair.

— Vous parlez comme un policier.

— Venant de vous, je prends ça comme un compliment.

— Ça n'en était pas un.

— Tant pis. Vous devriez savoir que très peu de gens commettent de mauvaises actions par plaisir.

Il lui reprit la torche des mains et la braqua de nouveau sur le sinistre message.

— Il paraît évident que quelqu'un essaie de jouer avec vos nerfs.

Et ça marche, songea-t-elle avec dépit.

Elle ne savait que penser de son nouveau voisin. Son attitude décontractée ne collait pas avec son esprit critique. D'un autre côté, ce n'était pas parce qu'un homme portait une ceinture à outils qu'il ne possédait pas une personnalité complexe. Elle avait assez d'expérience en matière d'êtres humains pour savoir que les choses n'étaient jamais aussi simples qu'elles le paraissaient.

Il n'en demeurait pas moins que Riley O'Brien possédait une aura de mystère. Aura tout à fait étrangère au fait qu'elle sentait sa température grimper de façon vertigineuse quand il s'approchait d'elle. Mais ce n'était vraiment pas le moment de s'interroger sur l'attirance physique qu'il lui inspirait !

— Est-ce que vous voyez des empreintes de pas ?

Le faisceau de sa lampe fendit l'obscurité.

— Il y en a même trop, répondit-il.

L'envie de crier la saisit de nouveau, plus forte que jamais. Mais elle n'offrirait pas cette satisfaction aux auteurs de ces actes odieux. Elle ignorait quelle organisation elle avait dérangée avec cette saisie de drogue, mais une chose était sûre : ses adversaires avaient durci le ton.

Ils avaient eu de la chance que Calder ne soit pas paralysé, ou tué.

Quand elle trouverait les coupables — ce dont elle fit le serment silencieux — elle veillerait à ce qu'ils moisissent derrière des barreaux.

Son équipe d'enquêteurs arriva. Aussitôt après les avoir mis au courant, elle leur abandonna les lieux. Elle avait la tête qui tournait et ne ferait que les gêner.

D'un pas pesant, elle traversa la rue en direction de sa maison, croyant presque entendre dans son dos des murmures désobligeants. Le panneau vandalisé et, maintenant, l'accident de Calder. Elle aurait de la chance si le maire ne la licenciait pas lors du prochain conseil municipal ! Il n'en avait pas précisément le pouvoir, mais il ne se gênerait pas pour faire savoir ce qu'il pensait de la situation. Ce qui aurait pour effet d'affaiblir sa position en tant que chef de police.

Arrivée devant sa porte, elle jeta un dernier regard derrière elle, mais la maison des Calder était masquée par les larges épaules de Riley.

— Que faites-vous ?

— Détendez-vous…

Il lui passa doucement la main sur l'épaule. Elle éprouva alors l'envie subite de se blottir contre lui.

— … je venais simplement vous aider à ranger la cuisine.

— Non, merci. Vous m'avez déjà bien assez aidée ce soir.

Cette fois, c'était un compliment. Il dansa d'un pied sur l'autre, visiblement mal à l'aise. *Intéressant*, songea-t-elle.

— Demain soir chez moi ? dit-il, en montrant du doigt la maison des Hamilton. C'est mon tour de vous inviter.

Elle poussa un soupir. La fréquenter n'était pas la chose la plus intelligente à faire. Pour preuve, l'acte de vandalisme et l'agression de Calder.

— Vous êtes courageux ou inconscient ?

— Je pourrais vous retourner la question, répliqua-t-il avec un sourire.

Les hommes ne la voyaient pas ainsi, en général. A part Deke, Riley était le premier qui ne s'arrêtait pas à son titre et à son insigne.

Elle perçut les flashs des appareils photos, de l'autre côté de la rue. Pourvu que ses enquêteurs trouvent quelque chose d'utile !

— Je suis déjà prise, demain soir.

A condition qu'elle ait le courage d'explorer un nouvel aspect de sa relation avec Deke. La possibilité d'une idylle, qu'elle caressait depuis un certain temps. Et avec ce nouveau voisin résolu à lui tourner autour, il semblait qu'elle ait le choix. Mais le voulait-elle ?

Pour l'instant, elle avait besoin de calme.

— Merci pour votre aide, Riley.

Il hocha la tête, et un léger sourire se dessina sur ses lèvres, infiniment plus séduisant que l'expression charmeuse qu'il arborait habituellement.

— Pensez à fermer votre porte à clé.

— C'est moi qui suis censée faire les recommandations !

— Pas ce soir, Abby. Je suis juste à côté, si vous avez besoin de moi.

Déstabilisée par l'attraction qu'il exerçait sur elle, elle s'enfuit dans sa maison et poussa vivement le verrou et la chaîne de sûreté.

Elle vérifia ensuite que la porte de derrière était verrouillée, puis tira les rideaux. Tandis qu'elle débarrassait la table du dîner, ses pensées se mirent à vagabonder, passant de Deke à Riley. Une ruse de son cerveau pour oblitérer l'accident de ce soir, sans doute. Hélas, il se passerait des années avant que l'horrible image de Calder étendu sous son échelle ne s'efface de sa mémoire.

Elle s'obligea alors à penser à des choses plus légères. Même si elle appréciait Deke, Riley suscitait en elle un émoi étrange, jusque-là inconnu. Ses amies diraient que c'était à cause de la ceinture à outils, ce en quoi elles n'auraient peut-être pas tort. Il avait aussi de belles mains. Grandes. Fortes.

Et chaudes, se dit-elle, songeant à la façon dont il l'avait touchée quand l'ambulance était arrivée.

Elle était assez sage pour ne pas s'arrêter à l'apparence, pour voir au-delà d'un beau visage et d'un corps sexy. Pourtant, en montant l'escalier pour aller au lit, elle fut emportée dans un pur fantasme, dont son beau voisin était le centre.

Que lui arrivait-il donc ? Elle connaissait à peine cet homme...

Et avec la menace qui planait sur elle, la dernière chose dont elle avait besoin était de s'embarrasser d'un homme qu'elle connaissait à peine !

6

— Un appel pour vous, monsieur.

Deke posa son roman. Le salon où il recevait Abby chaque semaine était devenu son lieu favori pour réfléchir et élaborer ses stratégies. Les yeux rivés sur le feu qui brûlait dans la cheminée, il attendit que son assistant ait refermé la porte derrière lui pour prendre la communication.

— Oui ?

— Je suis passé en voiture devant la maison. Il y avait du monde chez elle.

La nouvelle le surprit. Abby n'avait jamais de visiteurs. Il connaissait par cœur ses habitudes.

— Expliquez-vous.

— Grâce au dispositif d'écoute à distance, j'ai entendu des voix.

Il n'y avait pas là de quoi s'alarmer. Il devait simplement s'agir de sa voisine, la vieille femme qui maternait tout le quartier. Elle avait dû entendre parler de la dégradation du panneau, et était passée lui offrir son soutien moral.

Mais cela ne pouvait continuer ainsi, il ne le permettrait pas. Il fallait qu'Abby vienne à lui. Il avait attendu des heures qu'elle sonne à sa porte et pleure sur son épaule ou, d'une manière plus conforme à son caractère, lui demande conseil. En instillant la peur parmi les habitants de sa chère ville, il s'était débrouillé pour être le seul ami qui lui reste, mais il commençait vraiment à perdre patience !

— J'ai attendu un moment, puis je me suis approché. Il semble que le type fasse partie d'une des équipes de saisonniers. C'est lui qui a décoré le poste de police. Ils ont l'air assez intimes.

Le type ? Intimes ? Impossible ! Abby n'aurait pas pris un tel risque ! Avec patience, avec soin, il avait entretenu sa paranoïa, afin qu'elle ne fasse plus confiance à personne.

— Je veux savoir qui c'est. Trouvez-moi tous les renseignements que vous pourrez sur son compte.

— Je m'en occupe.

A quoi pensait-elle donc ? se demanda-t-il, furieux. L'idée que son trophée, sa *récompense*, passe son temps avec l'un des saisonniers déclencha en lui une flambée de rage. Il n'essaya pas de l'éteindre, la laissant au contraire le consumer, réduire à néant l'estime et l'affection qu'il avait placées — à tort — en cette femme. Elle était à présent son ennemie, sans rédemption possible.

— Compte rendu toutes les heures. Et je veux aussi des photos.

— C'est déjà fait.

— Vraiment ?

Il était trop avisé pour demander à son collaborateur comment il s'y était pris pour obtenir ces clichés. C'était une satisfaction de savoir que quelque chose, au moins, fonctionnait correctement. Ses exécutants comprenaient rapidement qu'il ne tolérait aucune erreur. L'homme méritait cependant un encouragement.

— Vous avez fait du bon travail cet après-midi.

— Merci.

— Etes-vous sûr qu'ils garderont le silence ? demanda-t-il, faisant référence aux marginaux qu'ils avaient chargés de vandaliser le panneau.

— Non.

— Bien. En ce cas, je vous laisse vous en charger.

Façon de signifier que les vandales devaient mourir.

Il mit fin à l'appel et marcha jusqu'à la fenêtre qui surplombait l'eau. Lorsque la lune était pleine, la vue sur la petite ville pittoresque était acceptable. Ce soir, en revanche, elle offrait un spectacle gris et maussade. Le ciel était couvert de nuages. Mère Nature semblait désireuse de satisfaire les espoirs de Belclare en lui offrant un beau manteau neigeux pour le lancement de son événement annuel.

Le seul point positif de la saison touristique, c'était le nombre plus élevé de victimes et de suspects potentiels. La police locale serait sur les dents jusqu'à la fin des festivités. Et quand il en aurait terminé avec Abigail Jensen, quand elle serait complètement anéantie et couchée à ses pieds, morte, il quitterait cet endroit sans intérêt. Il avait envie d'élire domicile dans un lieu plus spacieux, plus ensoleillé, en accord avec son statut anonyme.

Une fois sa stratégie bien au point, il appela son assistant et lui donna ses instructions.

Oui, un manteau de neige fraîche cadrerait parfaitement avec ses plans. Le sang versé ressortait plus vivement sur le blanc immaculé.

7

Poste de police de Belclare
Jeudi 1er décembre, 9 h 15

Abby entra par la porte de derrière et se précipita dans son bureau. Elle avait déjà une heure de retard, et l'esprit encombré de problèmes à régler en urgence. Sa visite à l'hôpital lui avait pris plus de temps que prévu, mais c'était une démarche nécessaire. Calder était non seulement un ami, mais aussi une victime. Il était capital de découvrir qui s'en était pris à lui.

Ensuite, elle s'était aperçue que quelqu'un avait pénétré par effraction dans son garage. A première vue, rien n'avait disparu, aucune déprédation n'était visible — raison pour laquelle elle avait pris la décision de ne pas déclarer l'incident, afin d'éviter les commentaires déplaisants. Si la chef de police n'était pas capable de garder sa propre maison, comment pourrait-elle protéger la ville ? Mais sa fierté en avait pris un coup.

Sans compter que, si elle l'ébruitait, les fédéraux recommenceraient à lui parler de protection rapprochée. Elle préférait la solution des patrouilles supplémentaires. La sécurité de la population passait avant la sienne. Avec un peu de chance, ils attraperaient le fauteur de trouble avant d'être obligés de mettre en place des mesures de sécurité draconiennes.

A cause du retard accumulé, elle n'avait pu se préparer mentalement à son rendez-vous avec le maire et Martin

Filmore. Hélas, il lui était impossible de remettre à plus tard cette rencontre, qui s'annonçait tendue.

Les deux hommes l'attendaient. Ils se levèrent à son entrée.

— Bonjour, dit-elle, sans même essayer de sourire.

— Vous avez un quart d'heure de retard, lui fit remarquer le maire avec aigreur.

— J'espère que le sergent vous a correctement installés.

A en juger par les deux tasses de café posées sur son bureau, ils étaient tout à fait à l'aise.

Elle suspendit son manteau et posa son sac à main, avant de s'installer dans son fauteuil.

— Est-ce que vous avez découvert qui sont les vandales ?

— Pas encore. Mais l'équipe restée sur place hier soir n'a pas rencontré d'autre problème.

Elle regarda Martin Filmore.

— Avez-vous pris une décision concernant la restauration du panneau ?

— J'ai rencontré l'entreprise de décoration. Ils ont accepté de fabriquer un panneau temporaire pendant que l'autre sera en rénovation.

Le maire s'éclaircit la gorge.

— Le conseil municipal a délivré les fonds nécessaires.

— C'est une bonne nouvelle, déclara Abby. Mes hommes ont réorganisé leur emploi du temps et leur itinéraire de patrouille pour…

— Est-ce absolument nécessaire ? l'interrompit Martin Filmore.

— Oui, répondit-elle, luttant pour garder son sang-froid. Comme je vous l'ai expliqué hier, je crois qu'au vu des événements récents les patrouilles supplémentaires sont indispensables pour assurer la sécurité de cette ville. En fait, ajouta-t-elle en jetant un coup d'œil au maire, j'étais sur le point de demander une petite partie du fonds d'urgence pour embaucher quelques agents de Baltimore pendant le week-end d'ouverture.

— Non.

Elle cilla, surprise par ce refus brutal.

— Pardon ?

— Nous avons suffisamment attiré l'attention du public comme ça, et pas dans le bon sens. Nous aurons de la chance si nous ne faisons pas face à une ville fantôme, ce week-end ! Est-ce que vous essayez de nous ruiner ?

Abby pinça les lèvres, médusée. Voilà qui constituait un virage à cent quatre-vingts degrés de la part d'un homme qui n'avait jamais rien eu contre la mauvaise publicité ! Pour quelle raison tout le monde autour d'elle avait-il changé si soudainement ? A peine s'était-elle posé la question que la réponse lui apparut. *La peur.* Celle qu'elle avait suscitée en passant à l'action.

Elle n'y pouvait rien. Protéger les citoyens était son métier. Les tranquilliser, non, si cela devait la ralentir dans son travail.

— Je suis d'accord, lâcha Filmore en levant le menton d'un air arrogant.

Evidemment, qu'il était d'accord ! Ces deux-là s'entendaient dès qu'il s'agissait de faire du drame. Elle joignit les mains, regrettant de ne pas avoir sa propre tasse de café.

— Le conseil municipal approuvera le versement d'heures supplémentaires à mes agents, dit-elle.

Ce n'était pas une question. Heureusement pour le maire, il sembla le comprendre. Un vague signe de tête de sa part indiqua qu'il acquiesçait, même s'il ne l'admettrait jamais à voix haute.

— Les patrouilles n'ont pas pour but d'intimider ou de déranger qui que ce soit, poursuivit-elle. Seulement, nous savons par expérience qu'une présence policière vigilante est un moyen de dissuasion efficace.

— Pas si efficace que ça, hier soir, dans votre rue, laissa tomber Filmore, rouge de dépit. Tout ce que vous avez fait, c'est inviter les criminels à venir vous défier jusque devant chez vous. Et en fin de compte, c'est Belclare qui devra en payer le prix.

Elle ravala la réplique cinglante qui lui montait aux lèvres.

— Quelle autre solution avez-vous à proposer, monsieur Filmore ?

Il ouvrit et referma la bouche plusieurs fois, comme un poisson.

— Je ne suis pas qualifié pour le dire, mais j'ai assez de jugeote pour me rendre compte que celles que vous avez proposées jusqu'ici ne fonctionnent pas.

Se tournant vers le maire, il conclut :

— Tout ce que je sais, c'est que vous êtes en train de gâcher le moment le plus important de l'année.

Des poules mouillées, tous les deux, se dit-elle. Dès que le premier agent fédéral était arrivé, ils lui avaient retiré leur soutien, alors qu'ils avaient été les premiers à saluer sa victoire sur les trafiquants de drogue. A la minute où les menaces avaient commencé à affluer, elle était devenue à leurs yeux l'ennemi public numéro un.

— Les spots publicitaires généreusement financés par Deke Maynard devraient contribuer à sauver notre week-end d'ouverture, concéda le maire, lissant sa cravate de Noël à l'imprimé criard.

Ville fantôme ou week-end d'ouverture sauvé ? Qu'il se décide une fois pour toutes !

Pendant son cours trajet jusqu'au bureau, elle avait entendu une annonce à la radio, selon laquelle Deke avait accepté une interview téléphonique. Il se donnait rarement la peine de se faire de la publicité ; cela le mettait mal à l'aise, elle le savait. S'il avait surmonté sa répugnance pour inciter le public à venir au village de Noël, elle lui devait une fière chandelle !

— Vous allez décorer les voitures de police, au moins ?

— C'est une tradition à laquelle nous sommes très attachés, monsieur Filmore, répondit-elle. Je vais veiller à ce que quelqu'un s'en occupe immédiatement.

Elle avait déjà demandé à Danny de s'en charger, mais jugea inutile de faire savoir à Filmore qu'elle avait eu cette idée avant lui. A ce stade, l'essentiel était de rechercher l'apaisement.

— Merci, fit-il, conciliant.

Ils se levèrent enfin, et après lui avoir serré la main et souhaité un joyeux Noël, ils la laissèrent seule dans son bureau.

Se tournant alors vers son ordinateur, elle se rendit sur le site de la radio locale. L'interview de Deke, diffusée le matin même, avait déclenché une avalanche de réponses enthousiastes. A lui tout seul, il avait réussi à annuler l'effet négatif des articles de presse sur la vague de crimes à Belclare. Faire cadeau à la ville d'un tableau supplémentaire pour l'encan silencieux était un moyen efficace d'attirer les touristes. Il vendait rarement ses peintures originales, même s'il exposait ses travaux récents à la galerie locale et réalisait parfois des tirages commerciaux, en nombre limité, de certaines de ses œuvres.

Elle se sentit submergée de gratitude. Cet homme semblait désormais son seul allié en ville. Elle saisit son portable et composa son numéro.

L'assistant de Deke répondit sur le ton monocorde qu'elle connaissait, et quelques instants après la voix de son ami emplit son oreille.

— Ma chère, comment allez-vous aujourd'hui ?

Mieux que Calder, songea-t-elle avec un sursaut de culpabilité. Si ses agents avaient trouvé des traces dans la neige, à l'arrière de la maison, ils avaient perdu la piste de son agresseur dans la rue suivante.

— Pour l'instant, je ne suis plus en défaveur auprès du maire, grâce à vous.

— Nous n'allons pas laisser des vandales stupides et insignifiants gâcher une belle saison touristique.

Elle aurait aimé qu'il ne s'agisse que d'un crime stupide et insignifiant.

— En tout cas, vous m'avez encore sauvé la mise, et je vous en suis infiniment reconnaissante.

— Est-ce que ça signifie que vous allez manquer votre réunion pour passer la soirée avec moi ?

Etait-ce réellement ce qu'elle voulait ? Dîner avec Deke constituerait sans aucun doute un agréable changement dans sa routine. Elle s'autorisa à rêver, imaginant la nourriture excellente, le vin délicieux, la conversation brillante devant le feu de cheminée de la salle à manger du peintre.

Cette plaisante vision fut soudain occultée par l'image des menaces gravées sur le panneau de bienvenue et sur la façade de son voisin. Elle tenta de s'en débarrasser, mais le souvenir de Calder coincé sous l'échelle jaillit dans sa mémoire.

— Abby ? Vous êtes là ?

Ses paumes devinrent moites. Calder était un bon voisin. Il avait effectué quelques menues réparations chez elle, en échange d'un pack de bières de temps en temps. C'était une aide précieuse, quand on n'avait pas le temps d'avoir un homme dans sa vie. Le manque de temps était-il réellement la cause de son célibat, d'ailleurs ? Ou se cherchait-elle des excuses ?

— Oui, je suis là. Désolée. J'aurais vraiment aimé passer la soirée avec vous, mais j'ai bien peur de devoir me passer de dîner.

Elle appuya son pouce entre ses sourcils dans l'espoir d'endiguer une nouvelle montée de stress. Reporter ce rendez-vous, après tout ce qu'il avait fait pour elle, était presque insultant. Cela risquait au minimum de passer pour de l'indifférence.

Mais elle ne voulait pas non plus que cette amitié le conduise à l'hôpital. Quelqu'un avait publiquement juré de la blesser et de blesser ceux qu'elle aimait. Les menaces ne disparaissaient pas, il y avait même une escalade de la violence. Ceux qui avaient commandité l'acte de vandalisme et l'agression savaient comment l'atteindre. On avait blessé son voisin, et pénétré par effraction dans son garage : deux actes qui l'avaient touchée de beaucoup trop près à son goût. Elle n'osait imaginer ce qui allait suivre.

— Etes-vous sûre ? insista-t-il.

Elle l'avait offensé.

— Vous comptez beaucoup à mes yeux, avoua-t-elle, espérant qu'il comprendrait. En tant que citoyen et en tant qu'ami. Mais ceux qui cherchent à me chasser d'ici s'en prennent à mes proches, et je ne veux pas qu'ils vous fassent de mal.

— Je suis capable de me défendre.

La tension dans sa voix avait disparu. Elle devina son sourire.

— Peut-on remettre ce dîner à une autre fois ?

Il soupira.

— Ce soir, demain, la semaine prochaine, peu importe. Le jour qui vous conviendra le mieux, compte tenu de votre emploi du temps chargé de chasseuse de crimes.

— Merci.

Quand tout serait terminé, elle rattraperait le temps perdu, se promit-elle.

— Est-ce uniquement le chef de police qui parle ?

Etait-il en train de flirter ?

— Non. Mes vrais amis sont rares en ce moment.

— Je suis là pour vous, Abby.

Elle sentit le rouge lui monter aux joues. Heureusement qu'ils n'avaient pas cette conversation face à face ! Qu'est-ce qui faisait, chez cet homme, qu'elle hésitait sans cesse ? Elle avait envie qu'il devienne plus qu'un ami, et l'instant d'après n'en était plus si sûre.

— Je reste en contact, Deke. Merci encore de nous avoir autant aidés pour le week-end d'ouverture. Je vous en prie, faites attention à vous, et appelez si vous avez besoin d'aide.

— D'accord. Ça vaut pour vous aussi.

— Comptez sur moi.

Elle avait le sourire aux lèvres en raccrochant. Le déchaînement des médias, les méfaits de l'individu qui avait décidé de terrifier la ville, tout cela avait commencé un peu plus d'une semaine auparavant, et les effets négatifs du stress commençaient à se faire sentir.

Elle regarda l'heure. Il était trop tôt pour espérer avoir des nouvelles des agents qui étaient allés examiner son garage à sa demande. Le magasin de bricolage n'ouvrait que dans une demi-heure : elle avait le temps de consulter ses e-mails.

Acheter un nouveau cadenas pour son garage ne constituait pas une priorité absolue, mais elle aurait l'esprit plus tranquille lorsque ce serait fait. Elle avait également besoin d'une nouvelle pelle en prévision de la chute de neige annoncée pour la soirée. La sienne avait été emportée au labo afin d'être analysée, car on avait retrouvé du sang séché sur la lame. L'idée que quelqu'un l'ait empruntée pour commettre une mauvaise action semblait tirée par les cheveux, mais au vu des incidents étranges qui s'étaient produits ces derniers temps, elle ne voulait prendre aucun risque.

Trente minutes suffiraient pour passer en revue sa boîte e-mail pleine à craquer, et transférer aux fédéraux, comme elle le faisait depuis plusieurs jours maintenant, les courriers contenant une menace clairement identifiée.

Se préparant à affronter de nouveaux messages de haine, elle se mit au travail.

Riley baissa le son de la petite radio portative fixée à son échelle. Toute la ville ne jurait plus que par Deke Maynard, le sauveur d'Abby Jensen. C'était la troisième fois ce matin qu'il entendait la nouvelle publicité pour le week-end d'ouverture du village de Noël.

Lui, cet homme le rendait nerveux. Il était certain qu'il y avait du louche derrière les vitres étincelantes de sa maison parfaitement restaurée, les jolies esquisses et peintures à l'huile soigneusement disposées dans la vitrine de la galerie, un peu plus bas dans la rue.

Il savait en quoi consistait son travail ici. Et il ne pouvait pas se lancer dans une chasse aux fantômes alors qu'il était encore en train de reconnaître le terrain. Ce n'était pas une mission à court terme que Casey lui avait confiée.

Il n'en était pas moins vrai que la situation d'Abby Jensen devenait de plus en plus préoccupante. Filmore, le snob collet monté qui voulait empêcher les rondes supplémentaires, et plus particulièrement les patrouilles à pied, figurait en tête de liste de ses suspects. Le bonhomme avait de drôles de priorités. Etre passionné d'histoire et d'architecture était très bien. Mais quel genre de personne préférait l'exactitude historique à la sécurité publique ?

Quelqu'un qui avait quelque chose à cacher. Ou à gagner.

Dans moins de deux jours, le village de Noël accueillerait la première vague de touristes de la saison. Il n'avait pas encore cerné précisément le danger, mais il était clair que quelqu'un redoublait d'efforts pour faire tomber Abigail.

Selon Danny, depuis la saisie de drogue, elle passait beaucoup trop de temps enfermée entre quatre murs, à faire le tri entre les messages de détraqués et les menaces plus sérieuses qui inondaient les boîtes aux lettres postale et électronique de la police. Les plus inquiétants étaient transmis aux fédéraux. Casey lui communiquait en retour toute information pouvant avoir un rapport avec Belclare, mais jusqu'à présent aucun renseignement d'importance ne lui était parvenu.

Les gens évoquaient à mots couverts l'acte de vandalisme et l'agression de Roy Calder, cherchaient des coupables, et montraient du doigt les saisonniers — dont il faisait partie. Mais il n'existait aucune piste réelle. En ce qui le concernait, ces soupçons étaient on ne pouvait plus éloignés de la vérité, il était bien placé pour le savoir. Quant à ses collègues, il ne les considérait pas comme suspects. Mais dans une petite communauté comme celle-ci, il était bien plus commode et confortable d'accuser les étrangers.

Le fauteur de trouble inconnu connaissait la nature humaine et s'en servait comme d'une arme. Un flic aussi intelligent qu'Abby ne suivrait sans doute pas la piste des saisonniers : c'était une explication médiocre et trop évidente. Mais il était intéressant de se demander pourquoi la personne ou le groupe responsable des récentes attaques criminelles pensait qu'elle pourrait s'en contenter.

Son travail, ce matin-là, consistait à décorer la quincaillerie située dans Main Street. Il acheva le travail en un temps record, avec l'aide de deux autres gars de l'équipe.

Pendant qu'ils vérifiaient le bon fonctionnement des guirlandes lumineuses, et apportaient la touche finale aux vitrines, il observa, l'air de rien, les curieux qui les regardaient faire. Il y avait pas mal de passants dans la rue, et la plupart affichaient une affabilité prudente. Une mission à durée indéterminée dans cette ville ne serait pas un calvaire, songea-t-il alors. Ce n'était pas comme si un être cher ou une famille l'attendait quelque part. Un endroit comme celui-là pourrait tout à fait devenir son chez-lui.

En attendant que les décorations suivantes arrivent de l'entrepôt, il alla jeter un coup d'œil à l'intérieur du magasin. Une connaissance parfaite de l'environnement était le meilleur atout d'un agent.

Une femme d'âge mûr était postée derrière le comptoir.

— Bienvenue ! lança-t-elle. Vous avez l'air de quelqu'un qui a besoin d'une nouvelle paire de gants.

Il sortit ses mains froides et rougies des poches de son blouson sans manches, et souffla légèrement dessus.

— Je n'utilise jamais de gants pour les travaux qui exigent de la minutie.

— Ça se comprend, concéda-t-elle. En tout cas, prenez le temps de vous réchauffer un peu.

— Merci ! Ce vent est vraiment pénible ! fit-il, amical.

Il espérait la faire parler. Ecouter les gens bavarder était un excellent moyen d'optimiser les chances de succès d'une mission de ce genre.

Une étincelle de malice brilla dans le regard bleu vif de la commerçante.

— Ça fait partie du charme quand on est aussi près de l'océan. Seuls les plus coriaces arrivent à tenir le coup. Quand partez-vous ?

Immobile devant l'allée des vis et des clous, il hésita avant de répondre :

— Il est possible que je reste un peu.

Il lui adressa un sourire éblouissant, et acheva :

— Je m'habituerai au charme du vent. J'ai déjà un autre travail de prévu à Belclare, quand les décorations seront achevées.

— C'est une bonne nouvelle, je suppose. La compagnie qui vous emploie est au courant de vos projets ?

Il distingua de la curiosité dans sa voix. A l'évidence, son portefeuille l'intéressait tout autant que ses motivations personnelles. Trop heureux de saisir la perche qu'elle lui tendait, il s'approcha du comptoir.

— Ils savent que je mérite chaque penny de mon salaire, et c'est amplement suffisant.

— Mmm…

Il tendit la main.

— Riley O'Brien. Est-ce que vous vendez du matériel sur mesure ?

Les yeux de la femme s'illuminèrent.

— Bien sûr ! Peg Blackwell, à votre service.

— Enchanté de faire votre connaissance, madame Blackwell.

— Appelez-moi Peg.

Il inclina la tête.

— Il se trouve que j'ai besoin de…

Il fut interrompu par le tintement de la clochette au-dessus de la porte. Abby Jensen apparut sur le seuil. Il jeta un coup d'œil à Peg Blackwell. Avait-elle appuyé sur l'alarme silencieuse à son arrivée, pour faire venir le chef de police ? Avait-il l'air suspect à ce point ?

— Bonjour, Peg, fit Abby, en s'essuyant les pieds sur le paillasson.

— Bonjour, chef.

Riley examina sa protégée. Elle était trop habillée pour une visite à la quincaillerie. Elle portait un pull rouge en laine douce, un élégant pantalon anthracite et des bottes à talons trop légères pour la saison. Elle avait les joues rose vif à cause du froid, et une fine mèche blonde échappée de sa queue-de-cheval était prise dans son brillant à lèvres.

Il s'efforça d'ignorer les sentiments qu'elle éveillait en lui. Il avait pour mission de veiller à sa sécurité, mais il en faisait déjà une affaire beaucoup trop personnelle.

Derrière le comptoir, l'attitude de Peg se fit glaciale. Ces deux-là se détestaient cordialement, et Riley se demanda si c'était à cause des événements récents ou si le problème était plus ancien.

— Bonjour, monsieur O'Brien.

Il secoua lentement la tête, en signe de reproche.

Elle poussa un soupir, et ramena une mèche folle derrière son oreille.

— Bonjour, Riley, reprit-elle. Est-ce votre œuvre, la devanture ?

— Oui, répondit Peg à sa place.

— J'ai eu de l'aide en cours de route, précisa-t-il.

Abby le gratifia d'un sourire.

— C'est beau.

Il esquissa une petite révérence.

— Merci. J'allais jeter un coup d'œil aux teintures sur bois en attendant ma prochaine mission de décoration.

— Allée numéro trois, près de l'angle, l'informa Peg avec chaleur.

Son ton se fit nettement plus froid quand elle s'adressa à Abby.

— Qu'est-ce qui vous amène ?

Il s'éloigna d'un pas tranquille, passant mentalement en revue diverses options pour la cuisine des Hamilton, tout en écoutant la conversation des deux femmes.

— J'ai besoin d'un nouveau verrou pour mon garage, déclara Abby. Et d'une pelle à neige.

Une ribambelle de questions s'entrechoquèrent aussitôt dans la tête de Riley, et il espéra que Peg les poserait à sa place. Il n'avait rien remarqué d'anormal chez Abby avant de partir au travail.

— Le verrou a gelé ? Vous auriez pu demander à Calder d'y jeter un coup d'œil. Enfin, vous l'auriez fait, s'il n'était pas à l'hôpital.

C'était donc là le nœud de l'affaire… Calder et Peg étaient probablement amis, et cette dernière rendait Abby responsable de l'accident. C'était injuste. Abby n'était pas l'auteur de l'inscription sur la façade de son voisin ; elle n'avait pas non plus poussé l'échelle. Rien de tout cela n'était sa faute. Que ces gens le veuillent ou non, un mal inconnu rongeait leur petite ville idyllique. Le seul tort d'Abby avait été de le révéler au grand jour.

— Pas gelé. Simplement cassé. Pas aussi solide qu'il aurait dû l'être, j'imagine.

La patience dont elle faisait preuve, sachant qu'elle était

constamment en butte aux reproches et à l'agressivité des gens, forçait le respect. Mais un peu de mauvaise humeur devait être facile à supporter, comparée aux menaces plus sérieuses dont elle faisait l'objet. Il dressa l'oreille tandis que Peg la conduisait dans le rayon des verrous.

— Les pelles se trouvent à l'avant du magasin, expliqua-t-elle d'un ton qui sembla un peu plus amical à Riley. Ils annoncent cinq centimètres de neige pour demain soir.

Il n'entendit pas la suite de la conversation, car elles s'éloignaient.

Mais brusquement, Peg changea à nouveau de ton.

— Je respecte le cran dont vous faites preuve dans votre travail, mais à trop parler, vous nous avez mis dans de beaux draps !

Riley se précipita pour prendre la défense d'Abby. Il ne pouvait tout de même pas être le seul à s'apercevoir que ses décisions provenaient d'un dévouement sans limite !

— Qu'est-ce qui s'est passé ? demanda-t-il.

Abby sursauta.

— Les techniciens de scène de crime ont trouvé quelque chose chez Calder ?

Elle s'éclaircit la gorge.

— Non. Quelqu'un a cassé le verrou de mon garage. Rien d'inquiétant.

— Je ne suis pas d'accord ! Vous habitez juste à côté de chez moi. S'il y a un détraqué dans le quartier, j'aimerais savoir comment je peux vous aider à l'attraper.

Peg ouvrit la bouche, stupéfaite. *Bien…* Il fallait que les citoyens de Belclare se rendent compte qu'Abby remplissait admirablement son rôle, quitte à se mettre elle-même en danger. Elle avait lancé un ultimatum aux trafiquants dans l'euphorie de la victoire, mais elle tenait parole. Du moins, elle s'y efforçait.

Une note qui lui avait été adressée par e-mail lui avait appris que des rumeurs annonçaient l'arrivée d'un nouveau chargement de drogue. Celle-ci passerait probablement par les docks, mais pas seulement. Des vendeurs affluaient de partout. Autrement dit, loin de rétrécir, la liste des suspects s'allongeait. Un service de police aussi modeste que celui d'Abby n'était pas de taille à gérer un problème de cette ampleur.

— Je peux gérer ça seule, déclara-t-elle.

— C'est évident, mais recevoir un peu d'aide est toujours appréciable.

Comme elle fronçait les sourcils, il s'empressa de changer de sujet.

— Apparemment, vous êtes en tenue pour donner une nouvelle conférence de presse. Je vais réparer votre verrou pendant que vous vous occupez des journalistes.

Son expression s'assombrit encore.

— Que savez-vous de la façon dont je m'habille ?

— Je me tiens informé de ce qui se passe ici, répliqua-t-il en souriant. Et j'ai entendu les publicités données par cet artiste.

— Deke Maynard ? fit-elle, l'air soudain déconcerté. Eh bien ?

— C'est ce nom-là, oui. Vous allez appuyer cette publicité par une nouvelle déclaration publique, c'est ça ?

Elle hocha la tête.

— En effet.

— Je m'en doutais. Puisque vous êtes occupée à assurer la paix et à pourchasser les méchants, donnez-moi le verrou.

Elle laissa tomber l'objet au creux de sa main.

— Et maintenant, dites-moi ce qui est arrivé à votre pelle à neige.

— Nous l'avons mise sous scellés et envoyée au labo. Il est peu probable qu'il s'agisse de sang sur la lame, mais je serai tranquillisée quand le résultat sera confirmé. Dans la mesure où aucun corps n'a été trouvé, je suis optimiste.

— Pour l'instant, marmonna Peg, tout en retournant à son comptoir. Vous payez tout de suite, ou je le mets sur votre compte ?

— Je paye, dit Abby en la suivant. Merci pour votre aide, Peg.

— Avec plaisir.

La commerçante s'était encore radoucie.

— Vous êtes sûr d'avoir le temps de vous occuper de ça, Riley ? demanda Abby en se tournant vers lui.

Il fit signe que oui, et entendit à cet instant le crissement des freins du camion qui revenait de l'entrepôt.

— Je m'en chargerai dès que je rentrerai à la maison.

— Des patrouilles circulent dans notre rue. Dites-leur bien que vous me donnez un coup de main.

— Entendu !

Tandis qu'elle payait ses achats, Riley se demanda qui souhaitait se débarrasser d'elle au point de dissimuler des preuves dans son garage pour l'incriminer, et pourquoi elle avait omis de déclarer l'incident, alors qu'elle était innocente.

Mais la question la plus importante demeurait : comment faire pour se rapprocher d'elle et la protéger efficacement ?

8

La réunion avec les marchands du village de Noël portait sur les questions de sécurité, et elle ne s'était pas bien passée. Abby rentrait chez elle contrariée, le son de l'autoradio poussé au maximum.

Au moment précis où elle quittait son bureau, l'institut médico-légal avait appelé. Ils avaient identifié l'échantillon sur la lame de sa pelle à neige : il s'agissait de cellules humaines, mais il était trop tôt pour savoir s'il existait des correspondances entre l'ADN retrouvé et d'autres éléments présents dans les bases de données. Le fait le plus remarquable était la présence de traces de peinture aérosol dans le sang recueilli.

Elle s'était juré de veiller à la sécurité de cette ville, quel qu'en soit le prix. Les médias n'auraient pas à forcer beaucoup le trait pour que tous soient convaincus qu'elle avait rendu justice elle-même. L'idée qu'elle puisse tuer quelqu'un à cause d'un graffiti était ridicule, mais la rumeur suffirait à ruiner sa carrière. Il n'était plus possible de passer l'incident sous silence, à présent. En fait, sa décision de taire l'effraction dont elle avait été victime risquait maintenant de jouer contre elle.

Dieu, qu'elle était fatiguée !

Gadsden avait recueilli son témoignage, mais ils savaient tous deux que, même pour le chef de police, être seul dans son lit ne constituait pas un alibi. Elle avait gagné un peu de sympathie et bénéficié d'une certaine liberté d'action à cause des menaces qui pleuvaient sur sa tête ; malheureusement, la nuit précédente ou tôt ce matin-là, quelqu'un de mal intentionné avait réussi à pénétrer chez elle et à maquiller sa

pelle à neige en arme de crime. C'était exactement la raison
pour laquelle il lui fallait un chien ! Mais quel chien serait
heureux dans un foyer où le maître n'était presque jamais là ?

Elle était passée par toute la gamme des émotions au cours
de cette journée épouvantable, depuis la stupeur jusqu'au
désir de vengeance. Quelqu'un se moquait d'elle, et elle était
déterminée à faire la lumière sur cette affaire.

La conférence de presse s'était bien passée, grâce à
l'apparition inopinée de leur célébrité locale, Deke Maynard.
Celui-ci n'avait pas ouvert la bouche, mais il était évident
qu'il se mettait en quatre pour l'aider à affronter la tempête.
Elle appréciait son soutien. Malheureusement, en prenant
publiquement parti pour elle, il se mettait en danger, et elle
craignait qu'il n'ait à regretter de lui avoir prêté main-forte.
Elle devinait que c'était un moyen pour lui de lui montrer
qu'il se sentait concerné. Ce genre de geste ne devait pas être
une habitude, chez lui. Cela signifiait-il qu'elle était spéciale
à ses yeux ? Elle n'avait pas encore d'idée très claire sur la
question. Leur relation — quelle que soit sa nature — était
compliquée.

Le pire, c'était qu'en dehors de quelques journalistes
qu'elle n'avait pas reconnus, ceux qui étaient venus assister à
la conférence de presse étaient pour la plupart des habitants
de longue date.

Après la saisie de drogue, elle s'était surprise à considérer
d'un œil méfiant les gens qu'elle connaissait depuis des années,
à se demander ce qui se passait derrière les portes closes. Le
fait que tout le monde s'observe — et l'observe — avec la
même curiosité macabre ne l'aidait pas à se détendre.

Le bon sens aurait voulu qu'ils se serrent les coudes, et
pourtant… Même Peg s'était montrée hostile envers elle,
préoccupée par les retombées négatives que les événements
risquaient d'avoir sur le commerce. Tous les jours, le service de
police recevait davantage d'appels de citoyens qui désignaient
les saisonniers du village de Noël comme les coupables. Il
fallait continuellement les rassurer et cela sapait le moral

de ses agents, mais comment rétablir la situation ? Elle n'en avait pas la moindre idée.

Il fallait bien reconnaître qu'elle ne s'était pas montrée très réceptive à l'égard des rares personnes qui lui avaient offert leur appui. Quant aux commerçants, ils semblaient s'être rangés à l'avis du maire, avis selon lequel elle était allée trop loin et avait mis en péril leur moyen de subsistance. Deke avait probablement sauvé le week-end d'ouverture, mais elle n'était pas tirée d'affaire pour autant. Le maire attendait d'elle qu'elle se donne davantage de mal pour apaiser les susceptibilités froissées.

Tandis qu'elle était arrêtée à un feu rouge, elle se demanda si elle n'irait pas chez Deke pour le remercier personnellement de son aide. Puis, se rappelant à quel point il appréciait sa tranquillité, elle décida de rentrer directement chez elle. Inutile de se le mettre à dos, lui aussi, simplement parce qu'elle avait besoin d'une épaule sur laquelle s'appuyer. Bien qu'il ait encore renouvelé son invitation à dîner après le départ des médias, elle estimait qu'il en avait fait assez pour aujourd'hui.

Deke fut oublié dès qu'elle tourna dans sa rue. Ses voisins n'étaient pas restés inactifs pendant qu'elle se débattait avec les menaces, les suspects et l'effroyable absence de témoins. Des guirlandes électriques paraient les toitures et les haies ; des traîneaux tirés par des rennes ou des crèches de Noël luisaient doucement sur les pelouses saupoudrées de neige.

Qui avait fait cela ? Qui avait convaincu les habitants du quartier de garnir les réverbères de ces rubans rouge et blanc qui les faisaient ressembler à des sucres d'orge ?

Elle se gara dans son allée, descendit de voiture et regarda autour d'elle, admirative. Son réverbère aussi était enrubanné. Une bouffée de joie l'envahit à la pensée qu'elle avait été incluse dans le projet.

Cela donnait à la rue une certaine d'unité, assez neutre toutefois pour ne pas jurer avec les compositions personnelles des différentes familles. Tous les ans, quand le centre-ville se transformait en village de Noël, les zones résidentielles suivaient l'exemple, et l'on assistait à une compétition amicale au sein de chaque quartier.

Fatiguée ou non, elle se devait de décorer son jardin avant que ses voisins ne lui tournent définitivement le dos.

Elle avait eu raison de ne pas dîner avec Deke, finalement, et pas seulement pour des raisons de sécurité. Elle avait désespérément besoin de normalité. Elle se tourna en souriant vers sa maison, se demandant par quoi elle allait commencer, tout en s'interrogeant, une fois encore, sur le mystère de l'effraction. Qui était entré dans son garage pour y dissimuler de fausses preuves ?

Cette pensée dérangeante la poussa à pivoter brusquement sur elle-même pour regarder la maison des Calder. Des guirlandes étaient allumées sur le toit et les haies. Alors que partout ailleurs, les lumières étaient blanches, Calder et Libby avaient opté pour un décor coloré qui convenait davantage au goût de leur petite fille. La boule à neige gonflable était nouvelle, tout comme la pancarte accrochée à la cheminée, sur laquelle on pouvait lire : « Père Noël, ne m'oublie pas. »

Calder ne pouvait les avoir installés lui-même. Elle était allée le voir à l'hôpital à l'heure du déjeuner, et les médecins avaient décidé de le garder jusqu'au lendemain. Ce n'était pas non plus Libby avec son gros ventre.

Abby poussa un soupir. Un voisin avait dû s'en charger.

— Ça vous plaît ? J'ai trouvé que la pancarte apportait une touche sympathique.

Riley venait d'apparaître au coin de la maison des Calder. D'un geste, il lui indiqua les minuscules stalactites phosphorescentes qui pendaient du bord de la toiture. Il avait enveloppé le tour des fenêtres d'un large ruban blanc, à la façon d'un paquet cadeau. Il arborait ce sourire qui n'appartenait qu'à lui. Un mètre à la main, les manches retroussées, il portait sa fameuse ceinture à outils très bas autour des hanches. L'archétype du charpentier !

C'est alors qu'elle comprit.

— C'est vous qui avez tout fait, n'est-ce pas ?

Il haussa les épaules.

— J'ai terminé tôt, aujourd'hui. Et je m'ennuyais.

Elle reporta son attention sur la maison. C'était plus sûr que de le fixer avec des yeux de merlan frit.

— Rassurez-moi, vous avez eu de l'aide ?

Après ce qui s'était passé la veille au soir, elle n'aimait pas l'idée que quelqu'un travaille seul sur une échelle. Pas aussi près de chez elle, en tout cas.

— Peg et Danny m'ont aidé. Et quelques gamins aussi, après l'école. C'était un travail d'équipe.

— Peg ? Vous plaisantez ?

Vu la froideur qu'elle lui avait témoignée le matin même, il était surprenant qu'elle se soit déplacée jusqu'ici. D'un autre côté, Calder était aussi un de ses amis.

— Pas du tout, lui assura Riley. Elle est venue jeter un coup d'œil dans la cuisine et discuter du revêtement de sol. C'est elle qui a décoré tous les réverbères. Je crois qu'elle était contente de donner un coup de main.

— Peg ? répéta stupidement Abby.

Il lui paraissait impossible que cette dernière ait accepté de s'approcher de chez elle.

— Vous êtes comme le joueur de flûte de Hamelin, dit-elle en secouant la tête. Vous savez éveiller la bonne volonté chez les gens.

Il haussa de nouveau les épaules d'un air insouciant.

— Les sœurs me comparaient à Tom Sawyer, mais ça revient au même, je suppose.

— Les sœurs ?

Elle nageait en pleine confusion.

Les yeux de Riley se détachèrent de la maison des Calder pour se poser sur elle.

— Mes professeurs. Mes parents sont irlandais, vous vous souvenez ? Fréquenter une école catholique était presque une obligation. La nôtre était tournée vers l'entraide sociale. Théâtre de quartier, travaux de réparation, ce genre de chose… Très tôt, nous avons appris que la besogne est plus facile à abattre quand les gens sont nombreux à participer.

— Je vous suis très reconnaissante de ce que vous avez fait aujourd'hui. C'est magnifique.

— J'ai pensé qu'une pointe de gaieté ne nous ferait pas de mal.

— Et vous avez eu raison.

Il la rejoignit en quelques enjambées et lui tendit une clé en cuivre brillant.

— Votre verrou est réparé, et la nouvelle pelle à neige est dans le garage.

— Merci, dit-elle en sortant son trousseau.

Tout était bon pour cesser de béer d'admiration devant cet homme, qui semblait avoir un impact si positif autour de lui. Tout indiquait qu'il était un atout pour la ville, qu'il faisait partie des gentils. Mais n'avait-elle pas tort de lui accorder si facilement sa confiance ?

Il enfonça les mains dans ses poches.

— Des pistes ?

— Dans quelle affaire ?

— Toutes.

— Aucune piste. A ce stade, je peux m'estimer heureuse d'avoir encore un travail.

— Ce n'est pas de votre faute si Belclare est en état de siège.

Elle secoua la tête, découragée.

— En état de siège, c'est tout à fait ça. Malheureusement…

Elle s'accorda le plaisir de pousser un profond soupir.

Durant toute la journée, les paroles de Riley avaient résonné dans un coin de sa tête. A qui cela profiterait-il le plus si elle s'en allait, ou si elle faisait marche arrière ? Elle ne connaissait pas la réponse, mais c'était la question qu'il fallait se poser, effectivement. Du coup, elle considérait tout le monde comme une menace potentielle. Une attitude qui frisait la paranoïa.

— Comment va Calder ?

Elle se tourna vers lui avec un sourire empreint de soulagement.

— Suffisamment remis pour mener la vie dure au personnel soignant.

Elle sortit son téléphone afin de prendre une photo de la maison.

— Il sera ravi de voir ça.

— Peg lui en a déjà envoyé une.

Elle laissa sa main retomber, se sentant idiote.

— Oh ! Evidemment…

— Mais je suis certain qu'il serait content d'en recevoir une autre. De nuit, avec toutes ces lumières, c'est encore plus joli.

— Exact.

Elle prit la photo et l'envoya.

— Bien. Je ferais mieux de m'occuper de mon jardin, maintenant, ou je vais décrocher le titre de trouble-fête !

— Sérieusement ? Ils distribuent des mauvais points ?

— Ce n'est pas officiel, mais c'est une réalité : quand on vit à Belclare, on doit avoir l'esprit de Noël. Et comme vous pouvez le constater, je suis à la traîne.

— Laissez-moi vous aider.

Elle écarta les bras pour désigner la rue.

— Vous en avez déjà beaucoup fait.

Il examina sa maison, et des petites rides se formèrent au coin de ses yeux.

— Il va vous falloir une échelle.

Elle serra les dents, tentant de repousser le douloureux souvenir de la veille au soir.

— Pas nécessairement, objecta-t-elle.

Elle pouvait simplement disposer des guirlandes lumineuses sur les buissons et autour de la porte d'entrée. Et accrocher des couronnes de Noël sur les volets. Rien de fantastique, mais ce serait déjà cela. Peut-être achèterait-elle un ornement gonflable, cette année.

— Je ne sais pas ce que vous avez en tête, mais il n'est pas question que vous travailliez seule, déclara-t-il. Venez avec moi !

Machinalement, elle lui emboîta le pas, avant de se ressaisir.

— Eh… Attendez ! Depuis quand décidez-vous à ma place ?

Lorsqu'il se retourna, un tremblement lui agitait le coin des lèvres.

— Qui de nous deux s'y connaît en décoration ?

— J'ai beaucoup d'expérience, riposta-t-elle.

— Merveilleux ! Dites-moi ce que vous voulez et où sont rangées les décorations, je me chargerai de l'installation. Mon patron lui-même reconnaît que je suis l'élément le plus rapide de l'équipe.

Elle n'en était pas surprise. Quand elle avait appelé l'entreprise pour en apprendre davantage sur le compte de Riley, elle n'avait entendu que des éloges.

— Je vous félicite. Mais vous n'avez pas besoin de m'aider.

Il s'immobilisa brusquement entre leurs deux allées, et elle faillit se cogner contre lui. Ce qui ne lui aurait pas déplu, d'une certaine façon.

— Besoin ou pas, je vais vous aider, Abby.

Quelque chose dans la façon dont il prononça son prénom lui donna le sentiment d'être quelqu'un de complètement différent. Soudain, elle eut envie de laisser de côté son personnage officiel, et d'être simplement… elle-même. Celle qu'elle était avant d'affronter les catastrophiques conséquences de la saisie de drogue.

— Je ne changerai rien, dit-elle.

— Vous auriez une photo des Noëls précédents, que je voie ?

— Oui, mais je ne parlais pas des décorations. Je pensais à la saisie de drogue.

Il se recula, manifestement étonné, et croisa les bras. Comment faisait-il pour avoir l'air aussi à l'aise par ce froid, alors qu'il ne portait qu'un tricot à manches longues sous sa chemise écossaise en flanelle, un jean et des chaussures montantes ? Il y avait peut-être un chauffage intégré dans sa ceinture à outils. Ou alors, c'était *lui* le chauffage… A cette pensée, elle frissonna.

Chaque nouvelle rencontre avec lui ne faisait que renforcer sa conviction qu'il était quelqu'un de gentil, de compétent et de bon. Le genre d'homme qu'une femme pouvait se féliciter

de connaître. C'était là le fond du problème : la connaître,
elle, la fréquenter, risquait de se révéler funeste pour lui.

— Vous devriez rentrer et vous reposer, dit-elle. Je peux
me débrouiller.

Il secoua la tête d'un air résolu.

— Non.

— Riley, je vous en prie.

Il approcha son visage du sien jusqu'à ce qu'ils soient
presque nez à nez.

— Vous ne pourrez pas vous dépêtrer de moi. Faites-vous
une raison.

Il était si près qu'elle distinguait des paillettes dorées dans
ses prunelles marron. Elle baissa les yeux, les posa sur ses
lèvres. Les coins de la bouche de Riley se relevèrent, et elle
se força à croiser de nouveau son regard pour ne plus voir
son sourire moqueur. Erreur fatale ! Elle se demanda aussitôt
à quoi ressemblaient ses baisers. Doux et lents ? Exigeants
et passionnés ?

Avant de céder à la tentation de le découvrir, elle fit un pas
en arrière. Elle ne voulait pas qu'il arrive malheur à Riley
parce qu'un ennemi inconnu voulait la blesser.

Lui ne bougea pas. Etait-il inconscient ? Ou bien était-ce
elle qui était folle parce que cela lui faisait plaisir ?

— OK, lâcha-t-elle. Très bien.

Il se redressa.

— Content que vous vous montriez raisonnable. A présent,
vous me montrez où sont rangées les décorations ?

D'un mouvement de la tête, elle indiqua le garage.

— Sur la mezzanine.

— D'accord.

Il se dirigea vers son pick-up et ouvrit une caisse de
rangement.

— J'attrape juste deux lampes de travail.

— Bonne idée.

Il ferait un noir d'encre sur la mezzanine.

Elle gagna la porte du garage, et essaya sa nouvelle clé.
Celle-ci tourna en douceur dans la serrure. Elle n'en attendait

pas moins de Riley. Partout où il passait, les gens louaient sa gentillesse et son habileté manuelle.

Elle appuya sur l'interrupteur et fut soulagée quand la lumière s'alluma. L'espace était juste assez large pour garer sa voiture, mais elle la rentrait rarement, se disant que la vue de sa berline dans l'allée procurait un sentiment de sécurité à ses voisins. Mais après ce qui était arrivé à Calder, cette précaution semblait chimérique.

— Vous pensez à votre découverte de ce matin ?

Elle éprouvait l'envie de donner un coup de pied dans quelque chose, mais se retint.

— Je ne comprends pas pourquoi on dissimulerait une fausse preuve ici de façon aussi voyante.

— Pour jouer avec vos nerfs.

— Eh bien, ça marche ! Mais je ne laisserai pas ces scélérats m'amener à douter de ce qui est juste !

— Bien parlé.

Passant devant elle, il saisit l'escabeau et l'installa de façon à pouvoir monter. Le bruit métallique qu'il produisit en l'ouvrant la fit violemment sursauter.

— Ça va ?

— Je suis en colère. Calder n'est pour rien dans tout ça. Pourquoi ne s'en prennent-ils pas directement à moi ?

Riley grimpa quelques marches, jusqu'à ce qu'il soit assez haut pour lire les étiquettes des boîtes en plastique alignées sur la mezzanine.

— Il me semble que c'est ce qu'ils ont fait en entrant par effraction dans votre garage, fit-il. Lesquelles voulez-vous que je descende ?

— La boîte rouge qui contient les couronnes, et la verte avec les guirlandes électriques. Ça devrait suffire.

— Vous en êtes sûre ?

— Je pourrai toujours compléter ma décoration quand les choses se seront calmées.

Le rire de Riley résonna.

— Je ne compterais pas là-dessus de sitôt !

Elle lui prit des mains la boîte rouge et la posa par terre.

— Ce qui signifie ?

La deuxième caisse en équilibre sur l'épaule, il descendit de l'escabeau.

— Ne vous en prenez pas à moi, je ne fais qu'énoncer une évidence. Quelqu'un veut vous rendre la monnaie de votre pièce ou, du moins, vous prouver qu'il n'a aucune intention de respecter la loi.

Si seulement elle était capable de découvrir qui était ce « quelqu'un » !

Tandis qu'il replaçait l'escabeau sur son crochet, elle souleva la boîte et sortit dans le jardin. Riley la suivit avec l'autre.

— Nous avons examiné tous les indices relevés lors de la saisie de drogue, interrogé tous les employés et toutes les personnes pouvant s'identifier à un témoin. Et nous ne sommes pas plus avancés sur l'identité des trafiquants.

Elle ouvrit les caisses et en sortit les photos qu'elle avait prises l'année précédente, pendant qu'il branchait les lampes de travail. Il regarda les clichés par-dessus son épaule, contempla la façade de la maison et éclata de rire.

— C'est si laid que ça ? demanda-t-elle, légèrement vexée.

— Pas du tout ! Simplement, je n'avais jamais rencontré quelqu'un d'aussi organisé.

— Votre père vous a appris à manier un marteau. Le mien m'a enseigné l'art de planifier et de se documenter.

Riley se rembrunit, mais avant qu'elle n'ait pu lui demander ce qu'il avait, il tendit la main vers les photos.

— J'aurai terminé dans une heure.

— Je suis contre le deux poids, deux mesures. Nous allons travailler ensemble.

Ce n'était pas seulement pour des raisons de sécurité qu'elle louait le travail d'équipe.

— Vous voulez aller vous changer ? Je peux attendre.

— Je vais juste chercher mes bottes derrière la maison. Donnez-moi une seconde.

Tandis qu'ils travaillaient, elle constata qu'elle appréciait sa compagnie. Pourtant, dans quelque temps, il la haïrait à son tour, déplora-t-elle en son for intérieur. Fâchée de se laisser aller à un autoapitoiement qui ne lui ressemblait pas, elle sortit la guirlande destinée à décorer la porte et la lui tendit.

— Vous devriez y arriver sans escabeau.

Il la considéra, sourcil levé, mais obtempéra. Quand la guirlande fut correctement installée, elle la brancha et sourit.

— Parfait !

— Merci, dit-il en faisant une large révérence. Ensuite ?

— Je vais décorer les haies. Si vous voulez, vous pouvez suspendre les couronnes.

— Affaire conclue !

A la lumière crue des lampes de travail, ils achevèrent de transformer sa maison en un temps record. Les quelques modifications qu'il apporta à l'ensemble plurent à Abby.

— Vous êtes doué !

— J'ai eu pas mal d'entraînement ces derniers jours, dit-il en rangeant les lampes.

Elle empila les caisses vides et les rapporta dans le garage. Quand elle ressortit, il l'attendait dans l'allée.

— Un tour en voiture, ça vous dirait ?

Elle en avait tellement envie que cela l'effraya.

— Vous n'êtes pas fatigué de voir des lumières et des décorations de Noël, à cette heure ?

— Et vous, vous n'êtes pas fatiguée de votre travail de policier ?

— Un petit peu, avoua-t-elle.

Surpris tous deux, ils se mirent à rire.

— Faites un tour avec moi. Je vous offre un verre.

— Il n'était pas question que vous me prépariez à dîner, hier soir ?

Il dégrafa sa ceinture à outils et la rangea dans le pick-up.

— Il se peut que je laisse ce soin à un professionnel. Je ne voudrais pas vous étourdir en vous montrant tous mes talents à la fois.

— Quel affreux dragueur !

— C'est ce que je me suis laissé dire.

Tout en lui ouvrant la portière côté passager, il lui adressa un clin d'œil.

— Je voulais dire que vous êtes *mauvais* à ce jeu-là.

— Vous voulez que je joue mieux ?

Oui. Non. Elle ne savait pas trop ce qu'elle voulait. Elle claqua sa portière. Quand il se glissa sur le siège à côté, elle répondit :

— Je ne veux pas de jeu entre nous. Je préfère que vous soyez vous-même.

— Ce n'est pas très difficile.

Il la contempla pendant un long, long moment, et elle s'aperçut qu'elle retenait son souffle.

— Il n'y a pas de vice caché, Abby.

Comment faisait-il ? Comment arrivait-il à lui donner l'impression d'être si désirable, si vivante, en quelques mots à peine ?

Elle s'efforça d'analyser la situation de façon rationnelle, de le considérer comme elle l'aurait fait d'un suspect, en cherchant un éventuel mobile. Mais elle ne parvenait pas à le cerner. Son langage corporel proclamait l'intérêt sincère qu'il lui portait : de cela au moins, elle était sûre. En revanche, impossible de deviner ce qu'il pensait de l'étincelle de désir qu'elle croyait percevoir entre eux.

— J'ai entendu dire que vous aviez eu des informations confidentielles à propos de la cargaison, dit-il alors qu'ils laissaient leur rue derrière eux.

— C'est ce que prétend la rumeur.

— Ce n'est pas vrai ?

Elle secoua la tête. Lui révéler la vérité serait idiot de sa part. D'un autre côté, il leur manquait un regard neuf sur l'affaire. Or, cet homme possédait de vraies qualités relationnelles.

— Vous avez fait la connaissance de beaucoup de monde à Belclare, fit-elle observer.

— Etes-vous en train de suggérer que j'ai rencontré votre informateur ?

— Je viens de vous dire qu'il n'y avait pas d'informateur. Pourquoi êtes-vous si curieux à ce sujet ?

Un voisin si énigmatique

Il effleura le volant du bout des doigts, attendant que le feu passe au vert.

— Je suis surtout curieux de savoir comment vous procédez. Manifestement, vous vous consacrez sans réserve à votre travail, ce qui est une bonne chose pour la communauté. Ces menaces ont un effet négatif sur tout le monde, et ça me dérange. Je ne supporte pas les lâches qui se servent d'innocents pour arriver à leur but.

— Totalement d'accord avec vous sur ce point.

— Vous devez bien avoir une idée de qui est derrière ces crimes ?

— Après ce qui est arrivé à Calder, je suspecte tout le monde. C'est embêtant.

Il tourna dans Main Street, et elle profita de cette diversion, admirant un nouveau traîneau décoré de motifs sophistiqués et empli de cadeaux, tiré par un renne brillamment harnaché et flanqué d'arbres de Noël.

— Waouh ! Les touristes vont adorer.

— Attendez de découvrir la suite !

— Allons voir !

Elle se retourna sur son siège, essayant d'apercevoir le parc au moment où ils franchissaient l'intersection.

— Après le dîner. Les décorations ne bougeront pas pendant un mois.

A la légère surprise de Riley, Abby ne discuta pas. Il trouva une place libre sur le parking d'un pub qu'il avait testé deux soirs plus tôt. Il éteignit le moteur et ôta la clé de contact.

Alors qu'il s'apprêtait à ouvrir sa portière, elle posa une main légère sur son bras.

— Réfléchissez bien, Riley… Vous avez dit que vous vouliez rester à Belclare.

— Exact. Je vous ai même montré mon bail de location.

— C'est là que je veux en venir. Dîner avec moi pourrait vous causer du tort durablement.

Une femme aussi loyale qu'elle, dotée d'un parcours brillant, ne devrait pas avoir à subir ce genre de pression ignoble. Ni de la part de la communauté, ni de celle des minables qui exploitaient son dévouement.

— Vous avez faim ?

Un doux sourire se dessina sur ses lèvres.

— Oui. Mais j'ai largement de quoi manger à la maison.

Il se demanda comment elle réagirait, s'il l'embrassait comme il rêvait de le faire. Ce qu'il ressentait pour elle était inattendu, peu professionnel, mais cela n'amoindrissait en rien son désir. Songeant à la façon dont elle l'avait regardé un peu plus tôt, il se dit qu'il pourrait tirer profit d'une relation avec elle : il serait ainsi toujours à ses côtés pour mieux veiller sur elle. Mais si elle découvrait son identité et ses motifs véritables, cela la blesserait. Il ne la connaissait pas encore bien mais devinait que l'honnêteté était une valeur importante à ses yeux. Or, même ses secrets étaient des mensonges.

Dis-lui la vérité, chuchota une voix dans sa tête.

Si seulement c'était aussi simple !

Elle serait choquée, peinée de découvrir qui il était en réalité. Ou plutôt, ce qu'il n'était pas. Or, il ne voulait pas lui donner une nouvelle occasion de douter de sa clairvoyance, lui apporter angoisse et déception. Elle ne le méritait pas.

— Ce que les autres pensent ne me regarde pas, dit-il, pas plus que ce que je pense ou fais ne les concerne.

— Il ne s'agit pas seulement de ce qu'ils pensent…

— Mais de ce que feront ceux qui ont proféré les menaces. J'ai compris.

— Et ça ne vous importe pas ?

— Bien sûr que si !

Il était surpris de constater à quel point sa mission, Abby, et même Belclare lui importaient.

— Simplement, j'ai déjà vécu des situations de stress.

— Comme… ?

— Ce n'est pas le moment d'en parler.

Il la gratifia d'un nouveau sourire — celui qui la faisait fondre. Cette fois encore, elle posa les yeux sur ses lèvres, comme une caresse.

— Tout ira bien pour moi, Abby, quoi qu'il arrive.

Elle avait vu juste. Toutes les têtes se tournèrent dans leur direction quand ils entrèrent dans le pub. Ils choisirent une petite table dans un coin, près du vieux bar au bois éraflé.

— Ce truc-là aurait besoin d'un coup de ponçage.

Un sourire s'épanouit sur les lèvres d'Abby.

— Vous avez prévu de rénover la ville entière ? s'enquit-elle, une fois que la serveuse eut pris leur commande.

— Certainement pas ! Mais réparer, j'ai ça dans le sang.

Elle sembla méditer là-dessus pendant un moment, puis revint à l'attaque :

— Vos parents ont prévu de vous rendre visite ? Je suis certaine qu'ils seraient enchantés de voir ce que vous avez accompli.

L'arrivée des boissons et d'un panier de frites maison lui procura un court répit. Mentir était la condition indispensable au succès de sa mission. Il était absolument essentiel qu'il puisse veiller à la sécurité d'Abby et qu'il trouve les coupables. Alors pourquoi donc résistait-il avec tant de force ?

Il ramena la conversation sur des sujets plus anodins, tout en ruminant en son for intérieur sur sa nature trop prévisible. Depuis aussi longtemps qu'il s'en souvenait, son besoin de s'attacher et d'être approuvé avait été une gêne.

Il savait que c'était parce qu'il était orphelin et ne connaissait pas ses origines. Enfant, il s'inventait des histoires. C'était amusant, et personne n'était en mesure de vérifier la véracité de ses propos. Certains jours, il était le fils d'humbles fermiers, et d'autres, il avait du sang de superhéros dans les veines.

Aux grands maux les grands remèdes : la solution à ce manque avait été d'entrer dans l'équipe des Spécialistes. Il était devenu partie intégrante d'une famille professionnelle où le passé ne comptait pas. Bénéficiant de l'enseignement des meilleurs agents et experts techniques, ses compagnons et lui avaient acquis ensemble les compétences nécessaires pour réaliser des missions que les autres unités spéciales étaient incapables de mener à bien.

A présent, il était seul ici. Sur une île. Casey l'avait prié de réfléchir avant d'accepter. Il se demanda si son mentor avait anticipé l'apparition de ce genre de contrecoup émotionnel.

— Qu'est-ce qui vous tracasse ?

Il leva les yeux de son assiette ; Abby le fixait d'un regard inquiet.

— Je pensais simplement à mes parents, dit-il.

Ce n'était pas totalement faux. Le fait d'être adulte ne l'empêchait pas de continuer à être curieux de ses origines.

— Vous avez raison, ajouta-t-il. Ils seraient fiers du travail que j'ai accompli ici.

Elle sourit.

— Vous allez les inviter ?

— Tout ce qui vous intéresse, c'est de rameuter le plus grand nombre de touristes possible, hein ? la taquina-t-il. Je leur ai envoyé des photos. Ils ne voyagent pas à cette époque de l'année.

Il préféra ne pas songer aux circonstances désastreuses qui pourraient amener son « parent » professionnel, Thomas Casey, à venir jusqu'ici.

— Vous me direz ce qu'ils en ont pensé.

— D'accord.

Le téléphone d'Abby émit un signal sonore à l'intérieur de son sac à main.

— Vous êtes joignable vingt-quatre heures sur vingt-quatre ?

— En ce moment, oui. Ce n'est rien, un simple rapport sur la circulation.

Se penchant en avant, elle poursuivit, baissant la voix :

— Je suis inquiète pour ce week-end. Aujourd'hui, nous avons reçu des menaces concernant des cibles précises.

— Ils ont intérêt à ne pas abîmer notre installation dans le parc. Elle nous a demandé beaucoup de travail.

Elle sourit, mais ses yeux demeurèrent graves.

— Le parc. Le poste de police. Les docks. Le département de la sécurité intérieure m'a encore rappelée, mais je n'ai pas de nouvelles informations à leur donner.

— S'ils sont si inquiets, ils n'ont qu'à vous envoyer des renforts.

Elle ouvrit de grands yeux et hocha la tête.

— C'est ce que je leur ai dit. Je pense qu'il faut concentrer l'enquête sur les citoyens de Belclare. Ce doit être quelqu'un du coin. J'ai retourné chaque pierre, vérifié toutes les rumeurs, mais rien, nous n'avançons pas d'un iota.

— Vous allez trouver.

— Après ce qui est arrivé à Calder, je ne peux m'empêcher d'envisager les pires scénarios.

— C'est normal.

— Je sais. Deke a vraisemblablement sauvé le week-end d'ouverture avec cette publicité, mais je n'ai pas envie que les touristes deviennent les victimes d'un groupe de déséquilibrés.

Il lui prit la main.

— Les gens sont résistants. Même si le pire arrivait, ils se rassembleraient autour de vous.

— Ils se rassembleraient pour lancer des confettis et des cris de joie le jour de mon pot de départ !

— Je ne crois pas. Tous les gens à qui j'ai parlé ont de l'affection pour vous.

— Vous mentez !

Il s'éclaircit la gorge et nuança :

— Je n'ai pas dit qu'ils avaient aimé votre discours de victoire.

— C'est gentil.

Elle retira soudain sa main, comme si elle venait de s'apercevoir qu'ils se touchaient. *En public.*

— Je ne connais pas grand-chose à votre travail, mais si vous avez besoin de tester vos idées sur quelqu'un, je suis là.

— Merci, dit-elle d'un ton sincère.

Il aurait aimé la rassurer davantage. Ses propres recherches sur le compte de ceux qui la critiquaient avec le plus de véhémence n'avaient révélé aucun lien avec les milieux terroristes connus.

En haut lieu, on était convaincu qu'il s'agissait d'une cellule dormante. Si tel était le cas, les terroristes implantés à Belclare devaient avoir une couverture en béton.

Comme leurs assiettes arrivaient, il décida d'oublier le travail et de profiter du repas.

— Oh ! non !

Elle regardait son téléphone, l'air assommé. Aussitôt, il fut en alerte.

— Un problème ?

— On peut dire ça. L'ADN prélevé sur ma pelle à neige concorde avec l'un des profils de leur base de données.

— Vous pouvez m'en parler ?

— Je ne devrais sans doute pas…

Elle baissa les yeux sur l'appareil puis les releva vers lui.

— Il semble qu'on se soit servi de cette pelle contre un type au casier judiciaire long comme le bras.

— Parce qu'il y a quelqu'un, à Belclare, qui a un casier long comme le bras ?

Elle se remit à examiner son téléphone, sourcils froncés, tandis qu'il engloutissait son hamburger.

— Non. Le type est actuellement dans une morgue de Baltimore. L'examen préliminaire a révélé qu'un traumatisme crânien était à l'origine du décès.

Une alarme se déclencha aussitôt dans la tête de Riley. Tout cela ne signifiait qu'une chose à ses yeux : Abby était en danger.

— Je devrais aller au bureau, conclut-elle.

Elle regarda son assiette avec une expression de regret, manifestement contrariée de ne pouvoir terminer son repas.

— J'adore les hamburgers, mais mon appétit a disparu.

Elle esquissa une grimace et laissa tomber son portable dans son sac.

— Ça ne peut pas attendre demain matin ?

Elle secoua la tête.

— Je dois m'entretenir avec la police de Baltimore.

Quelqu'un essayait de la faire accuser de meurtre, et il était aisé de deviner pourquoi : si elle avait des ennuis judiciaires, elle serait mise hors course. Mais qui cherchait à l'évincer ? Et qu'avait prévu de faire cette personne, une fois son but atteint ? Elle n'irait pas forcément plus loin : salir la réputation du chef de police, amoindrir le mérite et les effets positifs de sa grande et belle action pouvait représenter une victoire en soi.

Mais ces manigances n'auraient aucun résultat. Abby était l'une des personnes les plus reconnues et les plus respectées de la ville. A moins que la mort n'ait eu lieu au milieu de la nuit, il y aurait bien quelqu'un, à Belclare, en mesure de lui fournir un alibi. Lui-même, en tant que voisin, pourrait facilement attester que sa voiture était restée garée dans l'allée toute la nuit.

— Etes-vous inquiète ?

Elle plissa ses yeux bleus, l'air soudain méfiant.

— Vous êtes en train de me demander si j'ai commis ce meurtre ?

Il eut un reniflement de dérision.

— Je sais que ce n'est pas vous.

Elle s'adossa à sa chaise et croisa les bras.

— Comment pouvez-vous en être sûr ? Je ne vous ai donné aucun détail sur l'affaire.

— C'est inutile. Vous habitez la maison d'à côté et j'ai le sommeil léger.

Se penchant vers elle, il ajouta :

— Je me sers de la salle de bains qui donne sur l'allée. Votre voiture n'a pas bougé, la nuit dernière.

— Vous n'auriez pas vu quelqu'un s'introduire dans mon garage, par hasard ?

— Non, avoua-t-il en secouant la tête. Ils sont entrés après que je suis parti au travail.

— Vous pensez qu'ils voulaient que je découvre la pelle ?

Il haussa les épaules.

— Bien sûr. Et vous avez été affectée par cette découverte, pas vrai ?

— C'était une violation de domicile ! Et cette histoire pourrait me coûter mon travail, que je sois innocente ou non.

— C'est justement où je veux en venir. On joue avec vos nerfs, on vous retarde dans votre emploi du temps et, maintenant que vous avez une pelle ensanglantée et un corps sur les bras, vous allez être sérieusement, et pour longtemps, détournée de vos responsabilités à Belclare.

— Pour un saisonnier, vous êtes bien au courant de ce qui se passe ici !

Il lui décocha un sourire éclatant.

— Je n'arrête pas de vous répéter que j'aime votre ville. Quand vous déciderez-vous à me croire ?

Elle tressaillit.

— Ce ne sera peut-être plus ma ville très longtemps.

— J'en doute, fit-il d'un ton léger. Vous ne m'avez pas donné l'impression de quelqu'un qui abandonne sans se battre. J'ai vu la vidéo qui le prouve, acheva-t-il avec un clin d'œil.

Elle leva les yeux au ciel.

— Si je pouvais revenir en arrière et m'ordonner de me taire, je le ferais !

Il rit.

Un camion de pompier passa en trombe devant le pub, et au même moment le téléphone d'Abby émit un nouveau signal sonore.

Elle le tira de son sac. Elle lut le message, et le sang se retira de son visage.

— Il y a le feu au commissariat.

Riley attira l'attention de la serveuse, et lui fit signe d'apporter l'addition.

— Je vous y conduis.

— Je peux y aller à pied.

— Certainement pas !

Ce pouvait être l'occasion qu'attendaient ses ennemis. Il laissa plusieurs billets sur la table et l'escorta à travers le pub, une main au creux de son dos.

Elle faisait preuve d'un sang-froid impressionnant. La tête haute, elle avançait d'un pas décontracté, mais il sentait sous ses doigts ses muscles crispés par la tension nerveuse.

Ce genre de surprise — s'ajoutant à tant d'autres — viendrait à bout de n'importe qui, mais il ne pensait pas qu'Abby craquerait. Ni maintenant, ni jamais. Il admirait sa force et, dans le même temps, craignait que sa nature inflexible n'incite les coupables à faire monter les enchères.

Ses inquiétudes étaient fondées : en arrivant devant le poste de police, ils découvrirent que l'extrémité du bâtiment, celle qui était la plus proche du parking des employés, était la proie des flammes.

— Parfois, je rêve d'un monde où YouTube n'existerait pas, se lamenta-t-elle, alors qu'il se garait de l'autre côté de la rue, à bonne distance des pompiers en pleine action.

— Si nous avons affaire à une cellule dormante, YouTube n'a rien à voir là-dedans, fit-il observer.

Comme il se tournait vers elle, il s'aperçut qu'elle le dévisageait avec intensité.

— Quoi ?

— Encore une fois, vous ne parlez pas comme un charpentier.

Il haussa les épaules.

— Je sais lire et j'écoute les informations. Et puis, entre le panneau de bienvenue, Internet et votre allusion au département de la Sécurité intérieure, il aurait fallu que je sois aveugle ou idiot pour ne pas arriver à cette conclusion.

— Bien sûr.

Zut ! Il avait encore éveillé sa méfiance. C'était une femme intelligente : elle avait dû déceler chez lui un mécanisme de déduction qui allait au-delà de la simple capacité à faire le rapprochement entre divers éléments.

— Si vous avez des questions à me poser, allez-y, je suis prêt à y répondre.

Il ne lui révélerait pas sa véritable identité, évidemment. Cette opération avait pour but d'assurer sa protection. Et pour ce faire, il devait gagner sa confiance.

Elle détacha son regard de l'incendie et le considéra avec attention.

— J'en suis sûre. Mais l'interrogatoire devra attendre, dit-elle en ouvrant sa portière.

Il la suivit, tandis qu'elle se dirigeait d'un pas décidé vers le capitaine des pompiers. Après un bref échange avec elle, ce dernier lui enjoignit de rejoindre les autres policiers, qu'on avait contraints, malgré eux, à évacuer les lieux. Mais elle refusa d'obtempérer et resta sur place, à l'écart, à regarder sombrement les flammes lécher la toiture.

— Qu'est-ce qu'il vous a dit ?

— Que le feu serait bientôt maîtrisé.

— C'est une bonne nouvelle.

Sa fureur était manifeste. Elle n'avait visiblement pas envie d'entendre les théories et suggestions d'un étranger.

— Je vous ramène chez vous quand vous voulez, dit-il.

— Je n'irai nulle part tant que le feu ne sera pas éteint.

— Je m'en doutais.

Elle finit par s'arracher au spectacle des flammes.

— Vous n'êtes pas obligé de rester. Un de mes agents me raccompagnera chez moi.

— Ça ne me dérange pas d'attendre.

Au bout de quelques instants, elle s'éloigna pour rejoindre ses collègues. Riley ne bougea pas ; il avait une idée assez claire de la façon dont leur conversation se déroulerait. Au lieu de la suivre — et de passer pour un indiscret et un pot de colle —, il parcourut du regard la foule des badauds, essayant de découvrir un signe suspect.

Repérant Martin Filmore derrière les camions de pompiers, il se dirigea vers lui.

— Bonsoir, monsieur Filmore, dit-il, la main tendue.

L'homme lui jeta un regard oblique derrière ses lunettes.

— Vous êtes… ? Ah, oui, le type qui s'occupe de la décoration.

— C'est ça.

Riley ne fut pas surpris que Filmore refuse de lui serrer la main. Il était impossible d'être plus stressé que cet homme, obsédé par l'exactitude historique du moindre flocon de neige à Belclare.

— Qu'est-ce que vous faites ici ?

C'était exactement la question que Riley voulait lui poser.

— Je mangeais un morceau au pub et j'ai entendu du bruit, répondit-il.

Inutile de lui donner des munitions contre Abby.

— E vous ? poursuivit-il. Vous étiez à l'intérieur ?

— Oui… J'avais un autre sujet à aborder avec le chef Jensen.

— La question du panneau de bienvenue est réglée ?

Sa restauration avait fait partie des projets de l'après-midi inscrits au tableau de l'entrepôt, mais Riley avait travaillé dans le parc avec une autre équipe.

— Aussi bien que possible, grommela Filmore.

Puis il pivota brusquement. La lueur du feu et des gyrophares dessina des ombres sinistres sur ses traits pincés.

— Elle *doit* faire quelque chose ! glapit-il. Assister à cette horreur est intolérable !

Que voulait-il qu'elle fasse, au juste ? Qu'elle s'excuse auprès des criminels ? Qu'elle s'empare d'une lance à incendie ?

— Vous seriez surpris de la vitesse à laquelle les choses peuvent être remises à neuf. Je donnerai un coup de main.

Filmore l'ignora.

— Cette saison est condamnée à être catastrophique. Belclare ne s'en remettra peut-être jamais !

— Le reste de la ville est splendide. Et je parie que le chef Jensen est déjà en train de prendre les mesures nécessaires pour assurer la sécurité de tout le monde samedi.

— Je connais les individus de votre espèce, siffla-t-il, nez à nez avec lui. Chaque année, on fait venir de plus en plus de gens comme vous. Vous prononcez les mots qu'on attend de vous… Comme si vous étiez concerné !

Riley ouvrit la bouche pour parler, mais l'autre était lancé.

— Ce bâtiment a quatre-vingts ans ! J'ai supervisé en personne toutes les modifications qui y ont été apportées ces vingt et quelques dernières années.

Les lumières criardes faisaient ressortir ses yeux fous.

— C'est un pur désastre, et tout ça à cause d'elle ! cracha-t-il, lançant son bras en direction d'Abigail. Elle parle de sécurité, mais c'est une hypocrite. Ce bâtiment ne mérite pas de souffrir.

Riley commençait à lui trouver l'esprit assez tordu.

— Détendez-vous, monsieur Filmore.

— Que je me détende ? Elle est en train de détruire cette ville à elle toute seule !

Riley se contint pour ne pas faire taire ce casse-pieds une bonne fois pour toutes. Un ou deux coups de poing bien assenés auraient pu lui remettre les idées à l'endroit.

Au lieu de cela, il murmura des paroles apaisantes pour tenter de le calmer. Peine perdue : le bonhomme se lança dans une nouvelle tirade.

Riley n'eut pas le temps d'empêcher Abby de s'approcher. Filmore le poussa brutalement.

— C'est de votre faute ! l'apostropha-t-il.

Elle posa calmement la main sur son épaule.

— Monsieur Filmore, vous allez bien ?

Il se dégagea d'un mouvement d'épaule.

— Pas du tout, non !

— Vous voulez que je fasse venir un médecin ?

D'un regard, elle fit signe à Riley d'appeler, sans attendre la réponse du vieil homme.

— Je suis navrée que vous soyez aussi bouleversé, dit-elle, comme il s'interrompait pour reprendre son souffle. Je sais ce que Belclare signifie à vos yeux.

— Vous êtes une incapable ! Il n'y a jamais eu autant d'insécurité dans cette ville ! Le week-end d'ouverture est fichu. La population mérite mieux que vous !

Riley s'avança, prêt à intervenir, mais il vit Abby glisser son bras sous celui de l'énergumène, comme s'ils étaient les meilleurs amis du monde.

— Je comprends votre inquiétude. Est-ce que vous avez vu le parc ?

— Bien sûr.

— Je trouve que l'équipe des décorateurs s'est surpassée. Etes-vous content ?

— Oui. Mais à ce rythme, tout sera parti en fumée demain.

Riley les suivit, peu désireux de laisser Abby seule avec un enragé pareil. Il pourrait peut-être lui suggérer d'embaucher quelques-uns des saisonniers avec lesquels il avait travaillé, en guise de renforts. Il n'était pas certain qu'elle accepterait l'idée ; en tout cas, cela résoudrait en partie son problème d'effectifs. Tout en marchant, il envisagea d'autres solutions, et réfléchit à ce qu'il écrirait dans son prochain rapport. Arrivés au coin de la rue, tous trois s'arrêtèrent.

Memorial Park était comme un joyau au cœur de Belclare. Un parfum de verdure embaumait l'air froid. Impossible de croire que le poste de police brûlait à quelques mètres seulement. Riley avait beau savoir que c'était le vent qui emportait la fumée dans la direction opposée, l'effet n'en était pas moins surprenant.

— N'est-ce pas joli, monsieur Filmore ? On dirait une carte postale des années quarante.

— En effet, concéda-t-il d'un ton pincé. Ils ont fait du bon travail.

— Je suis d'accord.

La voix d'Abby s'élevait, claire et posée, dans la nuit froide. Riley se garda d'intervenir. Elle progressait.

— Les touristes vont adorer. Ils vont affluer ici en masse, prendre des photos et faire le plein de souvenirs. Tout ira bien.

— Mais le poste de police est une verrue ! gémit Filmore.

— Vous avez remarqué ?

— Quoi donc ?

— Les flammes n'ont pas atteint l'avant du bâtiment.

Riley prit soudain conscience qu'elle avait raison. Le toit et l'arrière avaient brûlé, mais pas la façade. La plupart des vitres étaient même encore intactes.

— Le service de police devra peut-être élire domicile au Sadie's pendant quelques jours, poursuivit-elle. Mais, à moins de mettre le nez dessus, les touristes ne verront pas la différence.

— Vous avez l'air bien sûre de vous, grommela Filmore.

— Je le suis. Les bâtiments qui sont sous votre protection existaient bien avant nous et seront encore là longtemps après, grâce à votre dévouement. Et ce, malgré l'accident de parcours de ce soir.

— Vous avez raison. Je suis désolé de m'être emporté.

Il avait des larmes dans la voix.

— Nous traversons une période éprouvante, ajouta-elle avec douceur, mais nous la surmonterons ensemble.

Il s'arrêta soudain au milieu du trottoir et prit les mains gantées d'Abby dans les siennes. Riley fut aussitôt sur ses gardes.

— Oui, nous ne serons pas trop de deux pour en finir, déclara Filmore.

La façon dont il prononça ces paroles ne fut pas du goût de Riley. Et la formulation utilisée n'était-elle pas étrange ?

Mais Abby se contenta de sourire.

— Parfois, notre passion nous pousse à commettre des actes dont nous ne nous serions jamais crus capables, dit-elle.

— Il y a des moments où il faut savoir prendre des mesures radicales. Belclare a tant d'importance pour moi, chef Jensen ! Toutes mes excuses !

Elle leur fit faire demi-tour, en direction de l'incendie et du tumulte.

Riley remarqua alors que des agents de police s'étaient déployés à intervalle régulier de chaque côté de Main Street.

— Quand une cause nous tient vraiment à cœur, il arrive qu'on veuille nuire aux gens et aux endroits qu'on aime, poursuivit-elle.

Filmore tressaillit et tenta de se dégager, mais elle le retint fermement par la main.

— Je ne comprends pas de quoi vous parlez, protesta-t-il. Lâchez-moi !

— Ça m'est impossible.

De sa main libre, elle fit signe à l'un des hommes de l'autre côté de la rue.

— Monsieur Filmore, je vous arrête pour incendie criminel.

Elle commença à lui énoncer ses droits, mais il l'interrompit.

— Cessez cette comédie immédiatement ! C'est absurde !

Il frotta ses mains gantées l'une contre l'autre.

— J'étais… J'étais à l'intérieur du poste quand le feu est parti.

— C'est ce qu'on m'a dit, fit-elle, avant de continuer à énumérer ses droits.

— Chef Jensen, j'aime cette vieille bâtisse. Vous savez bien que je n'aurais jamais pu commettre un acte aussi odieux.

Il pleurait à chaudes larmes à présent, tout en continuant à nier. S'il était coupable, songea Riley, il avait joué parfaitement la comédie du badaud indigné. Il en informerait Casey au plus vite.

— Je sais que vous ne le vouliez pas, dit-elle.

Elle le laissa continuer à radoter pendant qu'un agent lui passait les menottes et le faisait monter avec douceur à l'arrière d'une voiture de patrouille. Le poste de police étant en train de brûler, il fallait trouver un autre endroit où l'interroger.

Quand Filmore fut parti, et que les pompiers se furent assurés que le feu était complètement éteint, Abby rejoignit Riley près du pick-up.

— Vous êtes resté…

Il lui ouvrit la portière.

— Je vous l'avais dit.

— J'apprécie.

— Aucun problème.

Il referma la portière, fit le tour du véhicule et se glissa derrière le volant. Pendant toute cette épreuve, elle n'avait montré aucun signe de faiblesse ; à présent, elle semblait lasse.

— Pourquoi l'avez-vous arrêté ?

— Mes agents ont trouvé qu'il avait un comportement étrange. En outre, il ne cessait de regarder en direction de mon bureau, d'où il semble que le feu soit parti.

Riley serra les poings. Tout le monde en ville savait qu'elle travaillait tard le soir. Avait-elle conscience que Filmore aurait pu la tuer ? Et même si elle était absente à ce moment-là, faire partir le feu dans cette pièce précisément n'était pas innocent : cela aurait des répercussions négatives sur elle, salissant davantage sa réputation.

— Au-delà de ces preuves indirectes, poursuivit-elle, il est déjà venu au poste ce matin pour me parler du graffiti. Il a eu accès à mon bureau. De plus, il vient rarement me déranger plus d'une fois par semaine, alors deux fois dans la même journée…

Riley songea aux détonateurs.

— L'a-t-on vu poser quelque chose dans la pièce ?

— Non, mais j'avais d'autres soucis en tête et je n'ai pas forcément fait attention.

— C'est visiblement quelqu'un de difficile à vivre.

— Si c'est bien lui qui a mis le feu — ce que je crois — ça signifie qu'il a réussi à me tromper pendant des années.

Il perçut le chagrin dans sa voix, et devina qu'elle se demandait qui d'autre à Belclare lui jouait la comédie.

— Cela dit, j'ai du mal à croire qu'il ait organisé le trafic de drogue, et qu'il soit l'auteur de toutes ces menaces à mon encontre.

— Je ne le vois pas non plus renverser l'échelle de Calder, renchérit Riley.

— Tout à fait d'accord.

— Et maintenant ?

Elle paraissait si fatiguée ! Il aurait voulu pouvoir la ramener chez elle.

— Il nous faut un mandat de perquisition pour fouiller sa maison, répondit-elle d'une voix lasse. Ensuite, dès que nous aurons des preuves, je devrai rédiger un rapport pour les fédéraux.

— Voulez-vous que je vous dépose chez Filmore ?

— Non, inutile que j'aille là-bas. Mes agents font très bien leur travail.

Avec un soupir, elle se renversa contre l'appuie-tête.

— Tout ce dont j'ai envie pour l'instant, c'est de rentrer chez moi et de me plonger dans un bain moussant.

Voilà une image qui le hanterait pour le reste de la nuit. Le corps nu d'Abby, couvert en tout et pour tout de quelques bulles fragiles … à quelques mètres seulement de lui. Les rebondissements de l'affaire, le rapport à rédiger ne lui seraient que d'un maigre secours pour détourner ses pensées de cette vision.

Au moins, elle avait décidé de s'en tenir là pour aujourd'hui.

Une bonne nuit de sommeil ne serait pas du luxe. Bien qu'il doute de fermer l'œil.

Il avait encore bien des interrogations, mais préférait ne pas les exprimer. Il avait déjà posé beaucoup de questions, même pour un voisin curieux. Il laissait ce rôle à Mme Wilks, du moins pour ce soir.

Après l'arrestation de Filmore, Abby allait être obligée d'admettre que le département de la Sécurité intérieure avait peut-être vu juste en suggérant qu'une cellule dormante opérait à Belclare. Elle aurait sans doute du mal à l'accepter. Il s'agissait de sa ville, après tout. Personne n'aimait à se dire qu'il était incapable de reconnaître le mal quand il l'avait sous les yeux.

Mais si Riley était sûr d'une chose, c'est que le mal était parfois au-dessus de tout soupçon.

9

Après le raffut causé par les pompiers, les plaintes de ses agents et le radotage incohérent de Filmore, le silence confortable qui s'installa dans la voiture pendant le voyage du retour fut un merveilleux soulagement pour Abby. Avec un peu de chance, la perquisition chez Martin Filmore donnerait des résultats concluants.

Se dire qu'il l'avait bernée toutes ces années lui était odieux ; cependant, son arrestation était un succès qu'il convenait de fêter, et qui rassurerait la population comme les touristes.

En tant qu'officier de police, il n'y avait rien de pire que de savoir que la communauté souffrait d'un sentiment d'insécurité collectif. Certes, la vie comportait une part de risque, mais quand les gens commençaient à douter des compétences de la police, la situation devenait critique.

— Vous voulez en parler ?

Elle se tourna vers Riley — transformé en chauffeur pour la soirée.

— Je ne préfère pas.

— Si vous changez d'avis, vous savez où me trouver.

Elle ne risquait pas d'accepter sa proposition. Cela avait été déjà assez difficile comme cela la nuit précédente : son image l'avait poursuivie jusque dans ses rêves. S'était-elle déjà entichée de quelqu'un à ce point ? Non, pas depuis qu'elle était adulte.

Sa journée avait merveilleusement bien commencé : elle s'était réveillée en pensant à lui. Et, vu la façon dont son pouls s'accélérait quand elle le voyait, le phénomène n'était pas près de s'arrêter. Du moins, pas tant qu'elle n'aurait pas décidé de faire quelque chose à ce sujet. Mais c'était le pire moment pour envisager une relation amoureuse ou même simplement sexuelle avec quelqu'un.

Quand il se gara dans l'allée, elle rassembla ses forces pour sortir de la voiture. Elle prévoyait de prendre une douche afin d'éliminer l'odeur de fumée qui imprégnait ses cheveux, puis d'enchaîner avec un long bain moussant. Elle laisserait son manteau sur la rampe devant la cuisine, pour l'aérer.

Filmore s'était attaqué au poste de police, et plus spécifiquement à son bureau. Elle n'avait pas besoin de menaces tracées à la bombe pour mesurer les conséquences fatales que ce geste aurait pu avoir.

De ce point de vue, au moins, il avait échoué. Une fois de plus, un intense soulagement l'envahit. Personne n'était blessé. Au milieu de tout ce chaos, c'était déjà un point positif.

Quelque chose avait poussé Filmore à s'en prendre à ce qu'il avait de plus cher : un bâtiment historique. Avec de la chance, l'interrogatoire et la perquisition leur fourniraient une piste solide. Son instinct lui soufflait qu'il n'était qu'un rouage mais, dans ce cas, qui menait la danse ? Qui avait le pouvoir de pousser à bout le directeur de la Société historique ?

Il lui paraissait fou d'envisager que des personnes qu'elle connaissait depuis des années puissent être des criminels.

— Hé ! fit Riley en lui touchant l'épaule pour attirer son attention. Vous êtes plutôt du genre authentique ou artificiel ?

Cette question irrita ses nerfs déjà éprouvés. Elle le fusilla du regard.

— Que signifie cette question ?

Il se recula légèrement.

— Doucement, Abby. Je faisais allusion aux sapins de Noël.

— Oh !

Elle aurait voulu rire, ne plus être constamment à fleur de peau, mais elle n'y parvenait pas.

— J'en ai un faux au grenier, que je descendrai dès que j'en aurai le temps. L'idée d'aller dans une jardinerie acheter un sapin…

Sa voix mourut.

— Pourquoi ? Vous avez reçu des menaces en rapport avec l'achat d'un sapin ?

Elle tendit la main vers la poignée, regrettant déjà ses paroles imprudentes. A ce degré de fatigue, elle n'était plus bonne à rien. Riley poussa un juron étouffé.

— Pas exactement.

Elle ne devait pas lui parler, et pourtant elle eut soudain envie de tout lui dire. Elle brûlait de se décharger de son fardeau, même si Riley était un quasi-inconnu.

Ou peut-être *parce qu'*il était un quasi-inconnu. Il n'aurait pas d'idées préconçues sur ce qui était censé l'inquiéter ou non.

Il y avait eu des menaces ridicules, conséquence de sa récente notoriété, qui provenaient de cinglés. Et il y avait eu des menaces plus ciblées, émises par des gens qui connaissaient les traditions de Belclare.

— Vraiment ? Je suis sûr que, si vous me disiez la vérité, je ne serais pas d'accord avec vous.

Elle plaqua un sourire rassurant sur ses lèvres.

— C'était une menace idiote.

Comment pouvait-elle se montrer si forte dans son travail, tenir tête à des gens comme le maire ou Filmore, et se sentir si vulnérable en présence de Riley ?

Avec lui, elle était trop facilement tentée de confesser ses faiblesses et ses inquiétudes. Même si elle n'était pas prête à se laisser influencer dans ses décisions, elle éprouvait le désir irrationnel d'en discuter avec lui. Il réveillait une part d'elle, depuis longtemps endormie, qui accordait sa confiance aux autres. La part d'elle qu'elle avait dû laisser de côté pour diriger le club très masculin du service de police. Elle avait été assez facilement acceptée par ses hommes, mais cela ne signifiait pas pour autant qu'elle se déchargeait de ses soucis sur eux.

Jusqu'à la saisie de drogue, elle n'en avait pas ressenti le besoin. Elle assumait sans mal, de bon gré même, la responsabilité qui lui incombait en tant que chef de police. Mais jusqu'à peu, elle n'avait eu à gérer que des larcins ou des bagarres dans des bars de temps à autre. Belclare avait alors la réputation d'être une ville sûre. Elle ne permettrait pas que cela change. Pas pendant qu'elle était en poste, et encore moins pendant la saison touristique — qui maintenait la municipalité à flot d'année en année.

Riley lui avait offert soutien et gentillesse, mais elle ferait bien de se souvenir qu'elle ne le connaissait pas vraiment.

— Vous êtes de nouveau perdue dans vos pensées…

Elle cligna des paupières. Il était debout devant elle. En fait, il avait quitté son siège et était venu lui ouvrir la portière pendant que ses pensées dérivaient. Elle le regarda stupidement.

— Allez, venez, dit-il en lui tendant la main. Je vous accompagne à l'intérieur.

Pensait-il qu'elle allait se perdre entre l'allée et la porte ? Craignait-il qu'elle aille chez lui au lieu de rentrer chez elle ? Voilà qui était une idée tentante…

Elle glissa sa main dans la sienne, devinant avant même de l'avoir touchée que sa peau serait chaude, et sa paume, rugueuse — une paume de travailleur manuel.

— J'allais vous parler, prononça-t-elle.

Elle n'avait pas encore décidé si elle lui confierait ses problèmes d'ordre professionnel ou ses désirs personnels et intimes.

— Alors dites-moi.

Il pressa doucement ses doigts dans les siens pour l'encourager à se lever, mais elle ne bougea pas de son siège.

Tétanisée par le caractère décisif de l'instant, elle sentait son cœur battre à grands coups dans sa poitrine. Il devait forcément l'entendre aussi. Levant la main, elle essuya une trace de suie à la naissance de ses cheveux. Emplie de désir, intensément lucide, partagée entre l'envie de s'élancer vers lui et celle d'arrêter le temps, elle approcha son visage et posa ses lèvres sur les siennes.

Il resta sans réaction. Ses doigts — il lui tenait toujours la main — n'eurent même pas la plus petite crispation.

Idiote ! Imbécile ! Se morigénant en son for intérieur, elle recula et chercha des paroles appropriées. Elle devait bien pouvoir trouver une petite phrase légère qui pourrait expliquer cette intrusion malvenue dans l'espace vital de Riley. Elle serait peut-être forcée de déménager. De quitter le quartier. S'il lâchait sa main, elle pourrait même se mettre en quête d'un hôtel tout de suite.

Un rire hystérique se forma dans sa poitrine, mais elle le réprima. Ce baiser volé réussirait probablement là où les menaces criminelles avaient échoué : il la chasserait de Belclare.

— Excusez-moi.

Elle ne pouvait pas sortir de la voiture. Riley semblait cloué au sol, lui barrant la seule issue logique. Si elle se glissait sur le siège conducteur et descendait de l'autre côté, risquait-elle de perdre sa dignité ? Si tant est qu'il lui en restât… Elle avait pris à tort sa gentillesse pour le reflet de sa propre attirance. C'était… stupide. Elle était trop lasse pour trouver un mot plus adapté. Dieu du ciel, quelle gourde ! Comment son intuition avait-elle pu lui faire défaut à ce point ?

Et pourquoi ne disait-il rien ? Elle regarda leurs mains jointes, les sourcils froncés. Pourquoi ne la lâchait-il pas ?

— Excusez-moi, répéta-t-elle, se sentant à chaque seconde plus humiliée.

Elle tenta de se dégager, pressée d'échapper à l'expression étrange, perplexe qui se lisait sur le visage de Riley.

— Attendez, fit-il d'une voix tendue.

Elle se figea, trop embarrassée pour le regarder.

— Abby…

— Mmm ?

— Vous m'avez surpris.

— D'accord. Désolée, balbutia-t-elle.

De mieux en mieux ! Cela ne lui ressemblait pourtant pas de bredouiller. Rien de tout ça ne lui ressemblait.

— Merci pour votre aide. Bonne…

Elle poussa une exclamation étranglée tandis qu'il la tirait d'un mouvement brusque vers le bord du siège. Il ramena ses genoux autour de ses hanches et noua ses mains au creux de ses reins. Elle sentit son souffle caresser sa peau, puis se mêler à sa propre respiration quand il posa ses lèvres sur les siennes. Légères d'abord, puis plus exigeantes. Son pouls s'emballa.

Elle agrippa le devant de sa veste comme si sa vie en dépendait. La langue de Riley s'insinua dans sa bouche, caressante, lui faisant tourner la tête. Il avait un goût de fumée, de frites au poivron, et une saveur particulière qui n'était qu'à lui. Elle enroula les jambes autour de ses hanches, le cœur battant à se rompre. L'embarras des minutes précédentes avait été balayé par ce baiser passionné.

— Vous m'avez surpris, murmura-t-il une nouvelle fois contre sa joue.

— Rappelez-moi de vous surprendre plus souvent, plaisanta-t-elle, lui mordillant la mâchoire. Votre réaction est intéressante.

Il rit doucement, et l'attira si près qu'elle sentit la force de son désir à travers son jean. Elle vit ses yeux marron étinceler à la faible lueur du plafonnier.

— Oh ! fit-elle, cachant son visage au creux de son épaule. On va nous voir.

Décidément, elle perdait tout bon sens quand il s'agissait de lui.

— Dans ce cas, venez à la maison, suggéra-t-il. J'ai des biscuits.

Il fit courir ses grandes mains le long de son dos et glissa ses doigts sous l'attache de son soutien-gorge.

— Je ne peux pas, répondit-elle.

Elle aurait été cependant bien en peine de lui expliquer pourquoi.

— Chez vous, alors. Nous nous passerons des biscuits.

Elle rit.

— Non, chez moi non plus.

Il l'embrassa de nouveau, et elle sentit qu'elle était sur le point de céder. Il leva la main, et l'habitacle fut plongé dans l'obscurité.

— D'accord, chuchota-t-il. Faire ça ici est un défi, mais je suis capable de le relever.

Elle aurait dû trouver cela offensant, mais ne parvint qu'à en rire. Dans son souvenir, personne ne l'avait jamais fait rire ainsi, ou ne lui avait procuré un tel sentiment de légèreté.

— Vous ne perdez pas de temps !

La bouche de Riley était chaude et tendre tandis qu'il déposait un chapelet de baisers sur sa joue et son oreille.

— Vous le saviez déjà, murmura-t-il.

Elle laissa ces mots pénétrer en elle comme un frisson et renversa la tête en arrière, lui offrant sa gorge. Une douce sensation inonda sa poitrine — quelque chose de plus que la fièvre sensuelle qu'il attisait par ses caresses. Oui, elle le savait. Et, en cet instant, elle appréciait ce trait de caractère.

Il y avait trop peu de gens qui acceptaient de dire ouvertement ce qu'ils voulaient. Riley avait envie d'elle — elle en avait la preuve physique. Elle le désirait aussi, mais ne pouvait se résoudre à étancher cette soif mutuelle dans son pick-up, à la vue des voisins et des patrouilles de police. Le maire se ferait un plaisir de brandir contre elle une contravention pour outrage public à la pudeur lors du prochain conseil municipal.

Elle le repoussa.

— Hé ! Est-ce que vous essayez de détruire ma carrière ?

— Quoi ?

— Mon contrat comprend une clause de moralité.

Il fit pleuvoir une kyrielle de baisers aériens sur la peau sensible de son cou.

— Arrêtez ! gloussa-t-elle. Sérieusement.

— Je suis obligé ?

— Oui. Pour le moment.

Il recula en grommelant. L'air de la nuit était vivifiant, mais pas assez toutefois pour refroidir complètement le désir ardent qui brûlait au fond d'elle. Seul l'homme qui se tenait devant elle était en mesure d'éteindre ce feu.

— Je ne suis pas une allumeuse, déclara-t-elle, tâchant de se montrer aussi franche et directe qu'il l'avait été avec elle.

— Je ne vous ai pas accusée d'une telle chose.

— Tant mieux. Je tenais à aborder ce sujet ouvertement. Je, heu…

Elle se passa la main dans les cheveux, et acheva :

— J'en ai envie. Mais pas ce soir. Pas dehors.

— Je suis tout à fait en faveur d'un lieu plus chaud.

Il lui entoura la taille de ses mains et l'aida à descendre de la voiture, la faisant glisser contre lui en une lente, délicieuse caresse.

— Je vous accompagne jusqu'à votre porte.

Son regard de braise, le contact de son corps chaud et vigoureux, si manifestement plein de désir pour elle, faillirent venir à bout de sa résolution.

— Vous êtes la tentation incarnée, fit-elle, accusatrice.

— Je peux en dire autant de vous.

Il s'immobilisa, un pied sur la première marche.

— Je suis juste à côté.

Elle sentit ses lèvres s'incurver.

— Croyez-moi, j'en suis consciente !

— Je n'aime pas vous savoir seule chez vous cette nuit.

— Ça présente certains désavantages, dit-elle en promenant son doigt le long de sa mâchoire ombrée d'une barbe naissante. Mais je me débrouillerai.

Il baisa le creux de sa paume.

— Enfermez-vous à clé, lui recommanda-t-il.

Sans pour autant la lâcher.

Riley sonda les yeux bleus écarquillés d'Abby, et son sang se mit à bouillir. Pas seulement en raison des baisers qu'ils avaient échangés. Il était furieux à cause de l'incendie, et plus qu'inquiet au sujet du sang sur sa pelle à neige. Plus il y réfléchissait, plus il lui paraissait probable qu'on avait attenté à la vie de la jeune femme — et en tout cas à sa liberté.

Il avait du mal à croire que Filmore ait pu commettre un tel acte de sa propre initiative. Tous ces coups d'éclat étaient-ils l'œuvre d'une seule personne ? Ou avaient-ils plusieurs ennemis à combattre ? Combien de temps s'écoulerait-il avant que cet adversaire sans visage ne passe de nouveau à l'attaque ?

Le plus sage était de se retirer, d'éviter toute ambiguïté, même s'il devait pour cela faire taire son désir. Il ne voulait pas donner à Abby de raison de douter de lui ou de ses motivations.

Il ne s'était pas attendu à éprouver une attirance aussi violente envers elle. Le fait était qu'elle le captivait, par sa force et sa détermination constantes dans l'adversité, comme par la passion qu'elle mettait dans ses baisers.

— Comment la police va-t-elle gérer les urgences, ce soir ?

Le commissariat étant fermé, c'était le moment idéal pour une attaque. Il scruta l'obscurité, aux aguets.

— Tout est sous contrôle, Riley. Ça va aller.

— Laissez-moi au moins dormir sur le canapé.

— Non. Le canapé n'est pas assez grand pour nous deux, dit-elle avec un sourire plein de sous-entendus. Et puis, j'ai besoin de repos.

Il recula d'un pas, résigné. De toute façon, après les incidents de ce soir, il avait un certain nombre de choses à faire.

— Donnez-moi votre téléphone.

Le même sourire sensuel flottant sur ses lèvres, elle sortit l'appareil de sa poche et le lui tendit. Il ajouta son nom et son numéro dans ses contacts, avant de le lui rendre.

— Gardez-le à proximité.

Elle acquiesça d'un hochement de tête. Il attendit qu'elle ait refermé la porte puis, la gardant à l'œil à travers la vitre de l'entrée, il s'éloigna à reculons. Son instinct lui criait que la laisser seule était une erreur.

Tout en verrouillant sa porte de derrière, elle lui adressa un petit signe de la main. Il lui rendit son salut juste avant qu'elle ne laisse retomber le rideau. Elle avait étendu son manteau sur la rampe de l'escalier afin de l'aérer, nota-t-il. Suivant son exemple, il suspendit son blouson sur la balustrade.

Mais au moment de refermer la moustiquaire, il sentit une résistance. Quelque chose était coincé près des gonds. Se baissant, il vit ce que c'était : une écharpe en laine.

Elle lui parut familière, mais elle ne sentait pas le frais parfum d'agrumes d'Abby, et il ne l'avait jamais vue porter de couleur pastel. Mme Wilks pourrait lui dire à qui elle appartenait, elle savait tout sur tout le monde dans le quartier, mais il ne voulait pas la déranger à cette heure, et de toute façon il avait des problèmes plus urgents à régler.

Il alla se chercher une bière et la dégusta lentement pendant que son ordinateur portable se mettait en marche. Il résista à l'envie d'aller se poster devant l'une des fenêtres latérales pour surveiller la maison d'Abby. Casey lui avait donné pour mission de la protéger, or il n'était pas convaincu que l'arrestation de Filmore était synonyme de retour au calme. Il fallait s'attendre à des attaques plus graves que quelques actes de vandalisme. Ce n'était probablement que le début.

Les gens seraient certainement affectés si leur chef de police était blessé, tué ou simplement révoqué ; cependant, la plupart ne seraient pas personnellement atteints. Qui donc était à ce point déterminé à faire payer Abby, et quel était son plan ?

A 23 heures, il sortit éteindre les guirlandes électriques. Alors qu'il s'attardait devant sa porte pour surveiller les environs, il vit une voiture de patrouille passer au croisement, un peu plus bas.

Seules les fenêtres d'Abby étaient encore éclairées. Il l'imagina dans sa baignoire, la peau toute chaude et empourprée sous un manteau de mousse. Une série de scénarios alarmants défila alors à toute vitesse dans son esprit et, au moment où il se décidait à aller chercher son revolver dans la cuisine, elle sortit éteindre les lumières.

Elle était jolie à souhait dans son peignoir moelleux, les cheveux ramassés en un chignon flou sur le haut du crâne. Il ne put résister à la tentation de l'imaginer en train d'émerger du bain, de sécher son corps sublime et de s'envelopper dans ce peignoir douillet. Seule l'habitude de se maîtriser lui permit de rester où il était, alors que chaque fibre de son être lui criait de franchir en courant la courte distance qui les séparait, et de la soulever dans ses bras pour l'emporter à l'étage.

Mieux valait ne pas compromettre ses chances de succès à long terme à cause d'un geste irréfléchi aux conséquences imprévisibles, qui risquait de leur faire du tort à tous deux. Entre la difficulté d'Abby à accorder sa confiance et ses mensonges à lui, tout était contre eux.

Elle retourna à l'intérieur, et il l'imita. Il termina le rapport destiné à Casey, demandant que les antécédents de Filmore soient passés au crible. Ses sources locales ne lui avaient rien appris d'intéressant sur son compte.

Il étala sur le sol les cartes de la ville que lui avait fournies l'entreprise de décoration. Quels avantages Belclare pouvait-elle présenter pour des terroristes ? C'était une petite communauté, unie et soudée. Y implanter une cellule dormante n'avait pas de sens.

Elle était proche de Baltimore, ainsi que de Washington. Les docks, situés dans la baie de Chesapeake, offraient un accès facile au littoral est. Mais cela expliquait seulement le trafic de drogue.

— Pourquoi cacher des terroristes ici ? se demanda-t-il à voix haute, nouant les mains derrière sa tête. Qu'est-ce qui les intéresse ?

Les docks ? Le village de Noël ? En dehors de ces deux attractions, le seul titre de noblesse de Belclare était l'artiste solitaire qui, le matin même, avait encouragé sur les ondes le public à faire le déplacement jusqu'ici.

Il laissa échapper un grognement de frustration. Il tournait en rond. Ses hypothèses ne menaient nulle part. Il avait considéré Filmore comme un snob pleurnichard, et le bonhomme avait mis le feu à un monument historique.

Qu'est-ce que je ne vois pas ?

Tout en tournant cette question dans sa tête, il replia les cartes, puis jeta la bouteille de bière dans le bac de recyclage. Il n'avait plus qu'à espérer une révélation dans son sommeil. Son patron voulait qu'il arrive tôt le lendemain à l'entrepôt, et se présenter là-bas complètement endormi serait contre-productif. Pour le travail comme pour sa mission.

Il n'avait pas identifié le mal, mais il le sentait qui guettait, invisible, prêt à frapper.

10

Abby détourna les yeux de son ordinateur pour les fixer sur son téléphone portable. Elle s'était rendue au commissariat à 6 heures pour s'assurer que tout allait bien et avait décidé que ce serait mieux pour tout le monde si elle travaillait chez elle aujourd'hui. Les journalistes la suivant partout à la trace, il était préférable qu'elle garde ses distances.

D'ailleurs, il était aussi bien que personne ne la voie : elle était dans la lune depuis son réveil. Malgré une boîte e-mail pleine à craquer de courriers urgents et de menaces la visant personnellement, elle ne parvenait pas à chasser les baisers de Riley de son esprit.

De toute évidence, les talents de ce dernier ne se limitaient pas à la décoration et à son apparence sexy. Loin s'en fallait ! La première chose qu'elle avait faite en se levant avait été de regarder par la fenêtre dans l'espoir de l'apercevoir, mais son pick-up n'était plus dans l'allée.

Elle était donc chez elle, et tâchait de lire ses courriers — ce en quoi, si l'on se fiait à sa boîte de réception surchargée, elle échouait lamentablement. Lors des réunions qui avaient suivi la saisie de drogue, le FBI comme le département de la Sécurité intérieure lui avaient conseillé de confier cette tâche à quelqu'un de son personnel. Conseil fondé — elle ne remettait nullement en question leur expérience —, cependant, après avoir passé en revue son modeste service, elle n'avait pu se résoudre à imposer ce fardeau à l'un de ses agents.

Il y avait un certain temps maintenant qu'elle s'occupait de cette corvée ; elle savait distinguer rapidement les spams ou les messages de déséquilibrés des menaces à prendre au sérieux. Ne disposant pas d'expert en cybercriminalité, la police de Belclare ne pouvait exploiter elle-même ces indices, c'était la raison pour laquelle elle les transmettait aux fédéraux.

Elle était en train de se refaire du café quand la sonnette de l'entrée retentit. Espérant que c'était Mme Wilks qui lui apportait des biscuits, elle se dépêcha d'aller ouvrir. Elle vérifia cependant en jetant un coup d'œil à travers le judas, mais aperçut seulement des fleurs — un bouquet si gros qu'il dissimulait le visage du livreur.

Mme Wilks, songea-t-elle alors, aurait frappé à la porte de la cuisine et non à celle de devant. Méfiante, elle ouvrit.

— Oui ?

— Livraison pour le chef Jensen !

Elle sourit, reconnaissant la voix de Deke derrière le papier de soie vert.

— Que faites-vous ici ?

Elle ouvrit plus largement le battant et l'invita à entrer.

— Après ce qui s'est passé, j'ai pensé que vous méritiez ceci, dit-il en lui tendant la composition florale.

Tandis qu'elle la posait sur la table basse, le parfum des lis et des roses se répandit dans le salon. Elle défit l'emballage et s'émerveilla devant les fleurs, disposées dans un vase en cristal.

— Pour quelqu'un de timide, vous passez beaucoup de temps dehors, fit-elle remarquer.

— Pour une chef de police, vous passez beaucoup de temps sur le terrain, répliqua-t-il du tac au tac.

Il n'avait pas tort.

— Je vous offre un café ?

— Non, merci. Je ne peux pas m'attarder très longtemps.

Il ôta sa casquette et ses gants, et s'installa dans une bergère, en face d'elle.

— Dans quel état est le poste de police ?

— Il n'est pas détruit, ce qui est un bon point.

— C'est l'acte d'un incendiaire intelligent. Vous êtes sûre d'avoir arrêté la bonne personne ?

Elle hocha tristement la tête.

— J'ai vu la vidéo de l'interrogatoire. Filmore a pleuré pendant toute la durée de ses aveux.

— Il porte un amour sincère à ces vieilles pierres.

— En effet. Nous essayons toujours de comprendre ce qui a pu le pousser à bout.

— Quelle chance que vous vous soyez trouvée juste à côté et que vous ayez pu le mettre hors d'état de nuire !

Elle frotta ses paumes l'une contre l'autre, embarrassée, rassemblant ses idées. Comment expliquer qu'elle ait refusé de dîner avec Deke, pour ensuite manger dans un pub avec Riley ? Il n'y avait rien d'officiel entre Deke et elle, au-delà de leur tasse de café hebdomadaire, mais elle avait l'intuition qu'il espérait autre chose. Elle avait cru le vouloir, elle aussi, même si une réticence l'avait empêchée de franchir la ligne.

Eh bien, songea-t-elle en rougissant, cette ligne, elle l'avait franchie allègrement la veille au soir avec Riley ! Et sans réserve… Ce qui signifiait qu'il était temps de mettre les choses au point avec Deke.

Elle s'éclaircit la gorge.

— J'étais tout près, en effet, mais ce n'était pas prévu. Après vous avoir eu au téléphone, je suis rentrée et j'ai eu la surprise de trouver ma rue entièrement décorée. En comparaison, mon jardin avait l'air piteux. Un de mes voisins m'a alors aidée à l'embellir. Le moins que je puisse faire, ensuite, était de lui offrir un hamburger au pub.

— Bien sûr. Votre passion pour votre communauté est ce qui vous distingue. C'est ce qui fait que les habitants vous aiment tant, dit-il, balayant ses inquiétudes d'un geste de la main. N'y pensez plus, ma chère. Nos arrangements n'étaient que provisoires, au mieux. Je suis seulement venu témoigner mon soutien à une amie frappée par le sort.

« Frappée par le sort » étaient des termes un peu forts,

mais Deke avait le goût de l'emphase et du drame. Cela se voyait dans son œuvre, ainsi que dans toutes les facettes de sa vie. Il l'avait montré en se déguisant en livreur. Elle n'allait pas chipoter sur des questions de vocabulaire.

— Merci. Les fleurs sont splendides et égayent ma journée, incontestablement.

Il promena son regard autour de lui. Elle n'osa pas lui demander ce qu'il pensait. Comparée à son imposante demeure, cette maison devait lui paraître ridiculement ordinaire. Mais son visage ne trahit aucune émotion.

— J'ai entendu dire que vous aviez eu des ennuis personnels ?

— Oui. Quelqu'un est entré par effraction dans mon garage et a tenté de me coller un meurtre sur le dos.

— C'est absurde ! Vous faut-il un avocat ?

Il pouvait s'offrir les services des meilleurs professionnels, elle en était certaine.

— Non. J'ai résolu le problème avec la police de Baltimore à la première heure, ce matin. Personne ne sait à quoi ma pelle à neige a servi, mais une chose est sûre : ce n'est pas l'arme du crime.

— Quel soulagement !

Un sourire amical aux lèvres, il se leva, enfila ses gants, puis remit sa casquette.

— L'ouverture du village de Noël demain sera un succès retentissant, déclara-t-il. Et la ville pourra vous dire merci, ajouta-t-il en la serrant brièvement contre lui.

— Je ne suis pas la seule qu'elle pourra remercier, répondit-elle, gênée par ses louanges excessives. Tout le monde a participé aux préparatifs. Merci, Deke.

— Avec plaisir.

Quand il eut regagné sa voiture, elle verrouilla la porte. En retournant dans la cuisine, elle s'arrêta un instant pour admirer les fleurs. C'était un geste attentionné — un peu outré, mais attentionné. Le bouquet étant trop imposant pour sa petite table de cuisine, il resterait dans le salon.

Si c'était là la décision la plus grave qu'elle ait à prendre de la journée, on pouvait espérer que la situation était en train de s'améliorer !

11

De retour chez lui, Deke pianota nerveusement sur la vitre froide de la fenêtre.

Il était entouré d'incapables ! Le type à l'échelle n'avait pas eu la décence de mourir. Par un extraordinaire hasard, personne n'avait menotté Abby, censée avoir assommé un récidiviste avec sa pelle à neige. Et voilà que l'incendie, au lieu de semer la terreur, l'avait apparemment conduite à durcir le ton vis-à-vis des criminels qui attaquaient la ville.

Ce n'était pas son rôle d'affronter les forces de l'ordre sur le terrain. Pourtant, les gens qui l'employaient insistaient pour qu'il règle la situation lui-même. Les imbéciles ! Ils gâchaient son talent !

Son vrai travail consistait à imaginer les stratégies qui serviraient la cause. Il fut un instant tenté d'ignorer les ordres et de prendre des initiatives plus musclées. Il se consola à l'idée qu'il avait fait quelques progrès du côté du chef de police.

Autre source de consolation : le village de Noël ne rapporterait pas autant cette année, compte tenu des troubles actuels. Aucun déploiement de guirlandes végétales ou lumineuses ne pourrait dissimuler la souillure qui déparait Belclare. Les commerçants, qui avaient besoin de la rentrée d'argent conséquente que cette opération leur procurait, congédieraient leur chef de police désormais en disgrâce, et il aurait enfin la voie libre pour regagner à pas de géant le terrain perdu.

La dernière cargaison de drogue était deux fois moins importante que celle qui avait été saisie. Grâce à la diversion créée par l'incendie du commissariat, le navire avait pu arriver et repartir sans que personne remarque quoi que ce soit. Et maintenant que ses supérieurs étaient tranquillisés, il allait pouvoir se concentrer sur sa vengeance. Il décrocha le téléphone et transmit ses nouvelles instructions.

Ensuite, il envisagea tous les scénarios possibles — bons ou mauvais. S'il ne parvenait pas à attirer Abby à lui par une promesse d'amitié, il pourrait exploiter son besoin de protéger et défendre autrui. Quoi qu'il en soit, il serait ravi de la voir courir tête baissée dans le piège qu'il lui préparait.

Quant à ce nouveau voisin, ce n'était pas un adversaire à sa taille, pensa-t-il avec mépris. S'il devenait gênant, il ne serait qu'une victime de plus dans cette guerre.

12

Riley passa la matinée comme il avait passé la soirée précédente : uniquement occupé d'Abby. Il repensait à leur baiser, mais aussi au danger grave qui la menaçait. Cette femme exigeait toute son attention, d'un point de vue personnel et professionnel.

Les bras chargés d'emballages en plastique et en carton, il se dirigea vers la benne à ordures et les conteneurs de tri sélectif. Il sortit son couteau et se mit à fendre les rubans adhésifs pour pouvoir aplatir les cartons destinés au recyclage. Son équipe et lui avaient presque terminé les préparatifs. Il était temps. On annonçait une légère chute de neige dans la soirée.

En retournant à l'entrepôt, il remarqua un objet noir coincé entre la benne et le mur du bâtiment. Il le ramassa et s'aperçut qu'il s'agissait d'un portefeuille de femme. Il regarda autour de lui, mais ne vit aucune de ses collègues féminines. Il se rendit dans le bureau du responsable.

— Est-ce que quelqu'un a réclamé ceci ? demanda-t-il en brandissant sa trouvaille.

Son patron ôta ses lunettes.

— Personne ne m'a signalé quoi que ce soit.

— Je l'ai trouvé près des poubelles, et je préférerais l'ouvrir devant témoin.

— Allez-y, fit son patron en hochant la tête. Ensuite, j'aimerais que vous alliez vous assurer que la restauration du panneau de bienvenue se fait correctement.

Riley ouvrit le portefeuille, et demeura figé d'étonnement

en reconnaissant Mme Wilks sur la photo du permis de conduire.

— Que diable…

— Vous la connaissez ?

— Elle vit dans la même rue que moi.

Son patron consulta l'horloge murale.

— Rapportez-le-lui, prenez votre pause déjeuner, et ensuite vous passerez jeter un coup d'œil au panneau. Les deux gus qui s'en occupent sont du genre à fabriquer des bonshommes de neige au lieu de terminer dans les délais.

— Pas de problème.

Un quart d'heure plus tard, Riley était de l'autre côté de la ville et se garait dans son allée, à côté de la voiture d'Abby. Il savait qu'elle travaillait chez elle à cause de l'incendie. Il eut d'envie d'aller frapper à sa porte, pour le seul plaisir de lui dire bonjour.

S'il avançait ses pions intelligemment, il parviendrait peut-être à faire en sorte que le scénario de la veille au soir se répète. Mais Casey ne l'avait pas envoyé ici pour embrasser Abby. Il s'obligea à regarder droit devant lui et continua à avancer sur le trottoir.

— Riley ?

Abby…

Il se retourna pour la saluer. Elle était en jean et en pull. Il ne savait pas encore s'il la préférait en tailleur ou dans un style plus décontracté. Quoi qu'elle porte, elle était terriblement sexy.

— Vous avez terminé votre journée ?

Etait-ce de l'espoir qu'il percevait dans sa voix ? Il voulait le croire.

— Non.

Il lui montra le portefeuille.

— Qu'est-ce que c'est ?

— Le portefeuille de Mme Wilks. Je le lui rapporte.

Malgré la distance — il était sur le trottoir et, elle, sur le seuil de sa maison — il vit le doute s'inscrire sur son visage. Elle sortit et tira la porte derrière elle.

— Où l'avez-vous trouvé ?

— Derrière l'entrepôt, à côté de la benne à ordures.

— Quand ?

Il consulta sa montre.

— Il y a environ une heure.

— Et vous avez marché jusqu'ici ?

— Non, dit-il en montrant son pick-up. C'est l'heure de ma pause déjeuner, alors j'en profite pour le lui rapporter. J'imagine qu'elle n'a pas dû se rendre compte qu'elle l'a perdu. Ou qu'on le lui a volé.

— Cela ne vous semble-t-il pas étrange ?

— Si, admit-il. Est-ce que vous êtes en train de m'accuser ?

Elle hésita, puis secoua la tête, avant de descendre l'allée pour le rejoindre.

— Non. Je peux y jeter un coup d'œil ?

— Si vous préférez le lui donner vous-même, je vous en prie, ne vous gênez pas.

Irrité par la façon dont elle déformait ses intentions, il lui tendit le portefeuille et fit demi-tour en direction de sa maison.

— Attendez !

Elle tendit la main et le toucha légèrement à la taille. Le contact de ses doigts chauds et vigoureux le surprit, ainsi que le frisson électrique que cela provoqua en lui. Mais après ce qui s'était passé entre eux, il aurait dû s'y attendre.

— Je ne fais pas exprès de surprotéger les gens à qui je tiens, dit-elle d'un ton d'excuse.

Il hocha la tête.

— C'est probablement devenu une seconde nature, chez vous.

— De plus, je suis responsable de sa sécurité.

Il posa les mains sur les siennes.

— Je comprends. Prenez le relais.

Il hésita, ne sachant que faire. Il avait envie de l'embrasser, mais il était conscient qu'elle ne voulait pas que quelqu'un dans la rue assiste à ce genre de spectacle. En outre, il n'était pas sûr de réussir à maîtriser sa fougue. Voyant qu'elle restait immobile, il fronça les sourcils.

— Qu'y a-t-il ? Vous avez l'air bouleversée.

— Je ne suis pas bouleversée.

Le teint pâle, le souffle précipité, elle était l'image même de la terreur. Mais il jugea plus prudent de ne pas lui faire part de son avis.

— Je comprends. Vous tenez à elle, et vous êtes inquiète. Allez vous assurer qu'elle va bien, dit-il en lui indiquant la rue d'un mouvement de la tête.

— C'est que…

Elle s'éclaircit la gorge, mais refusa de croiser son regard.

— Depuis quelque temps, je… j'imagine toujours le pire. S'il vous plaît, allons-y ensemble.

Cet aveu témoignait de la rapidité à laquelle leur relation avait évolué. Elle commençait à lui faire confiance. Ce qui constituait pour lui une victoire, à plus d'un titre.

Lorsqu'ils furent devant chez Mme Wilks, Abby appuya sur le bouton de la sonnette, et ils écoutèrent le joyeux carillon résonner derrière la porte close. Puis la mélodie familière mourut, et le silence retomba.

Plusieurs secondes s'écoulèrent.

— Elle fait la sieste, l'après-midi ? s'enquit-il.

— Elle est trop occupée pour ça.

Elle pivota sur elle-même et fit le tour de la maison.

— Dans ce cas, elle est sortie, conclut-il. Sans son portefeuille. Sa voiture n'est pas dans l'allée.

Ignorant sa remarque, elle frappa à la porte de derrière et appela. Comme personne ne répondait, elle tourna la poignée, mais la porte était verrouillée.

— Tournez-vous, ordonna-t-elle. Je sais où est cachée la clé de secours.

Et lui qui venait de décider qu'elle commençait à lui faire confiance ! S'efforçant de ne pas rire, il obéit. Inutile de lui apprendre qu'il avait tout de suite repéré l'endroit où était caché le double : sous la deuxième marche, près de la rampe.

Elle introduisit la clé dans la serrure. Rien n'indiquait a priori que quelque chose clochait, à part le portefeuille qu'il tenait à la main. Il ne connaissait pas bien Mme Wilks, mais elle n'avait pas l'air du genre à jeter par erreur son portefeuille à la poubelle. D'ailleurs, que serait-elle allée faire près des docks ? Abby avait l'air soucieuse. Ses pensées suivaient sans doute le même cours.

— Madame Wilks ? cria-t-elle, entrant dans la cuisine.

Riley la suivit à l'intérieur, remarquant qu'aucune lumière n'était allumée ; seul le jour qui entrait par la fenêtre au-dessus de l'évier éclairait la pièce. La cafetière électrique, sur le comptoir, était pleine, mais le voyant éteint. Il devait s'agir d'un modèle avec programmateur, se dit-il.

Abby appela de nouveau. Il s'efforça de ne pas tirer de conclusion hâtive de ce silence, mais le détail de la cafetière n'augurait rien de bon.

— Est-ce qu'elle a de la famille dans le coin ?

— Un fils qui vit à Baltimore. Madame Wilks ? C'est Abby et… Nom d'un chien !

Elle venait d'allumer la lumière du vestibule. Il y régnait une pagaille indescriptible. De là où il se trouvait, il distingua un porte-parapluie renversé, des cadres contenant des photographies de petits-enfants brisés en mille morceaux, des bibelots en miettes sur le sol.

Manifestement, la personne qui s'était introduite dans la maison était partie sans s'inquiéter de laisser du désordre. Une rapide inspection de la maison confirma que Mme Wilks n'était pas chez elle.

Abby se tourna vers lui, et cette fois c'était le policier qui parlait.

— Quand l'avez-vous vue pour la dernière fois ?

— Encore un interrogatoire ?

— Non. Peut-être.

Elle serra les poings et ajouta :

— Contentez-vous de répondre. J'ai besoin d'un cadre temporel.

Il réfléchit.

— Je ne l'ai pas revue depuis le soir où Calder a été blessé.

Les épaules d'Abby se voûtèrent.

— Je craignais que vous ne disiez ça. Elle n'a pas participé à la décoration du quartier, hier ?

Il secoua la tête en signe de dénégation.

— Et vous, quand l'avez-vous vue pour la dernière fois ?

Les lèvres d'Abby tremblèrent.

— Je lui ai rendu visite hier matin après avoir découvert que le verrou de mon garage était cassé. Comment ai-je pu laisser passer une journée entière sans m'apercevoir de son absence ?

Il aurait pu lui énumérer un certain nombre de raisons, mais cela n'aurait fait qu'aggraver son absurde sentiment de culpabilité.

— Nous pourrions interroger le voisinage, suggéra-t-il.

— C'est une bonne idée.

Elle tendit la main vers le portefeuille.

— Je vais m'accrocher à cet espoir. J'appelle le poste pour signaler sa disparition et faire rechercher sa voiture.

Il aurait voulu la serrer contre lui pour la réconforter, mais il savait d'avance qu'elle résisterait. Elle était passée en mode « chef de police », et tout ce qu'il pouvait faire pour l'instant, c'était essayer de l'aider.

Il avait vu son expression quand Calder avait été blessé, ou quand le poste de police brûlait, et il pensait maintenant reconnaître la peine sur son visage. Mais aucun de ces deux incidents n'avait provoqué le tourment qui hantait à présent ses yeux d'un bleu saisissant. Elle se jugeait responsable de la disparition de Mme Wilks, et il ne trouvait pas de mots pour la rassurer.

— Je n'aurais pas dû toucher au portefeuille, dit-il pour la soulager d'une partie du poids de la culpabilité.

Mais rien n'y fit.

— Je ne crois pas que ça changera quoi que ce soit. Je dépêcherai tout de même une équipe là-bas, par acquit de conscience.

Il l'entendit pester et jurer à mi-voix, tandis qu'elle téléphonait. Quand il ressortit par la porte de derrière, deux des meilleurs agents de Belclare émergeaient de leurs véhicules, l'arme au poing.

— Plus un geste !

Riley s'immobilisa et leva les mains.

— Du calme, messieurs. Le chef Jensen est à l'intérieur.

— Qu'avez-vous fait d'elle ?

— Abby ! appela-t-il par-dessus son épaule.

— Non, dit d'un ton brusque l'agent qui était le plus près de l'escalier. Qu'avez-vous fait de Mme Wilks ?

— Rien.

— Riley ?

Abby sortit par la porte latérale, et poussa une exclamation à la vue de ses hommes.

— Gadsden, qu'est-ce qui se passe ?

Riley aurait préféré qu'elle commence par leur demander de baisser leur arme, mais tout espoir n'était pas encore perdu.

— Nous avons découvert la voiture de Mme Wilks près des docks. Elle contenait un indice qui nous a conduits à la maison des Hamilton, où nous venons de trouver une écharpe lui appartenant. L'écharpe était suspendue à la rampe des escaliers derrière la maison. Etant donné que c'est là que M. O'Brien habite, il est naturel de penser qu'il sait quelque chose sur sa soudaine disparition.

— Riley ?

Horrifié, il entendit la suspicion dans la voix d'Abby. Qui avait organisé ce complot ? Il s'était renseigné sur chacun des membres de la police de Belclare, et n'avait rien décelé de suspect. Il avait également découvert que Calder n'avait pas d'ennemis, ce qui le confortait dans l'idée que quelqu'un prenait la communauté en otage pour atteindre Abby. Il n'était pas difficile de voir le monstrueux potentiel qu'offrait un tel chantage. Il fallait absolument trouver un moyen de déjouer ce stratagème.

— J'ai trouvé l'écharpe hier soir en rentrant, expliqua-t-il, sans quitter du regard les armes pointées sur lui. Elle était coincée sous la porte-moustiquaire. Je l'ai ramassée et suspendue à la rampe, mais je n'ai pas la moindre idée de la façon dont elle est arrivée là.

— Vous allez devoir nous accompagner, monsieur O'Brien.

— Attendez une seconde, intervint Abby d'un ton sans réplique. Rangez vos armes.

Enfin ! Prudemment, Riley laissa retomber ses mains.

— Merci, murmura-t-il, tandis que les agents s'exécutaient.

— Quel est l'indice qui vous a conduits chez des Hamilton ? s'enquit-elle.

— Un outil marqué au nom d'O'Brien. Tout le monde en ville sait qu'il y a emménagé.

— Je n'ai pas essayé de dissimuler ce fait.

— Silence ! siffla Abby. Quel genre d'outil ?

Visiblement, Gadsden aurait préféré que Riley réponde lui-même, mais il s'inclina.

— Un marteau.

— Je n'ai enlevé personne, se défendit Riley. J'ai au moins trois marteaux dans mon pick-up, et il y en a toujours un dans ma ceinture à outils. Je m'en suis servi hier dans le parc, puis de nouveau quand nous avons décoré notre rue. Vous n'avez qu'à demander à mes collègues ou aux voisins.

— Nous vérifierons l'exactitude de votre déclaration, répondit Gadsden. Allons faire un tour. Nous avons encore quelques questions à vous poser.

— Non, s'interposa Abby. Avez-vous une idée de l'heure à laquelle Mme Wicks a disparu ?

— Les ouvriers portuaires qui ont signalé la présence de la voiture ne se souviennent pas de l'avoir vue avant ce matin.

— Donc, ce serait arrivé hier soir…

Gadsden hocha la tête.

— Il est possible que l'incendie ait été un moyen de diversion.

— Je suis d'accord avec vous, dit-elle, exprimant à voix haute ce que Riley pensait tout bas.

Il ne pouvait se permettre de perdre du temps dans une cellule, pas plus qu'elle ne pouvait se passer de sa protection. Certes, elle ignorait sa véritable fonction. Une fois encore, il fut tenté de lui révéler la vérité, mais il ne voulait pas parler devant ses hommes.

— J'ai trouvé l'écharpe en rentrant chez moi, répéta-t-il en évitant son regard. Vers 23 heures.

— L'avez-vous vu arriver, chef ?

— Oui.

Elle indiqua la porte par laquelle elle venait de sortir.

— Il y a là une scène de crime à examiner. D'après ce que j'ai pu constater, Mme Wilks a été attaquée et enlevée hier soir : son lit n'est pas défait, et la cafetière, qui s'est déclenchée automatiquement ce matin, n'a pas été touchée.

— Vous n'avez pas aperçu de rôdeur ? interrogea Gadsden.

— Non, répondit Abby d'un ton ferme.

Riley étudiait les policiers. Ils devaient savoir qu'il avait raccompagné Abby chez elle la veille au soir : entre les clients du pub et la foule qui était venue observer l'incendie, beaucoup de monde les avait vus ensemble. Alors à quoi jouaient-ils ?

— Nous aimerions l'emmener pour l'interroger.

— Non, répéta-t-elle. Il était avec moi. Quand je suis rentrée, en fin d'après-midi, il m'a aidée à décorer mon jardin. Et avant ça, il s'est occupé de la décoration de la rue — Danny et Peg pourront en témoigner.

— Oui, m'dame. Mais ensuite ?

— Ensuite, j'ai emmené M. O'Brien dîner au pub. Nous n'avons pas pu finir notre repas parce que Martin Filmore a été pris d'un coup de folie et a mis le feu au poste de police.

Gadsden se balança d'avant en arrière.

— Et après ça ?

Le regard dont elle le gratifia avait le tranchant d'un rayon laser.

— Je l'ai vu marcher en direction de sa maison.

— L'avez-vous vu entrer chez lui ?

— Non.

— Dans ce cas, vous n'êtes pas en mesure de confirmer ses dires à propos de l'écharpe.

— Mais je peux me porter garante de tout le reste, y

compris de sa personnalité, agent Gadsden, répliqua-t-elle d'un ton tranchant.

Riley dissimula le choc que lui causait cette déclaration. Elle devait avoir confiance en lui plus qu'il ne l'avait cru. Mais elle l'avait embrassé la première, il est vrai. Et une fois qu'il avait été remis de sa surprise, elle ne s'était pas opposée à ce qu'il l'embrasse.

— Oui, m'dame, fit Gadsden, passant la main sur son holster. Mais pourquoi l'aurait-on piégé ?

Le policier était tenace, il fallait lui accorder ce mérite.

— Bonne question, Gadsden. Pourquoi ne pas vous attacher tout de suite à trouver la réponse ? Les traces de lutte à l'intérieur et les indices que vous avez découverts nous obligent à imaginer le pire. En tout cas, Riley n'a rien à voir là-dedans.

— D'accord.

— Indiquez-moi l'adresse où a été retrouvée la voiture. Je vais me rendre là-bas. Vous deux, vous prenez la relève ici.

— Oui, m'dame.

— Allons-y, dit-elle à Riley. On prend ma voiture. Donnez-leur vos clés.

Il leva les sourcils, mais obéit.

— Quand vous en aurez fini avec la scène de crime, inspectez son pick-up. A fond, précisa-t-elle. Je veillerai à ce que ses empreintes soient enregistrées dans la base de données afin qu'on puisse l'éliminer de la liste des suspects.

La couverture élaborée par les Spécialistes résisterait à l'examen de la police de Belclare, songea-t-il, tandis qu'elle rentrait chez elle en courant et réapparaissait quelques secondes plus tard avec son sac à main.

Elle se dirigea vers sa voiture d'un pas vif, et il la suivit.

— Comment peuvent-ils mener l'enquête sans locaux ?

— Filmore a eu l'amabilité d'épargner la moitié du bâtiment.

— Pas la moitié où se trouve votre bureau, en tout cas.

— En effet, dit-elle en ouvrant sa portière. Nous perdons du temps. Montez.

Il eut à peine le temps de boucler sa ceinture qu'elle mettait en route la sirène et démarrait.

— Vous êtes en colère...

Tout en slalomant parmi les voitures — heureusement, il y avait peu de circulation —, Abby songeait que s'installer dans une petite ville avait été la meilleure initiative qu'elle ait jamais prise. Pour sa carrière comme pour elle-même. Et elle n'allait pas laisser un désaxé supprimer ses amis et tout gâcher.

— Oui.

— Parce que vous avez dû me servir d'alibi ?

— Un petit peu, admit-elle.

— Vos agents sont loyaux et dévoués. C'est un bon point.

En arrivant dans Main Street, elle dut ralentir à cause des encombrements. Elle en profita pour lui jeter un coup d'œil à la dérobée. Il gardait les yeux fixés sur la route. Sa mâchoire rasée de frais était crispée en une expression sévère et résolue. Il s'était montré si calme, si plein de sang-froid lorsque Calder était tombé, puis de nouveau au moment de l'incendie. Et il avait à peine cillé quand Gadsden et Miller avaient été sur le point de l'embarquer.

Cette idée l'aida à se sentir moins coupable d'emmener un civil sur une autre scène de crime. Pendant un quart de seconde, elle se demanda si elle n'avait pas tort de le laisser s'approcher si près. Elle s'était trompée sur le compte de Filmore, mais elle ne pouvait s'attarder éternellement sur cette erreur.

— Je suis en colère parce qu'un dangereux inadapté social me tourmente et s'en prend à mes amis. Mais au-delà de ça, je suis inquiète pour Mme Wilks.

Comme ils sortaient des embouteillages, elle écrasa l'accélérateur.

— Nous allons la retrouver, fit Riley.

— Il y a intérêt à ce que nous la retrouvions vivante ! S'il l'a tuée...

— « Il » ? souligna-t-il.

Elle se concentra sur la route. A cette vitesse, c'était préférable.

— C'est un terme générique.

— Mais… ?

Comment avait-il deviné qu'il y avait un « mais » ? Il devait l'avoir lu sur son visage, supposa-t-elle.

— Certains des e-mails les plus récents, les menaces les plus personnelles ont l'air d'avoir été écrits par une seule et même personne. Un homme. Grâce à la technologie moderne, ces messages peuvent avoir été envoyés de n'importe où sur la planète, mais je suis persuadée qu'un seul et même homme mène cette *vendetta* contre moi.

— C'est une supposition risquée, Abby. La vidéo a eu un énorme succès.

Poussant un juron, elle bifurqua vers les docks.

— Vous m'appellerez chef Jensen sur la scène de crime.

— Oui, m'dame.

Il parlait comme Gadsden. Elle n'avait pas le temps de se demander s'il se moquait d'elle. Comme ils approchaient de leur but, elle coupa la sirène, mais laissa les gyrophares allumés.

— Je sais que ce n'est pas vous qui l'avez enlevée. En arrivant, si vous voulez vérifier qu'il s'agit bien de votre marteau, ne vous gênez pas.

— Ce ne sera peut-être pas le mien.

— Ce ne sera peut-être pas le vôtre, répéta-t-elle.

Elle voyait mal Riley kidnapper Mme Wilks avec un marteau ou avec quelque autre arme que ce soit. Peut-être la retenait-il en otage pour avoir plus de biscuits. Cette idée lui donna envie de rire. Mais avant tout, elle devait retrouver son amie.

Elle gara la voiture, tout en se préparant au pire. Cela dit, si Mme Wilks avait été retrouvée, on lui aurait communiqué l'information en route, par radio.

— Chef Jensen ?

— Oui ?

Elle se tourna vers lui, et fut frappée par l'intensité de son regard ambré.

— Je ne l'ai pas enlevée.

— Je sais.

Son instinct ne pouvait être faussé à ce point par un baiser enflammé et quelques gestes prévenants. Elle se détourna et promena son regard sur les docks. Au mieux, ce décor pouvait être décrit comme un paysage industriel usé par le temps. Saupoudrés de neige, les éléments disparates — entre-pôts, grues, conteneurs — n'offraient pas un spectacle très engageant.

— Il faut que nous la retrouvions, dit-elle. Je ne laisserai pas des terroristes sans visage emporter la victoire.

Elle sortit de la voiture, se félicitant d'avoir choisi un jean solide et un épais sweat-shirt pour travailler à la maison.

En voyant la mine sombre des agents présents sur les lieux, elle comprit qu'ils n'avaient pas de bonne nouvelle à lui annoncer, mais elle les interrogea malgré tout.

— Rien de nouveau ?

L'inspecteur Calloway coula un regard hostile à Riley.

— Que fait-il ici ?

Ainsi, Gadsden ne l'avait pas appelé pour le prévenir que Riley était avec elle. Intéressant.

— Il n'est pour rien dans cette histoire, dit-elle d'un ton sans réplique. Accessoirement, il va pouvoir vérifier que l'objet qui le compromet est réellement à lui.

— Venez, dans ce cas, dit Calloway à Riley. C'est par là.

Elle observa ce dernier, mais ne décela pas le moindre signe de nervosité dans son attitude. Soit il dissimulait à merveille ses émotions, soit il ne se rendait absolument pas compte de l'enjeu. Bien qu'elle soit convaincue de son innocence, ils seraient forcés de prendre les mesures qui s'imposaient si les preuves l'incriminaient.

L'inspecteur lui mit sous le nez le marteau, enveloppé dans un sachet en plastique scellé.

— Il y a votre nom marqué dessus, O'Brien.

Nullement troublé, Riley manipula le sachet pour distinguer l'inscription.

— Les saisonniers se sont tous servis d'un marteau comme celui-ci cette semaine, dit-il en le rendant au policier. Il appartient à l'entreprise. Ce n'est pas le mien.

— C'est pourtant bien votre nom qui est écrit dessus, argua Abby.

— Oui. Mais ce n'est pas mon écriture.

— Comment ?

L'inspecteur et elle se rapprochèrent en même temps pour regarder l'objet de plus près.

— Vous n'avez qu'à le comparer aux outils qui sont dans mon pick-up, et vous verrez. Quelqu'un d'autre a inscrit mon nom sur ce marteau.

Elle adressa un signe de tête à Calloway, qui téléphona à Gadsden pour lui demander de compter et photographier les marteaux se trouvant dans le pick-up. Quand ils reçurent la preuve en image que Riley avait dit vrai, Abby poussa un soupir, se sentant à la fois soulagée et frustrée. Elle était satisfaite d'avoir la confirmation de son innocence ; cependant, ils n'avaient pas avancé d'un millimètre dans leurs recherches.

— Et maintenant ? s'enquit Calloway.

— Allons interroger les gars qui ont signalé la voiture abandonnée.

D'un signe de tête, elle invita Riley à les accompagner.

Les ouvriers qui travaillaient sur le site n'avaient vu personne entrer ou sortir du véhicule. Les docks étaient équipés de quelques caméras — celles-là même qui lui avaient permis de mettre la main sur les trafiquants de drogue —, malheureusement, la voiture de Mme Wilks était garée dans un angle mort.

— Ils l'ont fait exprès, dit Riley tandis qu'ils faisaient le tour de la zone. Ce coup monté contre moi est du travail bâclé.

Abby laissa son regard courir le long des docks. L'entreprise qui employait Riley louait un espace dans l'entrepôt le plus éloigné de l'eau. C'était le plus grand, mais également le mieux sécurisé, et les places de parking y étaient plus nombreuses.

— Vous avez des caméras dans votre entrepôt ?

— Vous n'êtes pas au courant ? s'étonna-t-il. Avec tout ce qui s'est passé, le patron a fait installer son propre système de vidéosurveillance. Selon lui, c'était la première fois qu'il en ressentait la nécessité.

— Tout le monde le sait, dans l'équipe ?

Il haussa les épaules.

— Je pense que oui, mais je n'en suis pas sûr.

Elle rejoignit Calloway qui supervisait l'arrivée du dépanneur chargé d'emporter la voiture de Mme Wilks.

— Allez récupérer les films des caméras de surveillance de l'entrepôt. Nous pourrons peut-être identifier la personne qui a jeté le portefeuille dans la benne à ordures.

Calloway s'éloigna rapidement. Restait une dernière chose à faire : examiner la voiture avant que celle-ci ne soit emportée. Les chances de trouver un indice ayant échappé à ses agents étaient presque égales à néant, mais elle se devait d'essayer. Pour sa voisine.

— Allons-y, dit-elle à Riley, en lui tendant des gants en latex.

Elle n'avait aucune envie de se charger seule de ce travail. Tant pis pour les rumeurs que cela ne manquerait pas de susciter au sein de son service. Elle avait besoin de son soutien à cet instant, à titre tout à fait personnel.

Mme Wilks n'était pas seulement une voisine, mais une amie chère. Ce qui était précisément la raison pour laquelle elle avait été enlevée. A chaque pas, le fardeau devenait de plus en plus lourd à porter. D'abord, l'acte de vandalisme. Ensuite, Calder. Puis sa pelle à neige, qui avait servi à éliminer l'un des vandales. Puis Filmore et l'incendie.

Elle s'immobilisa devant la portière du conducteur, et regarda Riley par-dessus le toit de la voiture.

— J'en ai assez d'avoir toujours un train de retard. Nous allons retrouver Mme Wilks. Ensuite, je ferai ce qu'il faut pour mettre fin à ce cirque.

— C'est un bon programme.

Elle ignorait encore comment elle s'y prendrait, mais elle

savait qu'il était plus que temps de passer à l'action. Il devait bien y avoir un moyen de relier les faits entre eux ! Belclare était sa ville, et elle n'allait pas rester tapie dans un coin pendant que quelqu'un terrorisait la population !

Elle enfila ses gants et ouvrit la portière.

Le siège du conducteur était bien trop reculé pour une personne aussi menue que Mme Wilks.

— Ce n'est pas elle qui a conduit la voiture, nota Abby.

— Ce qui signifie qu'il y avait deux agresseurs : un qui tenait le volant, et un autre qui immobilisait l'otage.

Elle hocha la tête, et se pencha pour examiner de plus près les tapis de sol.

— Elle a un fort tempérament. Deux hommes auront peut-être été nécessaires pour la maîtriser.

— Quand prépare-t-elle sa cafetière ?

— Pardon ?

— Sa cafetière était pleine, quand nous sommes entrés dans sa maison. Il a bien fallu qu'elle la programme à un moment ou un autre.

— Normalement, elle s'en occupe pendant la page de publicité qui précède le journal télévisé. En tout cas, c'est ce qu'elle a fait les rares fois où j'étais chez elle à cette heure-là.

— D'accord. Et nous n'avons pas remarqué de voiture suspecte dans la rue hier soir, après l'incendie...

Elle rougit en se rappelant les baisers ardents qu'ils avaient échangés.

— Nous ne prêtions pas spécialement attention à ce qui se passait autour de nous.

Il lui décocha un sourire ravageur, ce sourire sexy et plein de promesses qui la faisait chavirer. Son cœur s'emballa.

Tu es sur une scène de crime, se morigéna-t-elle.

— Regardez ça !

Il pointait du doigt l'assise du siège arrière. Ouvrant la portière de son côté, elle distingua une trace rose sur le tissu.

— Du rouge à lèvres. Bon sang !

Elle se redressa et inspira l'air froid à pleins poumons.

— Eh bien, nous avons la confirmation que Mme Wilks

— ou une personne portant du rouge à lèvres — est bien montée à l'arrière de cette voiture, déclara-t-il.

Elle ouvrit la bouche pour lui faire remarquer qu'ils le savaient déjà, puis se ravisa. Etant donné qu'ils n'avaient pas de témoins oculaires, la présence de la vieille dame sur le siège arrière n'avait été jusqu'ici qu'une hypothèse. De nouveau, elle prit une profonde inspiration.

— OK. Nous sommes arrivés dans le voisinage juste après 22 heures. Elle a dû préparer son café avant. Donc, un ou deux hommes l'ont enlevée avant la fin du journal télévisé.

Si elle n'était pas restée sous la douche, à regretter de ne pas avoir le courage d'inviter Riley à lui frotter le dos, elle aurait peut-être perçu un bruit suspect. Elle laissa échapper un petit rire empreint de dérision. Si elle l'avait invité, et qu'il était sorti de chez lui, il aurait vu ou entendu quelque chose.

— Ce n'est pas de votre faute, chef Jensen.

— Ce n'est pas tout à fait ce que j'avais à l'esprit, mais vous n'êtes pas tombé loin.

Elle lui montra les roues.

— Je ne vois rien sur les pneus ou sur les passages de roues qui indique qu'ils se soient éloignés de Belclare.

— Alors, qu'ont-ils fait entre le moment où ils l'ont enlevée et celui où ils ont abandonné la voiture ?

Refusant de laisser ses pensées s'égarer sur une pente dangereuse, elle posa les poings sur ses hanches.

— Inspectons le coffre.

— Vous ne croyez pas que ça a déjà été fait ?

— Si, mais je veux tout de même y jeter un coup d'œil.

Elle fit le tour du véhicule, ouvrit la boîte à gants et tourna la manette de déverrouillage du coffre. La voiture bougea légèrement quand l'abattant se souleva.

— Il doit bien y avoir un indice qui nous mette sur la piste !

— Arrêtez !

Riley leva la main, les yeux rivés sur l'intérieur du coffre.

— Quoi ? demanda-t-elle.

— Reculez, et faites reculer les autres.

— Dites-moi ce qu'il y a, insista-t-elle.

— Une bombe.

Ce mot, prononcé si calmement, fit à Abby l'effet d'une décharge électrique.

— Personne n'a pu installer une bombe là-dedans depuis l'arrivée de mes hommes.

— Abby, écoutez-moi, s'il vous plaît.

Que pouvait-il y connaître en matière de bombes ? Il était pâle et tendu. Il semblait réellement inquiet.

— Je ne partirai pas avant d'avoir regardé ! décréta-t-elle.

Secouant la tête, il lui jeta un regard féroce. Elle l'ignora. Il devait se tromper. Ses hommes avaient déclaré que le coffre était vide.

— D'accord. Mais appelez une équipe de déminage en même temps.

Belclare n'en disposait pas. La plus proche était à Baltimore.

— Est-ce qu'il y a une minuterie ?

— Je ne sais pas encore.

Elle vint se placer à côté de lui mais ne vit rien, hormis le revêtement rugueux qui tapissait le fond du coffre.

— Je ne comprends pas, Riley.

— Il y a trop de fils dans ces feux stop.

Du doigt, il lui indiqua la différence entre le côté gauche et le côté droit.

— Appelez quelqu'un, Abby, *tout de suite* !

— Je n'ai personne sur place, murmura-t-elle, tout en composant le numéro de la police d'Etat. Si nous avons de la chance, ils arriveront dans une demi-heure.

Elle venait juste de raccrocher quand son attention fut attirée par un bruit de moteur sur le parking derrière eux. Deux camions de télévision s'arrêtèrent à la limite du périmètre de sécurité.

— Génial… Nous avons un public, à présent !

— Quelqu'un les a avertis.

— C'est possible, mais n'importe qui peut se brancher sur les fréquences de la police. Dites-moi ce que je dois faire.

— Est-ce qu'il y a une chance pour que vous acceptiez de reculer pendant que je regarde de plus près ?

— Aucune.

Il promena son regard le long des docks.

— Vous avez senti la voiture bouger quand vous avez tourné la manette d'ouverture du coffre, n'est-ce pas ?

— Oui.

— Je vais voir si je trouve une minuterie.

Elle retint son souffle pendant qu'il se penchait à l'intérieur du coffre et tirait un couteau de sa poche. Elle appréciait son aide, mais si les terroristes voulaient qu'elle meure, ils avaient la possibilité de faire sauter la bombe à tout moment. Ce qui signifiait qu'ils les observaient peut-être en ce moment même.

Elle téléphona à ses hommes pour les informer de ce qui se passait et leur ordonner de faire évacuer la zone.

La tension était intolérable. Finalement, elle n'y tint plus.

— Riley ?

— Le compte à rebours est lancé, Abby. S'il vous plaît, éloignez-vous. Allez vous mettre en sécurité.

Elle sentit l'effroi lui glacer les veines.

— Seulement si vous m'accompagnez.

— Je vous suis.

— Je ne vous crois pas.

Elle parvint à rire faiblement en l'entendant jurer.

— Est-ce que vous pouvez la désamorcer ?

— Pas sûr.

Chaque seconde qui s'écoulait semblait avoir une vie propre.

— Combien de temps ?

— Suffisamment.

— Bien.

— Demandez-vous qui a intérêt à faire sauter cette voiture pendant que vous assistez au spectacle.

Elle jeta un coup d'œil aux journalistes par-dessus son épaule.

— Je sais qui ça blesse : Belclare tout entière. Voyez-vous quoi que ce soit qui ressemble à une preuve ?

— Il doit y en avoir une, mais l'explosion la détruira. Apportez-moi la clé de contact.

— Pourquoi ?

— Faites-le, chef Jensen. Plus vite ce problème sera résolu, plus vite nous pourrons retrouver Mme Wilks.

Elle rejoignit Calloway en courant. Celui-ci trouva le bon sachet en plastique parmi les scellés, et le lui lança. Ce n'est qu'en faisant demi-tour qu'elle se rendit compte que Riley s'était servi de ce prétexte pour l'éloigner.

Il avait réussi à faire démarrer la voiture sans clé de contact, et la pilotait en direction de la mer, pour éviter que la bombe n'explose dans les environs immédiats, comprit-elle. Comment avait-il su de quelle façon fonctionnait cette bombe ? Et pour quelle raison les terroristes n'avaient-ils pas déjà appuyé sur le détonateur ? Rien de tout cela n'avait de sens.

Qui a intérêt à faire sauter cette voiture ? La question de Riley ne cessait de revenir, obsédante, et elle pria en silence pour que ce ne soient pas les dernières paroles qu'il ait prononcées.

Au comble de l'angoisse, elle surveillait alternativement la course de la berline et les badauds qui assistaient au drame. L'un d'eux avait peut-être le doigt sur le détonateur, prêt à déclencher une tragédie spectaculaire.

Qui a intérêt à faire sauter cette voiture ? Impossible de trouver une réponse à cette question, alors qu'un civil, un inconnu qui était si rapidement venu à bout de ses défenses, était en train de se sacrifier. S'il survivait, elle lui ferait amèrement regretter de lui avoir imposé cette épreuve !

Soudain, le moteur de la berline s'emballa. Elle attendit l'explosion. Au même instant, Riley bondit hors du siège conducteur, et la voiture décolla du quai, plongeant dans le vide.

A peine s'était-il relevé que l'explosion projeta une immense gerbe d'eau dans les airs.

Sans se soucier des médias ni de l'opinion publique, elle se précipita à sa rencontre en courant.

— Qu'est-ce qui vous a pris ? cria-t-elle.

— Je vais bien, merci de vous en inquiéter.

— C'était idiot !

— Vous auriez sans doute préféré que ce truc explose sur

le quai ? Imaginez les retombées. La perte financière. Les travaux de remise en état.

— Cessez avec vos arguments logiques ! Vous auriez pu être tué.

— Je ne crois pas.

— Qu'est-ce que vous voulez dire ?

Elle était partagée entre l'envie de le frapper et de le serrer dans ses bras.

— Je devrais vous faire arrêter !

— Pour quel motif ?

— Vous êtes un danger pour vous-même.

— Mais pas pour les autres ?

Elle n'eut pas le temps de riposter. Ils étaient parvenus à l'endroit où la police contenait la foule. Un tonnerre d'applaudissements et d'acclamations les accueillit.

— Souriez, lui ordonna-t-elle, tout en sachant que c'était une recommandation inutile. Vous êtes un héros.

— Il y a une heure, j'étais un suspect.

— Pas pour moi.

Elle répondit aux questions que lui posaient les reporters de la radio locale, puis laissa le maire, qui avait flairé une fois encore une bonne occasion de soigner son image de marque, prendre le relais. Quand elle eut donné ses instructions aux agents présents sur les lieux, elle entraîna Riley loin du bruit et du tumulte.

— Même si la bombe a été neutralisée, ce sera un miracle si une seule personne ose sortir de chez elle demain, grommela-t-elle.

— Ce sera la plus grosse journée d'ouverture de l'histoire de Belclare.

— Ce n'est pas drôle ! Et je vous rappelle que nous sommes toujours à la recherche de Mme Wilks.

— J'ai une idée, mais je ne suis pas certain qu'elle vous plaise.

— Dites toujours.

Dès qu'elle aurait retrouvé la vieille dame, elle prendrait le temps de lui demander d'où il tenait une connaissance aussi approfondie des bombes. Il devait y avoir une explication à cela, elle en était sûre, mais elle souhaitait l'entendre de sa bouche. Les policiers de Belclare n'étaient pas des imbéciles ; pourtant, ils n'avaient pas repéré la menace quand ils avaient fouillé le coffre. A moins, bien sûr, que l'un d'entre eux soit de mèche avec les terroristes.

Elle repoussa vivement cette idée. Tomber dans la paranoïa ne l'aiderait pas à résoudre plus vite le mystère de la disparition de sa voisine.

— Regardez, dit Riley, en lui tendant un morceau de papier enroulé.

— Qu'est-ce que c'est ?

Elle l'ouvrit et eut la surprise de découvrir une esquisse représentant le littoral de Belclare. Trois endroits étaient marqués d'une croix et accompagnés de chiffres.

— C'était enroulé autour des fils électriques.

— Dieu du ciel ! souffla-t-elle. C'est pour ça qu'ils ont laissé sa voiture ici. Il s'agit d'un compte à rebours. D'un jeu !

— D'une espèce de chasse au trésor perverse. Si le point de départ est l'explosion de la voiture, il ne nous reste que dix minutes pour arriver à la première étape.

— Mme Wilks n'y sera pas.

— Vous ne pouvez pas en être certaine, dit-il doucement. Sans compter qu'il pourrait y avoir un autre otage.

Il avait raison. Elle sentit son estomac se soulever. Mais ni la peur ni la colère ne l'aideraient à sauver son amie.

— C'est une vieille dame innocente. Elle est peut-être déjà morte d'hypothermie.

L'idée que des êtres chers souffraient parce qu'elle faisait bien son travail, parce qu'elle avait juré de prévenir le crime à Belclare, la mettait en fureur.

Riley lui frictionna les bras, dissipant la sensation de froid glacial qui s'insinuait dans ses veines.

— Vous devez rester optimiste.

Sans doute, mais cela commençait à devenir épuisant !

— Tout en me préparant au pire, compléta-t-elle.

Il acquiesça d'un signe de tête.

— Je peux y aller pendant que vous organisez une battue.

— Non. Ce défi s'adresse à moi seule, et je ne veux plus mettre en danger la vie de ceux qui ont confiance en moi.

— Abby, si vous laissez tomber le protocole et le règlement maintenant, tous vos efforts auront été vains. Restez fidèle à vos méthodes. Elles sont efficaces.

Encore une fois, il avait raison. Et pour Mme Wilks, il fallait qu'elle reste en pleine possession de ses moyens.

— Je vais me diriger vers la première étape, poursuivit-il. Rassemblez une équipe et faites les choses comme il se doit.

— D'accord. Je vous suis, dit-elle, reprenant les termes qu'il avait employés un peu plus tôt.

Il lui sourit.

— Je vous crois.

Elle mourait d'envie de l'embrasser, mais le faire risquait de le rendre encore plus vulnérable qu'il ne l'était déjà.

Tandis qu'elle étudiait la carte de la ville avec Calloway et répartissait ses hommes disponibles en binômes, les envoyant dans différentes directions, elle continuait de retourner dans son esprit cette question : à qui profitait toute cette machination ?

Les événements de la journée confirmaient ses pires craintes. Ils n'étaient pas simplement le fait de voyous isolés déferlant sur sa ville pour réaliser un coup d'éclat. Non, ces attaques étaient préparées avec soin et exécutées par des gens d'ici, depuis le cœur même de Belclare.

Les fédéraux l'avaient prévenue : le trafic de drogue servait peut-être à financer une cellule dormante. Mais elle avait refusé de croire que quelqu'un, parmi les citoyens de cette ville, ait pu tromper ainsi toute une communauté. Elle n'avait pas voulu admettre qu'elle avait été dupée.

C'était pourtant le propre des terroristes infiltrés de se fondre dans le décor, de participer à la vie collective et de tenir dans la durée, en se faisant passer pour des membres respectables de la communauté. Jusqu'au jour où ils passaient à l'action.

Le trafic de drogue n'était pas été un événement isolé.

Pas plus que l'acte de vandalisme, l'agression envers Calder, l'incendie perpétré par Filmore, l'enlèvement de Mme Wilks, ou les coups montés dont Riley et elle avaient été victimes, visant à les faire accuser à tort. Rien de tout cela n'était le fruit du hasard.

Tandis que les équipes se mettaient en route, elle partit en courant dans la direction empruntée par Riley. Elle n'allait pas laisser son nouvel allié affronter seul ses ennemis !

13

Tout en se dépêchant de descendre vers la grève hérissée de rochers, Riley songeait qu'il y avait peu de chances pour qu'il retrouve Mme Wilks dès la première étape. Ce serait trop facile. Il tira son téléphone de sa poche, vérifia qu'il captait correctement le réseau, puis composa le numéro personnel de Casey.

— Je ne m'attendais pas à cet appel, fit la voix du directeur.

— C'est que les événements se précipitent, monsieur. Avez-vous trouvé un lien quelconque entre les noms que je vous ai envoyés ?

— Pas encore.

Riley marqua une pause, le temps de contourner un amas de roches tranchantes couleur ardoise.

— Calder est hors de cause, dit-il.

Il avait envisagé un moment la possibilité que l'accident de ce dernier soit une mise en scène destinée à cacher sa complicité avec les terroristes, mais il n'y croyait plus. Calder n'avait aucun lien avec les trafiquants de drogue et, si Filmore et lui se connaissaient, leur association était strictement professionnelle.

— Nous sommes au courant qu'un appel a été passé à la police d'Etat pour demander des renforts, reprit Casey. Pour votre information, il est peu probable que l'équipe de déminage arrive à temps.

Sur cette note déprimante, Riley raccrocha. Il rangea son appareil et consulta sa montre. Il devait se hâter. Il jeta un coup d'œil par-dessus son épaule en direction des docks, constatant que des agents passaient au peigne fin d'autres parties de la côte. Son regard balaya la surface de l'eau. Un remorqueur circulait dans la baie. Il était à espérer que l'équipage était de leur côté, et non de celui des terroristes.

Il regarda de nouveau sa montre. Plus que trois minutes pour trouver le point indiqué sur la carte, sans quoi — si l'heure précisée était exacte — une autre explosion surviendrait.

— Madame Wilks ! cria-t-il, priant pour qu'il n'y ait pas une autre victime à secourir, ou... à déplorer.

Il fit davantage attention où il mettait les pieds, à l'affût d'un fil piège ou du moindre signe indiquant que quelqu'un était passé par là. C'est alors qu'il le vit : un tas de pierres légèrement arrondi, qui semblait moins naturel que le reste du décor. Il s'approcha avec d'extrêmes précautions, bien que le temps imparti soit presque épuisé : il craignait de déclencher une catastrophe par un excès de précipitation.

Une balle siffla au-dessus de sa tête et alla percuter la plus haute pierre du monticule. Il fit un bond en arrière et se mit à couvert. Au même instant, il entendit un faible gémissement.

— Madame Wilks ?

La même plainte étouffée s'éleva sur sa gauche, près des arbres rabougris et déformés par le vent, tandis que des cailloux et des brindilles roulaient le long de la pente dans sa direction.

Il prit cela comme un oui.

Le petit éboulement avait mis au jour des fils verts et rouges émergeant du monticule pierreux, et grimpant dans les arbres. Une bombe, sans le moindre doute, songea-t-il sombrement.

— Ne bougez pas ! cria-t-il à la vieille dame.

Si elle déclenchait la bombe par inadvertance, c'en était fini d'eux.

Il leva les yeux, mais ne put distinguer le tireur. Celui-ci pouvait se trouver n'importe où, dans un arbre ou à l'abri derrière un accident de terrain.

Dans sa tête, une horloge égrenait les secondes. Quel esprit tordu était capable d'aller aussi loin pour se venger d'Abby ?

Mais avant de chercher à comprendre le motif de tout cela, il devait d'abord régler ce problème.

Il progressa à plat ventre vers les fils. Une autre balle frappa le sol, à quelques millimètres seulement de ses doigts. Des éclats de pierre lui mordirent le visage. Même s'il avait eu une arme, cela ne lui aurait pas servi à grand-chose en cet instant précis. Il n'avait pas le temps de s'arrêter et de riposter.

Il était tout aussi résolu que le tireur à vaincre, et la vie de Mme Wilks était l'enjeu de ce duel. Riley rampait aussi vite que possible vers le haut de la pente, quand son talkie-walkie grésilla. La voix d'Abby en sortit.

— Je vous couvre !

Malgré l'inconfort de sa position, il sourit. Bien sûr qu'elle le couvrait… Se rappelant la façon dont la bombe de la voiture avait été conçue, il décida de s'occuper d'abord de la charge d'explosifs qui se trouvait le plus près de l'eau. Il ne pouvait se permettre de perdre de précieuses secondes à calmer un otage affolé.

Cette fois, quand le tireur embusqué fit feu, une autre arme riposta. Par habitude, Riley compta le nombre de coups tirés par Abby. La police de Belclare se servait généralement de pistolets à quinze coups en 9mm mais, à en juger par le son qu'elle produisait, l'arme dont Abby se servait devait être plus puissante.

Concentrant toute son attention sur la bombe, il ne prêta pas attention aux éclats de voix derrière lui. Il savait que, suivant le protocole, elle enjoignait au tireur de se rendre. Le minuteur avait entamé les vingt dernières secondes, quand il débrancha le détonateur. Il remonta la pente, tandis qu'une nouvelle volée de balles sifflait autour de sa tête.

— Madame Wilks ! s'exclama-t-il, soulagé de trouver la vieille dame vivante.

Il faillit pousser un cri de victoire quand il vit que le minuteur du dispositif attaché autour de sa taille était arrêté à douze secondes.

— Tout va bien. C'est fini, dit-il, en tranchant le ruban adhésif d'un coup de lame, la débarrassant ainsi des explosifs.

Le visage rond de Mme Wilks était pâle sous la poussière qui le maculait, et ses yeux brillants de larmes.

— Ça risque de vous faire un peu mal, la prévint-il en tirant doucement sur le morceau de scotch qui lui couvrait la bouche.

Il remarqua que la face interne du fragment d'adhésif était tachée de rouge à lèvres rose.

— Merci ! s'écria-t-elle en se jetant dans ses bras.

Il la serra contre lui.

— Vous êtes blessée ?

— Ma fierté seule l'est…

Les larmes coulaient librement sur ses joues, à présent.

— Les bleus disparaîtront rapidement, j'en suis sûre, mais j'ai si froid !

Il tira son talkie-walkie de sa poche et appela les secours.

— Rien de cassé ? Vous ne saignez pas ?

— Je vais bien, promis. C'est vous qui avez servi de cible, pas moi.

Cette femme devait avoir un tempérament d'acier pour s'inquiéter de lui au lieu de penser à elle.

— Est-ce que vous avez vu vos agresseurs ? Vous pouvez nous dire à quoi ils ressemblent ?

Soudain, un détail le frappa.

— Vous n'avez pas vos lunettes.

— Ma vision de loin est toujours excellente, jeune homme !

Des branches craquèrent, puis se rompirent, et quelque chose s'écrasa juste à côté d'eux.

— A terre ! cria Abby.

Sans la moindre hésitation, il poussa Mme Wilks dans le trou qui avait failli devenir sa tombe.

Un coup de feu fut tiré par Abby, suivi d'un bruit terrifiant qui déchira l'air. Le souffle de l'explosion projeta Riley à terre, et une vague de chaleur brûlante le maintint cloué au sol, tandis qu'une pluie de pierres, de cendres et de morceaux de branches tombait autour d'eux.

Deux autres déflagrations secouèrent le sol, beaucoup trop près à son goût. Cela lui rappela le jour où il avait assisté à la démolition d'un vieil immeuble, non loin de l'orphelinat. Il espéra que toutes les charges avaient explosé, et que le calvaire était terminé.

Un silence irréel les enveloppa. Risquant un coup d'œil en direction du rivage, il discerna des restes de corps sur les rochers. Celui du tireur, certainement.

— Où est Abby ? cria Mme Wilks. Est-ce qu'elle est saine et sauve ?

Il pivota dans la direction où il l'avait vue pour la dernière fois, et sourit en l'apercevant, à demi couchée sur le versant, son arme pendant au bout de son bras.

— Je suis là, madame Wilks ! lança-t-elle, haletante. Ne vous inquiétez pas pour moi.

Riley se décala légèrement de façon à ce que la vieille dame puisse la voir.

— Dieu merci ! Vous êtes saufs tous les deux ! s'exclama-t-elle, plaquant ses deux mains sur son cœur.

Il l'aida à se relever, veillant à ce qu'elle tourne le dos au macabre spectacle sur la plage. Abby les rejoignit et donna à sa voisine une chaleureuse accolade.

— Vous n'avez pas besoin de marcher, lui dit-elle. Les secours vont arriver.

— Je veux juste sortir de ce trou. Dieu seul sait comment ils ont fait pour me faire descendre là-dedans !

Abby jeta un bref regard à Riley.

— « Ils » ?

— Oui. Je venais de préparer le café et je m'apprêtais à monter me coucher, quand ils sont apparus dans mon salon.

— Vous avez vu leur visage ?

— Non. Ils avaient des cagoules noires sur la tête.

— Nous avons constaté les dégâts chez vous, dit Abby. Vous vous êtes bien défendue.

— J'en ai frappé un au genou avec le bâton en noyer que je garde dans le porte-parapluies.

Il faudrait donc rechercher un individu boitant depuis peu, nota mentalement Riley. A en juger par la façon dont Abby arqua les sourcils, il comprit qu'elle avait eu la même idée, et elle ne manquerait pas de communiquer ce détail à ses hommes.

Leurs radios se mirent à grésiller, et une voix leur annonça que les autres binômes avaient neutralisé les bombes restantes et qu'il n'y avait pas eu de victimes. A première vue, il n'y avait pas eu non plus de nouvelle prise d'otage. Ils pouvaient être fiers d'avoir réussi, sans l'aide d'une équipe de déminage, à évacuer la zone et à faire en sorte que les explosions ne tuent ou ne blessent personne.

Après l'arrivée des secours, Riley attrapa Abby par la main.

— Merci de m'avoir couvert.

— C'était le moins que je puisse faire.

Comme elle paraissait éviter son regard, il demanda :

— Que se passe-t-il ?

— Je crois qu'il s'est fait sauter volontairement…

Elle serra les lèvres et inspira profondément par le nez, avant d'ajouter :

— J'ai tiré à ses pieds, pour le mettre en garde. Mais il…

— Est-ce que vous l'avez reconnu ? lui demanda Riley pour la distraire de ces sombres pensées. Est-ce qu'il boitait ?

— Non. Il était grimé et portait une tenue de camouflage. Il ne m'a pas semblé familier. Et comment savoir s'il boitait sur ce terrain ?

Elle n'avait pas tort.

— Les fédéraux vont prendre les choses en main.

— Je sais.

Elle rentra le cou dans les épaules et se frictionna les bras.

— Et je leur laisse cette scène de crime avec plaisir !

— C'est fini.

Du moins, pour le moment, compléta-t-il en son for intérieur. Elle hocha la tête.

— Nous allons devoir faire une déposition. J'ai de la paperasse en retard. Et aussi… Zut ! Une conférence de presse.

— Dans ce cas, nous devrions nous mettre en route tout de suite.

— J'ai l'air d'un épouvantail, se plaignit-elle, ôtant une brindille de sa manche. Ce pull est bon pour la poubelle.

Tendant la main, il retira une feuille de ses cheveux.

— Vous êtes magnifique.

Il avait envie de l'embrasser pour célébrer le fait qu'elle était saine et sauve.

— Vous dites ça pour me consoler.

— Je le dis parce que c'est la vérité.

Tenant tendrement ses mains dans les siennes, il attendit qu'elle lève enfin les yeux vers lui.

— Votre service et toute la population devraient vous acclamer. Vous êtes une héroïne, Abby.

— C'est vous qui avez fait le plus dur, protesta-t-elle.

— N'esquivez pas le compliment.

Elle prit une grande inspiration et jeta un dernier regard vers la mer.

— Très bien. Mais je suis une héroïne qui a une tonne de papiers à faire.

Il était rudement content qu'ils soient tous là, bien vivants, pour faire des papiers. Ils n'étaient pas passés loin de la catastrophe, aujourd'hui.

Abby tourna le dos au podium et à l'avalanche de questions, laissant au maire le soin de clôturer la conférence de presse. Cette fois, elle avait choisi ses mots avec prudence, sans toutefois faire de concessions sur le fond. Elle était déterminée à remettre de l'ordre dans sa ville.

Elle avait remporté une double victoire sur ses ennemis. Non seulement Mme Wilks était rentrée chez elle vivante, mais le sauvetage de la vieille dame avait restauré sa popularité. Même s'il le voulait, Scott ne pourrait plus l'évincer, à présent.

Elle aurait dû être rassurée par cette certitude, mais au lieu de cela, elle se demandait avec anxiété quelle nouvelle catastrophe allait arriver. Qui serait la prochaine victime ?

Ce n'était pas le moment de se préoccuper de cela ; les appareils photo risquaient sinon de capturer son expression inquiète. Mais les journalistes étaient surtout curieux de savoir qui était l'homme qui avait précipité la voiture de Mme Wilks dans la baie.

Elle aussi avait quelques questions à adresser à Riley O'Brien. Elle lui serait éternellement reconnaissante de ce qu'il avait fait, mais elle ne pouvait s'empêcher de se demander comment un ouvrier du bâtiment, transformé en gourou de la décoration de Noël, avait su désamorcer une telle bombe.

Le maire éluda les questions difficiles et formula des réponses qui allaient dans le sens de ses intérêts. Il appela Riley le « héros de Belclare », déclara que ce dernier s'était rendu à l'hôpital par simple précaution, et qu'il irait le voir là-bas en personne après la conférence. Et oui, bien sûr, on veillerait à ce que le nouveau héros reçoive dans les prochains jours l'hommage qu'il méritait.

Cela n'en finissait plus. Abby écoutait juste assez pour applaudir ou hocher stoïquement la tête quand il le fallait. Enfin, ce fut terminé, et elle put se retirer à l'intérieur du poste de police pendant que les employés de mairie faisaient disparaître le podium.

— Bon travail, Jensen, la félicita Scott.

Il lui serra la main et lui donna même une petite tape sur l'épaule.

Elle avait pris une douche et passé un tailleur propre ; malgré cela, elle se sentait lasse et irritée. La politique était le dernier de ses soucis pour le moment.

— C'était un travail d'équipe, dit-elle.

Elle souhaitait d'ailleurs que cette équipe épluche sans délai les films des caméras de sécurité. Deux hommes avaient agressé Mme Wilks, et seul l'un d'entre eux était mort. Il fallait retrouver le second afin de démanteler la cellule dormante.

Quand le maire eut fini de serrer des mains, ses agents et elle purent enfin se mettre à l'ouvrage. Elle s'installa à un bureau libre, et laissa son regard s'égarer vers la bâche en plastique qui protégeait la partie incendiée du bâtiment. L'entreprise chargée de la réfection avait annoncé que les travaux seraient terminés dans la journée, mais ces quelques couches de peinture et les équipements neufs ne constituaient que la première étape dans le processus de guérison. Il faudrait des semaines — au moins — pour que s'effacent les séquelles psychologiques de l'incident. D'instinct, elle devinait que c'était là le vrai motif de l'incendie.

Elle inséra la clé USB dans son ordinateur et fouilla une nouvelle fois la vie de Filmore. Qui avait pu le contraindre à allumer ce feu ?

— Chef !

Levant les yeux, elle vit Gadsden lui faire signe d'approcher.

— J'ai le moment où le portefeuille a été jeté dans la benne à ordures, annonça-t-il.

Galvanisée par cette nouvelle, elle s'empressa de le rejoindre. Il pointa du doigt l'image, sur laquelle on voyait le portefeuille volant dans les airs.

— Ça nous donne un cadre temporel, ajouta-t-il, désignant la date et l'heure dans le coin de l'écran. On a forcément disposé de Mme Wilks et de sa voiture avant ça.

Abby acquiesça. En matière de pistes, elle avait connu plus solide, mais c'était un point de départ.

— Et ce geste révèle la volonté flagrante d'impliquer Ri… M. O'Brien ou l'un de ses collègues, observa-t-elle.

— Oui, convint Gadsden. Vous avez eu raison de supposer que l'écharpe avait été cachée chez lui pour l'incriminer. Qui aurait pu penser que vous lui serviriez d'alibi ?

Elle ignora ostensiblement cette dernière remarque.

— Voyez si vous pouvez trouver d'autres séquences, ou d'autres angles de vue dans ce laps de temps. Je veux des visages, dit-elle en serrant les poings.

— Si M. O'Brien a su désamorcer les bombes, c'est peut-être parce qu'il était impliqué dans l'attentat.

— Prouvez votre théorie, et nous aviserons, dit-elle sèchement.

Elle avait toujours agi selon les règles : ils avaient pris en compte les preuves incriminant Riley avant d'éliminer cette piste. Et elle continuerait à se montrer professionnelle, même si la situation devenait inconfortable ou déplaisante pour elle.

Néanmoins, Gadsden avait raison. Les connaissances et le savoir-faire dont Riley avait fait montre ne pouvaient être issus que de l'entraînement et de l'expérience. Il lui devait des explications. A elle de laisser ses sentiments de côté, et de trouver le courage et l'objectivité nécessaires pour poser les bonnes questions.

Son sang-froid était en train de l'abandonner, même si elle n'en montrait rien à l'extérieur. Elle avait envie de claquer des portes, de jeter des objets contre les murs, de déclarer l'état d'urgence et de lancer une gigantesque perquisition à l'échelle de la ville. Elle faillit éclater de rire en songeant à la réaction du maire si elle prenait une telle mesure.

Ils avaient perdu leur meilleur atout : le témoignage d'un des agresseurs, un fanatique si enragé qu'il avait préféré se donner la mort plutôt que de se rendre. Cela augurait mal de la suite. En tout cas, pour ce qu'elle en savait, personne ne manquait à l'appel à Belclare.

Les autres charges d'explosif disséminées sur la côte avaient sauté dans les secondes qui avaient suivi la mort du tireur. Ce détail seul révélait l'existence d'un chef prompt à appuyer sur le détonateur.

C'était un miracle qu'aucun de ses hommes n'ait été grièvement blessé. L'intervention rapide de Riley avait sauvé Dieu sait combien de vies. Heureusement qu'il avait trouvé le dessin dans le coffre. Cette découverte faisait-elle partie du plan ?

Elle chassa cette idée et regarda autour d'elle. Les hommes et les femmes qui formaient les rangs de la police de Belclare avaient beau être d'excellents éléments, ils n'étaient pas assez nombreux pour surveiller tous les endroits à risque vingt-quatre heures sur vingt-quatre.

Les docks constituaient une cible de choix. Main Street, bondée de touristes, ferait certainement la une des journaux en cas d'attaque. Quant à ce qui se produirait si la cellule dormante passait à l'action au moment où le parc était envahi de familles, elle préférait ne pas l'envisager.

Elle avait demandé aux citoyens d'ouvrir l'œil et de signaler tout comportement suspect. Les dockers, dont l'intervention avait grandement contribué au sauvetage de ce jour, avaient été chaudement félicités. Sans leur aide et leur vigilance, avait-elle déclaré, Mme Wilks serait certainement morte.

— Nous les débusquerons, chef !

Cette déclaration pleine d'assurance, prononcée par Gadsden, la tira brusquement de ses pensées.

— Oui. Nous les débusquerons jusqu'au dernier.

Retournant à son bureau, elle remarqua qu'un nouvel e-mail était arrivé dans sa boîte de réception.

Elle se laissa tomber sur son siège et, pleine d'appréhension, cliqua sur l'enveloppe.

Félicitations, chef Jensen. Vous avez gagné cette manche, mais la partie n'est pas terminée.

Il y avait une pièce jointe. Pleine d'appréhension, elle l'ouvrit. C'était une bande dessinée, trois vignettes précisément. Sur la première, on voyait le kiosque à musique du parc grossièrement représenté. La même image était ensuite reprise, mais on y avait superposé une animation imitant des flammes. La dernière case montrait une petite pile de cendres, sur laquelle reposait un insigne de police surdimensionné portant le numéro de sa propre plaque.

Ils mettraient leur menace à exécution. D'instinct, elle le savait. Que l'attaque ait lieu pendant le week-end d'ouverture ou plus tard, ils avaient la volonté et les moyens de transformer ses pires cauchemars en réalité.

— Lâches, murmura-t-elle. Venez donc ! Je vous attends.

Elle transféra le dossier aux fédéraux. Elle leur était reconnaissante de s'occuper des preuves matérielles laissées par les bombes ; cela dit, elle aurait davantage apprécié une aide plus substantielle, sous la forme de soldats sur le terrain.

Elle s'adossa à son siège. L'ensemble de son personnel se serrait dans un espace de travail réduit de moitié. Ses hommes étaient fatigués et sur les nerfs. A cause des patrouilles supplémentaires, ils étaient obligés de mettre les bouchées doubles. On ne pouvait leur demander de maintenir ce rythme indéfiniment. Il fallait qu'elle change de stratégie, qu'elle passe à l'offensive, afin de provoquer une réaction chez l'ennemi.

Si cette cellule terroriste réussissait à semer le désordre en se servant de gens aussi différents que des petits délinquants, des snipers ou des directeurs de Société historique, elle-même disposait, avec toute une population derrière elle, d'une fantastique force de frappe.

En admettant que cette population soit de son côté.

Mais la liste des gens qui la soutenaient était extrêmement réduite. Peut-être valait-il mieux faire appel à des gens de l'extérieur.

Une idée folle surgit alors dans son esprit. Oui, se dit-elle, un parti neutre, rompu aux techniques d'autodéfense, était sa meilleure option.

Elle promena les doigts sur le bord de son bureau. Normalement, elle ne devait en aucun cas impliquer des civils dans un combat. Cependant, les terroristes s'en étaient déjà chargés, et ne semblaient pas avoir l'intention de cesser.

Les Lewiston vivaient aux abords de la ville, et profitaient de toutes les façons possibles de cette position. Depuis qu'elle était chef de police, elle les avait nombre de fois verbalisés pour fabrication de whisky de contrebande. Ils réfutaient tout simplement la légitimité de la présence policière sur leur propriété. C'étaient d'excellents chasseurs qui visaient juste, et qui — les agents d'Abby le savaient par expérience — étaient toujours armés.

Toutefois, une fois l'an, au mois de décembre, les Lewiston rentraient dans le droit chemin et se procuraient les permis nécessaires, car leur sapinière empiétait légèrement sur le terrain communal. Ils étaient connus pour proposer les plus beaux arbres de Noël de la région, et attiraient un nombre record de clients chaque année. Il s'était donc mis en place entre cette famille et la municipalité un partenariat tacite où tout le monde trouvait son avantage.

Passant en revue les courriers de menaces, elle finit

par retrouver celui qui faisait allusion à la sapinière — et dont elle avait parlé à Riley. A en juger par la formulation employée, l'auteur connaissait la réputation de fauteurs de trouble des Lewiston.

Elle aurait dû prêter attention plus tôt à ce détail. Mais il n'était pas trop tard pour s'en servir à son avantage. Posant les mains avec légèreté sur le clavier, elle choisit ses mots avec soin.

Elle ne pouvait pas être sûre que son e-mail serait lu à temps, et par la bonne personne, mais il fallait essayer. Quand elle fut certaine que son invitation contenait la juste dose de bravade et de séduction, elle cliqua sur « Envoyer ». Tandis que le message traversait le cyberespace en direction des trois adresses qui apparaissaient le plus fréquemment dans les courriers de menace, elle murmura une prière.

Il se pouvait que les fédéraux aient vent de son initiative, mais c'était un risque à prendre. Ne rien faire, laisser ces terroristes détruire sa ville et sa confiance, était intolérable.

— Pour Noël, vous aurez une jolie cellule en prison, dit-elle à mi-voix.

Elle saisit son ordinateur, son portable, son sac à main, et souhaita le bonsoir à tout le monde. Cependant, elle n'avait pas l'intention de rentrer directement chez elle.

Prenant son temps, elle se rendit en voiture à l'extérieur de la ville pour admirer le nouveau panneau de bienvenue. Elle espérait que les touristes afflueraient en masse le lendemain.

Sur le chemin du retour, elle éprouva un émerveillement d'enfant en découvrant le centre-ville métamorphosé. Chaque rue était décorée selon un thème particulier, élégant ou féerique.

Elle se rendit ensuite au parc. Le portail en fer forgé était illuminé de petites ampoules blanches et de guirlandes végétales tressées d'un ruban scintillant. Tout en traversant le parc à faible allure, elle songea à Riley. Il s'était comporté en héros aujourd'hui, sur les docks.

Peut-être se trouvait-il simplement, comme il l'avait dit, au bon endroit au bon moment. Peut-être souhaitait-il rester à

Belclare parce qu'il aimait cette ville. Mais elle n'y croyait pas, même s'il embrassait merveilleusement bien.

Il n'était pas ce qu'il prétendait être, elle en était sûre. Le cœur battant, elle s'aperçut qu'elle était impatiente d'avoir des réponses. Pas seulement dans le cadre de l'affaire Wilks, mais aussi pour elle-même.

La neige se mit à tomber alors qu'elle parvenait devant le kiosque. Des stands de marchands ambulants étaient installés çà et là derrière la vaste pelouse en pente sur laquelle les habitants aimaient à s'installer pour profiter des concerts et des spectacles réalisés par la compagnie de théâtre locale. Le Père Noël et ses lutins collecteraient les lettres des petits enfants de 10 à 16 heures. La grande roue, symbole coloré et joyeux de la période des fêtes, tournerait du matin au soir pendant les trois prochaines semaines.

Elle ne laisserait personne gâcher cela !

Elle se gara et descendit de voiture, goûtant le profond silence qui régnait alentour, tandis que de gros flocons de neige s'accrochaient à ses cheveux et à ses cils. Quand elle se fut imprégnée de cette paix, que toute tension nerveuse eut disparu, elle prit quelques photos à l'aide de son téléphone.

Elle connaissait déjà la vérité, cependant : les décors de cette année avaient servi de modèle aux dessins de mauvais goût trouvés dans sa boîte e-mail.

Le lendemain, normalement, cet endroit serait noir de monde. Si tout se déroulait comme prévu à la sapinière des Lewiston, les touristes pourraient profiter en toute sérénité de l'atmosphère festive et de ce paysage hivernal de carte postale.

Satisfaite de son plan, elle décida de rentrer chez elle. En passant devant les maisons de ses voisins, elle aperçut les arbres de Noël derrière les fenêtres. Il fallait vraiment qu'elle s'occupe d'installer le sien.

Elle se gara à côté du pick-up de Riley. Ce dernier avait branché pour elle les guirlandes lumineuses de son jardin, mais hélas, la fenêtre du salon, encore obscure, n'en parais-sait que plus désolée. Même Riley et Mme Wilks avaient trouvé le temps de décorer leur sapin, malgré leur journée plus que chargée.

La lumière se fit chez Riley, au-dessus de la porte de derrière, et elle le regarda, fascinée, passer ses chaussures de chantier et enfiler le blouson rouge dont il ne se séparait jamais. Il avait une façon de se mouvoir qui n'appartenait qu'à lui.

Il se dirigea vers sa voiture et lui ouvrit la portière.

— Quelle galanterie ! dit-elle, posant le pied par terre.

— Je vous attendais, avoua-t-il, un grand sourire aux lèvres. Vous avez été magnifique à la conférence de presse.

Des flocons scintillants s'accrochaient à ses cheveux.

— Merci. Vous n'étiez donc pas à l'hôpital ?

— Si, mais ils m'ont relâché tout de suite.

Comme elle examinait son visage, il ajouta :

— Ce ne sont que des égratignures.

Du bout des doigts, elle effleura la suture adhésive qui ornait sa pommette. C'était un miracle que son œil n'ait pas été touché.

Tournant la tête, il déposa un baiser au creux de sa paume.

— J'ai une surprise pour vous.

Il se dirigea à reculons vers sa maison, comme s'il ne pouvait détacher son regard d'elle. Extrêmement flattée par cette attention, elle lui rendit son sourire, puis se rappela les paroles de Gadsden. Il était possible que Riley, lui aussi, soit au service des terroristes.

— Pourquoi ?

— Est-ce qu'il faut une raison ?

Tout le monde avait des raisons d'agir, se dit-elle.

— Je suppose que non.

— Vous devez être fatiguée.

— Pourquoi dites-vous ça ?

Elle avança d'un pas, incapable de résister à l'attirance qu'il exerçait sur elle, malgré le risque. Ou peut-être *à cause* du risque.

— Je m'attendais à un interrogatoire serré, expliqua-t-il, les sourcils levés.

Il ouvrit la porte de chez lui. Elle le suivit à l'intérieur.

— Qu'est-ce que vous mijotez ?

Il sourit.

— Attendez ici.

Elle croisa les bras sur sa poitrine, espérant qu'elle n'était pas en train de se comporter comme la dernière des idiotes.

Il disparut à l'arrière de la maison.

— J'ai vu que Mme Wilks avait installé son sapin…, commença-t-elle.

Elle s'interrompit en le voyant réapparaître. Ou plutôt, en voyant se profiler dans l'encadrement un énorme sapin fraîchement coupé.

— Qu'est-ce que c'est ?

Il se pencha sur le côté pour la regarder.

— C'est un véritable arbre de Noël.

Son sourire balaya tous les doutes d'Abby. Quelqu'un de mal intentionné ne pourrait être ainsi mis en joie par quelque chose d'aussi sentimental qu'un sapin.

La riche odeur de résineux l'enveloppa.

— Il est énorme !

— Mme Wilks m'a aidé à en choisir trois à la ferme des Lewiston. D'après elle, ils ont les plus beaux arbres de la région.

La mention des Lewiston éveilla de nouveau ses soupçons. Etrange coïncidence…

— Trois ?

— Oui. Un pour elle, un pour moi, et celui-là pour vous.

— Je les ai vus par la fenêtre, en me garant.

— Pendant que vous étiez occupée à travailler, nous nous sommes amusés à les décorer, dit-il en posant l'arbre entre eux. Si vous n'en voulez pas, je lui trouverai un autre foyer.

— Je le veux ! Il est parfait.

Pour masquer son trouble, elle retourna à sa voiture chercher son sac. La journée avait été très longue, et n'aurait pu avoir de meilleure conclusion. Mais peut-être avait-elle perdu l'esprit et s'était-elle résolue à l'inévitable.

— Comme je ne savais pas où était le vôtre, je vous ai aussi acheté un socle.

— Il semble que vous pensiez à tout.

Il haussa les épaules.

— J'ai le sens du détail.

— Oui, j'avais remarqué.

Déverrouillant sa porte, elle le laissa porter l'arbre à l'intérieur.

— Où voulez-vous que je le mette ?

— Dans la pièce de gauche, au bout du hall.

Admirative, elle le regarda manœuvrer dans l'étroit vestibule sans rien casser ni bousculer. Le désagréable souvenir des dégâts causés chez Mme Wilks lui revint en mémoire. Elle fut alors frappée par une autre idée. Mais elle attendit qu'il ait appuyé le sapin contre le mur pour demander :

— Vous l'avez amenée à la sapinière et aidée à décorer son arbre pour pouvoir garder un œil sur elle, n'est-ce pas ?

Il plongea les mains dans ses poches.

— Je plaide coupable.

— Je parie que vous lui avez aussi donné un coup de main pour remettre de l'ordre chez elle.

— C'est une femme qui a du tempérament, dit-il, mais personne ne devrait traverser seul ce genre d'épreuve. Et puis, elle m'a encore offert des biscuits.

— Vous en avez, de la chance !

Elle appréciait le caractère normal de l'instant. En la présence de Riley, elle avait l'étrange sensation que tout finirait bien. Qui aurait pu deviner qu'un étranger lui procurerait ce sentiment de sécurité et d'équilibre au moment où Belclare était la cible de violentes attaques ?

— Je vais chercher le socle et je reviens, annonça-t-il.

— Un reste de lasagnes, ça vous tente ?

Il planta son regard dans le sien, puis laissa ses yeux descendre lentement vers sa bouche. Avait-il le même désir qu'elle de l'embrasser ? Elle l'espérait.

— Ça me tente…

— D'accord. Je lance le four pendant que vous installez le sapin.

Il ne fit pas mine de bouger. Jetant un coup d'œil autour de lui, il demanda :

— Voulez-vous que je l'installe devant la fenêtre ?

— Oui, s'il vous plaît.

Son regard passa du plafond aux meubles, puis tomba sur le bouquet offert par Deke.

— Un admirateur ? s'enquit-il, sourcils froncés.

La joie d'Abby s'évanouit aussitôt.

— Pas du tout. C'est une attention de Deke Maynard.

— Oh ! Bien…

Elle se débarrassa de son manteau et le suspendit au vestiaire, près de l'entrée. Avec Riley dans son salon, elle était bien loin de penser à Deke.

— Il souhaitait m'encourager.

— C'est un encouragement très sérieux, glissa-t-il doucement. Vous savez, si je suis sur une chasse gardée…

— Une chasse gardée ? le coupa-t-elle, offusquée. Vous me prenez pour du gibier ?

— Ce n'est pas ce que j'ai voulu dire, vous le savez bien…

Elle planta les poings sur ses hanches.

— Vous m'offrez un sapin de Noël, et l'instant d'après vous m'accusez d'être volage !

Il fit un pas vers elle, mais elle leva la main.

— Ce n'est pas ce que j'ai voulu dire, répéta-t-il.

— Dites clairement ce que vous pensez, dans ce cas.

— Vous me plaisez.

Il s'avança encore, s'arrêtant quand ton torse toucha le bout de ses doigts.

— J'ai envie de vous, ajouta-t-il, une flamme dansant dans son regard. Et je cherche toujours à obtenir ce que je désire. Parfois, j'y vais un peu fort.

Abasourdie, elle sentit faiblir son indignation. Elle était surprise que ses genoux ne se dérobent pas sous elle. Il se tenait seulement à quelques centimètres d'elle, et elle ne pouvait s'empêcher d'imaginer le contact de ses mains et de sa bouche sur elle. Cet homme était effroyablement sexy !

— Je vous ai embrassé la première, marmonna-t-elle. Ça aurait pu vous mettre sur la piste.

Elle vit frémir le coin de ses lèvres.

— Je m'en souviens. Mais je suis nouveau ici, et je ne possède pas bien les codes en vigueur. Ce que je sais, c'est que je n'aime pas partager.

Soudain, elle comprit.

— Danny vous a dit que je voyais Deke toutes les semaines.

Il hocha la tête, sans la quitter des yeux.

— Nous prenons seulement le café ensemble. En amis.

Levant les bras, elle ôta les épingles qui retenaient son chignon, puis les glissa dans sa poche et se passa les doigts dans les cheveux. Il ne lui échappa pas que Riley suivait des yeux chacun de ses mouvements.

— Il a du talent, mais il est très timide. Il est aussi extrêmement influent.

— J'ai entendu les publicités à la radio.

— Précisément. Il a été d'un grand soutien. Les fleurs étaient une gentille attention.

— Il vous les a livrées en personne ?

L'insistance de Riley sur ce point lui parut étrange.

— Vous venez bien de m'apporter un arbre, lui fit-elle observer. Deke est seulement un ami.

Pendant une brève période, elle avait espéré qu'il deviendrait plus que cela ; mais là, auprès de Riley, elle se rendait compte à quel point elle s'était sentie seule. Deke ne serait jamais rien d'autre qu'une relation amicale.

— Je comprends.

— Vraiment ?

— Oui.

Il lui prit la main et la porta à ses lèvres.

— Vous êtes une femme sublime et courageuse. Pouvez-vous m'en vouloir d'avoir pensé que je n'étais pas le seul sur les rangs ?

Elle leva les yeux au ciel, mais le compliment lui fit chaud au cœur. Elle retira sa main, puis, cédant à la tentation, déposa un baiser sur sa joue.

— Allez chercher le socle. Je m'occupe du dîner.

— Oui, m'dame.

Elle enfila un tablier, mit le four en marche et prépara une salade pour accompagner les lasagnes. Au bout de quelques instants, Riley revint avec le socle et une scie. Avoir un homme prévoyant à ses côtés était une bénédiction, pensa-t-elle en enfournant le plat.

Riley l'appela du salon pour lui demander son avis.

— Eh bien ?

L'arbre qu'il avait choisi était parfait. Il occupait idéalement l'espace.

— C'est magnifique ! Vous n'avez pas perdu de temps.

— Le présent, c'est tout ce que nous possédons.

Cette philosophie pragmatique lui rappela qu'elle avait certainement ouvert la boîte de Pandore tout à l'heure, en envoyant cet e-mail. Si elle avait mal joué, elle verrait peut-être sa carrière s'arrêter dès le lendemain.

— Dans combien de temps le dîner sera-t-il prêt ?

— Quinze minutes environ.

— Parfait. Montrez-moi où vous rangez vos décorations. Je me charge de les descendre.

— D'accord. Elles sont au grenier, dit-elle en le précédant dans l'escalier.

Il était juste deux marches derrière elle. Elle tâcha de ne pas y penser. Un seul regard de cet homme, et son cœur s'affolait. *Le présent, c'est tout ce que nous possédons.* Tel un écho, la formule retentit dans sa tête, moqueuse, tentatrice. Si les lasagnes n'avaient pas risqué de brûler dans le four, elle l'aurait emmené dans sa chambre sans plus attendre.

Elle tira la trappe du grenier et déplia l'échelle qui permettait d'y accéder.

— Vous trouverez les cartons de Noël tout de suite à droite.

Elle se serra contre le mur pour passer devant lui et commença à descendre l'escalier.

— Riley ?

Il interrompit son ascension pour la regarder.

— Merci, dit-elle.

— Vos lasagnes valent bien cet effort !

Puis, ayant ainsi détendu l'atmosphère et l'ayant mise, elle, à l'aise, il disparut.

Le sourire aux lèvres, elle retourna au rez-de-chaussée, et se trouva en proie à un bref dilemme. Où devait-elle dresser le couvert ? Dans la cuisine, cela ne sortait pas assez de l'ordinaire, et dans la salle à manger, ce serait trop formel. Elle trancha la question en disposant une nappe rouge vif, des sets de table verts et une bougie sur la table de la cuisine. Une décoration tout droit sortie d'un magazine des années cinquante, songea-t-elle. Mais elle n'avait plus le temps de rien modifier : les pas de Riley résonnaient dans le couloir.

— Que c'est mignon ! s'exclama-t-il, s'immobilisant sur le seuil pour admirer la décoration de table.

Veiller à la sécurité d'Abby constituait une part importante de sa mission, mais offrait aussi beaucoup d'agrément. Il lui avait dit la vérité en déclarant qu'elle lui plaisait. Elle lui plaisait, oui… Que ce soit en uniforme, en pleine action comme tout à l'heure sur la côte, ou élégamment vêtue d'un chemisier ivoire, d'une jupe noire et de talons hauts, comme à présent.

Il aimait l'embrasser, lui parler, et même se disputer avec elle à propos de bombes ou de fleurs.

— Ça sent encore meilleur que la première fois, dit-il, s'efforçant de revenir à des préoccupations plus terre à terre.

Il souhaitait aborder certains points de l'affaire avec elle, lui demander si elle en savait plus sur le tireur embusqué ou les agresseurs de Mme Wilks.

Le village de Noël commençant officiellement le lendemain, ce serait plus pratique s'ils pouvaient réduire l'éventail des suspects.

— Merci. Asseyez-vous, dit-elle. Je vous offre du vin ?

— Non, merci.

Il la regarda s'en verser une bonne rasade, puis jeta un coup d'œil à l'horloge du four. Six minutes lui suffiraient.

— Ça vous ennuie, si je vais me chercher une bière chez moi ?

— Pas du tout.

Il se rendit dans la maison voisine en marchant aussi vite que possible, puis, dès qu'il fut à l'intérieur, il gravit l'escalier quatre à quatre. Il enfila rapidement un pantalon beige et une chemise à col boutonné. Il s'était douché après l'épreuve des docks, bien sûr, mais il avait manipulé des sapins et des cartons poussiéreux depuis. Il trouvait plus respectueux de paraître au dîner autrement qu'en jean de travail et tricot à manches longues. Elégante comme elle l'était ce soir, Abby méritait bien cela.

C'était ce dont il voulait se persuader, en tout cas. Il était trop pressé pour s'interroger sur son besoin soudain de l'impressionner. Il se passa un coup de brosse dans les cheveux, avant de mettre des chaussettes et des chaussures bateau.

Quand il revint sur le seuil de sa cuisine, une bière à la main, Abby était en train de sortir le plat du four. Elle le posa sur la table, et demeura bouche bée en l'apercevant.

— Que… ? Vous n'étiez pas obligé de… de vous mettre sur votre trente et un.

— Mais si…

La façon dont elle le considérait en cet instant lui prouvait qu'il avait eu cent fois raison de le faire. Il fit le tour de la table et tira une chaise pour elle, remarquant au passage que le niveau de son verre de vin n'avait pas baissé, mais qu'il y avait maintenant une trace de rouge à lèvres sur le bord.

Ainsi, il n'était pas le seul à être nerveux. Tant mieux. Une grande question demeurait, cependant : était-elle fébrile à cause des événements de la journée, ou à cause de lui ? Un mélange des deux lui allait, décida-t-il, du moment qu'il contribuait à son trouble.

Tout en parlant de tout et de rien, elle remplit leurs assiettes. Bien qu'il ait envie de connaître les derniers développements de l'affaire, il respecta son besoin de prendre un peu de distance.

— Vous êtes très élégant, dit-elle en cueillant une feuille de salade du bout de sa fourchette.

— Merci.

Au lieu de manger, elle se contentait de déplacer sa nourriture dans son assiette. Il était assez avisé pour savoir que son coup d'éclat vestimentaire n'était pas la cause de ce manque d'appétit.

— Qu'est-ce qui vous préoccupe ?

— Rien… Tout.

Elle piqua un autre morceau de laitue et une tomate cerise sur sa fourchette, mais ne les porta pas à sa bouche.

— Je sais écouter, dit-il.

Elle leva les yeux vers lui en souriant.

— J'ai remarqué. Mais ce n'est pas le moment.

Il avala une gorgée de bière.

— Mon offre vaut sur le long terme. Vous savez où me trouver.

Soucieux de la distraire de ses préoccupations, il changea d'angle d'attaque :

— Etes-vous difficile en ce qui concerne la façon d'accrocher les guirlandes électriques ?

Elle le considéra, les yeux étrécis.

— Que voulez-vous dire par « difficile » ?

Il repoussa son assiette et se pencha légèrement vers elle.

— Eh bien, voilà. J'ai remarqué qu'il y avait trois sortes de gens. Ceux qui se fichent de la méthode employée. Ceux qui sont regardants sur un détail en particulier — sur le fait de commencer par le bas ou par le haut, par exemple.

Elle hocha la tête, la bouche pleine de salade. Se félicitant de son succès, il continua :

— Et puis il y a les maniaques qui s'opposent à tout ce qui ne correspond pas exactement à leur définition du parfait éclairage, qui se sentent moralement offensés si l'équilibre entre les branches n'est pas respecté, si les fils ne sont pas invisibles et raccordés derrière l'arbre… Ce genre de choses. Vous voyez.

— Oui, dit-elle en enfournant une grosse bouchée de lasagnes.

— Mme Wilks est difficile de façon charmante, dans le genre traditionnel. L'ange qui trône au sommet du sapin doit être auréolé de lumière. Elle aime les guirlandes lumineuses blanches, et que celles-ci soient disposées de bas en haut.

Abby leva son verre à sa santé.

— Vous, en revanche, vous les préférez multicolores.

— Pour être honnête, j'ai récupéré les guirlandes inutilisées du village de Noël. Comme je n'ai pas eu le temps de faire des courses, je les ai rachetées à mon patron hier.

— Et en ce qui concerne les autres accessoires, qu'est-ce que vous avez prévu ?

— Peg a un joli choix à la quincaillerie. J'ai prévu d'y passer demain.

A la mention de Peg, le visage d'Abby se ferma.

— Quand j'étais petit, se hâta-t-il de dire, je décorais tous les ans le sapin de Noël de l'église avec ma classe.

— A en juger par ce que vous avez réalisé ici, vous avez dû y prendre beaucoup de plaisir.

— Pas quand sœur Mary-Catherine était responsable de la décoration. Elle, c'était une vraie maniaque de la guirlande !

Elle rit, à nouveau détendue, et il se sentit soulagé d'avoir partagé avec elle un vrai souvenir de son passé.

— Est-ce que vous allez répondre à ma question ?

Elle repoussa sa chaise et alla poser son verre sur le comptoir. Puis elle le considéra, et une lueur malicieuse passa dans son regard.

— Que ferez-vous si je vous avoue que je fais partie de la catégorie des maniaques ?

— Je vous laisserai accrocher vos guirlandes toute seule.

— Aucun souci. Je fais ça tous les ans.

— Vous êtes rodée, donc. Je suis curieux de voir ça, dit-il d'un ton taquin, tout en empilant les assiettes.

Elle les lui prit des mains.

— Laissez, vous n'allez pas débarrasser, en plus !

Avec des talons, elle était presque aussi grande que lui. Il se pencha et l'embrassa sur les lèvres. C'était un baiser doux, léger, tout en retenue, mais terriblement troublant.

— Vous avez préparé le repas, dit-il. Je débarrasse.

Elle lui jeta un regard suspicieux.

— Soit votre mère vous a très bien élevé, soit le parfum du sapin vous est monté à la tête.

— C'est peut-être les deux, répondit-il en souriant. Et puis, vous avez fait allusion à votre expérience en matière de guirlande…

Elle recula et leva les mains en signe de reddition.

— D'accord. Vous débarrassez, j'accroche les guirlandes, par pitié pour vous.

Il rangea la cuisine en un temps record, non seulement parce qu'il avait envie de la voir à l'œuvre, mais aussi parce qu'il se rappela — trop tard — que le sapin pourrait abîmer son chemisier.

Lorsqu'il la rejoignit dans le salon, il la trouva agenouillée près de la prise de courant située sous la fenêtre, une guirlande allumée, et apparemment oubliée, entre les mains. Elle regardait la maison de Calder, visiblement plongée dans le souvenir de l'accident.

La neige tombait un peu plus dru, à présent. L'ambiance serait au rendez-vous le lendemain, pour le village de Noël. Il fut surpris de constater à quel point il souhaitait que l'événement ne soit pas gâché par la folie meurtrière des terroristes. Il se sentait déjà chez lui dans cette ville, alors qu'il venait à peine d'y arriver. Il contempla Abby, conscient qu'elle était en grande partie responsable de cet état de fait.

— Hé, fit-il doucement, pour ne pas la surprendre.

Elle se retourna, et la dureté de son regard le fit tressaillir. Ce n'était pas l'expression de quelqu'un qui se lamentait sur le sort de son ami, ou qui se sentait responsable de l'accident. Non, ce qu'on lisait dans ses yeux, c'était une détermination sans faille et sans limites.

— Vous avez fait quelque chose, dit-il.

— Quoi ?

Elle cligna des yeux, et son visage s'éclaira.

— Non. Je ne sais simplement pas par où commencer.

Il s'agenouilla à côté d'elle.

— Balivernes ! Vous ne vous souvenez même plus de ce que vous êtes venue faire. Donnez-moi cette guirlande avant de salir votre chemisier.

— Je suis capable de le faire.

— Je sais, Abby.

Ce qui ne manquait pas de l'inquiéter, compte tenu de ce qu'elle se préparait à affronter. Il aurait aimé qu'elle se confie à lui, mais pourquoi l'aurait-elle fait ? A ses yeux, il n'était qu'un charpentier doté d'une certaine expérience de la vie.

— Mais je suis sûr que vous n'avez pas pour habitude de décorer votre sapin dans cette tenue.

— Riley…

— Quoi ? Il n'y a pas de honte à accepter un peu d'aide.

Il ne parvenait pas à la regarder, se sentant sur le point de lui révéler plus que ce qu'elle avait besoin de savoir.

Evaluant d'un coup d'œil la distance entre l'arbre et la prise électrique, il accrocha la guirlande sur les branches les plus basses en moins de temps qu'il ne fallait pour le dire. Ses mains agissaient toutes seules, ce qui était une chance, étant donné qu'il était incapable de réfléchir.

— Riley ?

Il ajusta le fil de façon à le rendre invisible.

— Guirlande suivante, dit-il, tendant la main.

— Regardez-moi.

Il s'accroupit sur ses talons.

— Avec plaisir.

Elle avait ôté ses chaussures, ses jambes étaient ramenées sous elle, et sa jupe lui arrivait juste au-dessus des genoux.

— Je réfléchissais à ce que vous disiez à propos du présent.

Faisait-elle allusion à des questions d'ordre professionnel, ou s'agissait-il d'une invitation déguisée plus personnelle ? Rien dans son attitude ne lui permettait de deviner ce qu'elle avait en tête.

— Je peux continuer à travailler dans le présent, dit-il.

— En effet, acquiesça-t-elle.

Un joli sourire illumina son visage, doucement éclairé par la lampe qui brillait dans un angle. Elle lui mit une guirlande dans la main. Soulagé, il poursuivit son ouvrage.

— Vous êtes un homme doué de nombreux talents. Pouvez-vous me dire d'où vous vient votre expérience des bombes ?

— J'ai acquis des connaissances sur les explosifs dans l'exercice de mon métier, répondit-il, sans préciser de quel métier il s'agissait.

— Mais il ne s'agissait pas seulement d'explosifs. Vous avez identifié des fils. Et le mot.

— Des fils qui n'avaient rien à faire dans un phare, et qui étaient rattachés à des explosifs. Le mot était disposé de façon à être trouvé. Un autre policier ou vous-même en auriez fait autant.

Lui jetant un bref regard par-dessus son épaule, il vit qu'elle fronçait les sourcils, l'air pensif. Quelqu'un avait dû instiller le doute dans son esprit.

— Dans le bâtiment, on est souvent amené à se servir d'explosifs. J'ai été confronté plus d'une fois à ce genre de situations. Je m'y connais un peu dans beaucoup de domaines, Abby. Les voitures, les revêtements de sol ou les guirlandes électriques. C'est la raison pour laquelle j'ai accepté ce poste ici. Et que je loge dans la maison des Hamilton.

Cela aussi, c'était partiellement la vérité, mais il doutait qu'elle lui pardonne un jour d'avoir omis le principal.

— OK.

— Branchez-la, fit-il, lui indiquant la prise. Et dites-moi si ça vous convient pour l'instant.

Elle se pencha vers la prise, à quatre pattes, le mettant à rude épreuve. Il tourna les yeux vers le sapin avant qu'elle ne le surprenne en train d'admirer d'un œil concupiscent la courbe douce et épanouie de ses fesses.

— Oh ! Que c'est joli ! murmura-t-elle.

Un homme doué de nombreux talents, songea-t-il.

— A mon avis, vous êtes plus du type « décontracté » que « difficile », déclara-t-il.

— Vous pouvez toujours rêver… Pardon de vous avoir posé cette question, mais comme vous avez fait preuve d'un calme olympien aujourd'hui, je me suis demandé si vous aviez été flic ou…

— Criminel ?

— Il arrive qu'ils se promènent dans la nature.

— Un criminel aurait-il aidé Mme Wilks ?

— Un escroc, oui.

— Ses biscuits aux pépites de chocolat sont à se damner, c'est vrai, mais je ne suis ni un criminel ni un escroc.

— D'après le maire, vous êtes le héros de Belclare.

— Je me passe aisément de ce genre de titre. Vous pouvez me faire confiance, Abby, je suis de votre côté. Je propose que nous terminions.

Disant cela, il ne faisait pas seulement allusion au sapin.

— C'est peut-être en moi que je n'ai pas confiance, avoua-t-elle en lui tendant une autre guirlande. Dès que j'ai le dos tourné, une nouvelle personne est blessée ou menacée.

— Vous avez gagné, aujourd'hui.

Elle fit entendre un reniflement de dérision, et se mit à marcher de long en large dans la pièce.

— Nous n'avons personne à interroger. Ce n'est pas ce que j'appellerais une victoire. Et on n'a relevé aucune empreinte utilisable chez Mme Wilks.

— Filmore a dit quelque chose de plus ?

— Non.

Son impatience manifeste le frappa. Il eut soudain la quasi-certitude qu'elle avait pris des mesures extrêmes.

— Moi, j'ai confiance en vous, tout comme Mme Wilks, Calder, Peg, et votre équipe. Ce ne sont pas des idiots, Abby.

Non sans mal, il se fraya un chemin à travers les branches intermédiaires. Au moins, tant qu'il avait les mains occupées, il ne risquait pas d'attirer Abby dans ses bras.

Elle lui apporta une échelle afin qu'il puisse accéder à la

partie haute de l'arbre, et quand ce fut fini il vit qu'elle était contente du résultat.

— Je déteste accrocher les guirlandes électriques, admit-elle.

— Content d'avoir pu vous aider.

— Que je commence par le bas ou par le haut, je m'énerve avant la fin et je bâcle le travail.

— Voilà qui ne vous ressemble guère.

— C'est un domaine dans lequel je manque de patience.

Riant d'elle-même, elle lui tendit l'étoile destinée à parer le sommet de l'arbre. Il l'accrocha et descendit de l'échelle.

— Sans vouloir me vanter, c'est réussi !

Elle tira les rideaux.

— Je suis d'accord.

Mais elle ne faisait pas attention à l'arbre. C'était lui qu'elle regardait.

— Vous avez de la sève sur votre chemise, observa-t-elle en s'approchant de lui.

— Ça partira au lavage.

— J'espère que ce n'est pas votre seule chemise habillée ?

— Non.

— Tant mieux !

D'un coup sec, elle écarta les pans de sa chemise, faisant sauter les boutons.

— Abby ?

— Je vis au présent, déclara-t-elle. J'ai toujours eu envie de faire ça, mais jusqu'à maintenant je n'avais jamais trouvé l'inspiration nécessaire.

Ses mains, douces et chaudes, se posèrent sur son torse nu.

— Dites-moi que je vous ai surpris, je vous en prie.

Se haussant sur la pointe des pieds, elle lui effleura les lèvres d'un baiser.

— Que vous m'avez surpris ? fit-il sans comprendre.

Puis il se souvint des mots qu'il avait prononcés la veille dans le pick-up.

— Oh oui, vous m'avez surpris ! souffla-t-il.

Il l'entoura de ses bras et l'attira contre lui, le chemisier de soie d'Abby formant entre eux une barrière presque immatérielle, affriolante. Avec une lenteur délibérée, il se pencha sur sa bouche.

Ses lèvres étaient douces et avides, et sa langue, plus caressante que la veille, avait encore le goût du vin qu'elle avait bu au dîner — une saveur sombre, voluptueuse, offrant un contraste harmonieux avec le parfum délicat des roses et la fraîche odeur de sapin.

Elle fit glisser sa chemise le long de ses bras. A regret, il relâcha son étreinte pour se débarrasser du vêtement. Il était fou de désir. Il voulait connaître chaque centimètre carré de sa peau. Il brûlait de savoir comment leurs corps s'entendraient, de découvrir ce qu'elle aimait, ce qui lui faisait perdre la tête.

Il lui effleura la gorge de baisers et lui mordilla doucement le creux de l'épaule, tandis que les mains d'Abby allaient et venaient sur ses bras. Ses doux soupirs, ses caresses, ses baisers menaçaient de lui faire perdre toute retenue.

— Abby, murmura-t-il contre sa peau.

Le sang battait avec force dans ses veines. S'il y avait eu d'autres femmes avant elle, il ne s'en souvenait plus.

Il n'y avait plus qu'elle, ici et maintenant. Sa main remonta le long de sa cage thoracique et prit en coupe un de ses seins, dont la pointe durcit sous sa paume. Elle poussa un gémissement et s'arqua contre lui. Il ne pouvait plus attendre… Il voulait avoir son goût dans la bouche.

Il perçut un bruit de fermeture Eclair, puis un froissement d'étoffe quand sa jupe tomba à ses pieds. Sentant qu'elle se détachait de lui, il fut sur le point de protester mais, à la vue des jarretières en dentelle qui faisaient ressortir la blancheur crémeuse de sa peau délicate, il eut le souffle coupé et ne put articuler un mot.

Elle revint vers lui et noua les bras autour de son cou. Il la souleva, calant ses longues cuisses fines autour de ses hanches, puis pivota sur lui-même et la plaqua contre le mur. Il serait heureux de la prendre ici, tout de suite, sur le canapé ou même sur les marches de l'escalier.

Il opta pour le canapé et s'y laissa tomber au milieu des

coussins. Elle était à califourchon sur lui, ouverte et offerte à ses caresses. Il lui enleva son chemisier et fit courir ses doigts le long des bretelles de son soutien-gorge, qu'il dégrafa et laissa tomber sur le sol.

Il la caressa, attentif à ce qui lui donnait du plaisir. Il explora chaque parcelle de sa peau, décidé à lui montrer combien il la trouvait belle. Combien, à son tour, elle lui donnait le sentiment d'être désirable. Il l'attira à lui et cueillit l'un de ses seins dans sa bouche, puis l'autre, agaçant la chair délicate avec sa langue, la mordillant. Agrippée à ses épaules, elle l'encourageait doucement en poussant de petits gémissements.

Au bout d'un moment, elle s'écarta légèrement de lui, baissa la tête et posa ses lèvres sur les siennes. Leur baiser s'approfondit et se transforma bientôt en un véritable duel sensuel. Les mains d'Abby se promenèrent sur son torse avant de s'aventurer plus bas, enserrant son érection en une délicieuse caresse.

Tandis qu'elle ouvrait son pantalon et le prenait à pleine main, il glissa un doigt sous la dentelle de sa culotte et la trouva mouillée, chaude, prête à l'accueillir.

— Abby, murmura-t-il, au comble de l'excitation.

Il se souleva sur un coude et se débarrassa de ses vêtements. La seule barrière qui restait entre eux était la culotte d'Abby. En un clin d'œil, il la lui arracha.

Vêtue en tout et pour tout de ses bas, elle descendit alors sur lui lentement, jusqu'à ce qu'il soit entièrement en elle. Se contenant par miracle, il attendit qu'elle donne le rythme. Son effort fut récompensé. Quand elle se mit à bouger, ce fut le paradis. Il lui agrippa les hanches, rencontrant son corps à chaque coup de rein, jusqu'à ce que les ongles d'Abby s'enfoncent dans ses épaules, que le frisson de l'orgasme la secoue des pieds à la tête, et qu'il la sente palpiter autour de lui.

Il jouit à son tour, et elle laissa retomber sa tête sur son épaule, haletante, tandis qu'ils revenaient peu à peu à la réalité.

Au bout de quelques instants, elle fit un mouvement.

— Je t'avais bien dit que le canapé était trop petit !

Elle se leva, sans lâcher sa main.

— Dors avec moi.

Il ignorait qu'il était possible de passer de l'état de plénitude absolue à celui d'excitation maximale en quelques secondes — le temps de gravir une volée de marches —, mais ce fut pourtant ce qui se produisit.

Quand ils atteignirent sa chambre, le tendre baiser qu'elle lui prodigua fut le début d'un nouveau corps à corps endiablé qui les laissa tous deux hors d'haleine.

Epuisée, Abby s'affaissa sur lui. Il l'entendit murmurer à son oreille, mais ne comprit pas ce qu'elle disait.

— Comment ?

Elle leva la tête et posa le menton dans ses mains pour le regarder.

— « Les âmes se rencontrent sur les lèvres des amants. »

Il fit courir sa main le long de sa colonne vertébrale.

— Tu cites Shelley ?

— Ça me semble adapté, dit-elle avec un sourire radieux. Tu connais donc cette citation ?

— Oui.

— Tu ne cesses de me surprendre, Riley !

Il lui passa la main dans les cheveux.

— Je pourrais en dire autant de toi, Abby.

Elle tira les couvertures sur eux et se lova contre lui.

— Je suis contente que tu sois là.

— Moi aussi.

Il déposa un baiser sur ses cheveux et, goûtant la perfection de l'instant, l'écouta respirer jusqu'à ce qu'elle s'endorme.

14

Samedi 3 décembre, 6 h 43

Abby se glissa hors du lit, veillant à ne pas déranger Riley. Il était étendu de tout son long sur le ventre, et les draps emmêlés révélaient sa nudité plus qu'ils ne la couvraient. De toutes les épreuves qu'elle avait traversées dernièrement, s'en aller maintenant était la plus difficile.

Avec un soupir de regret, elle s'obligea à avancer. Elle se rattraperait plus tard. Ce soir, quand les terroristes seraient en garde à vue, ils fêteraient ensemble la victoire. Ils pourraient même se rendre au parc et profiter de l'ambiance du village de Noël.

Elle prit un jean foncé et un pull dans son armoire et s'habilla dans la chambre d'amis pour ne pas le réveiller. Puis elle lui laissa un mot sur l'oreiller. Avec un peu de chance, tout serait terminé avant qu'il ne s'aperçoive de son absence.

En entendant Abby quitter la maison, Riley ouvrit les yeux. Il roula sur le dos et contempla le plafond, écoutant le bruit du moteur qui s'éloignait. Alors seulement il se leva.

Il aurait dû se sentir flatté qu'elle lui fasse assez confiance pour le laisser seul chez elle. Et puis, c'était l'occasion qu'il attendait depuis son arrivée à Belclare. Il ramassa ses vêtements et s'habilla rapidement, ne s'interrompant que pour lire le mot d'Abby. Elle s'excusait, expliquant qu'elle avait été appelée au poste pour une urgence.

Il avait dormi d'un sommeil profond, le corps souple de

la jeune femme lové contre le sien ; malgré tout, il savait que son téléphone n'avait pas émis le bip exaspérant qui lui signalait les urgences. Au cours de leur nuit passionnée, elle avait profité d'une pause pour placer l'appareil dans son chargeur, au pied du lit.

S'il ne s'agissait pas d'un problème professionnel, alors où donc avait-elle couru si tôt ce matin ? Les réponses qui se présentèrent à son esprit ne lui plurent guère. La veille au soir, déjà, l'idée lui était venue qu'elle avait peut-être mis au point un stratagème pour contrarier les plans de l'ennemi. A présent, il avait la certitude qu'elle avait manigancé quelque chose en secret.

Il fixa sa montre à son poignet et regarda l'heure. Le village de Noël ouvrait officiellement ses portes deux heures plus tard.

Il procéda à une rapide inspection avant de quitter les lieux. Dans la cuisine, il trouva un second mot l'invitant à se servir du café et à déjeuner, et lui demandant de fermer la porte à clé en partant. Mais manger n'était pas sa priorité. Il voulait savoir ce qu'elle avait en tête.

Surmontant sa répugnance à violer sa vie privée, il ouvrit l'ordinateur portable qu'elle avait laissé sur la table de la cuisine. Il n'avait pas d'autre choix, s'il voulait assurer sa sécurité.

En découvrant l'e-mail dans lequel elle donnait rendez-vous au chef de la cellule dormante, il reçut un choc. Malgré lui, il en éprouva de la colère et un étrange sentiment de trahison. Il savait qu'elle ne lui faisait pas totalement confiance et comprenait ses raisons. Mais tenter ce pari sans renfort était complètement fou ! Les terroristes pouvaient la supprimer sans états d'âme et brandir cet exemple pour décourager toute autre tentative d'arrestation.

Il referma l'ordinateur et, après avoir tourné la clé dans la serrure de l'entrée, fit un rapide saut chez lui. Sa réaction instinctive fut de sortir son équipement militaire et ses armes de leur cachette, mais il se ravisa aussitôt : ce n'était pas la réponse appropriée.

Au lieu de cela, il troqua sa tenue de la veille contre un

jean et un tricot à manches longues, puis enfila un holster d'épaule et vérifia que son 9mm était chargé. Il passa ensuite une épaisse chemise et redescendit au rez-de-chaussée, où il récupéra ses chaussures de chantier et son blouson sans manches.

Il réfléchirait en route au prétexte qu'il invoquerait pour expliquer cette nouvelle visite à la plantation de sapins.

15

Abby se gara près de l'entrée de la plantation, nullement surprise de constater que sa voiture était la seule sur le parking. Elle avait choisi ce lieu en raison de la présence de la famille Lewiston, et aussi parce que l'ennemi croirait — à tort — qu'il était facile d'y accéder et d'en ressortir.

La clôture en grillage ne constituait pas un obstacle suffisant pour décourager les intrus. Bien que leur propriété n'ait jamais été violée, les Lewiston montaient la garde vingt-quatre heures sur vingt-quatre, sept jours sur sept. L'un d'eux au moins serait en train de faire le guet, muni d'une arme.

Elle vérifia que son revolver était chargé et glissa des munitions supplémentaires dans les poches de son manteau.

Si son e-mail avait été lu par le bon destinataire, et si son défi avait été relevé, Belclare était sur le point d'être débarrassée de l'emprise terroriste.

Son insigne bien en vue sur la poitrine, son Glock au poing, elle sortit de la voiture. Malgré le soleil qui brillait dans le ciel, il faisait très froid. Le vent lui mordit les joues et plaqua son jean glacé sur ses jambes. La couche de neige qui recouvrait le gravier du parking craquait sous ses bottes fourrées. S'arrêtant régulièrement pour écouter, son arme pointée vers le sol, elle pénétra prudemment dans la forêt de conifères, répartis avec soin selon leur taille et leur espèce.

Elle sentit immédiatement que des yeux l'observaient. L'un des membres de la famille Lewiston, sans aucun doute. Grâce à l'augmentation du nombre de patrouilles, des agents pourraient être sur place en trois minutes, si elle les appelait en renfort. En trois minutes, elle avait largement le temps de soutirer des aveux, ou du moins d'identifier un suspect crédible.

Sa radio crépita.

— Salut, chef, fit une voix rocailleuse. Un intrus à l'angle nord-est. Pas d'arme a priori.

Les Lewiston connaissaient les fréquences radio de la police, évidemment. Elle hocha la tête, appréciant le renseignement et cette coopération spontanée. Elle avançait d'un pas plus assuré dans la direction indiquée, quand la voix s'éleva de nouveau.

— Deuxième individu à l'est de votre position. Il a un holster d'épaule. Je ne sais pas ce que vous mijotez, mais on dirait que ça intéresse du monde.

Elle sentit un frisson glacé lui parcourir l'échine. Elle ne s'était pas attendue à ce que ce soit facile, mais en avançant ses pions intelligemment, elle pouvait réussir cette opération. Elle n'avait pas le droit d'échouer.

Veillant à ce qu'il y ait toujours plusieurs rangées d'arbres entre elle et la bordure est de la parcelle, elle se rapprocha de l'angle nord, impatiente de découvrir qui l'attendait.

Une détonation retentit, et des oiseaux s'envolèrent. Les branches les plus basses d'un sapin volèrent en éclats sur sa droite. Une odeur de sève fraîche emplit l'air. L'arbre s'effondra, et elle aperçut un blouson rouge familier qui plongeait à couvert.

L'homme ne pouvait pas être Riley… Non, cet abruti de terroriste se moquait d'elle. Elle n'avait pas pu se tromper au point de coucher avec son ennemi !

— Montrez-vous ! ordonna-t-elle en se couchant sur le ventre, à l'affût d'un mouvement ou d'un bruit.

— Je crois qu'il est venu vous tuer, Abby !

Deke ? Que diable faisait-il ici ?

Des pieds apparurent alors dans son champ de vision. Les chaussures vernies et le pantalon noir indiquaient qu'il s'agissait bien de Deke Maynard. Avait-elle si mal jugé sa personnalité ?

Elle mesura la distance qui les séparait et décida de rester couchée.

— Qu'est-ce qui vous amène ici, ce matin, Deke ?

— Il y a des siècles que je voulais vous le dire, très chère, répondit-il sans bouger. Mes activités dépassent largement le cadre de la peinture.

C'était donc lui ! Quelle idiote elle avait été ! Tellement reconnaissante de ce qu'il faisait pour sa ville et pour elle, qu'elle était restée aveugle face à l'évidence.

— Eh bien, parlez, il n'est pas trop tard, fit-elle, apercevant un autre individu qui s'approchait de lui.

Cette fois, pas d'erreur : il s'agissait bien des chaussures de Riley. Si c'était lui, pourquoi ne se défendait-il pas ? Ne la défendait-il pas, elle ? Son cœur se figea, aussi glacé que le sol sous sa poitrine. Elle sentit des larmes lui piquer les yeux.

Mais elle pleurerait plus tard. Pour l'instant, elle avait des aveux à recueillir et un coupable — peut-être deux — à arrêter.

— Je ne suis pas sûre que vous soyez capable d'endurer la vérité, douce Abby, railla Deke.

— Votre présence ici veut tout dire. Cet e-mail ne s'adressait qu'aux gens qui me menacent. J'en sais déjà bien trop long !

— En êtes-vous sûre ? Il y a plus d'un agent fédéral en mission secrète à Belclare. On m'a envoyé ici pour vous protéger.

Il semblait aussi calme que lors de leurs conversations autour d'un café, dans son salon.

— Levez-vous et parlons-en tranquillement. Vous me connaissez, Abby. Pourquoi vous cacher ? Si j'avais voulu vous tuer, ce serait fait, depuis le temps. Je n'ai pas manqué d'occasions.

Sur ce point au moins, il ne mentait pas.

— En effet, dit-elle en se mettant debout.

Elle en avait assez. Elle voulait entendre la vérité.

— Pourquoi ne pas en discuter tous les trois ?

— D'accord, déclara Riley, émergeant du couvert des arbres.

Il pointait un revolver sur la poitrine du peintre, qui leva les mains. Abby avait l'impression qu'elle le voyait pour la première fois. A sa façon de se tenir, il était clair que le métier de charpentier n'était pas sa vocation principale. Une foule de questions lui vint, mais aucune n'avait de rapport avec l'instant présent, et toutes lui faisaient terriblement mal.

— Baisse ton arme, lui commanda-t-elle d'une voix tremblante.

Il ne cilla pas.

— Non. Deke Maynard est un assassin, le cerveau de toute cette affaire ! Nous venons d'en avoir la confirmation.

— Mensonges commodes de la part d'un tueur qualifié, répliqua Deke, secouant la tête comme si ces accusations n'étaient rien de plus que les récriminations d'un enfant mécontent. J'ai vu à la télévision les images de votre charpentier en train de jeter à l'eau la voiture de cette pauvre vieille dame. Un exploit héroïque destiné à vous impressionner, Abby. Il vous a menti depuis le début. J'ai fait quelques recherches de mon côté, et je sais que Riley O'Brien n'est pas celui qu'il prétend être.

— Tu sais très bien que je n'ai rien à voir là-dedans, Abby ! protesta Riley, le visage assombri par la fureur.

Deke émit un « tut tut » désapprobateur.

— Il est donc proche de vous à ce point-là ? Ne vous en veuillez pas. Ses… talents particuliers sont bien connus dans certains milieux douteux.

Abby essaya de parler, mais sa voix ne lui obéissait plus. La seule chose dont elle était capable était de dévisager les deux hommes qui l'avaient si superbement roulée dans la farine. Peut-être ne méritait-elle pas son titre de chef de police de Belclare, après tout.

— Deke est un terroriste, Abby, insista Riley. Les relevés téléphoniques de Filmore montrent qu'ils étaient liés.

— Nous discutions souvent de ce qui était bon pour la ville, Filmore et moi, se justifia Deke. Vous savez combien il est obsédé par la préservation des monuments.

Qui croire ? Ils étaient tous deux si convaincants ! Elle

chercha la question qui ferait la différence, qui démasquerait le menteur.

— Quelqu'un a convaincu Filmore de mettre le feu au commissariat, dit-elle.

— La perquisition de son domicile n'a rien donné, lui rappela Deke, en plongeant les mains dans ses poches, visiblement persuadé qu'on ne lui tirerait pas dessus. Ma théorie est qu'il s'est dit qu'il sauverait Belclare s'il salissait votre réputation.

Il jeta un bref regard derrière elle, sur sa gauche. Que cherchait-il ? Elle risqua un coup d'œil par-dessus son épaule, mais ne perçut aucun mouvement. Si quelqu'un tentait de les approcher subrepticement, Lewiston ferait feu ou, du moins, l'avertirait.

— Réfléchis, Abby, lança Riley.

Il visait toujours Deke.

— Baisse ton arme, répéta-t-elle, sentant grandir dans sa poitrine une boule de douleur et de colère mêlées qui l'empêchait de respirer.

Il lui jeta un regard empreint de déception, mais cette fois il obtempéra. Elle les considéra tour à tour. Son cœur lui criait de faire le bon choix, tandis que son instinct lui ordonnait de les traîner tous deux en prison.

— Oui, réfléchissez bien, répéta Deke d'une voix lisse et douce comme la soie. Cet homme, cet *étranger*, vous a trompée pour mieux servir ses monstrueux projets.

— Combien de temps vas-tu encore écouter ses boniments ? Le connais-tu vraiment, Abby ?

Deke était la figure même de l'artiste excentrique, un ermite qui ne sortait de son atelier que rarement, mais doté d'assez de sagesse et de charme pour rester populaire parmi les habitants. Au-delà des cafés hebdomadaires et des toiles exposées dans la vitrine de la galerie, que savait-elle de lui, en effet ? Comment employait-il son temps ? D'où lui venaient ses biens ?

Elle refusait de croire qu'il était le méchant qu'ils recherchaient, mais elle n'arrivait pas non plus à se persuader que c'était un agent fédéral.

Une bouffée de culpabilité l'envahit. Elle avait apprécié ses attentions, convaincue que son intérêt et son amitié étaient sincères. Avait-elle laissé ses flatteries l'aveugler sur sa vraie nature ?

— Il faut conclure, Abby, lâcha Riley. Ne commets pas d'erreur, ou nous risquons d'y rester tous les deux.

Sa voix, grave et dure, résonna à travers elle comme ses mains de travailleur avaient fait vibrer son corps la veille au soir. S'il était l'assassin que Deke décrivait, il aurait eu bien des occasions de la supprimer.

C'était là le pire duel à la mexicaine qui puisse exister. Elle avait devant elle un meurtrier et un héros. A elle de deviner qui était qui. Un mauvais choix pouvait lui coûter la vie. Dans tous les cas, elle risquait de perdre l'amour de sa vie. *Et moi qui ai toujours cru que j'aimais prendre des décisions difficiles !* songea-t-elle avec une ironie amère.

Des sirènes se rapprochèrent. Les renforts arrivaient. Qui allait-elle arrêter ?

— Abby, la supplia Deke, enjôleur. Vous me connaissez !

— C'est un menteur ! cria Riley.

Elle croisa le regard de ce dernier, et soudain elle sut. Son cœur et son instinct s'alignèrent l'espace d'un instant de parfaite lucidité. Riley l'avait prévenue que cette affaire cachait quelque chose, et il lui avait demandé à plusieurs reprises à qui profitaient les crimes. Il s'agissait d'une intime conviction qu'elle ne pouvait prouver officiellement. Normalement, elle n'aurait pas à le faire.

Sauf si elle se trompait.

Ses hommes se déployèrent autour d'elle.

— Arrêtez M. Maynard, dit-elle.

Elle le tint en joue jusqu'à ce que l'agent Gadsden lui ait passé les menottes.

— Je vais prévenir le département de la Sécurité intérieure.

Elle risqua un coup d'œil vers Riley.

— Monsieur O'Brien ?

— Oui ?

— Vous allez devoir me suivre et faire une déposition.

Une déposition dans laquelle il avait intérêt à expliquer dans le moindre détail en quoi consistait la « confirmation » dont il avait parlé, ainsi que la raison de son apparition surprise sur les lieux.

Il leva un sourcil. Elle ignorait si ce signe discret trahissait sa surprise d'être interpellé sur ce ton officiel, ou s'il voulait dire autre chose. Et cela ne l'intéressait pas d'y réfléchir pour l'instant.

— Entendu. Quoi d'autre ?

Oh ! Il y avait encore beaucoup à dire, songea-t-elle, mais ce n'était ni le moment ni l'endroit pour aborder les sujets personnels.

— La ville de Belclare vous remercie.

Sur ces mots, elle lui tourna le dos, au bord des larmes. Un chef de police ne s'effondrait pas devant des terroristes et des citoyens curieux.

— Hé, chef !

C'était Jerry, le chef de la tribu Lewiston, qui la hélait. Il se tenait près de l'endroit où Deke avait dirigé ses regards un peu plus tôt.

— Oui ?

— On peut garder la bombe ?

— Comment ?

L'étonnement balaya d'un coup les émotions qui lui brouillaient l'esprit.

— Je trouve que ce serait pas mal, en échange de l'arbre abattu.

— Navrée de vous décevoir, dit-elle en faisant un grand pas de côté pour voir ce dont il s'agissait. C'est une preuve.

— Mais c'est mon fiston qu'a aidé votre ami en blouson rouge à la désamorcer ! Il vous a sauvé la vie !

Elle baissa les yeux. Elle en avait les genoux qui tremblaient rétrospectivement. Lewiston avait raison, elle l'avait échappé belle. Si cette bombe avait explosé…

— Vous avez vu qui l'a installée ?

— Ouais.

Du menton, il désigna Deke.

— C'est le type en toilette, là. Il a dû croire qu'on dormait. Il connaît pas les Lewiston, pour sûr !

Elle avait donc la preuve qu'elle avait fait le bon choix. Cela aurait dû la satisfaire, mais tout ce dont elle était capable, c'était de se répéter à quel point elle avait été idiote d'accorder sa confiance à Deke Maynard. Et de se demander combien de mensonges Riley lui avait fait avaler.

— Juste lui ?

— Oui, m'dame.

— Je vais devoir emporter la bombe.

Lewiston était manifestement déçu. Elle l'attira à l'écart.

— Vous avez conscience que je vous suis redevable, n'est-ce pas ?

Il sourit, comprenant l'allusion.

— Topez là, dans ce cas. Ça me semble équitable.

Après avoir fait le récit détaillé des événements aux fédéraux, elle donna à ses agents les instructions appropriées. Puis elle put s'en aller. Enfin.

S'installant au volant de sa voiture, elle jeta un coup d'œil furtif à Riley. Il se tenait près de l'entrée de la sapinière et la regardait.

Il quitterait Belclare aussitôt sa déposition signée. Pourquoi ne partirait-il pas ? De toute évidence, il était en mission, et une merveilleuse entente sexuelle ne constituait sans doute pas à ses yeux une raison suffisante pour rester. D'ailleurs, elle ne pouvait pas lui faire confiance. Elle ne le connaissait pas du tout.

Si elle avait été n'importe quelle autre femme, elle aurait couru droit vers lui pour se réfugier dans ses bras. D'un autre côté, si elle avait été une autre femme, elle ne se serait pas retrouvée face à cet impossible dilemme. Si elle avait été une autre femme, des hommes tels que Deke Maynard ou Riley O'Brien ne l'auraient même pas remarquée. L'autorité, les responsabilités participaient à son pouvoir de séduction autant que ses cheveux blonds ou sa préférence pour le vernis à ongles rouge grenadine sur les orteils.

Apparemment, Deke avait été le seul à percevoir en elle un reste de naïveté à exploiter. Elle n'arrivait pas à savoir ce qu'elle ressentait devant cette révélation.

En tout cas, c'était une bonne leçon. Elle n'accorderait plus sa confiance sans s'être renseignée au préalable sur la personne. Elle ne donnerait plus à aucun homme le pouvoir de la blesser.

Elle démarra et suivit le véhicule qui emmenait Deke au poste de police.

Voilà… C'était terminé.

— La ville de Belclare vous remercie… Et puis quoi encore ? fulminait Riley, tandis qu'il se rendait au poste de police.

Le seul remerciement qu'il acceptait, c'était un chèque en échange d'une bonne journée de travail. Il ne voulait pas de la gratitude de Belclare ou du chef Jensen.

Il voulait la femme derrière l'insigne. Il avait besoin d'elle. Plus encore, il avait besoin qu'elle comprenne que ce qu'ils partageaient était réel, pas simplement une des facettes de la comédie que l'ignoble Maynard lui avait jouée.

Pourquoi n'arrivait-elle pas à faire la différence ?

Ses doigts se crispèrent autour du volant en cuir, puis se détendirent. Mais si, elle avait dû faire la différence, sans quoi elle serait en train de lui lire ses droits à cette heure. Son image flotta devant ses yeux. Non pas le joli visage de la femme qui lui citait de la poésie, la veille, mais le masque sceptique, accusateur qui avait recouvert ses traits au moment où elle avait dû décider qui croire.

Certes, il était nouveau en ville, mais elle ne pouvait raisonnablement le qualifier d'« étranger » après ce qui s'était passé entre eux la nuit précédente, et tout ce qu'ils avaient partagé avant. Il devait trouver un moyen de l'obliger à l'écouter. *Les âmes se rencontrent sur les lèvres des amants.* C'est elle qui avait cité Shelley, alors qu'elle se tenait nue au-dessus de lui.

Quand elle avait prononcés ces mots, il était en train de songer à ce qu'impliquait une mission à vie à Belclare. Auprès d'elle. Et il avait ressenti profondément la vérité de ce vers. Il avait compris, à cet instant, qui il était vraiment. Il était *à elle.*

Il n'avait jamais vécu dans sa vie de moment aussi parfait, aussi plein de promesses et de potentiel que celui-là. Pas question de renoncer, de la laisser tourner le dos à ce qu'ils avaient commencé.

Sourdement irrité contre elle, il entra d'un pas raide dans le commissariat. Il fit sa déposition, puis fut chaudement remercié d'avoir sauvé la vie du chef de police et aidé à résoudre l'affaire. Apparemment, il n'était plus un étranger pour personne, sauf pour elle. Il n'avait pas besoin d'aller voir un psy pour comprendre pourquoi cela le blessait autant.

Cette formalité effectuée, il s'attarda au poste. Mieux valait régler cela avec elle maintenant, plutôt que d'attendre.

On interrogeait Maynard, mais apparemment celui-ci refusait de coopérer, alors que Gadsden avait trouvé le détonateur dans sa poche.

Abby était enfermée dans la salle de conférences avec le maire et une huile du département de la Sécurité intérieure. En attendant qu'elle ait fini, il sortit son téléphone pour consulter ses mails.

Il savait être très, très patient.

16

Abby referma la porte derrière elle, se contrôlant à grand-peine.

— Vous m'avez menti ! Du début à la fin.

Elle tira sur le cordon du store de la fenêtre de la salle de conférences pour se protéger du regard curieux de ses collègues.

— Non, pas du début à la fin, rétorqua Riley.

— Si je ne vous ai pas passé les menottes, c'est uniquement parce que vous avez sauvé la vie de Mme Wilks.

— Et la tienne.

Elle réprima un hoquet de surprise. Quel culot ! Mais il avait raison, même s'il lui coûtait de l'admettre.

— Et la mienne, acquiesça-t-elle, les dents serrées. Mais j'aurais pu me débrouiller sans vous. Mon plan a marché : le terroriste est sorti de sa tanière.

— Certes, mais tu avais contre toi…

— Quoi ? Qui ? cria-t-elle.

Elle pinça les lèvres et attendit d'avoir recouvré son calme pour reprendre :

— Asseyez-vous, et dites-moi tout ce que vous savez sur les menaces me concernant.

Quand ils furent installés, elle plaça soigneusement son Glock de calibre .40 sur la table.

— Persuadez-moi que vous n'êtes pas vous-même une menace.

Il jeta un coup d'œil sur l'arme, puis la regarda.

— Je pense que tu le sais déjà.

Faux, songea-t-elle. Plus maintenant. Elle désirait le croire, mais ne se fiait plus à ce que lui dictait son cœur.

Le ministère de la Sécurité intérieure venait de lui révéler l'existence d'une unité opérationnelle qui intervenait dans les endroits à haut risque, les « Spécialistes ». Apparemment, Riley en faisait partie. Il n'en demeurait pas moins un menteur, quelqu'un qui s'était servi d'elle.

— Vous avez prétendu que vous aviez la preuve que Deke était impliqué.

Les fédéraux avaient démenti cette affirmation. Ils étaient en train de fouiller sa maison en ce moment même.

— Abby...

— Chef Jensen ! Et cessez de me tutoyer.

— Chef Jensen, répéta-t-il d'une voix tendue, vous n'êtes pas habil...

— Si vous prononcez le mot « habilitée », je vous abats !

— Ce serait beaucoup de paperasse ensuite, vous ne pensez pas ?

— Les accidents arrivent. Les armes à feu sont dangereuses.

Et toi aussi, Abby... Peut-être avait-il intérêt à ne pas remuer d'un cil, songea Riley.

— Dans ce cas, rangez-la, suggéra-t-il. Où Maynard est-il détenu ?

— Ce ne sont pas vos affaires.

Il aurait dû lui avouer la vérité, la veille soir, faire fi du protocole. Le jour où l'un des sbires de Maynard avait fait tomber Calder de l'échelle, il avait eu envie de lui dire qu'elle n'était pas seule dans cette épreuve.

A présent, il était trop tard. Ses magnifiques yeux bleus s'étaient transformés en glace. Elle se sentait trahie, et il ne pouvait lui en vouloir. Mais il fallait justement que ce soit maintenant, au moment où son identité véritable lui apparaissait clairement pour la première fois de sa vie, que la femme qui l'avait révélé à lui-même refuse de le croire. Cela ne manquait pas d'ironie.

— Monsieur O'Brien ?

— Riley, grommela-t-il, irrité par son insistance à revenir à des rapports formels.

Il ne pourrait quitter la ville même s'il le voulait. Si Casey l'y avait envoyé en mission secrète, c'est qu'il y avait une raison. Belclare restait une cible de choix. Quoi qu'en pense Abby, ce n'était pas encore fini.

— Parlez maintenant, ou je vous fais jeter dans une cellule de détention provisoire !

— Pour quel motif ? Tout le monde me considère comme un héros.

— Je suppose que c'était le but recherché. Arriver ici en terrain conquis, charmer les habitants et séduire la petite dame qui dirige le service de police.

Il ne serait venu à l'idée de personne de la décrire ainsi.

— La nuit dernière, j'ai été séduit autant que vous, affirma-t-il en se penchant vers elle.

Le sang afflua aux joues d'Abby.

— Concentrons-nous sur aujourd'hui, aboya-t-elle. Qui êtes-vous ? Quel est votre vrai nom, pour commencer ?

Il agrippa les bras de son siège. Autant tout lui avouer. Il doutait qu'elle lui accorde une autre chance de clarifier les choses, de toute façon.

— J'ignore comment je m'appelle réellement. Riley O'Brien est le nom qu'on m'a donné à l'orphelinat où j'ai grandi. Après avoir obtenu ma licence, j'ai passé quelques années dans l'armée pour rembourser mes études. Et me voici.

— Pas de parents irlandais ?

— Vous en savez autant que moi.

Il secoua la tête. Le fragile espoir de la faire revenir à de meilleurs sentiments venait de s'éteindre sous son implacable regard bleu.

— Il semble qu'il y ait un grand trou dans l'histoire de votre vie.

— En effet.

Il refusait de s'étendre davantage sur ce sujet. Même si elle le haïssait à cause de ce qui s'était passé entre eux, il avait un rôle à remplir à Belclare, et il s'en acquitterait. Si sa couverture sautait, ou si on lui retirait la mission, qui la protégerait ?

Elle avait le droit de lui en vouloir d'avoir menti sur son passé, mais il ne s'en irait pas, ne laisserait personne d'autre veiller à sa sécurité.

— Qui vous a envoyé ici ? demanda-t-elle, puis ses yeux flamboyèrent comme si elle était frappée d'une idée subite. Que diable avez-vous fait aux Hamilton ?

Il leva les yeux au ciel. Quelle imagination débordante, tout à coup !

— Appelez l'agent immobilier, prenez de leurs nouvelles. Vous savez que j'ai loué la maison de façon honnête. Appelez. Vérifiez. Je ne bouge pas d'ici.

— Oh que si ! Vous allez quitter la ville, dès que vous m'aurez dit la vérité.

— Je vous ai déjà dit la vérité.

Toutefois, il n'avait osé soulever une autre question plus délicate. Deke était sous les verrous, certes, mais ses hommes de main n'allaient-ils pas appliquer des ordres qu'il leur aurait donnés ?

Si elle acceptait de se calmer, il pourrait peut-être lui en parler.

Il était furieux que Deke ait révélé son identité et réussi à détruire la confiance qu'Abby avait en lui, car cela la rendait plus vulnérable encore.

— *Toute* la vérité, exigea-t-elle.

La seule vérité qui lui importait se tenait de l'autre côté du bureau. Abby était l'objet de sa mission, mais elle était bien plus que cela. S'il le lui avouait, elle ne voudrait certainement pas l'écouter. Elle ne voudrait pas entendre à quel point il l'admirait. Même maintenant, alors qu'elle était folle de rage contre lui, il l'admirait et la désirait.

— Ce qu'il importe de retenir, c'est que je suis ici pour vous protéger d'une menace terroriste bien réelle. Malgré votre succès de ce matin, mes ordres n'ont pas changé. Vous n'êtes pas habilitée à me renvoyer.

Sur le plan professionnel, en tout cas, ajouta-t-il en son for intérieur.

Elle poussa un juron.

— Les explosifs ont été mis à l'abri. Le coupable est en garde à vue. Belclare est de nouveau une ville sûre. Vous pouvez partir.

— Je dois rester, dit-il en se levant. Je suis désolé que ça vous mette mal à l'aise, Abby.

Elle rangea son arme dans son sac à main et se mit debout à son tour.

— Monsieur O'Brien, je ne veux plus vous voir, ni à côté de chez moi, ni dans mon commissariat, ni au pub. Obéissez à vos prétendus ordres s'il ne vous est pas possible de faire autrement, mais restez hors de ma vue.

— A une seule condition.

— Vous n'avez pas à imposer vos conditions ! s'écriat-elle, tremblante de rage.

— Invitez quelqu'un à demeurer chez vous. Je ne crois pas que ce soit terminé.

— Est-ce une menace ?

— Bien sûr que non.

Il avait l'impression qu'un poids immense lui écrasait la poitrine. C'était peut-être la dernière fois qu'il se tenait aussi près d'elle. Il ne pouvait laisser la peur gâcher cet instant.

— Je resterai hors de votre vue, mais je serai à côté si vous avez besoin de moi.

— Ça ne risque pas d'arriver !

Il la croyait sur parole. Une main sur la poignée, il se retourna pour la regarder.

— La nuit dernière…

— Ne vous avisez pas de le dire !

— … signifie tout pour moi.

— Dehors !

— Vous m'avez demandé de dire toute la vérité.

Il quitta la pièce puis le poste de police, les yeux fixés droit devant lui, évitant de croiser le regard de qui que ce soit. Quand Danny l'interpella, il se contenta de lui faire signe de la main, peu désireux d'engager la conversation. Demain serait un autre jour. L'embarras serait moins cuisant, et elle se calmerait. Elle ne lui pardonnerait peut-être jamais, mais il était résolu à la garder en vie, même si elle devait passer son existence à le haïr.

Il quittait son emplacement de parking quand son portable sonna. Il s'agissait d'un numéro masqué. Riley s'arrêta pour prendre l'appel.

— Joli travail, fit la voix de Casey.

— Les nouvelles vont vite !

— Vous n'avez pas l'air satisfait.

— Jensen a arrêté Deke Maynard, mais c'était trop facile, répondit-il, formulant enfin à voix haute ce qui le tracassait. La bombe était rudimentaire, n'importe qui aurait pu la désamorcer.

— Vous vous attendiez à un adversaire plus expérimenté sur le plan tactique ?

— Quand une menace est assez sérieuse pour inquiéter les agences fédérales, je m'attends à devoir affronter des gens expérimentés sur le terrain.

— Les cellules dormantes sont souvent constituées de civils. C'est la définition même de ce terme.

— Mais il y a une différence entre être amateur et être ignorant. Laissez-moi rester encore.

— C'était bien mon intention. Il s'agit d'une mission à long terme, vous vous souvenez ?

Riley poussa un soupir de soulagement.

— Merci.

— Vous avez une théorie ?

— Deke Maynard a le chef Jensen dans le collimateur. Il est peut-être un maître de la stratégie, mais je crois qu'à un moment donné c'est devenu personnel.

— Les artistes ont parfois un tempérament nerveux.

— En tout cas, la police fouille son domicile et interroge le maître d'hôtel.

— Une dernière chose, O'Brien… Une nouvelle version du discours de Jensen est apparue sur YouTube il y a une heure. Nous l'avons retirée, et nous cherchons maintenant qui l'a mise en ligne.

— A quoi ressemble cette vidéo ?

— On lui a barré le visage d'une croix rouge, et le décor est différent. Les experts n'ont pas encore identifié l'arrière-plan, mais il s'agit d'un paysage enneigé. Nous ne savons pas si ce sont des images récentes ou anciennes. Votre pressentiment est donc bon, semble-t-il. Ne vous éloignez pas d'elle.

— Aucun problème, mentit Riley. Pouvez-vous m'envoyer la vidéo ?

— C'est déjà fait.

— Merci, monsieur.

— Si vous avez besoin de renforts, n'hésitez pas à le faire savoir. Nous pouvons mettre quelqu'un en place dès maintenant, avant que ça ne chauffe de nouveau.

— D'accord, monsieur. Je vous tiens au courant.

Le genre de renforts dont il avait vraiment besoin, Casey ne pouvait les lui offrir. Aucune expertise tactique ne pourrait réparer les dégâts qu'il avait causés.

Il ouvrit la vidéo, et son sang se glaça dans ses veines quand il découvrit les images. L'arrière-plan était composé de photos du parc — avec le décor de Noël de cette année —, et du podium où Abby avait donné sa dernière conférence de presse.

Mais c'était l'angle de vue qui était le plus parlant.

Aussitôt, il demanda des renforts, conscient que l'assassin était sur le point de passer à l'action. Peu importait ce qu'Abby pensait de lui. Il allait prendre les mesures qui s'imposaient.

Aucun détail n'était trop insignifiant, aucune précaution exagérée quand il s'agissait de la vie d'Abby.

17

Pour la première fois depuis l'incendie, Abby était contente que son bureau ait brûlé. Le fait que les travaux de réparation prennent plus de temps que prévu ne la dérangeait pas. Elle travaillerait de chez elle, et ce n'était pas plus mal. A la maison, au moins, elle pourrait pleurer en paix. Crier dans son oreiller. Laisser libre cours à son chagrin sans se soucier du mascara qui dégoulinait sur ses joues ou de son nez rouge et gonflé.

Elle ne parvenait pas à croire que Maynard ait réussi à obtenir sa mise en liberté provisoire ! A l'évidence, il avait au moins un juge dans sa poche. Bien sûr, on lui avait confisqué son passeport, mais à quoi cela les avançait-il ? Pour ce qu'ils en savaient, il en avait peut-être une vingtaine d'autres.

Elle entra sa voiture au garage, n'ayant aucune envie d'apercevoir Riley. Elle gagna sa maison en hâte, puis laissa tomber son sac à main sur la table de la cuisine et tira les rideaux.

Mais rien ne pouvait masquer l'odeur du sapin de Noël. La veille, elle trouvait que c'était le plus beau parfum qu'elle ait jamais humé. A présent, il lui donnait la nausée. Elle traversa l'entrée à contrecœur. C'était comme arracher un pansement. Elle devait affronter la réalité, et trouver un moyen d'oublier Riley.

Les genoux tremblants, elle pénétra dans le salon.

Et s'immobilisa, pétrifiée.

— Bienvenue chez vous, ma chère.

Deke se tenait au milieu de la pièce, une arme à la main. Il leva le bras lentement, jusqu'à ce que le canon du revolver soit à hauteur de sa poitrine.

Elle perçut le froid mortel dans son regard, tout en étant consciente qu'il serait vain d'essayer de s'enfuir. Comment avait-elle pu se tromper à ce point sur son compte ?

— Vous ne vous en tirerez pas, cette fois, dit-elle.

— Mais je m'en suis déjà tiré, très chère. Des témoins fiables sont prêts à attester que j'étais dans le bureau de mon avocat à l'instant de votre mort tragique.

La main du peintre ne tremblait pas, et elle, elle était à court de temps et d'options. Son arme était dans son sac à main, sur la table de la cuisine. Elle fit un pas de côté pour contourner la table basse.

— Non, non, fit-il. Asseyez-vous, plutôt. Ça ne prendra pas longtemps.

Elle resta debout.

— Quoi donc ? Vous allez maquiller ma mort en suicide ? Les gens n'y croiront pas.

Elle devait continuer à le faire parler. Et trouver une solution pendant ce temps-là.

Il pencha la tête sur le côté.

— J'y ai pensé. Mais vous avez raison, les gens n'y croiront pas. Et puis, l'impact sera bien plus grand, si l'on se demande si votre assassin se balade en liberté dans Belclare.

— Vous êtes un monstre ! C'est vous qui avez poussé Filmore à bout.

— Non, fit-il sèchement, s'avançant d'un pas. Filmore était son propre ennemi. Il n'était qu'un petit rouage dans une vaste machine. J'ai bien plus de valeur. Vous, vous étiez un atout, au début, puis vous êtes devenue une gêne. Maintenant, vous devez disparaître. Et sachez que mes avocats démontreront que vous vous étiez trompée de suspect. Vous allez mourir en sachant que vous n'avez pas réussi à m'arrêter.

Il était fou, et malheureusement il avait concentré toute sa folie sur elle. Il n'éprouvait visiblement aucun remords. Elle était désarçonnée par son aplomb, mais elle ne renoncerait pas sans se battre.

Il avait fait entrer de la drogue dans sa ville, failli tuer deux de ses voisins — trois en comptant Riley, et brûlé son commissariat. Oui, elle se battrait, aussi longtemps qu'il lui resterait un souffle de vie.

Elle s'obligea à s'asseoir sur le bord du canapé. Il fallait qu'il croie qu'elle avait abandonné la lutte.

— Pourquoi ne partez-vous pas ? murmura-t-elle. Je ne vous poursuivrai pas. Je dirai à tout le monde que je me suis trompée.

Il se mit à rire.

— Vous me laisseriez peut-être un peu d'avance, mais jamais vous ne mentiriez ou ne renonceriez à m'attraper. Vous êtes bien trop intègre. Je suis sincèrement désolé de vous annoncer que c'est la fin.

— Vous seriez ma baleine blanche, trop colossale pour que je puisse jamais la capturer.

Il fit le tour de la table basse et s'assit à côté d'elle avec cette grâce élégante qu'elle avait admirée, et qu'elle détestait à présent.

— Vous me tentez. Malheureusement, il y a dans la mer de plus gros poissons qui veulent que vous disparaissiez.

Tendant la main vers elle, il prit une mèche de ses cheveux et l'enroula autour de ses doigts.

— Je misais mes espoirs sur vous. Sur nous.

— Dites-moi, chuchota-t-elle, tâchant de dissimuler son dégoût.

Elle devait le désarmer, c'était sa seule chance.

Une marche de l'escalier grinça, et l'attitude de Maynard changea brusquement. Il jeta un coup d'œil rapide dans la direction du bruit, les lèvres retroussées en une grimace hargneuse. Puis il l'empoigna par les cheveux et lui tira la tête en arrière. Elle sentit le canon froid de son arme s'enfoncer dans sa gorge, juste sous sa mâchoire.

— Montrez-vous, ou je lui fais exploser la cervelle !

— A qui parlez-vous ? demanda-t-elle.

— A votre amant, je parie. Je n'arrive pas à croire que vous lui ayez donné la préférence. Vous ne le connaissez même pas. Il vous a menti autant que moi !

Il avait raison. Mais elle connaissait Deke depuis des années, et n'avait jamais perçu la noirceur de son âme.

— Il n'y a personne ici, Deke.

Tout le monde croyait le coupable arrêté. Et elle avait repoussé Riley de toutes ses forces.

Si elle ne trouvait pas un moyen de s'en sortir, elle n'aurait jamais l'occasion de lui demander pardon. Un sentiment de regret intense l'envahit. Elle ferma les yeux pour arrêter le flot de larmes qui affluait sous ses paupières, mais l'une d'elles s'échappa, et roula sur sa tempe.

— Pour qui pleurez-vous, très chère ?

Dans la bouche de Deke, même la tendresse paraissait laide. Cela la tira aussitôt de son accès d'autoapitoiement.

— Tuez-moi maintenant ou prenez la fuite, dit-elle, rassemblant son courage. Mais prenez une décision, bon sang !

Sur ces mots, elle lui décocha un coup de coude dans le ventre, et lui écrasa le pied. A défaut d'être suffisamment efficace, cette attaque lui permit de dévier le canon de son visage et de gagner de précieuses secondes. Il la tenait toujours par les cheveux. Elle ramena ses genoux vers elle et détendit brusquement les jambes, l'atteignant dans la poitrine. Suffocant, il la lâcha. Le coup partit, et la balle lui frôla la tête. Elle l'entendit crier des menaces, tandis qu'elle roulait sur le sol, mais elle n'en tint pas compte, cherchant une arme, n'importe laquelle. La table basse se fendit et le vase se renversa, l'arrosant au passage.

Elle s'en saisit et le lui jeta à la tête. Une autre détonation retentit, et Deke s'effondra sur elle, inerte.

Elle le repoussa, se demandant s'il était mort ou seulement inconscient. Le sol se mit à trembler sous les pas de gens qui entraient en courant dans la maison, et d'un coup, elle fut entourée d'hommes vêtus de l'uniforme noir du Swat. Ils n'étaient ni de Belclare, ni de Baltimore, c'était tout ce qu'elle savait. Ils soulevèrent le corps de Deke et l'emportèrent, ainsi que son arme, hors de la maison.

— Est-ce que vous êtes blessée ?

Elle fit « non » de la tête. Elle n'avait que quelques écorchures.

— Quelqu'un va venir prendre votre déposition, lui dit un des membres de l'équipe, puis tous quittèrent la maison.

Le silence qui l'enveloppa alors la surprit presque autant que leur arrivée. Elle repoussa ses cheveux en arrière, se releva, les jambes flageolantes, et tourna le dos au salon dévasté. Elle n'était pas capable d'affronter ce chaos pour l'instant.

La salle de bains de l'étage était trop loin. Autant essayer de gravir l'Everest. Elle se débarrassa de ses chaussures et gagna la cuisine en titubant.

Un homme portant l'uniforme et l'équipement des forces d'élite s'y trouvait déjà, emplissant tout l'espace. Il avait le dos tourné, mais il était tête nue, et elle reconnut les cheveux châtain clair et la ligne familière des épaules. Des épaules sur lesquelles elle s'était appuyée plus d'une fois au cours de ces derniers jours. Plus particulièrement la nuit précédente…

— Riley ?

— Assieds-toi, Abby.

Ce qu'elle fit aussitôt. C'était à peine si elle tenait sur ses jambes.

— Tu… Tu es ici pour prendre ma déposition ?

— Oui, tout à l'heure. D'abord, tu as besoin de soins.

— Je vais bien.

Il retira son gilet pare-balles et le déposa sur le sol, près de la porte.

— Tu es en état de choc.

— C'est vrai, admit-elle. Tu m'as sauvé la vie. Pourtant, je…

L'émotion lui nouait la gorge. Elle dut s'éclaircir la voix.

— … je t'ai dit des choses horribles au commissariat.

— Je l'avais sans doute mérité. Je t'ai blessée.

Il passa sous l'eau chaude une feuille de papier absorbant, l'essora légèrement, puis, approchant une chaise de la sienne, entreprit de lui laver la figure.

— Je peux le faire moi-même, protesta-t-elle, brusquement irritée par sa sollicitude.

Normalement, il devrait être en colère contre elle. Quelle

était la vraie raison de sa présence ici ? Etait-il là uniquement pour le travail ?

Elle fut effrayée de constater à quel point elle souhaitait que ce soit pour une autre raison.

Quand il eut fini de lui nettoyer le visage, il s'adossa à son siège et la considéra. Son doux regard brun était plein d'interrogations, les mêmes peut-être que celles qui se bousculaient dans sa propre tête.

— Tu t'es bien défendue, dit-il.

— Il est mort ?

— Je ne sais pas. Est-ce important ?

— Dans la mesure où il pourrait recommencer à nuire, oui.

— Eh bien, mort ou vif, Deke Maynard ne nuira plus à personne, c'est moi qui te le dis.

— Tu en es sûr ?

— Aucun avocat ne pourra plus le faire libérer sous caution.

La preuve de ce qu'il avançait était là, dans son regard loyal et clair.

— Je veux un nouveau canapé, lâcha-t-elle.

— C'est compréhensible.

— Plus grand que l'ancien.

Il arqua un sourcil, et le coin de ses lèvres frémit.

— Assez grand pour deux ?

Elle hocha la tête.

— Un canapé d'angle, pourquoi pas ?

Il s'esclaffa, et l'aida à se remettre debout, un bras passé autour de sa taille.

— A présent, nous voilà avec deux maisons à réparer !

Elle posa les mains à plat sur son torse, remonta jusqu'à ses épaules, puis redescendit le long de ses bras. Elle sentait à travers son pull noir à côtes le contour ferme de ses muscles.

— Je connais quelqu'un qui est habile de ses mains.

Elle lui prit la main et baisa tour à tour chacun de ses doigts.

— Ah oui ?

Levant les yeux, elle croisa son regard mordoré et sentit le poids du monde glisser d'un coup de ses épaules.

— Oui.

— Tu as été longue à choisir entre Deke et moi, aujourd'hui !

Pourrait-il lui pardonner son hésitation, ou bien ce doute momentané sonnerait-il la fin de leur histoire ?

— J'ai eu tort, mais j'avais des circonstances atténuantes.

— Parlons-en, de ces circonstances !

— Tu sais, dit-elle sans le regarder, tu es libre de partir, à présent. Tu as arrêté le méchant. Et tu m'as sauvé la vie pour la deuxième fois de la journée…

— Si seulement c'était vrai !

— Qu'est-ce que tu veux dire ?

Avait-elle envie de le savoir, d'ailleurs ? Elle se laissa aller contre lui, trop fatiguée pour faire semblant.

Avec douceur, il entoura son visage de ses mains, et elle le regarda réduire la distance qui les séparait, fermant les yeux au moment où leurs lèvres se rencontraient. Ce fut un baiser léger, plus léger qu'elle ne l'aurait souhaité, et bientôt elle sentit son souffle lui caresser la peau.

— Je ne suis pas libre, dit-il.

Elle rouvrit les paupières et se noya dans la lumière mordorée, empreinte de tendresse, de ses prunelles.

— Quoi ?

— Tu m'as emprisonné, Abby Jensen.

Désorientée, inquiète, elle demanda :

— Qu'est-ce que tu attends de moi ?

Il lui passa la main sur les cheveux, cherchant son regard.

— Ce que je n'ai jamais eu. Des racines. Un foyer, une famille. Toi, pour toujours.

C'était réciproque. Tellement réciproque !

Mais « pour toujours », cela semblait démesuré. Elle le connaissait à peine. D'un autre côté, « pour toujours », c'était autant de temps qu'elle le souhaitait pour apprendre à le découvrir.

— Penses-y, chuchota-t-il contre sa bouche. Je ne quitterai pas Belclare. Il est prévu que je reste.

— Pourquoi ?

Elle voulait qu'il l'embrasse comme la nuit précédente. Elle avait envie d'un baiser qui efface ses pensées, qui ne laisse aucune place aux questions sur le passé et le présent, ou à l'inquiétude concernant l'avenir.

— Tu sais pourquoi.

Les lèvres de Riley se posèrent sur les siennes, douces et chaudes. Elle noua les bras autour de son cou et l'attira plus près, mettant toute son âme dans ce baiser. Elle voulait qu'il ressente ce qu'elle n'osait lui dire, ou lui demander. Etrange, cette impression que son cœur était en sécurité, alors que le reste de son être tremblait de peur...

Elle était confrontée à la peur tous les jours dans son travail. Mais avec Riley, il ne s'agissait pas de cela. L'enjeu était plus grand, et hors de son contrôle.

Il mit fin à leur baiser et la regarda.

— A quoi penses-tu ?

— A toi. Moi. Nous.

— « Nous », c'est bien.

— Je suis d'accord.

Elle inspira profondément et aborda un sujet que ni l'un ni l'autre ne pouvait se permettre d'éluder.

— Le département de la Sécurité intérieure m'a fait clairement comprendre que je reste une cible.

— Dis-moi que le maire ne les a pas entendus !

— Si, répondit-elle en souriant, mais c'est surtout ce que tu en penses, toi, qui m'inquiète. Le maire, j'en fais mon affaire.

— Je ne pars pas.

Il la pressa contre lui, et déposa un baiser sur le bout de son nez.

— Je ne te quitte pas.

Puis sur ses lèvres.

— Je ne nous quitte pas.

— A cause de ta mission ? demanda-t-elle, furieuse d'entendre trembler sa voix.

— A cause de toi. Je t'aime, Abby. Il va falloir que tu t'habitues à cette idée.

Elle se haussa sur la pointe des pieds et l'embrassa.

— Ce n'est pas un problème.

— Et ?

— Et quoi ? le taquina-t-elle.

Du bout du doigt, elle lui effleura la lèvre inférieure. Il le saisit entre ses dents et gronda légèrement.

— Je dois le dire ?

Autre grognement.

— Je croyais que tu le savais…

Il la mordit plus fort. Elle rit.

— D'accord, je le dis… Moi aussi, je t'aime. Que tu sois charpentier, garde du corps, ou juste un voisin très sexy. Je t'aime *pour la vie*.

Epilogue

Thomas Casey acheva de lire le rapport de l'agent spécial O'Brien. Il était satisfait : la menace pesant sur Belclare était écartée pour l'instant. Le chef Jensen n'était pas à proprement parler tirée d'affaire — elle ne le serait peut-être jamais —, mais elle avait sur place la meilleure protection dont elle puisse rêver.

Il contempla la pile gigantesque de dossiers sur son bureau. Belclare n'était que le commencement.

La femme menacée, de B. J. Daniels - N°370

En ouvrant les yeux, McKenzie découvre avec désarroi qu'elle est allongée
dans un lit d'hôpital. A son chevet, un homme au regard plein de sollicitude lui
révèle qu'il vient de la sauver des griffes d'un fou furieux qui l'avait agressée
sur un parking. Puis, d'un ton rassurant, il lui propose de la protéger au cas
où son agresseur la retrouverait. Troublée malgré elle — mais désireuse de
préserver son indépendance —, McKenzie refuse son aide. Sans se douter
que, tapi dans l'ombre, le monstre qui l'a attaquée attend le moment propice
pour se jeter à nouveau sur elle...

L'étau du soupçon, de Cassie Miles

Qu'est-il arrivé à Nick durant sa captivité en Amérique du Sud ? Et quels
terribles secrets lui cache-t-il ? En accueillant son fiancé, disparu depuis six
mois, Sidney est déchirée entre joie et suspicion. Car Nick a terriblement
changé. Et, bien qu'il ne se confie à personne, elle devine à son comportement
qu'il se sent menacé. Prête à tout pour le soutenir et sauver leur couple, elle
ne peut cependant empêcher l'angoisse de l'étreindre quand elle comprend
que les inconnus qui traquent Nick les recherchent à présent tous les deux.
Cette fois, ce n'est plus seulement leur amour qui est en danger mais bien
leurs vies...

Un bébé à sauver, de Mallory Kane - N°371

Toutes les nuits, le même cauchemar hante Ash. Les images, terribles, de ses
parents assassinés dans leur manoir, vingt ans plus tôt, tournent en boucle
dans sa tête... Et voilà que, soudain, à cause de quelques analyses d'ADN,
on parle de libérer le meurtrier présumé. Fou de rage, Ash se précipite dans
le bureau de Rachel, la scientifique en charge du dossier. Mais, avant même
qu'il ait le temps d'ouvrir la bouche, Rachel lui fait une révélation qui le
cloue sur place. Elle attend un bébé de lui, fruit de leur brève liaison passée.
Abasourdi, Ash sent sa colère tomber tandis qu'une terreur nouvelle l'envahit.
Et si, par crainte de voir son identité révélée, le véritable assassin s'attaquait
à Rachel et à leur futur enfant ?

Prisonniers de la montagne, de Debra Webb et Regan Black

Jamais Charly n'a eu affaire à des randonneurs aussi étranges... Et, tandis qu'elle
les guide à travers les Rocheuses, elle sent peu à peu l'inquiétude la gagner. Car
ses clients, indifférents à la nature, la contraignent à progresser de plus en plus vite
vers un lieu précis. D'abord docile, elle décide de leur fausser compagnie à la nuit
tombée. Mais, dans l'obscurité, elle percute soudain une ombre et sent une main
la bâillonner fermement. Paralysée par la terreur, Charly retient un cri de stupeur
en reconnaissant Will Chase, le nouveau facteur de Durango. Will, dont les yeux
bleus la font rêver chaque nuit. Will qui, de toute évidence, suivait leur groupe
depuis le matin et semble être bien plus qu'un simple « facteur »...

Quand le risque nous rapproche, de Marie Ferrarella - N°372

Suite au décès inexpliqué de plusieurs personnes âgées dans des maisons de retraite d'Aurora, Noelle O'Banyon, une jeune inspectrice discrète et solitaire, décide de mener l'enquête. Mais pour cela elle va devoir faire équipe avec Duncan Cavanaugh, un homme aussi séduisant qu'exaspérant qui tantôt la traite avec la plus parfaite indifférence, tantôt cherche à la pousser à bout. Pourtant, Noelle devine que derrière cette attitude ambiguë Duncan cache ses véritables sentiments à son égard. Une attirance partagée, bientôt renforcée par les multiples dangers auxquels tous deux vont se trouver confrontés...

L'empreinte de la vérité, de Cynthia Eden

Alors qu'il s'apprête à fermer son agence de détectives, Grant voit arriver une femme qu'il reconnaît aussitôt. Scarlett, son amour de jeunesse, qu'il a quittée dix ans plus tôt pour partir en mission dans l'armée. Celle-ci, d'une voix paniquée, lui fait un étrange récit : recherchée pour le meurtre de son ex-petit ami, elle est venue trouver Grant pour qu'il l'aide non seulement à prouver son innocence, mais aussi à retrouver le véritable assassin dont — elle en est sûre — elle sera la prochaine victime. Troublé, Grant hésite quelques instants avant d'accepter. Sans réellement savoir ce qui le motive : la compassion, la conscience professionnelle... ou le souvenir de leur histoire d'amour inachevée.

Mariée par convenance, de Carol Ericson - N°373

Mariée à un inconnu... Callie n'a pas eu le choix : sauf à faire une croix sur l'héritage de son grand-père, et à laisser ainsi son père se débrouiller seul avec ses dettes face aux dangereux criminels qui le menacent, il fallait qu'elle soit mariée au plus vite. Et puisque Rod McClintock, rencontré par hasard, acceptait de devenir son époux... Mais, à présent, elle se sent à la fois coupable et impuissante : car non seulement elle se rend compte que Rod est bien trop troublant pour le rôle, mais aussi parce que les criminels qui poursuivaient son père n'ont pas renoncé, la menacent aussi et qu'elle ne peut plus faire autrement que d'entraîner Rod avec elle dans le danger...

Dans le rôle d'une autre, de Carly Bishop

En acceptant de se faire passer pour la femme d'un célèbre psychiatre – une femme dont elle est le sosie, et qui, dépressive, ne peut plus assurer son rôle d'épouse lors des réunions officielles – Abby Callahan n'imagine pas qu'on va lui imposer un garde du corps, Sean Baldwin. D'abord tentée d'échapper à sa surveillance, elle change cependant d'avis en découvrant que le psychiatre qui l'emploie ne lui a pas tout dit : en fait, jouer la doublure de sa femme expose Abby à un grand danger. Piégée, elle se résout donc à coopérer avec Sean, dont l'arrogance et le pouvoir de séduction lui sont très vite insupportables...

Amour + suspense
= Black Rose

HARLEQUIN
www.harlequin.fr

OFFRE DE BIENVENUE

Vous avez aimé la collection Black Rose ? Vous aimerez sûrement
nos romans Best-Sellers Policier ! Recevez gratuitement :

◆ 1 roman Best-Sellers Policier gratuit ◆
et 2 cadeaux surprise !

Une fois votre colis de bienvenue reçu, si vous souhaitez continuer à recevoir nos
romans Best-Sellers de genre policier, cela se fera automatiquement. Vous recevrez alors tous les 2 mois, 3 romans inédits au tarif unitaire de 7,50€ (Frais de port
France : 1,95€ - Frais de port Belgique : 3,95€).

➡ ET AUSSI DES AVANTAGES EXCLUSIFS :

**➡ LES BONNES RAISONS
DE S'ABONNER :**

Des cadeaux tout au long de l'année.

◆

Aucun engagement de durée
ni de minimum d'achat.

◆

Aucune adhésion à un club.

◆

Vos romans en avant-première.

◆

La livraison à domicile.

Des réductions sur vos romans par
le biais de nombreuses promotions.

◆

Des romans exclusivement réédités
notamment des sagas à succès.

◆

L'abonnement systématique et gratuit
à notre magazine d'actu ROMANCE.

◆

Des points fidélité échangeables
contre des livres ou des cadeaux.

➡ REJOIGNEZ-NOUS VITE EN COMPLÉTANT ET EN NOUS RENVOYANT LE BULLETIN !

✂

N° d'abonnée (si vous en avez un) ⊔⊔⊔⊔⊔⊔⊔⊔⊔   XZ5F02
XZ5FB2

Mme ☐ Mlle ☐ Nom : ....   Prénom : ....

Adresse : ....

CP : ⊔⊔⊔⊔⊔ Ville : ....

Pays : ....   Téléphone : ⊔⊔⊔⊔⊔⊔⊔⊔⊔⊔

E-mail : ....

Date de naissance : ⊔⊔ ⊔⊔ ⊔⊔⊔⊔

☐ Oui, je souhaite être tenue informée par e-mail de l'actualité d'Harlequin.

☐ Oui, je souhaite bénéficier par e-mail des offres promotionnelles des partenaires d'Harlequin.

Renvoyez cette page à : Service Lectrices Harlequin – BP 20008 – 59718 Lille Cedex 9 - France

Vous n'avez pas le temps de lire tous les romans Harlequin ce mois-ci ?
Découvrez les 4 meilleurs avec notre sélection :

[COUP DE **CŒUR**]

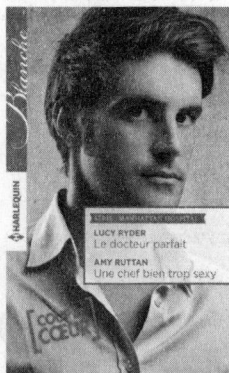
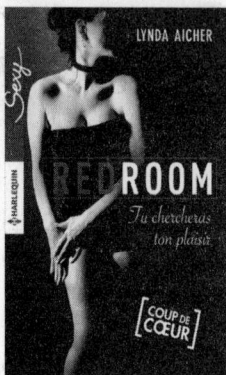

⟨H⟩ HARLEQUIN

La romance sur tous les tons

Toutes nos actualités et exclusivités
sont sur notre site internet.

E-books, promotions, avis des lectrices,
lecture en ligne gratuite, infos sur
les auteurs, jeux-concours… et bien
d'autres surprises !

Rendez-vous sur
www.harlequin.fr

⟨H⟩ HARLEQUIN
www.harlequin.fr

OFFRE DÉCOUVERTE !

Vous souhaitez découvrir nos collections ? Recevez **2 romans gratuits*** et **2 cadeaux surprise** ! Une fois votre colis de bienvenue reçu, si vous souhaitez continuer à recevoir nos romans, cela se fera automatiquement. Vous recevrez alors chaque mois vos romans inédits en avant première.

Vous n'avez aucune obligation d'achat et cette offre est sans engagement de durée !

*1 roman gratuit pour les collections Nocturne, Best-sellers Policier et sexy.

☞ COCHEZ la collection choisie et renvoyez cette page au
Service Lectrices Harlequin – BP 20008 – 59718 Lille Cedex 9 – France

Collections	Références	Prix colis France* / Belgique*
❏ **AZUR**	ZZ5F56/ZZ5FB2	6 romans par mois 27,25€ / 29,25€
❏ **BLANCHE**	BZ5F53/BZ5FB2	3 volumes doubles par mois 22,84€ / 24,84€
❏ **LES HISTORIQUES**	HZ5F52/HZ5FB2	2 romans par mois 16,25€ / 18,25€
❏ **BEST SELLERS**	EZ5F54/EZ5FB2	4 romans tous les deux mois 31,59€ / 33,59€
❏ **BEST POLICIER**	XZ5F53/XZ5FB2	3 romans tous les deux mois 24,45€ / 26,45€
❏ **MAXI****	CZ5F54/CZ5FB2	4 volumes multiples tous les deux mois 32,29€ / 34,29€
❏ **PASSIONS**	RZ5F53/RZ5FB2	3 volumes doubles par mois 24,04€ / 26,04€
❏ **NOCTURNE**	TZ5F52/TZ5FB2	2 romans tous les deux mois 16,25€ / 18,25€
❏ **BLACK ROSE**	IZ5F53/IZ5FB2	3 volumes doubles par mois 24,15€ / 26,15€
❏ **SEXY**	KZ5F52/KZ5FB2	2 romans tous les deux mois 16,19€ / 18,19€
❏ **SAGAS**	NZ5F54/NZ5FB2	4 romans tous les deux mois 29,29€ / 31,29€

*Frais d'envoi inclus
**L'abonnement Maxi est composé de 4 volumes Hors-Série

N° d'abonnée Harlequin (si vous en avez un) ⎵⎵⎵⎵⎵⎵⎵⎵⎵⎵

Mme ❏ Mlle ❏   Nom : _____

Prénom : _____   Adresse : _____

Code Postal : ⎵⎵⎵⎵⎵   Ville : _____

Pays : _____   Tél. : ⎵⎵⎵⎵⎵⎵⎵⎵⎵⎵

E-mail : _____

Date de naissance : _____

❏ Oui, je souhaite recevoir par e-mail les offres promotionnelles des éditions Harlequin.
❏ Oui, je souhaite recevoir par e-mail les offres promotionnelles des partenaires des éditions Harlequin.

Date limite : 31 décembre 2015. Vous recevrez votre colis environ 20 jours après réception de ce bon. Offre soumise à acceptation et réservée aux personnes majeures, résidant en France métropolitaine et Belgique, dans la limite des stocks disponibles. Prix susceptibles de modification en cours d'année. Conformément à la loi Informatique et libertés du 6 janvier 1978, vous disposez d'un droit d'accès et de rectification aux données personnelles vous concernant. Par notre intermédiaire, vous pouvez être amenée à recevoir des propositions d'autres entreprises. Si vous ne le souhaitez pas, il vous suffit de nous écrire en nous indiquant vos nom, prénom et adresse à : Service Lectrices Harlequin BP 20008 59718 LILLE Cedex 9. Service Lectrices disponible du lundi au vendredi de 8h à 17h : 01 45 82 47 47 ou 33 1 45 82 47 47 pour la Belgique.

Harlequin® est une marque déposée du groupe Harlequin. Harlequin SA – 83/85, Bd Vincent Auriol – 75646 Paris cedex 13. SA au capital de 1 120 000€ – R.C. Paris. Siret 318675191000069/APE5811Z.

Composé et édité par HARLEQUIN

Achevé d'imprimer en Italie (Milan)
par Rotolito Lombarda
en novembre 2015

Dépôt légal en décembre 2015